속세기인
俗世奇人

俗世奇人

속세기인

평범한 사람들의 비범한 재주

펑지차이 글·그림
이영남·조은 옮김

글항아리

일러두기

인명은 한자음으로, 지명은 원어 발음으로 표기했다. 관용적 표현에 따라 원어 발음으로 표기한 단어도 있다.(예: 탕후루糖葫蘆, 훈툰餛飩)

책머리에 붙인 시

한 권 또 한 권
한 무리 다시 한 무리
민간에 기인이 용솟음치니
내 붓이 어찌 멈추겠는가?

장 씨, 왕 씨, 이 씨, 조 씨, 유 씨
평범함을 거부하는 이들을
눈여겨보고 들여다보면
한 사람 한 사람이 신선이로다.

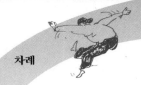

차례

기인이 끊임없이 배출되다

—

책머리에 부쳐

나는 이미 소설 『속세기인』을 두 권이나 썼다. 그런데 어찌하여 또 쓰는 걸까? 전에 쓴 책 두 권은 내 고향 기인들을 위한 무대였다. 그러니 하나둘씩 새로 나타난 기인들도 무대에 올라 자신들의 의기양양한 이야기를 풀어놓고 싶을 수밖에. 그들 역시 하나같이 기발하고 남다르며 대단히 고집스러우니 내 무슨 수로 거절하랴. 하는 수 없이 한 사람 한 사람 써내려가다보니 어느새 또 18편이나 늘어났다. 그리하여 이 『속세기인 전본傳本』이 세상에 나왔다.

톈진은 예로부터 특별한 데가 있었다. 톈진의 서민들은 식사를 마치거나 차를 마시는 한가로운 시간이면 한자리에 모여앉아 흥겹게 떠들곤 했다. 주된 이야깃거리는 항간의 인재나 기인이었다. 그들은 걸출한 영웅을 숭배하지 않았으며 자신들과 어우러져 살아가는 평범한 사람들의 비범한 재주를 좋아했다. 이런 인물들 속에는 톈진 사람의 호불호 같은 보편적 정서가 녹아 있으며, 지역색 또한 깃들어 있다고 볼 수 있다. 지역색이란 곧 가장 본질적인 지역문화를 대변하는 것이라 나는 그것을 캐내어 표현해내는 일에 심취해 있었다. 이것이 내가 이 책을 계속 쓰게 된 또 한 가지 이유다.

그렇다면 누군가 틀림없이 묻겠지? 앞으로도 이 이야기를 쭉 써나갈 셈이냐고. 글 쓰는 사람들은 대개 기분파인지라 그들의 계획은 통 믿음이 가지 않는다. 그들은 말 등에 올라 고삐를 조이지 않고 말이 가는 대로 몸을 맡기기를 좋아한다. 말이란 자신의 감정과 예기치 못한 영감이며, 고삐란 바로 손에 쥔 붓이라 할 수 있겠다.

2019년 11월

서문

    톈진은 강과 바다를 낀 항구도시다. 여러 지역에서 온 사람들이 뒤섞여 사는지라 성격과 기질이 저마다 드다르다. 옛날 연燕나라와 조趙나라의 땅이었던 이곳은 사람들이 혈기 왕성하고 강직하며, 물이 짜고 토양에 염분이 많아 민풍도 억세고 사납다. 톈진은 최근 백여 년 동안 중국에서 일어난 재난이란 재난은 다 겪었으며 그 피해도 가장 컸다. 때문에 기이한 능력을 가진 사람들이 끊임없이 등장해 재주를 뽐냈는데, 상류층에도 있었지만 민간에 더 많았다. 그들에 관한 이야기를 어찌나 많이 들었는지 오랫동안 내 기억에 아로새겨져 있었다. 『신편神鞭』이나 『전족三寸金蓮』 같은 책에서도 그런 사건과 인물을 다루긴 했지만 미처 세상에 알려지 못한 채 한쪽에 방치된 이야기가 여전히 많이 남아 있었다. 이런 기인들이 펼치는 기묘한 이야기를 세상에 내보내지 않고 그냥 내버려둔다면 얼마나 아깝겠는가? 요즘 들어 이를 기록해야겠다는 생각이 문득 들었다. 그러면 후세 사람들이 이야기를 즐기면서 이 지역 사람들이 어떤 모습으로 살아왔는지 알게 되지 않겠는가? 그리하여 생각나는 대로 적기 시작한 것이 오늘에 이르렀다. 겹치지 않게 한 편에 한 사람씩 다루었고, 이야기를 엮은 책 제목은 『속세기인』이라 붙이고자 한다.

소 칠원

—

蘇七塊

소 의원은 본명이 소금산蘇金傘이었다. 민국民國* 초년, 그는 소 백루小白樓 부근에 의원을 열어 의술을 행했는데 접골과 추나로는 톈진에서 따를 자가 없었다. 서양인들조차 경마를 하다가 팔다리 가 부러지면 그를 찾아올 정도였다.

소 의원은 키가 훤칠하고 긴 두루마기를 걸치고 다녔다. 나이 는 쉰 살 남짓에 두 손은 야위었지만 힘이 있었고, 입술은 불그스 레하고 치아는 희며 커다란 눈에서 형형한 빛이 흐르고 턱에 난 염소수염은 새까맣고 반지르르했다. 단전 깊숙한 곳에서 나오는 목소리는 가까이서 들으나 멀리서 들으나 똑같이 우렁차서 경극 을 배웠다면 금소산金少山**과 비겨도 손색이 없을 정도였다. 환자

---

* 청나라를 무너뜨리고 성립된 중화민국 시기(1911~1949)를 뜻한다.

를 치료하는 그의 손놀림은 더더욱 깔끔하고 날렵했다. 근육이 상하거나 뼈를 다친 환자가 찾아오면? 소 의원은 손가락으로 살짝 건드려만 보고도 피부 안쪽에 어떤 문제가 생겼는지 즉각 알아냈다. 이어 그의 두 손이 한 쌍의 백조마냥 환자의 몸을 위아래로 번개처럼 오가면 우드득우드득 소리가 나면서 환자가 고통을 느낄 새도 없이 부러진 뼈가 이어졌다. 그러고서 고약을 바른 뒤 석고판으로 고정하면 환자는 집에 돌아가 알아서 나았다. 만약 환자가 다시 찾아온다면 필경 큰절을 올리고 커다란 액자를 선물하며 소 의원의 은혜에 사의를 표하려는 것이었다.

　재주 있는 사람에게는 괴팍한 면이 있기 마련이다. 소 의원 또한 괴팍한 '원칙'이 있었으니, 무릇 자신을 찾아오는 환자는 부자든 가난뱅이든 친척이든 이웃이든 무조건 먼저 은전 7원을 진찰대에 올려놓아야 한다는 것이었다. 돈부터 내지 않으면 절대 진료를 해주지 않았다. 이게 무슨 원칙이란 말인가? 사람들은 소 의원이 돈밖에 모르고 의술도 7원어치밖에 안 된다고 욕하면서 그에게 '소 칠원蘇七塊'이라는 시답잖은 별명을 붙여주었다. 다들 앞에서는 소 의원이라 부르고 뒤에서는 소 칠원이라고 부르는 통에 그의 본명인 소금산은 아무도 몰랐다.

　소 의원은 마작을 좋아했다. 어느 한가한 날에 마작 친구 둘이 놀러 왔다. 판을 벌이려면 한 사람이 모자라 그들은 거리 북쪽에

**　　**** 1890~1948, 청 말부터 민국 초까지 톈진 지역에서 활동한 경극 배우. 「패왕별희」의 항우 역할로 유명했다.

蘇七塊

古凡 2015

서 멀지 않은 곳에 사는 치과 전문 화華 의원을 불렀다. 넷이서 한창 흥이 올라 마작을 즐길 때, 갑자기 인력거꾼 장사張四*가 뛰어들어오더니 오른손으로 왼쪽 팔꿈치를 받친 채 문에 기대고 섰다. 머리에서 땀이 비 오듯 흘러 목 주변 적삼이 흥건히 젖어 있는데, 보아하니 팔이 부러져 몹시 아픈 것이 틀림없었다. 하지만 하루 벌어 하루 먹고사는 인력거꾼에게 은전 7원이 어디 있겠는가? 장사는 일단 치료만 해주면 나중에 꼭 갚겠다고 끙끙거리며 사정을 했다. 그런데 웬걸, 소 의원은 듣는 둥 마는 둥 계속 패만 들여다보며 뭘 내놓을까 궁리할 뿐이었다. 흥분하다가 고민하다가 화들짝 놀라다가 놀라지 않은 척하다가, 온 마음이 마작판에 쏠려 있었다. 보다 못한 친구가 손가락으로 문밖을 가리켰지만 소 의원은 그래도 마작판에서 눈을 떼지 않았다. 과연 '소 칠원'이라는 별명이 조금도 무색하지 않았다.

반면에 화 의원은 사람 좋기로 유명했다. 그는 소변보러 간다는 핑계를 대고 뒷마당으로 나가더니, 뒷문을 지나 앞길로 에돌아가서는 멀찍이서 가만히 장사를 불러 호주머니에 있던 은전 7원을 꺼내 손에 쥐여주었다. 그러고는 인사도 받지 않고 돌아서서 왔던 길로 다시 방에 돌아와 아무 일도 없던 양 마작을 계속했다.

조금 뒤 장사가 비척거리며 들어오더니 진찰대에 은전 7원을 좍 펼쳐놓았다. 이번에는 그가 초인종을 누르기도 전에 소 의원이

---

* 중국인의 이름에 붙은 숫자는 대개 집안에서 몇째인지를 뜻하며(첫째는 일一 이 아니라 대大를 쓴다), 나이에 따라 숫자 앞에 노老 또는 소小를 붙여 부르기도 한다.

냉큼 다가와서 소매를 걷어붙이고 그의 팔을 진찰대에 올려놓았다. 이어 뼈를 몇 번 주무르고 좌우로 밀고 당기다가 다시 아래에서 받치고 위에서 내리눌렀다. 장사가 목과 어깨를 움츠리고 눈을 질끈 감고 이를 악문 채 줄줄이 닥칠 아픔을 기다리는데, 소 의원이 말했다.

"다 맞췄네."

그러고서 고약을 바르고 석고판으로 고정한 다음 혈액 순환을 돕고 통증을 완화시키는 가루약을 몇 봉지 내주었다. 장사가 약 살 돈은 없다고 말하자 소 의원은 "이건 내가 그냥 주는 걸세" 하고는 다시 마작판으로 돌아갔다.

그날의 마작은 이리저리 승패를 주고받으며 계속 이어지다가, 불을 밝힐 시간이 되고 저마다 배에서 꼬르륵 소리가 나고서야 다들 자리에서 일어났다. 문을 나서려 할 때 소 의원이 할 얘기가 있다면서 야윈 손으로 화 의원을 붙잡았다. 다른 두 친구가 나간 뒤, 소 의원은 자기가 딴 돈 더미에서 은전 7원을 집어 화 의원의 손에 쥐여주었다. 당황스러워하는 화 의원에게 소 의원이 말했다.

"할 말이 있네. 나를 심보 고약한 사람으로 여기진 말아주게나. 나는 내가 세운 원칙을 깨뜨릴 수 없는 것뿐이니!"

그 말을 마음에 품고 돌아온 화 의원은 사흘 밤낮을 골똘히 생각했지만 소 의원의 말에 담긴 깊은 뜻을 도저히 깨칠 수가 없었다. 하지만 이번 일과 그의 원칙 그리고 사람 됨됨이에는 마음속 깊이 탄복했다.

이 쇄자

—

刷子李

텐진항 일대에 사는 사람들은 다들 승부욕이 넘쳤다. 그들은
손재주로 먹고사는지라 반드시 특기가 있어야 했다. 남다른 재주
가 있는 사람은 잘 먹고 잘살아서 훤한 얼굴로 거리 한복판을 활
보하는 반면, 재주가 변변치 못한 사람은 입에 풀칠이나 하면서
기가 죽어 길옆으로 비켜 다녔다. 이는 누가 정한 것이 아니라 순
전히 이곳 텐진 사람들이 살아가는 방식이었다. 경극 배우라면 누
구나 텐진에서 무대에 서고 싶어 했다. 텐진 사람들이 경극을 좋
아하고 또 잘 알기 때문이었다. 그들은 눈이 까다롭고 귀가 예민
해서 칭찬과 혹평이 분명했다. 뛰어난 배우는 박수갈채와 함께 황
제 대접을 받았다. 유명한 경극 배우 가운데 이곳 텐진에서 뜨기
시작해 훗날 크게 성공한 이가 많은 것도 이 때문이었다. 그러나
기교가 서툴거나 별 볼 일 없는 배우가 공연을 망치면 무대 아래

에서 야유가 터져나왔고, 심할 경우 찻잔이 날아들어 배우의 의상과 수염에 찻잎이 잔뜩 들러붙기도 했다. 세상에 톈진 사람들만큼 경극을 보면서 지독한 야유를 날리는 이들도 없을 것이다. 하지만 나쁘게만 볼 일은 아니었다. 톈진 사람들의 이런 성향 덕분에 적지 않은 능력자가 배출되었으니 말이다. 톈진에는 업종마다 놀랄 만한 재주를 지닌 살아 있는 신선이 여럿 있었다. 이를테면 벽돌 무늬 새기는 유 각전(각전유刻磚劉)*, 진흙인형 빚는 장 니인(니인 장泥人張), 연 만드는 위 풍쟁(풍쟁위風箏魏), 기계 고치는 왕 기기(기기왕機器王), 미장공 이 쇄자(쇄자리刷子李)** 등이었다. 톈진 사람들은 성씨에 그들이 하는 일을 붙여 별명처럼 불렀고, 그러다보니 진짜 이름이 뭔지는 다들 잊어버렸다. 하지만 그들은 별명 하나로 톈진항 일대에서 명성을 날리며 위풍당당하게 살아갔다.

이 쇄자는 허베이 대가河北大街에 있는 건축회사의 숙련공이었다. 그는 오로지 벽에 하얗게 회칠만 할 뿐 다른 일은 하지 않았다. 사람들은 그가 회칠한 방은 아무것도 들여놓지 않고 가만히 앉아 있기만 해도 하늘로 날아오를 듯 기분이 좋아진다고 했다. 특히나 기가 막힌 것은, 그는 매번 위아래 모두 까만 옷을 입고 회칠을 하는데 일이 끝날 때까지 옷에 하얀 점 하나 묻지 않는다는 사실이었다. 못 믿겠다고? 그가 스스로 세운 원칙이 하나 있었

---

* 중국인의 별명을 보면 성이 앞에 붙기도 하고 뒤에 붙기도 하는데, 별명이 앞으로 나오면 그 특징을 좀 더 강조한다고 볼 수 있다. 다만 우리말로 옮길 때는 헷갈리지 않도록 두 경우 모두 성을 앞에 붙여 서술했다.
** '쇄자'는 회칠하는 붓솔을 뜻한다.

다. 행여나 일하다가 하얀 점이 하나라도 묻으면 그날은 돈을 받지 않고 공짜로 해준다는 것이었다. 이 쇄자가 자기 재주에 자신이 없었다면 굶어죽자고 이런 원칙을 세웠을까?

하지만 소문은 어디까지나 소문일 뿐, 믿는 사람이 있긴 해도 모두가 다 믿을 리는 없었다. 다른 업계 사람은 본 적이 없으니 믿지 않았고, 같은 업계 사람은 시기심에 못 믿겠다고 어거지를 부렸다.

어느 해 어느 날인가, 이 쇄자는 조소삼曹小三이라는 견습공을 받았다. 견습공이 되면 처음에는 스승의 찻잔을 들고 담뱃불을 붙이고 스승을 따라다니며 물건을 날랐다. 조소삼도 물론 스승의 특기에 대해 들은 적은 있지만 줄곧 반신반의하던 터라, 이참에 반드시 두 눈으로 똑똑히 확인할 작정이었다.

그날 조소삼은 처음으로 스승을 따라 일을 하러 나갔다. 영국 조계지 남쪽 거리에 사는 부자가 새로 지은 양옥을 칠하는 일이었다. 그곳에서 이 쇄자가 책임자와 이야기 나누는 모습을 보면서 조소삼은 비로소 스승이 얼마나 위엄 있는 사람인지 알게 됐다. 스승의 원칙은 하루에 딱 방 한 칸만 칠하는 것이었고, 이 양옥은 크고 작은 방이 아홉 칸이니 아흐레를 칠해야 했다. 일을 시작하기 전에 이 쇄자는 가져온 네모반듯한 보따리를 풀었다. 아니나 다를까, 그 안에는 까만 저고리와 까만 바지, 까만 헝겊신이 들어 있었다. 이렇게 온통 새까맣게 갈아입고 나니 바닥에 놓인 하얀 석회액 한 통과 너무나 선명한 대조를 이루었다.

방 한 칸에는 천장 한 면과 벽 네 면이 있다. 먼저 천장부터 칠

刷
子
杆子

力哥

2015.5

한 다음 네 벽을 칠하는데, 천장 회칠이 특히 힘든 작업이다. 멀건 석회액을 담뿍 먹인 붓솔을 머리 위로 쳐들면서 무슨 수로 한 방울도 안 떨어지게 하랴? 게다가 떨어지면 당연히 몸에 떨어질 수밖에 없다. 그런데 이 쇄자의 손에 들린 붓솔은 석회액을 조금도 머금지 않은 듯했고, 그런데도 붓솔이 한 번 지나갈 때마다 산뜻하고 선명한 줄이 고르게 생겨났다. 누군가는 이 쇄자가 붓솔에 석회액 묻히는 수완이 남다르다고 했고, 누군가는 석회액의 배합에 비법이 있다고 했다. 조소삼이 어찌 그 비결을 꿰뚫어보랴? 그저 북 치고 거문고 타듯 벽과 천장을 유유히 오가는 스승의 두 팔이 보이고, 장대 끝에 달린 붓솔이 벽에 착 닿는 소리가 더없이 상쾌하게 들릴 뿐이었다. 척척 소리가 날 때마다 천의무봉의 솜씨로 하얀 줄이 빈틈없이 그어졌고, 붓솔이 지나간 벽은 마치 반듯하게 펼쳐놓은 새하얀 병풍 같았다. 하지만 조소삼의 최대 관심사는 역시 스승의 몸에 하얀 점이 있느냐 없느냐였다.

이 쇄자는 일할 때 또 한 가지 원칙을 지켰다. 벽 한 면을 다 칠하고 나면 꼭 걸상에 앉아 한참을 쉬면서 담배 한 대 태우고 차 한 잔 마신 다음에 또 다른 벽을 칠하는 것이었다. 조소삼은 찻물을 따르고 담뱃불을 붙여 건네는 틈을 타서 스승의 온몸을 자세히 살펴보았다. 벽 한 면을 칠하고 쉴 때마다 그렇게 뜯어봤지만 놀랍게도 깨알만 한 점 하나 찾지 못했다. 스승의 까만 옷에서는 정말로 어떤 신성불가침의 위엄이 풍겼다.

이 쇄자가 마지막 벽을 다 칠하고 앉았을 때였다. 스승에게 담뱃불을 붙여주던 조소삼은 뜻밖에도 스승의 바지에서 콩알만 한 하얀 점을 발견했다. 검은색 속의 흰색은 흰색 속의 검은색보다 훨씬 눈에 잘 띈다. 맙소사! 스승의 실수가 드러나다니, 그는 신선이 아니었던 것이다. 조소삼의 마음속에서 전설 속 그 태산 같던 형상이 와르르 무너지고 말았다. 하지만 조소삼은 스승이 난감해할까 두려워 감히 말도 못하고 똑바로 쳐다보지도 못했다. 그래도 눈길이 자꾸 그리로 쏠리는 것은 어쩔 수 없었다.

그때 이 쇄자가 문득 말했다.

"소삼아, 네가 내 바지의 하얀 점을 봤구나. 이 사부의 재주가 가짜이며 명성도 속임수라고 여기는 게냐? 멍청한 녀석, 더 자세히 살펴보거라."

그러면서 이 쇄자는 손가락으로 바지를 집어 살짝 당겼다. 그러자 하얀 점이 온데간데없이 사라졌고, 그러고서 다시 바지를 놓자 점이 다시 나타났다. 이 무슨 조화란 말인가! 조소삼이 얼굴을 바짝 대고 유심히 살펴보니 그 하얀 점은 작은 구멍이 아닌가! 안에 받쳐 입은 하얀 속바지가 구멍에 비치는 바람에 석회액이 떨어져 생긴 하얀 점처럼 보였던 것이다.

이 쇄자는 넋 놓고 있는 조소삼을 보며 껄껄 웃었다.

"이 사부의 명성이 다 거짓인 줄 알았느냐? 그랬다면 네가 너 자신을 속인 게야. 그저 기술이나 열심히 배우거라!"

조소삼이 스승 이 쇄자를 따라나선 첫날에 무엇을 보고 듣고 배웠을까. 아마 남들은 평생을 두고도 제대로 이해하지 못하리라!

술꾼 노파

—

酒婆

술집에도 저마다 등급이 있다. 수선가首善街에 자리 잡은 그 자그마한 술집에 등수를 매기자면 끝에서 1등이라 할 수 있었다. 이 술집은 간판도 없고 상호도 없으며 가게 안에 앉을 자리조차 없다. 술안주도 팔지 않고 계산대에 술독 하나만 덩그러니 놓여 있을 따름이었다. 이곳을 찾는 손님은 대개 짐꾼이나 인력거꾼처럼 허드렛일을 하는 하층민이었다. 어떤 이는 절인 대창 한 토막을 들고, 또 어떤 이는 호주머니에 오향땅콩 한 움큼을 넣고 와서는 혼자 술 두세 근을 주문해 모퉁이 창턱에 기대서서 마시곤 했다. 술집 안이 붐빌 때는 아예 술 사발을 들고 밖으로 나가서 나무에 기대 홀짝홀짝 들이켰다. 이 순간이야말로 그들에게는 무한히 즐겁고 만족스러운 시간이었다!

이 술집에서 파는 술은 딱 한 가지였다. 말린 마로 빚은 술인데 값이 싸고 맛이 독했다. 수선가 일대에서는 여태껏 집에서 기르는 고양이를 잃어버린 적이 없었다. 고양이가 길을 잃어도 독한 술 냄새를 좇아 집을 찾아왔으니 말이다. 이 술은 뒷맛을 얘기할 필요가 없는, 그저 독한 술이었다. 입에 넣는 순간 염산을 마시는 느낌이라 바로 삼켜야지, 안 그랬다간 혀와 입술, 잇몸과 목구멍까지 타들어갈 지경이었다. 술이 뱃속으로 들어가자마자 속에서 기운이 확 뻗쳐 올라왔고, 어찌나 센지 머리가 어질어질하고 몸을 가누지 못할 정도였다. 섣달 그믐날 밤에 터뜨리는, 불을 붙이자마자 팡 터지며 하늘로 솟아오르는 불꽃 폭죽과 비슷하다고 해서 이 술을 '불꽃술'이라고 불렀다. 좋은 술은 부드럽고 술기운이 천천히 올라와서 많이 마셔도 머리가 아픈 법이 없다. 하지만 하루 벌어 하루 사는 가난한 사람들은 매일같이 근육이며 뼈가 쑤셔대고 마음도 울적했다. 그러니 돈을 적게 쓰고도 취기가 확 올라 어질어질 알딸딸해지면서 호탕하고 대범한 기분이 들면 그만 아니겠는가?

그중 대범하기로는 '술꾼 노파酒婆'를 따를 자가 없었다. 노파는 오후가 되면 어김없이 이 작은 술집에 나타났다. 다 해진 옷차림은 거지를 방불케 했고 머리는 봉두난발에 낯빛은 칙칙한데, 누구도 그의 본래 모습을 알지 못했으며 성이 무엇이고 이름이 무엇인지는 더더욱 알 길이 없었다. 하지만 그가 이 술집에서 으뜸가는 술꾼이라는 사실은 다들 익히 알았다. 그리하여 사람들은 탄복하는 마음을 담아 그를 '술꾼 노파'라고 부르기 시작했다. 노파는 술집에 들어서면 으레 품속에서 작고 네모난 보따리를 꺼냈다. 보따리를 풀면 신문지가 나오는데 낡은 신문지일 때도 있고 새 신문지일 때도 있었다. 신문지를 풀면 이번에는 휴지가 나타났다. 그 안에 비취 장식핀이라도 들어 있나 싶지만, 휴지를 풀면 나타나는 것은 고작 돈 2각*이었다. 노파가 계산대에 돈을 놓으면 주인은 '불꽃술'을 반 사발 남짓 따라주었다. 사발을 건네받은 노파는 손을 쳐들고 고개를 젖히고 그대로 사발을 뒤집어 입안에 술을 털어넣었고, 그러면 술통에 쏟아붓듯 술이 노파의 뱃속 깊은 곳으로 쭈욱 내려갔다. 그러고서 노파는 바로 술집을 나섰고, 그 순간부터 비틀비틀거리며 두 발로 땅바닥에 괴발개발 낙서를 하기 시작했다.

노파는 동으로 휘청, 서로 휘청하면서 북쪽으로 걸어갔다. 술집에서 백 걸음쯤 떨어진 곳에 네거리가 있는데, 수레가 오가다가 종종 사고가 나는 곳이었다. 허나 곤드레만드레 취한 노파를 보면서 마음 졸일 필요는 없었다. 건널목에 다다를 즈음이면 노파는 어김없이 정신을 번쩍 차렸으니! 그렇게 노파는 보통 사람과 똑같이 조금의 취기도 없이 멀쩡하게 큰길을 건너가곤 했다. 하루도 빠짐없이 날마다 똑같은 모습이었다. 수선가 사람들은 잔뜩 취한 노파가 비틀대는 모습을 구경하기를 즐겼다. 위아래로 흔들흔들, 좌우로 휘청휘청, 기분 좋게 빙글빙글 맴도는 모습은 바람에 흔들리는 연잎처럼 자유로워 보였다. 비라도 내리는 날이면 비에 흠뻑 젖은 채로 천천히 돌아가는 커다란 우산처럼 보이기도 하고……

* 1각은 1원의 10분의 1이다.

그런데 어찌하여 건널목에만 이르면 바로 술에서 깨어날까? 불꽃 술의 기운이 이만치밖에 안 되는 걸까, 아니면 이 술꾼 노파에게 취하고 싶으면 취하고 깨고 싶으면 깨는 초인적인 능력이 있는 걸까?

그 비밀은 역시 술독 안에 있었다. 교활한 술집 주인은 술에 물을 섞어 팔았다. 술꾼들은 눈으로는 세상 모든 것을 흐릿하게 볼지 몰라도 자기 뱃속에 들어간 술에 대해서는 누구보다 확실히 알고 있었다. 하지만 기분 좋게 마시면 그만이니 다들 비밀을 깨려 하지 않고 눈감아주었다. 허나 사람이 고약한 짓을 많이 하면 대가를 치르기 마련이다. 술집 주인은 나이 예순이 되도록 혈육 하나 없어 대가 끊길 판이었다. 그런데 어느 날 아내가 난데없이 시고 매운 음식이 당긴다 하더니, 생각지도 못한 경사가 생겼지 뭔가! 부처님께 감사드리며 머리를 조아리다가 문득 양심의 가책을 느낀 주인은 앞으로는 반드시 착하게 살겠노라 맹세했다. 지금 이 순간부터 정직하게 장사할 것이며, 술에 물이든 뭐든 절대로 타지 않겠노라고.

바로 그날, 술꾼 노파가 변함없이 이 작은 술집을 찾았다. 여느 때처럼 품에서 보따리를 꺼내 겹겹이 싼 것을 풀고 돈을 꺼내놓은 노파는, 늘 하던 것처럼 두 손으로 사발을 받쳐 들고 고개를 젖혀 진짜 술이 된 불꽃술을 단번에 뱃속에 쏟아부었는데…… 과연 진짜는 진짜였다. 이번에 술꾼 노파는 술집 문을 나서기 전부터 기우뚱거리기 시작했다. 게다가 그날따라 비틀거리는 모습이 더욱더 가관이었다. 상체가 왼쪽에서 허우적거리면 하체는 오른쪽에서 휘우청거리고, 빙글빙글 도는 속도도 자꾸자꾸 빨라졌다. 처음에는 바람 속 대붕새 같더니 나중에는 시커먼 소용돌이처럼 세차게 맴돌았다! 수선가 사람들은 경이로운 눈길로 노파를 보면서 오늘따라 왜 저러는지 궁금증이 일었다. 하지만 오래 생각할 겨를이 없었다. 술꾼 노파는 어느새 건널목에 이르렀고, 술이 깨지 않은 채 뱅뱅 돌며 큰길을 건너는 전대미문의 일이 벌어졌으니, 이후의 참사는 말하지 않아도…….

그 뒤로 술꾼 노파는 이 거리에서 자취를 감췄다. 그런데 도리어 이 술집을 찾은 사람들은 종종 노파 얘기를 꺼내면서 노파야말로 진정한 술꾼이라고 했다. 언제나 안주 없이 술을 마셨고, 늘 단숨에 사발을 비웠으며, 술탐을 부리지 않고 취기만 돌면 만족했다. 술집에서 말썽을 일으키는 법도 없었고 쓸데없는 말도 하지 않았다. 반드시 돈을 내고 술을 마셨고, 마시고는 바로 자리를 떴으며 외상 한 번 없었다. 진정한 술꾼이란 이처럼 스스로 즐길 줄 알고 남에게 해를 끼치지 않는 사람을 일컫는 말이다.

ㆍ손님들 이야기를 듣다보니 술집 주인은 퍼뜩 짚이는 데가 있었다. 술꾼 노파가 변을 당한 날은 바로 자신이 술에 물을 타지 않기 시작했던 그날이 아닌가? 화근은 바로 자신에게 있었던 것이다! 주인은 마음이 불편해지면서 세상사의 이치란 도무지 알 수 없다는 생각이 들었다. 사람을 속인 게 잘못인가, 아니면 정직한 게 잘못인가? 수십 년 동안 가짜 술로 사람들을 속일 때는 다들 아무 탈 없이 기분 좋게 술을 마셨지 않나. 그런데 막상 성실하게 살려고 하자 오히려 변이 생기다니?

죽일 놈의 새

—

死鳥

우스개를 즐기는 톈진 사람들은 별명을 지어 부르기도 좋아한
다. 어떤 별명은 대놓고 불러도 되지만 어떻게 붙었느냐에 따라
뒤에서만 불러야 하는 별명도 있다. 무릇 별명에는 재미난 사연이
따르기 마련인데, 사연이 저마다 다른지라 우스개로 다뤄도 무방
한 것이 있는가 하면 함부로 입에 올려서는 절대 안 되는 것도 있
다. 이를테면 하賀 도원道員*의 별난 별명 '사조死鳥(죽일 놈의 새)'
는 대놓고 부를 수 없는 별명이었다. 하 도원은 새끼 돼지 비슷하
게 생긴 평범한 용모였다. 그러나 사람의 능력이란 모습을 드러내
지 않고 숨겨져 있는 법이다. 하 도원에게는 두 가지 수완이 있었

---

* 청대의 관직명. 성省을 관할하는 총독보다는 낮고 부府를 관할하는 지부知府보
다는 높은 지방관이다.

으니, 하나는 높은 분을 잘 모시는 것, 또 하나는 새 시중을 잘 드는 것이었다.

높은 분을 잘 모시는 것은 아주 특별한 재주다. 종일 꽁무니를 따라다녀야 하는데 느려도 안 되고 빨라도 안 된다. 된다. 너무 느릿느릿하다가 미처 따라가지 못하면 상관이 답답해하고, 너무 바짝 따라가다가 상관의 발꿈치라도 밟았다간 노여움을 사고 만다. 게다가 발바리마냥 뒤꽁무니만 열심히 따라다녀도 안 된다. 눈치껏 의중을 살펴야 하고, 상관의 성미도 꿰고 있어야 하며, 말할 때와 입 다물고 있을 때를 알아야 한다. 훈계를 들을 때는 고개 숙여 귀담아 듣고, 욕을 먹을 때는 고개를 끄덕이며 스스로를 탓해야 한다. 상관이 성질을 부리는 이유는 꼭 부하가 잘못해서라기보다는 그저 위세를 부리거나 화풀이를 하려는 경우가 많기 때문에, 그걸 못 참고 눈살을 찌푸리거나 입을 삐죽거리며 불쾌한 기색을 보였다간 그대로 찍히고 만다. 그러면 승진은커녕 계속 밀려나서 찬밥 신세를 면치 못한다. 이처럼 높은 분의 비위를 맞추는 일은 도저히 사람이 할 짓이 아니건만 하 도원은 용케 해낼뿐더러 아주 자연스럽기까지 했다. 이를 두고 사람들은 천성에서 우러난 재간이라고, 하 도원은 천성이 패기가 없어 상사의 화풀이감이라고, 아무리 욕을 먹어도 대꾸 한 번 않고 참아낸다고 했다. 정말 그럴까?

높은 분 모시는 이야기는 여기까지 하고, 이번에는 하 도원이 새 시중드는 솜씨를 보자.

그는 새 시중도 기가 막히게 들었다. 새장에 새를 가둬놓고 좁

쌀이나 벌레 같은 먹이와 물만 주면 새가 깡충거리며 잘 지내는 줄 아는가? 새도 종류에 따라 습성이 다 달라서 자칫했다간 눈을 감고 깃털을 떨어뜨리고 날개를 축 늘어뜨리고 만다. 한 마리 한 마리 성격도 제각각이라 일일이 맞춰주지 않으면 노래를 부르지도 말을 따라 하지도 움직이지도 않으며 죽은 듯 가만히 지내기 일쑤다. 사람들은 하 도원이 전생에 틀림없이 새였을 거라고 했다. 그는 새에 관한 일이라면 모르는 것이 없었다. 어떤 새든 그의 통통한 손에 들어오면 깃털에서 윤기가 흐르고 팔짝팔짝 기운이 넘쳤으며 천복天福 찻집의 그 노래꾼보다도 멋지게 목청을 뽑았다.

이듬해 입하 다음 날이었다. 세관에서 근무하는 임林 선생이 장쑤江蘇성 창저우常州에 있는 고향집에서 휴가를 보내고 돌아와서는 하 도원에게 구관조 한 마리를 선물했다. 배가 둥그렇고 다리가 굵직하고 발톱이 단단하고 온몸이 새까맣고 부리는 황금빛을 띠며, 목소리를 뽑으면 큰길에서도 똑똑히 들릴 만큼 또랑또랑했다. 하 도원이 내심 흐뭇해하며 말했다.

"수탉 울음소리도 이보다 우렁차지는 못하겠소."

임 선생이 웃으며 말했다.

"그런데 이 녀석이 사람 말을 제대로 안 배웁니다. 아무리 가르쳐도 열심히 배우질 않고 게으름을 피우지 뭡니까. 다만 어쩌다가 무심코 던진 말을 그대로 흉내 낼 때가 있긴 합니다. 하 대인께서 가르치신다면 틀림없이 잘해낼 겁니다."

하 도원도 웃으며 대답했다.

"석 달 뒤에 이 녀석이 쾌판서快板書*를 할 수 있게 만들겠소이다."

그러나 이 구관조는 사나운 말과 같아서 단기간에 훈련시킬 방도가 없었다. 하 도원이 갖은 수를 써봤지만 모두 헛수고였다. 화가 치민 하 도원이 "멍청한 녀석!" 하고 욕을 내뱉었다. 그런데 이튿날, 구관조가 "멍청한 녀석!"이라고 소리치는 게 아닌가. 아무리 입을 다물라고 해도 쉬지 않고 되풀이했다. 앞뜰에서도 뒤뜰에서도 또렷이 들리는 통에 다들 낮잠조차 잘 수가 없었다. 하 도원이 덮개로 새장을 꽁꽁 덮어놓자 반나절이 지나서야 구관조가 조용해졌다. 저녁이 되자 구관조가 숨 막혀 죽을까 걱정한 부인이 시녀에게 덮개를 열어주라 했다. 모습을 드러낸 구관조는 부인을 보자 대뜸 말했다.

"부인, 땀띠가 돋으셨구려?"

부인은 깜짝 놀랐다. 곰곰이 생각해보니 그 말은 며칠 전에 남편이 자신에게 했던 말이 아닌가. 무심코 던진 말을 구관조가 배워버린 것이었다. 부인은 너무 우스워서 한참을 깔깔대며 웃었다. 그리고 하 도원이 집에 돌아오자마자 이 얘기를 들려주는데, 부인이 시키기도 전에 구관조가 스스로 말했다.

"부인, 땀띠가 돋으셨구려!"

하 도원도 너무 우스워 입이 찢어져라 웃고 나서 말했다.

"이 녀석이 내 목소리까지 흉내를 내는구려!"

* 대쪽으로 만든 리듬 악기에 맞춰 노래하는 중국 민간예능.

부인이 맞장구를 쳤다.

"이 고얀 놈이 이렇게 총명할 줄은 몰랐네요."

그 뒤로 하 도원은 구관조에게 각별한 관심을 기울였다. 시간이 지나자 구관조는 "나리께 인사 올립니다" "상석에 앉으시죠" "살펴 가십시오" 같은 인사말을 몇 마디 배웠지만 자주 말하지는 않았다. 다만 가끔씩 "땀띠가 돋으셨구려"처럼 평소에 부부끼리 하는 말을 불쑥 내뱉는 바람에 손님들이 배꼽을 잡으며 나자빠지게 만들곤 했다.

지부知府가 하 도원을 추켜세웠다.

"하 대인, 이 녀석을 길들인 것만 봐도 대인께서 얼마나 대단하신지 알겠습니다."

하 도원은 이 새가 자랑스러웠고 자기 재주는 더더욱 자랑스러웠다. 이 이야기는 여기서 접고 다음 이야기로 넘어가보자.

음력 9월 9일 중양절, 높은 곳에 오르는 '구구등고九九登高' 풍습에 따라 텐진 사람들은 동성東城 밖 옥황각玉皇閣에 올라갔다. 하늘이 높고 공기가 쾌청하여 높은 곳에서 바라보니 마음이 탁 트이며 거칠 것이 없었다. 이날 직예총독直隸總督* 유록裕祿도 옥황각을 찾았다. 한껏 흥이 오른 그는 좁고 가파른 계단으로 꼭대기에 있는 청허각清虛閣까지 단숨에 올라갔다. 뒤따라온 문무백관이 앞다투어 유록의 비위를 맞추었고, 당연히 하 도원도 그 속에 끼어

---

* 직예(지금의 텐진, 허베이성 대부분과 허난성, 산둥성 일부)를 총괄하는 관직. 수도 방위의 중책을 맡아 지방총독 8명 가운데 최고 실권자였다.

있었다. 하 도원이 싼차허커우三岔河口*를 떠다니는 돛배들을 가리키며 흥을 돋우니 유록은 더없이 흡족해졌다. 누각에서 내려오자 하 도원은 유록에게 자기 집이 멀지 않으니 잠깐 앉았다 가시라고 겸손하게 청했다. 유록은 평소 부하들의 집에 굳이 왕림해주는 법이 없었으나 그날따라 기분이 매우 좋아서인지 흔쾌히 수락했다. 하 도원이 탄 가마가 앞장서서 길을 열고 다른 관원들의 가마가 유록의 좌우를 옹위했다. 행렬은 기세등등하게 거리를 지나 하 도원의 집에 이르렀다.

하 도원이 아끼는 구관조 새장은 대청 창문 앞에 걸려 있었다. 유록이 안으로 들어서자마자 구관조가 소리쳤다.

"나리께 인사 올립니다."

그 우렁찬 소리가 유록의 귀에 흘러들었고, 유록은 매우 흥겨워하며 구관조를 칭찬했다.

"이 녀석, 사람보다 더 똑똑하구나!"

그러자 하 도원이 얼른 말을 받았다.

"이게 다 총독 대인께서 납셨기 때문이지요. 평소에는 아무리 말을 시켜도 통 입을 열지 않는 녀석입니다."

차를 내올 때 구관조가 또 소리쳤다.

"이 차는 청명 전에 딴 차랍니다."

어리둥절해하던 유록이 새장 속 구관조를 돌아보며 말했다.

---

* 즈야허子牙河, 남운하南運河, 북운하北運河 세 강줄기가 만나는 곳으로 톈진의 발상지로 알려져 있다.

"이번엔 네놈이 틀렸구나. 지금이 어느 때인데 청명 전에 딴 차가 있겠느냐?"

상관이 농을 하니 부하들도 따라 웃을 수밖에. 웃음소리가 대청을 가득 메우고, 너도나도 구관조에게 멍청이라고 놀려댔다.

하 도원이 말했다.

"총독 대인께서 정곡을 찌르시는군요. 사실 이 말은 제가 가르친 게 아니랍니다. 저 녀석은 가끔씩 저렇게 가르치지도 않을 말을 지껄일 때가 있습지요."

지부도 웃으며 너스레를 떨었다.

"평소에 무심코 한 말도 저 녀석이 새겨듣는군요. 하 대인이 항상 좋은 차만 마시다보니 저 녀석이 차 이름까지 기억하고 있었나 봅니다!"

그러자 유록이 웃으며 말했다.

"좋은 차가 있으면 내오게나. 나 유록도 맛 좀 봄세."

다들 또 한바탕 웃음을 터뜨렸다. 그런데 '유록'이라는 두 글자를 듣자마자 구관조가 갑자기 날개를 퍼덕이더니 온몸의 검은 깃털을 곤두세웠다. 그러고는 성난 목소리로 또랑또랑 외치는 게 아닌가.

"유록, 이 망할 놈!"

대청에 있는 모든 이가 아연실색했다. 다들 어쩔 줄 몰라 할 구관조가 거침없이 또 한 번 외쳤다.

"유록, 이 망할 놈!"

그러자 유록이 팔을 휘저어 탁자에 놓인 찻잔을 모조리 바닥에 내동댕이치고는 노발대발 소리쳤다.

"이런 방자한 놈이 있나!"

대경실색한 하 도원이 바닥에 납작 엎드려 벌벌 떨면서 우물거렸다.

"제가 가르친 말이 아니—"

그런데 저도 모르게 말문이 막혀버렸다. 구관조의 입에서 나온 말은, 자신이 유록에게 억울하게 당하고 올 때마다 내뱉은 바로 그 말이었던 것이다. 저 녀석이 하필 저 말을 기억하다니? 이제 나는 죽은 목숨이구나! 하 도원은 온몸에 소름이 쫙 끼쳤다.

하 도원이 정신을 차리고 보니 유록과 다른 관원들은 모두 떠나간 뒤였다. 대청 바닥에 엎드려 있던 하 도원은 벌떡 일어나 구관조에게 돌진하며 고래고래 소리쳤다.

"네놈 때문에 난 끝장났다! 내 네놈을 갈기갈기 찢어놓을 테다. 이 죽일 놈의 새!"

하 도원이 양손으로 새장을 확 잡아챘다. 그런데 힘을 너무 많이 줬는지 새장이 부서지고 말았다. 구관조는 날아가버리고 하 도원에게 남은 것은 빈손뿐이었다. 창밖으로 날아간 구관조는 나뭇가지에 내려앉았다. 그러더니 하 도원이 방금 한 말을 그대로 따라 하는 게 아닌가.

"죽일 놈의 새!"

막대기로 쳐라, 벽돌로 찍어라, 나무에 올라가 잡아라, 하 도원이 하인들을 다그쳤지만 구관조는 나무 꼭대기로 훌쩍 올라가더니 또다시 쉬지 않고 소리쳤다.

"죽일 놈의 새! 죽일 놈의 새! 죽일 놈의 새!"

결국 새는 푸드덕 날아올라 순식간에 자취를 감춰버렸다.

그 뒤로 하 도원에게는 '사조'라는 별명이 붙었고, 사람들은 이 별명을 입에 올릴 때마다 어김없이 이 내력을 곁들였다.

장 대력

—

張大力

　　장 대력은 본명이 장금벽張金璧이며 톈진에서 소문난 천하장사
였다. 체격이 건장하고 얼마나 센지 모를 정도로 힘이 넘쳐 대력
大力이라는 별명이 붙었다. 톈진 사람들은 남녀노소 할 것 없이 그
를 좋아했으며 그의 힘에 탄복해 칭찬을 아끼지 않았다. 톈진 사
람들에게는 남을 칭찬하는 독특한 방식이 있었다. 장 대력을 칭찬
할 때도 마찬가지였는데, 당시에는 모르는 사람이 없는 얘기였지
만 지금은 아는 사람이 없기에 그 사연을 적어볼까 한다.

　　톈진 동쪽 후가후侯家后*에 석재를 다루는 취합성聚合成이라는
가게가 있었다. 가게 앞에 엄청나게 무거운 청석 자물쇠青石大鎖**

---

　* 톈진 초기의 상업 중심지. 후씨 성을 가진 사람이 운영하던 후가차관侯家茶馆과
　뒤쪽 빈터에 조성된 시장 후가후시장侯家后小市에서 유래한 이름이라는 설이 있다.
　** 체력 단련용 아령 같은 물건으로 모양이 자물쇠처럼 생겼다.

가 놓여 있었는데, 손잡이도 돌로 만들어졌으며 위쪽에 다음과 같은 글귀 한 줄이 새겨져 있었다.

"이 자물쇠를 드는 자에게 은 백 냥을 상으로 준다."

이 자물쇠를 만들어 가게 앞에 놔둔 까닭은 자기네 석재가 단단하고 내구성 좋은 훌륭한 돌임을 증명하기 위해서였다.

하지만 거기 놓인 청석 자물쇠를 들어올린 사람은커녕 살짝 움직인 사람조차 없었다. 도대체 얼마나 무겁기에? 자물쇠는 땅바닥에 딱 달라붙어 있는 것처럼 꿈쩍하지 않았으니, 바닥까지 같이 들지 않는 한 자물쇠를 쳐들기란 불가능한 일이었다!

어느 날 장 대력이 후가후에 왔다가 이 자물쇠와 글귀를 보았다. 장 대력은 허리를 수그리고 손을 뻗어 자물쇠를 건드려보았다. 살짝 흔들었는데 뜻밖에도 자물쇠가 움직이는 것이 아닌가, 그것도 대바구니 흔들듯 손쉽게 말이다. 그걸 보고 구경꾼이 잔뜩 모여들었다. 장 대력은 자물쇠 손잡이를 꼭 잡고 허리를 꼿꼿이 세웠다. 그러자 그 커다란 자물쇠가 번쩍 들렸다. 장 대력은 자물쇠가 아닌 꽃다발을 든 것처럼 두 팔을 머리 위로 쭉 뻗어올린 채 싱글벙글 웃고 있었다!

사람들이 환호하며 박수갈채를 보냈다. 장 대력은 자물쇠를 내려놓지 않고 그대로 한참을 서 있다가, 가게 주인과 점원들이 모두 나와서 확인한 뒤에야 제자리에 내려놓았다. 장 대력에게 다가온 주인이 싱글벙글 웃으며 말했다.

"뉘신가 했더니 장 선생이 오셨군요. 어서 안으로 드시지요. 차 한잔 대접하겠습니다!"

그러자 장 대력이 정색하며 말했다.

"주인장, 잔꾀는 그만 부리시죠. 자물쇠를 들면 은전 백 냥을 준다고 씌어 있잖습니까. 빨리 돈이나 가져오시구려. 나도 바쁜 몸입니다!"

그런데 웬걸, 취합성 주인은 장 대력의 재촉에도 아랑곳하지 않았다. 그리고 장 대력이 할 말을 다 할 때까지 기다렸다가 침착하게 말했다.

"장 선생, 아무래도 자물쇠 위에 새겨진 글귀만 보셨나 봅니다. 자물쇠 밑에도 글귀 한 줄이 있는데, 그건 못 보셨는지요?"

장 대력은 어리둥절했다. 방금 너무 신이 나서 자물쇠 밑에 있는 글귀는 보지도 못했던 것이다. 장 대력뿐 아니라 둘러싸고 구경하던 사람들도 아무도 보지 못했다. 장 대력은 속으로 머리를 굴려보았다. 아무래도 주인이 돈을 주기 싫어서 그러지 싶었다. 이미 한 번 힘을 썼으니 두 번째에는 자물쇠를 못 들 줄 알고 말이다. 그리하여 장 대력은 다시 가서 자물쇠를 머리 위로 높이 쳐들었다. 그리고 고개를 들어 자물쇠 밑을 보자, 과연 글귀 한 줄이 새겨져 있었다.

"다만 장 대력이 들어올리는 것만은 인정하지 않는다."

자물쇠 위아래에 새겨진 글귀를 이어보면, 자물쇠를 드는 자에게 은 백 냥을 상으로 주지만 장 대력만은 예외라는 얘기였다!

글귀를 보고 모든 사람이 웃음을 터뜨렸다. 취합성 주인은 이 자물쇠를 들 수 있는 사람이 장 대력밖에 없다는 사실을 이미 알고 있었던 것이다. 이 글귀 또한 주인이 장 대력에게 탄복해 칭찬

하는 말이었으며 장 대력 본인도 물론 그 뜻을 잘 알았다.

장 대력은 자물쇠를 바닥에 던지고는 껄껄 웃으며 유유히 자리를 떴다.

풍오야

—

馮五爺

　　풍오야馮五爺*는 저장浙江성 닝보寧波 사람이다. 대대로 풍씨 집
안 사람들을 보면 두 가지 유형으로 나뉘었으니, 장사를 하지 않
으면 글공부를 했으며 다들 총명했다. 이들은 광저우廣州 사람 옹
오장翁伍章**이 만든 상아 공처럼 두뇌가 여러 겹이며 한 겹 한 겹
마다 남다른 지혜가 들어 있다는 것이었다. 그래서인지 장사를 했
다 하면 거부가 되었고, 글공부를 했다 하면 문필을 날리거나 높
은 관직에 올랐다. 풍오야는 5남 2녀 가운데 막내아들이었다. 형
들은 상하이나 톈진에서 공장을 열거나 사업을 하여 일찌감치 자

---

* '야爺'는 지체가 높거나 나이가 지긋한 남자를 높여 부르는 말로 '나리, 어르신,
선생' 같은 뜻을 담고 있다.
** 청 가경제 때 활약한 조각가. 상아로 된 공을 겹겹이 조각하는 기술로 유명했
으며 45겹까지 새길 수 있었다고 한다.

리를 잡았고, 풍오야 홀로 집에 남아 책과 씨름하고 있었다. 그의 생김새는 꼭 붕어 같았으니, 뼈는 생선 가시처럼 가늘고 살갗은 생선 뱃살처럼 연했다. 외모로 봐서는 장사로 부를 이룰 상이 아니라 글공부에 재능을 보일 재목이었다. 풍오야는 한 번 읽은 글은 속속들이 기억하여 누가 앞 구절을 말하면 바로 이어서 뒤 구절을 말하곤 했는데, 이런 재주를 지닌 이는 중국 역사상 오직 송나라 때 왕안석王安石뿐이라고 했다. 말재주도 글재주도 기가 막힌 그를 보며 탄복하지 않는 이가 없었고, 모두들 풍씨 가문 이번 세대의 장래는 그에게 달렸다고 말했다.

풍오야가 스물다섯 살 되던 해에 부모가 세상을 떠났다. 그는 형들과 벗들에게 의지해 새로운 길을 모색하기로 하고, 집과 전답을 모두 처분하고서 가족을 이끌고 톈진으로 왔다.

풍오야는 포부가 큰 사람이었다. 그러나 톈진은 상업 도시라 붓은 장부를 기록하는 데에만 썼으며 책 읽는 사람은 있지도 않았고, 그러다보니 자연히 글 읽는 사람을 존중할 줄 몰랐다. 땅바닥에 황금과 책이 떨어져 있으면 누가 책을 줍나? 이런 태도였다. 남들이 돈 버는 모습이 부러워진 풍오야는 머리가 획 돌았고, 자기도 장사를 하기로 마음먹었다. 하지만 장사라고는 아무것도 모르는 그가 무슨 일을 해야 할까?

중국인이 돈을 벌어야겠다 마음먹었을 때 가장 먼저 떠오르는 일은 음식 장사다. 백성에게는 먹는 일이 가장 중요하며 돈을 버는 것도 먹고살기 위해서이니 말이다. 하루 세 끼 중 한 끼라도 굶으면 다리가 후들거리는 통에 벌어온 돈은 으레 음식점 주인의 주머니로 흘러들었다. 톈진의 돈줄은 모두 상인들 손아귀에 있었고, 그들 간의 거래도 보통 식사 자리에서 이루어졌다. 게다가 톈진은 소금 산지라 음식이 짠데 닝보 요리도 짠 편이라 사람들 입맛이 비슷했다. 그리하여 풍오야는 닝보 요리 전문점을 열기로 했고, 조계지 마가구馬家口의 번화가에 터를 잡아 건물을 짓고 '장원루壯元樓'라는 이름을 붙였다. 그러고서 길일을 택해 간판을 내걸고 폭죽을 터뜨리며 장사를 시작했다. 그날 풍오야의 차림새를 보면, 꽃무늬가 찍힌 남색 두루마기를 걸치고 순금 시곗줄을 가슴팍에 드리웠으며 머리는 앞가르마를 타서 기름을 발랐다. 그는 이렇게 전형적인 식당 주인의 모습으로 대청에 서서 여기저기서 찾아오는 손님들을 맞이했다. 풍오야는 글공부를 한 사람이다보니 예의 바르고 언행에 품격이 있어 손님들에게 호감을 샀다. 게다가 장원루는 톈진에서 유일한 닝보 식당으로, 톈진 사람들이 무척 좋아하는 바닷물고기와 민물새우 같은 신선한 재료를 써서 닝보 출신 주방장이 대단히 맛좋은 요리를 만들어냈다. 식당은 날마다 만석이었으며 저녁에는 앞 손님이 일어서자마자 다음 손님을 앉혀야 할 정도였다. 이렇게 돈이 돈궤로 흘러드는 모습을 보면서 풍오야는 신이 나서 어쩔 줄 몰랐다. 그런데 시간이 지나고 보니 오히려 남는 것이 별로 없었다. 풍오야는 답답하고 의아해졌다. 분명 새떼가 날아들듯 날마다 은전이 쏟아져 들어오는데 다 어디로 갔단 말인가? 풍오야는 나중에 다시 장부를 자세히 살펴보았다. 맙소사, 적자가 아닌가!

어느 날 닝보에서 일손을 도우러 온 젊은 점원이 큰맘 먹고 풍오야에게 사실을 고했다. 주방에 있는 닭이며 오리며 생선이며 고기 가운데 손님상에 오르는 것은 많지 않다, 대부분을 주방장과 점원들이 몰래 담장 밖으로 던진다, 그러면 누군가 받아간다는 것이었다. 이렇게 날마다 밖으로 새는 것을 감당하려면 장원루에서 돈을 얼마나 벌어야 한단 말인가?

풍오야는 화가 머리끝까지 치밀었으나 속으로 생각했다. 내가 누구냐. 『이십사사二十四史』를 줄줄 외우는 사람 아니냐. 내 어찌 한낱 요리사나 점원 따위에게 놀아날쏘냐. 풍오야는 즉시 칼을 빼 들었다. 고향 닝보에서 데려온 뚱보 주방장만 남겨놓고 다른 점원들은 다 내쫓아 화근을 철저히 없애고, 사람을 새로 들이고 뒷마당 담장에는 전기 철조망까지 설치했다. 이렇게 하면 문제가 해결될 줄 알았으나 장부를 보면 여전히 적자였으니, 도대체 이게 어찌 된 노릇인가?

그러던 어느 날, 장원루 근처에 사는 노파가 찾아와서 풍오야 귀에 대고 일렀다. 오후에 쓰레기차가 올 때마다 장원루에서 쓰레기통 일고여덟 개를 내가는데, 쓰레기는 위에만 살짝 덮여 있고 그 아래는 몽땅 통조림, 절인 생선 봉지, 좋은 술과 담배로 가득하다는 것이었다. 알고 보니 안팎이 결탁해서 식당 물품을 밖으로 빼돌리고 있었던 것이다. 이는 날마다 쓰레기통으로 돈을 내다버리는 것이나 마찬가지 아닌가? 어느 오후 풍오야가 직접 가서 쓰레기통을 확인해보니, 아니나 다를까 노파의 귀띔대로였다. 대노한 그는 또다시 점원을 몽땅 갈아치웠다. 그러나 사람이 바뀌어도 장부의 적자는 그대로였다.

冯玉夺 古涛

2015
5.

풍오야는 자신이 무능하다고 생각하지 않았다. 그는 날마다 식당에 나가 눈을 부릅뜨고 안팎을 샅샅이 살폈으나 수상한 구석은 손톱만큼도 보이지 않았다. 글 읽는 이들은 자신의 정신세계 속에서 사는지라 정작 만화경 같은 실생활에 뛰어들고 나면 '스스로 똑똑한 줄 아는 바보'가 되고 만다. 장원루는 바람 빠진 가죽공처럼 자꾸만 쪼그라들었고 망할 날이 머지않아 보였다. 장사란 것도 사람과 같아서 기가 충만해야 잘되지, 기가 새어나가기 시작하면 대책이 없다. 가게가 한산하니 오는 손님도 자꾸만 줄고, 수입이 줄어드니 점원도 자꾸만 줄었다. 때로는 식당 절반에만 전등불을 켜놓고 절반만 운영하는 일마저 생겼다.

풍오야는 승복하고 싶지 않았지만, 이렇다 할 대책도 없었다.

또 어느 날, 심부름꾼 아이가 바깥소문을 전했다. 장원루의 가장 큰 도둑놈은 바로 풍오야가 고향에서 데려온 뚱보 주방장이라는 것이었다. 도둑질에 단단히 맛을 들인 뚱보는 날마다, 틈만 나면, 무엇이든 훔쳤으며 저녁에 퇴근할 때에도 꼭 뭔가 하나씩 챙겨 가는데 도둑질 기술이 워낙 뛰어나 절대 들키지 않는다고 했다. 풍오야는 자기 귀를 믿을 수가 없었다. 뚱보 주방장은 자신의 아버지를 위해 요리를 했고, 뚱보의 아버지는 자신의 할아버지를 위해 요리를 했다. 그 정도로 풍씨 집안과 깊은 인연을 맺은 자가 도둑이라면 세상에 도둑 아닌 사람이 어디 있겠는가?

아무튼 풍오야는 2년 넘게 장사를 하면서 진짜 웃음보다 가짜 웃음을 더 많이 보고 참말보다 거짓말을 더 많이 들어온 터였다. 그의 마음속에 의심이란 것이 모락모락 피어올랐다. 그날 저녁,

장원루가 불을 끄고 문을 닫을 시간에 풍오야는 심부름꾼 아이를 데리고 식당 대청으로 나가 바람이 잘 통하는 곳에 등나무 의자를 놓고 벌렁 누웠다. 말로는 더위를 식히려 그런다고 했지만 실은 도둑놈을 잡을 요량이었다.

얼마 뒤에 뚱보 주방장이 화롯불을 끄고 주방에서 나왔다. 맨머리에 웃통도 벗고 하얀 반바지만 걸친 채 낡은 헝겊신을 질질 끌고, 어깨에는 땀수건을 걸치고 손에는 종이 등롱을 들고 있었다. 그는 사장을 보고도 서둘러 내빼려는 기색은 전혀 없었다. 선뜻 걸음을 멈추고 풍오야에게 말을 건네는데 꼭 이런 모양새였다. '볼 테면 어디 실컷 보시지!'

풍오야는 입으로는 적당히 잡담을 나누며 글 읽는 사람의 예리한 눈길로 뚱보를 샅샅이 훑어보았다. 그러면서 속으로 가늠해보았다. 맨머리에 웃통까지 벗었는데 어디에 물건을 감춘다? 해진 신발 속에는 담배 한 갑도 쑤셔넣기 힘들 테고! 손에 든 초롱은 불이 훤하니 그 안에 뭘 숨겼다면 다 보일 텐데? 반바지가 헐렁하긴 하지만 대청으로 불어드는 바람에 허벅지와 엉덩이 윤곽까지 훤히 드러나니 그 속에도 뭐가 있을 리 없고? 그렇다면 어깨에 걸친 땀수건 속에 뭔가 감췄나? 여기에 생각이 미쳤을 때, 기다렸다는 듯이 뚱보가 땀수건을 심부름꾼 아이에게 휙 던지면서 말했다.

"바깥이 시원하니 이 큼지막한 수건을 걸치고 있을 필요가 없구나. 미안하지만 뒷마당 빨랫줄에 좀 널어주겠니?"

말을 마친 뚱보는 풍오야에게 작별을 고하고는 등롱을 든 채 유유히 자리를 떴다.

풍오야는 아이를 시켜 수건을 펼쳐보게 했다. 수건 속에는 아무것도 없었다. 그걸 보며 그는 하마터면 생사람을 잡을 뻔했다며 뉘우쳤다.

하지만 이튿날, 심부름꾼 아이가 전날 밤 뚱보 요리사가 등롱에 무슨 속임수를 부렸는지 얻어듣고 왔다. 양초를 꽂는 받침대가 나무가 아니라 얼린 고깃덩이였던 것이다. 그것도 족히 두 근은 되었다나! 그런 등롱을 들고 풍오야 눈앞을 당당히 지나갔으니, 정말 기가 막힌 작자 아닌가!

이 말을 들은 풍오야는 사흘간 아무 말도 없었다. 그리고 나흘째 되는 날, 풍오야는 장원루 문을 닫아버렸다. 누군가 그에게 다시 글공부를 하라고 권했지만 그는 고개를 저으며 탄식했다. 글공부를 하려면 그 글을 믿어야 하건만, 이제 공부한 사람이 유능한지 공부 안 한 사람이 유능한지조차 분간을 못 하겠다. 그러니 어찌 공부할 마음이 생기겠는가?

남안

—

藍眼

골동품 업계에는 천적天敵이 한 쌍 있다. 한쪽은 위작을 그리는 자, 다른 한쪽은 위작을 감정하는 자이다. 위작을 그리는 이는 감정하는 이의 날카로운 눈을 피하고자 수단과 방법을 가리지 않는다. 위작을 감정하는 이는 기밀을 알아내고 속임수를 간파해 가짜를 그리는 이가 미처 숨기지 못한 꼬리를 잡아낸다. 그렇게 그림 무더기 속에서 가짜를 끄집어내 만천하에 공개한다.

'남안藍眼'이라 불리는 그림 감정가가 있었다. 그는 과점가鍋店街*에 있는 유성공裕成公 골동품점에서 그림을 감정했다. 그의 성은 남씨가 아니라 강江씨이며 이름은 재당在棠이고, 남안은 그의 별명이었다. 텐진 사람들은 별명을 잘 지었는데 부르기도 쉽고 기

---

* 20세기 초 텐진 중심지에 형성된 유명한 골동품 거리.

억하기도 좋기 때문이었다. '남안'이라는 별명은 그가 쓰고 있는 근시 안경 때문에 생겨났다. 안경알이 병 밑바닥처럼 두껍고 파란 빛이라 그야말로 한 쌍의 파란 눈 같았다. 별명을 얻은 결정적인 이유는 역시 그의 뛰어난 감별 능력 덕분이었다. 소문에 따르면 그는 불을 끄고도 그림을 감별할 수 있다는데, 조금 과장되긴 했어도 능력이 뛰어난 것만은 틀림없었다. 그의 '파란 눈'은 그림을 감별할 때 정말로 신통력을 발휘하여, 위작을 볼 때는 흐리멍덩하고 진품을 볼 때는 파란빛을 내뿜는다고 했다.

어느 날 서생처럼 보이는 남자가 두루마리 그림 한 폭을 들고 가게에 들어섰다. 바깥쪽에 '대척자호천춘색도大滌子湖天春色圖'*라는 제목이 적혀 있었지만 남안은 그건 보는 둥 마는 둥이었다. 그는 그림 제목이 뭐든 간에 그림의 진위를 알려면 그림 자체를 보아야 한다는 사실을 잘 알았다. 남안이 번개같이 그림을 당기자 딱 반 자**가 드러났다. 이것이 바로 그 유명한 '반자감별법'으로, 남안은 그림이 크든 작든 반 자만 펼쳐보았다. 딱 반 자만 보고 진짜인지 가짜인지 판단했고, 한 치도 더 펼쳐보는 법이 없었다. 그림 반 자를 살펴보는 남안의 안경알에 파란빛이 번뜩였다. 남안이 고개를 들고 손님에게 물었다.

"얼마에 내놓으시려는지요?"

손님은 서둘러 값을 부르는 대신 이렇게 말했다.

---

* '대척자'는 명말 청초의 저명한 화승畫僧 석도石濤의 호다.
** 한 자(1척)는 약 30.3센티미터, 한 치(1촌)는 한 자의 10분의 1이다.

"듣자 하니 서쪽 끝에 사는 황삼야黃三爺도 이 그림을 모사했다고 합니다만."

황삼야는 톈진에서 으뜸가는 위작의 달인으로 골동품상들이 가장 두려워하는 인물이었다. 그러나 남안은 들은 척도 않고 다시 말했다.

"황삼야가 어쨌거나 말거나 그건 관심 없습니다. 이 그림을 얼마에 파시려는지만 말씀하십시오."

"두 개."

손님이 답했다. 두 개는 곧 황금 20냥이었다.

이만하면 너무 싸지도 비싸지도 않은 가격이었다. 두 사람이 밀고 당기며 흥정을 벌인 끝에 18냥에 거래가 성사되었다.

그날 이후로 톈진의 골동품 업계에는 과점가 유성공 골동품상에서 대척자의 산수화 한 점을 손에 넣었다는 소문이 퍼졌다. 천강淺絳* 수묵화로 푸르게 빛나는 힘찬 기운이 느껴질 뿐 아니라 윗부분에 제사題辭와 발문跋文이 큼직하게 적혀 있어 대단히 귀한 그림이라는 것이었다. 누군가는 이 그림이 베이징의 어느 왕부王府에서 흘러나온 것인데, 팔러 온 사람은 그림을 잘 몰랐지만 남안은 제대로 봤고, 돈은 적잖이 썼어도 횡재한 셈이라고 했다. 이렇게 훌륭한 대척자의 그림은 최근 10년 동안 톈진의 골동품 업계에는 나타난 적이 없었다. 신문이 없던 시절인지라 사람들의 입이 곧 소식을 전하는 매체였고, 이 일은 입에서 입으로 전해질수록

---

* 엷은 붉은빛과 남빛을 주색으로 하는 중국 산수화의 색상 기법.

더욱 신비롭게 부풀려지며 널리널리 퍼졌다. 대척자의 그림을 보러 오는 사람들의 발길이 끊이지 않는 통에 유성공 골동품상은 비단 가게만큼이나 북적북적했다.

세상일이란 이쪽에서 이야기가 끝나면 저쪽에서 이야기가 시작되는 법이다. 석 달쯤 지나자 유성공에 있는 대척자의 그림이 미심쩍다는 소문이 나돌았다. 처음 볼 때는 기가 막히지만 여러 번 보면 멀겋고 밋밋하여 생기가 없다는 것이었다. 진품은 봐도 봐도 또 보고 싶지만 위작은 몇 번 보면 질려버린다. 끝내 새로운 소문마저 돌기 시작했으니, 그 그림은 서쪽에 사는 황삼야가 그린 위작이라는 것이었다! 이는 곧 남안의 두루마기에 오물을 끼얹는 것이나 다름없지 않은가?

남안은 자기 실력에 자신이 있었기에 그런 소문 따위는 들은 척도 하지 않았다. 하지만 그가 잠자코 있을수록 소문은 더 기세 좋게 퍼져나갔고, 나중에는 아예 사실처럼 그럴싸해지면서 침시가針市街*에 있는 어느 집에서 진짜 그림을 봤다는 사람마저 나왔다. 그리하여 또다시 사람들이 유성공 골동품점으로 몰려들기 시작했지만, 이번에는 그 그림을 보려는 것이 아니라 황삼야가 무슨 수로 남안을 속여 넘겼는지 알아내고 싶어서였다. 원래 능력자가 곤두박질치는 꼴이 가장 신나는 구경거리 아니던가!

아무래도 염려스러워진 유성공의 동佟 사장이 남안에게 말했다.

"나야 당연히 선생의 안목을 믿습니다만, 밖에서 도는 소문이

---

* 톈진의 옛 거리로 바느질 용품, 옷, 장신구 가게가 많이 있었다.

蓝眼
乙未
2015
大鹰

戴着晚清的蓝眼
之未陽春古画

하도 무성하여 유성공이 하루도 편안한 날이 없군요. 사람을 보내 그 그림이 어디 있는지 알아보는 게 어떻겠습니까? 혹시라도 똑같은 그림이 있다면 세상에 드러내 진짜와 가짜를 가려냅시다. 그러면 우리 유성공의 명성도 더욱 높아지지 않겠습니까."

남안은 동 사장도 확신이 없다는 것을 눈치챘다. 그러나 퍼져 나가는 유언비어를 그 누가 막을 수 있겠는가. 동 사장 말대로 진짜와 가짜를 가려내는 수밖에 없었다. 남들이 뒤에서 수작을 부리면 떳떳하게 나서서 승부를 가려야 했다.

동 사장은 우소오尤小五를 불렀다. 그는 톈진에서 약삭빠르기로 소문난 사람으로 여기저기 쑤시고 다니며 무슨 일이든 척척 알아냈다. 그에게 이 일을 맡기자 이튿날 바로 소식이 왔다. 아니나 다를까, 대척자의 그림이 한 폭 더 있는데 역시 『호천춘색도』이며 정말로 침시가에 사는 최 씨가 소장하고 있다고! 최 씨라는 사람은 동 사장과 남안 모두 모르는 자였다. 동 사장은 남안더러 우소오와 함께 직접 가서 확인해보라고 했다. 어쩔 수 없이 최 씨를 찾아간 남안이 그림을 살펴보는데, 안경알에 두 줄기 파란빛이 번쩍 스쳐 지나갔다. 아뿔싸!

이 그림이야말로 진품이었다. 유성공에 걸려 있는 그 그림이 위작이었던 것이다! 두 폭의 그림은 크기, 색감, 화면 모두 똑같고 인장까지 똑같이 찍혀 있었다. 유일하게 다른 점은 그림에서 느껴지는 기운이었으니, 보라, 이 그림은 그야말로 생기가 넘쳐흐르지 않나!

남안은 애초에 자신이 어떻게 그림을 감정했던 것인지 전혀 알 수가 없었다. 이 그림을 마주하자 쥐구멍에라도 들어가고픈 심정이 되고 말았다. 지난 20년간 단 한 번도 잘못 감정한 적이 없는, 골동품 업계에서 신으로 통하는 남안 아니던가. 그가 진품이라고 하면 무조건 진품이었고 그가 위작이라면 기필코 위작이었다. 그 누구도 의심하지 않았다. 그런데 이번 실수가 세상에 알려지는 날이면 그걸로 끝장이다. 그림을 감정하는 이 일은 잘하면 평생 인정을 받지만 한 번이라도 실수하면 다시는 돌이킬 수 없게 된다.

남안은 아무 말도 하지 않았다. 유성공으로 돌아온 그는 동 사장에게 사실대로 털어놓았다. 유성공과 남안은 한 배를 탄 처지라 망해도 같이 망하게 되어 있었다. 동 사장은 밤새 궁리한 끝에 결국 최 씨에게서 그 그림을 사오기로 했다. 아무리 큰돈이 든다 해도 그 방법뿐이었다. 그림 두 점을 모두 손에 넣는다면 진짜와 가짜는 자신이 어떻게 말하느냐에 달려 있었다. 하지만 이 일에서 동 사장과 남안은 절대 모습을 드러내서는 안 되었다. 동 사장은 따로 돈을 써서 사람을 구하고, 그를 그림을 사려는 사람으로 가장해 우소오와 함께 최 씨에게 보냈다. 그런데 최 씨가 한마디 할 때마다 그림 값이 천정부지로 치솟을 줄이야. 최 씨는 원하는 값을 못 받으면 그림을 팔지 않고 그냥 갖고 있겠다고 했다. 물건을 살 때 가장 곤란한 상황은, 사려는 쪽은 반드시 사야 하는데 팔려는 쪽은 안 팔겠다고 버티는 경우다. 하지만 동 사장이 "가게를 팔아서라도 돈을 댈 테니 반드시 구해오시오"라고 신신당부했던 터라 이쪽에서는 거듭 양보하는 수밖에 없었고, 결국 금괴를 일곱 개나 주고서야 그림을 살 수 있었다. 먼젓번에 샀던 그림의 세 배가 넘는 비싼 값에 사들인 셈이었다.

　그림을 손에 넣은 동 사장은 비로소 안도의 한숨을 내쉬었다. 들인 돈을 생각하면 속이 타들어갔지만 유성공이라는 간판을 지켜내지 않았는가. 동 사장은 점원에게 그림 두 점을 나란히 걸어놓게 하고는 속 시원히 감정해보기로 했다. 벽에 걸린 그림을 들여다보던 남안의 안경알에 세 줄기 파란빛이 슥, 슥, 슥, 스쳐 지나갔다. 순간 남안은 그 자리에 돌덩이처럼 굳어버렸다. 원만하게 해결된 줄로만 알았던 상황이 이토록 괴이쩍게 돌아갈 줄이야— 전에 샀던 그림이 진짜, 큰돈 들여 새로 산 그림이 가짜 아닌가!

　두 폭을 나란히 놓고 보지 않으면 진짜와 가짜를 아예 가려낼 수 없다니, 이것이야말로 위작을 그리는 이의 수완이요, 최고 경지에 이른 솜씨였다!

　그렇다면 남안의 두 눈은 대체 뭐란 말인가? 배꼽에 달려 있단 말인가?

　남안은 꼴까닥 숨이 넘어갈 지경이었다. 그로부터 사흘간 자초지종을 되새겨본 그는 이 모든 것이 황삼야가 남몰래 쳐놓은 덫임을 깨달았다. 한 발 한 발 다가서게끔 하면서 자신을 덫에 걸려들게 만들어 진품도 제값을 받고 위작은 어마어마한 값에 팔아치웠던 것이다. 남안은 처음 그림을 팔러 왔던 그 서생 같은 남자를 떠올렸다. 그가 "황삼야도 이 그림을 모사했다고 합니다만"이라고 하지 않았던가? 이 그림은 진품도 있고 위작도 있다고 일찌감치 알려주었는데, 이제 와서 누구를 원망하랴? 보아하니 황삼야는 돈만 노린 것이 아니라 바로 남안 자신을 노리고 일을 꾸민 것이 틀림없었다. 진짜 그림을 손에 넣게 한 다음 자기가 그린 가짜 그림까지 사게 했으니 얼마나 기가 막힌가! 여기까지 생각이 미치자 모든 것이 분명해졌고, 패배를 깨끗이 인정하는 수밖에 없었다! 남안은 그길로 짐을 싸서 유성공을 떠났다. 그 뒤로 톈진 골동품 업계에서는 남안이라는 이름을 언급하는 사람이 없었으며 톈진 어디에서도 그의 모습을 찾아볼 수 없었다. 남안이 큰 병으로 몸져누워 다시는 일어나지 못한다는 얘기가 있을 뿐이었다. 참으로 비참한 말로였다!

그런데 생각해보면 남안에게 더욱 참담한 일이 있었으니—그건 바로 황삼야에게 패하고도 그가 그린 위작만 보았을 뿐 그의 얼굴은 보지도 못했다는 사실!

말재간꾼 양파
—
好嘴楊巴

텐진은 명승지일 뿐만 아니라 재간꾼도 수두룩했다. 그중 차탕茶湯*이라는 평범한 길거리 음식으로 유명세를 떨친 고수 두 명이 있었다. 한 사람은 까무잡잡하고 뚱뚱하고 성격이 온화하며 이름은 양칠楊七이었다. 또 한 사람은 뽀얗고 마르고 머리가 잘 돌아갔는데 사람들은 그를 양팔楊八이라고 불렀다. 양칠과 양팔은 이름만 들으면 형제지간 같지만 사실 성씨만 같을 뿐 혈연관계는 전혀 없었다. 양팔은 본명이 양파楊巴인데, 그의 나이가 양칠보다 어리고 중국어 파巴와 팔八의 음이 같다보니 다들 그를 양칠의 동생으로 착각했던 것이다. 하지만 두 사람이 함께 일하는 모습을 보면

* 기장이나 수수쌀에 설탕을 섞고 뜨거운 물을 부어 걸쭉하게 만든 텐진의 서민 음식.

오른손과 왼손처럼 조화로워 친형제도 상대가 안 될 정도였다. 양칠은 뛰어난 손재주로 묵묵히 차탕을 만들고, 양팔은 빼어난 말재간으로 밖에서 손님을 맞았다. 사장이자 점원인 두 사람이 운영하지만 큰 가게들보다 장사가 훨씬 잘되었다.

양칠의 차탕에는 다음 두 가지 비법이 있었다.

여느 차탕은 수수쌀을 우린 다음에 볶은 깨를 한 움큼 뿌리기 때문에 향이 겉에서 맴돌 뿐 속까지 배지 않아 마실수록 맛이 덜하다. 하지만 양칠에게는 자신만의 비결이 있었다. 그는 먼저 사발에 수수쌀을 반쯤 담은 다음 깨를 한 번 뿌리고, 수수쌀 반을 더 담아 잘 우려내고 나서 깨를 한 번 더 뿌렸다. 그런고로 그가 만든 차탕은 그릇을 비울 때까지 향기롭고 고소했다.

두 번째 비결은 깨를 통째로 뿌리지 않는 것이었다. 양칠은 먼저 무쇠 솥에 깨를 잘 볶은 다음 밀대로 으깼는데 그러면 속에 있는 향까지 흘러나왔다. 깨는 딱 노릇노릇해질 만큼만 볶지 조금이라도 태워 쓴맛이 나게 하는 법이 없었다. 또 알갱이가 거칠면 씹기 불편하고 너무 잘면 씹는 맛이 안 나는데, 양칠은 너무 잘거나 거칠지 않게 딱 적당한 크기로 깨를 으깼다. 사실 남들도 다 아는 바였지만 도무지 따라할 수가 없었다. 장인의 재주는 두 손에 달려 있는 법, 이는 글씨를 쓰거나 그림을 그리는 재주와 별반 다르지 않은 이치였다.

그런데 아무리 뛰어난 솜씨로 잘 만든 물건이라 해도 장사에는 반드시 홍보가 필요하다. 장사란 재간이 3할, 말이 7할이라 하지 않나. 죽은 사람도 살려내고 엉터리 물건도 양품으로 둔갑시키는 장사꾼의 재주는 태반이 입에 달렸다고 해도 과언이 아니다. 허풍도 섞고 손님 비위도 맞추고 눈치도 살펴가며 매끄럽게 일처리를 해야 한다. 바로 그때 빛을 발하는 것이 양파의 말재간이었다.

그즈음 이홍장李鴻章이 톈진을 시찰하러 왔다. 그에게 대접할 음식을 두고 지방 관리들의 의견이 분분했다. 도대체 어떤 음식을 올려야 중당中堂* 대인께서 좋아하실까? 베이징의 높으신 분께서 맛보지 않은 산해진미가 있기나 할까? 아무래도 지역의 색다른 별미를 내놓아야겠는데, 톈진의 토속음식은 너무 거칠고 촌스러워 내놓기가 민망했다. 오소어熬小魚**는 가시가 많아서 목에 걸리기 쉽고, 마화麻花***는 너무 딱딱해서 씹기 힘들 것이다. 관리들

---

* 재상을 달리 이르는 말. 원래는 재상이 정무를 보던 곳을 가리킨다.
** 작은 생선을 파·생강·술·후추 따위와 함께 졸인 요리.
*** 큼직하고 딱딱한 톈진 특산 꽈배기 과자.

이 꼬박 사흘을 궁리하고도 결정을 못 내리고 있는데, 다행히 톈진의 온 거리와 골목을 다니며 안 먹어본 음식이 없는 지부가 좋은 방안을 내놓았다. 그가 추천한 음식은 양칠과 양팔의 '양가차탕楊家茶湯'이었다. 차탕은 부드러워 술술 넘어가고 맛도 달콤하다. 먹기도 좋고 별다른 위험이 없어 보이는지라 모든 관원이 찬성했다. 이것이 바로 양파가 출세가도를 달리게 된 연유다.

그날 오후, 이홍장은 톈진의 민간 곡예 연화락蓮花落*을 듣고 흥이 올라 기분이 매우 좋았다. 시원하게 소피를 보고 온 그는 시장한지 간식을 내오라 명했고, 지부는 얼른 양칠과 양파에게 차탕을 올리도록 했다. 이날 두 사람은 난생처음으로 속옷 겉옷 할 것 없이 새 옷으로 말끔히 단장하고 있었다. 파란 바지에 파란 저고리를 입고 하얀 두건을 쓰고 하얀 양말을 신고, 잿물로 씻은 두 손은 한 꺼풀 벗겨낸 것처럼 깨끗했다. 두 사람은 이홍장 앞에 놓인 탁자에 차탕을 올리고는 다섯 발짝 뒤로 물러나 두 손을 모으고 다소곳이 섰다. 분부를 기다리는 모습이었지만 속으로는 칭찬과 상을 기대하고 있었다.

이홍장이 톈진의 명물 차탕을 맛보려고 손을 뻗었다. 손끝이 사발 가장자리에 닿고 눈길은 사발 한가운데로 떨어지는 순간, 이홍장은 갑자기 낯빛이 어두워지더니 눈살을 찌푸리며 손을 내저어 차탕 사발을 밀쳐버렸다. 와장창 소리가 나면서 사발 조각이

---

* '연꽃 떨어지네'라는 뜻으로, 분장한 몇 사람이 대나무판으로 박자를 맞추며 노래를 부르는 설창 예술이다. 틈틈이 '연화락, 연화락'이라는 추임새를 넣는다.

杨巴就这个样子

2015 加 马

사방으로 튀고 차탕이 바닥에 쏟아져 뜨거운 김이 피어올랐다. 그 자리에 있던 관원들은 깜짝 놀라 어쩔 줄 몰랐고, 양칠과 양파도 황급히 무릎을 꿇었다. 대체 무엇이 중당 대인을 저토록 노하게 만들었단 말인가?

관리들은 하나같이 얼이 빠져 있었지만 총명한 양파는 눈을 몇 번 껌뻑이고는 바로 상황을 간파했다. 중당 대인은 지금껏 차탕을 마셔본 적이 없을 테고, 차탕에 뿌려진 으깬 깨가 뭔지도 모를 것이다. 아무래도 깨를 실수로 들어간 더러운 먼지로 착각한 것이 틀림없다. 그렇지 않고서야 저렇게 노발대발할 이유가 없지 않은가? 그렇다면 이 고비를 어떻게 넘길 것인가―

차탕에 떠 있는 것이 먼지가 아니라 깨라고 고한다면 중당 대인의 얕은 식견을 흉보는 것이 되며, 설명하지 않는다면 중당 대인에게 더러운 음식을 올린 셈이 아닌가? 이래도 저래도 벌을 받고 밥그릇마저 잃을 판이다. 좌우지간 당장은 급한 불부터 꺼야 한다. 중당 대인 입에서 차탕에 먼지가 떠 있다는 말이 나와서는 절대 안 된다. 높으신 분 입에서 나온 말은 바로잡을 길이 없다. 서둘러 방법을 찾아 앞질러 해명해야 한다.

한 바퀴, 두 바퀴, 세 바퀴, 잽싸게 돌아가던 양팔의 머릿속에 좋은 수가 떠올랐다! 양팔은 쿵쿵 울릴 정도로 머리를 바닥에 세차게 박으며 큰 소리로 아뢰었다.

"중당 대인께서는 부디 고정하십시오! 대인께서 참깨를 싫어하시는 줄 모르고 감히 차탕에 넣어 노여움을 자초하였습니다. 소인의 죄를 묻지 않고 용서해주신다면 철저히 바로잡아 앞으로는 절대 실수하는 일이 없을 것입니다!"

말을 마친 양파는 또 한바탕 이마를 바닥에 쿵쿵 찧었다.

그제야 이홍장은 차탕에 뜬 누런 찌꺼기가 먼지가 아니라 으깬 참깨라는 사실을 알아차렸다. 구하하초九河下梢* 사람들은 노련하고 영리하며 세상물정에 밝고 말재간이 뛰어난 장사꾼이라더니, 과연 차탕을 파는 이 녀석도 보통내기는 아니었다. 자신이 깨를 먼지로 착각했다는 걸 바로 알아채고는 두세 마디로 알아듣게 설명했을 뿐만 아니라 체면까지 세워주지 않았는가. 눈앞에 있는 관리들의 머리에서는 절대 나오지 못할 총기였다. 똘똘한 양팔이 마음에 든 이홍장이 입을 열었다.

"모르고 한 일이니 죄를 묻지 않겠다! 비록 내가 으깬 참깨를 좋아하진 않지만, 네가 올린 차탕이 톈진의 명물이라 하니 마땅히 상을 내려야겠구나! 여봐라, 저들에게 은 백 냥을 상으로 내리거라."

이렇게 되자 관리들은 더더욱 갈피를 못 잡고 어리둥절해졌다. 차탕을 좋아하지 않는다면서 저리 큰 상을 내리다니, 도대체 왜? 중당 대인이 저리 미련한 사람이었나? 양파는 바닥에 엎드린 채 연신 머리를 조아리며 중당 대인의 은혜에 감사를 표했다. 물론 속으로는 어떻게 된 사정인지 똑똑히 알고 있었다.

이로부터 양파는 톈진에서 크게 이름을 떨쳤으며 '양가차탕'도

---

* '아홉 개 강의 끝'이라는 뜻으로 하이허강(해하海河)의 옛 이름이다. 허베이성을 흐르는 여러 강줄기가 싼차허커우에서 하이허강으로 합류하고 톈진을 관통해 보하이해渤海로 흘러든다.

'양파차탕'이라 불리게 됐다. 반면에 양칠은 차츰차츰 잊히며 아무도 모르는 존재가 되었다. 하지만 양파는 조금도 마음이 불편하지 않았다. 내가 유명해진 것은 나의 뛰어난 말재간 덕분이라고. 중당 대인께서는 끝내 차탕을 드시지 않았거든!

채 도령

—

蔡二少爺

채蔡씨 집안 둘째 도령에게는 아주 독특한 재주가 있었으니, 바로 가산을 내다 파는 것이었다.

채씨 집안 재산이 얼마나 될까? 얼마나 부자일까? 확실히 말할 수 있는 이는 아무도 없었지만, 좌우지간 톈진에서 소문난 부잣집인 것만은 틀림없었다. 채씨 집안은 소금 장사로 재산을 모았고, 모은 돈으로 관직을 샀으며, 대대로 골동품을 수집했다. 주인 부부는 경자사변更子事變* 때 피난길에 나섰다가 객사했는데, 큰아들은 그전부터 줄곧 상하이에서 장사를 했고 가정도 꾸려 잘 살고 있었기에 집안 재산은 모두 작은아들에게 돌아갔다. 별다른 재주가 없던 작은아들은 집안 물건을 내다 팔아 먹고살았다. 어려서

---

* 1900년 일어난 의화단 운동을 가리킨다.

시작한 일을 얼굴에 수염이 가득해질 때까지 하고 있으니 '앉아서 까먹으면 산이라도 말아먹는다'는 말이 무색했다. 그걸 보며 사람들은 채씨 집안 재산은 삼대를 먹여 살리기에 부족함이 없다고 했다.

오랫동안 채씨 집안 물건을 취급해온 경고재敬古齋 황黃 사장은 이 말을 들을 때마다 남몰래 코웃음을 쳤다. 이름난 부잣집 물건은 보통 사람이 내놓은 물건보다 잘 팔린다. 채씨네 둘째 도령이 가져오는 물건을 보면서 황 사장은 그 집안 조상들의 안목에 감탄을 금치 못했다. 물건이 하나같이 옹골찬 진품이라 가게에 들여놓기 무섭게 팔려나갔다. 채씨 집안 물건이 대부분 황 사장의 손을 거쳐갔기에 그는 그 집안 재산이 얼마나 되는지 능히 짐작하고 있었다. 15년 전에 채 도령이 내놓은 물건이 진주와 보석, 옥, 진귀한 서화였다면 10년 전부터는 도자기, 석불, 단단한 나무로 짠 가구로 바뀌었고, 5년 전부터는 온통 헌옷 보따리였다. 모두 훌륭한 물건이었지만 재산이 점점 거덜 나고 있는 게 뚜렷이 보였다. 황 사장이 채 도령을 대하는 태도 또한 조금씩 달라졌다. 15년 전에는 채씨 저택으로 직접 찾아가서 물건을 받아왔지만, 10년 전에는 채 도령이 팔 물건이 있다며 사람을 보내서 오라 해도 다른 일부터 하느라 뒷전으로 미루곤 했다. 그리고 5년 전부터는 채 도령이 헌옷 보따리를 옆구리에 끼고 제 발로 찾아오게 되었다.

그러면 황 사장은 눈을 내리깔고 채 도령을 보면서 "둘째 도련님, 보따리를 풀어보시지요!"라고 말했고, 채 도령은 옆에서 거드는 점원 하나 없이 보따리를 펼쳤다. 이어 황 사장이 눈금자를 들고 보따리에서 옷을 하나하나 꺼내 한쪽으로 던지며 값을 부르면 가게는 마치 구이가估衣街*의 포목점 같았다. 마지막으로 채 도령에게 돈을 내주는 일은 모두 점원에게 맡기고, 황 사장은 가게 뒤로 가서 느긋하게 차를 마시고 담배를 피웠다. 그는 스스로 채씨 집안 사정을 훤히 꿰뚫고 있다고 자부하고 있었으나, 아무래도 2년 전부터 상황이 조금씩 달라지는 느낌이 들었다.

채 도령은 갑자기 헌옷 팔기를 그만두더니 며칠에 한 번씩 사람을 보내 황 사장을 집으로 불러들였다. 그러고는 한참 동안 허튼소리를 늘어놓다가 등 뒤에 있는 궤짝에서 물건을 꺼내 보여주는데, 꺼내는 족족 빼어난 명품이었다. 강희康熙 연간(1662~1722)의 오채 그릇이 있는가 하면, 심석전沈石田**이 세필로 그림을 그려 넣은 부채도 있었다. 탁자에 물건을 올려놓으며 의기양양해하는 채도령은 어느새 10여 년 전 위세를 되찾은 모습이었다.

"부자는 망해도 3년 간다는 말이 틀림없군요. 둘째 도련님의 궤짝은 도무지 깊이를 모르겠습니다! 20년 가까이 물건을 내다 파셨는데 지금도 꺼내놓는 것마다 이렇게 훌륭하다니요!"

황 사장의 말에 채 도령은 미소를 지으며 담담하게 대답했다.

"조상님께 물려받은 물건을 모조리 내다 팔 수야 없지요. 그러면 저는 집안을 거덜 낸 죄인이 되지 않겠습니까?"

하지만 값을 흥정하기 시작하자 황 사장은 난감해졌다. 채 도

---

* 600년 이상의 역사를 지닌 톈진의 상업가. 옷가게와 비단가게가 특히 많다.
** 1427~1509, 명대의 문인화가로 본명은 심주沈周다. 오문화파吳門畫派의 창시자로 명나라 4대가로 꼽힌다.

령이 부르는 값이 생각했던 것보다 높았기 때문이다. 골동품 업계에서 '목덜미 가격脖梗價'이라 일컫는 가격으로, 그 값에 샀다간 돈을 벌기는커녕 손해 보기 십상이었다.

채씨 집안 같은 부잣집에서 물건을 파는 방법에는 두 가지가 있었다. 하나는 싸게 팔기, 또 하나는 비싸게 팔기였다. 싸게 팔기란 급전이 필요해 물건을 급히 처리하는 경우로 구매자 입장에서는 횡재나 다름없었다. 비싸게 팔기란 돈이 급한 것이 아니라서 원하는 값을 받아야만 물건을 내놓는 경우로 구매자는 울며 겨자 먹기로 사야지 흥정할 길이 없었다. 채 도령은 지금껏 쭉 싸게 팔기를 하더니만, 언제부터 비싸게 팔기로 방법을 바꿨단 말인가?

어느 날, 베이징 유리창琉璃廠*에 있는 대아헌大雅軒 주인 모毛 사장이 황 사장을 찾아왔다. 베이징과 텐진의 두 골동품상은 평소 자주 왕래하며 물건을 교환하기도 하고 구매자를 연결해주기도 하는 친밀한 사이였다.

진열대에서 매우 익숙한 물건이 모 사장의 눈에 띄었다. 모 사장이 다가가서 자세히 들여다보니 여덟 조각 양지옥羊脂玉에 새긴 『금강경金剛經』이 정교한 자단목 틀에 올려져 있는데, 관각체館閣體**로 섬세하게 새긴 파리 대가리만 한 글씨에 금칠까지 되어 있었다. 모 사장은 의혹이 가득한 얼굴로 황 사장에게 물었다.

"이 물건은 어떻게 얻으셨습니까?"

---

* 청 건륭제 때부터 유명하던 골동품 상점가. 원래 명 황실에서 쓰는 유리 기와를 만들던 곳이라 유리창(유리 공장)이라는 이름이 붙었다.
** 명청 시대에 과거 시험에서 요구하던 단정하고 네모반듯한 서체.

蔡二爷

一〇〇五年夏 溥

"보름 전에 새로 들여온 물건입니다만. 왜 그러십니까?"

황 사장이 대답하자 모 사장이 잇따라 캐물었다.

"누구에게서 사셨는지요?"

황 사장은 눈동자를 굴리며 속으로 베이징 사람들은 당최 법도를 모른다고 생각했다. 골동품 업계에서 구매자나 판매자를 묻는 것은 금기였다. 황 사장은 그저 웃기만 할 뿐 더는 대꾸하지 않았다.

말실수를 알아차린 모 사장이 질문을 바꿨다.

"혹시 톈진의 채 도령한테서 사셨습니까? 이게 제가 판 물건이라서 그럽니다."

어리둥절해하던 황 사장 입에서 이런 말이 튀어나왔다.

"채 도령은 물건을 팔기만 하지, 사지는 않을 텐데?"

모 사장이 말을 받았다.

"저는 지금껏 채 도령이 물건을 사기만 하는 줄 알았습니다. 팔기도 하는 줄은 미처 몰랐네요. 그래서 방금 물어본 겁니다."

두 사람은 서로 얼굴만 쳐다보며 얼떨떨해 있었다.

그러다 모 사장이 계산대에 놓인 명나라 성화成化 연간(1465~1487)의 청화 꽃병을 가리키며 물었다.

"이것도 채 도령이 저한테 사간 물건입니다! 얼마에 팔던가요? 저한테서는 헐값에 가져갔는데요."

모 사장은 여전히 깜깜밤중이었지만 황 사장은 순간 머릿속이 환해졌다. 그렇다고 모 사장에게 사실대로 털어놓을 수는 없는 노릇이었다. 모 사장이 돌아가자 황 사장은 급히 점원들을 불러놓고 신신당부했다.

"다들 똑똑히 기억해둬. 앞으로 채 도령하고는 거래 금지다. 그 몹쓸 작자가 장사 요령을 제대로 깨쳤단 말이야. 고수가 다 됐어!"

양 배두

—

背頭楊

광서 연간(1874~1908) 경자사변 이후, 사회에 유신이 일어나고 사람들도 변혁을 바라면서 기이하고 다양한 별의별 일이 벌어졌다. 톈진 다즈구大直沽에도 기인이 한 사람 나타났으니, 사람들은 그를 '양 배두(배두양背頭楊)'*이라고 불렀다. 그 무렵 남자들의 변발을 자르자는 운동이 급속히 퍼졌지만, 부모님께 받은 머리카락인지라 다들 너무 짧게 자르려고는 하지 않았다. 변발은 잘랐지만 그렇다고 새로운 머리 모양이 생겨나지도 않았기에 그저 머리를 풀어헤쳐 어깨까지 드리우고 다녔는데, 꼭 옥수수수염을 뒤통수에 붙여놓은 모양새였다. 속칭 '마자개馬子盖', 공식적으로는 '올백'이라고 불리던 이 머리 모양은 유신을 지지하는 남자들

---

* '배두'는 올백 머리라는 뜻이다.

사이에 널리 유행했다.

그렇다면 올백을 하고 다니는 양 씨에게 무슨 특별한 구석이라도 있단 말인가? 제대로 보았다. 확실히 특별한 데가 있었으니 ― 그는 여성이었다!

다즈구에는 양씨 성을 가진 부잣집이 있었다. 그 집에 혼인하지 않은 딸이 두 명 있는데, 얌전한 큰아가씨는 온종일 집에만 있었지만 활달한 작은아가씨는 돌아다니기를 좋아해 집에 붙어 있는 법이 없었다. 생김새도 성격도 꼭 사내 같고 신식을 좋아해서 밖에서 유행하는 것이라면 바로 따라했다. 작은아가씨는 '혁명'이라는 두 글자를 듣기가 무섭게 가위로 머리를 싹둑 자르고 유신을 지지하는 남자들을 따라 올백 머리를 했다. 이는 당시로서는 대단히 큰 사건이었다. 하지만 집에서 아무리 난리를 쳐도, 밖에서 아무리 쑥덕거려도 그는 조금도 개의치 않고 제 하고픈 대로 행동하면서 매우 즐거워했다.

그러나 열흘도 못 되어 시끄러운 일이 생기고 말았으니 ―

그날 저녁 무렵, 양 배두는 노룽두老龍頭의 서양 학당에서 시사 강연을 듣고 집으로 돌아가는 길이었다. 갑자기 소변이 너무 마려워 발걸음을 재촉했지만 점점 급해져 도저히 참을 수가 없었다. 강물이 넘쳐 둑을 터뜨리기 일보직전, 길옆에 공용 화장실이 나타났다. 양 배두는 황급히 그리로 뛰어들었다.

공용 화장실은 보통 가운데에 칸막이벽을 세워 왼쪽은 남자 화장실, 오른쪽은 여자 화장실로 쓴다. 양 배두가 허리띠를 풀려는 순간, 옆에 쪼그려 있던 여자가 "변태야, 변태!" 하고 고래고

래 소리쳤고 이어 또 다른 여자가 더 크게 고함을 질렀다. 변태가 어디 있다는 건지 알 길이 없는 양 배두는 부랴부랴 바지를 추스르고 밖으로 뛰쳐나갔다. 그러자 화장실에 있던 여자들이 우르르 따라 나와 양 배두에게 욕설을 퍼붓고 주먹질까지 해댔다. 양 배두를 여자 화장실에 기어든 남자 변태라고 단정했던 것이다. 게다가 지나가던 행인들까지 합세해 그를 때리고 걷어찼다.

"그만, 그만! 때리지 말아요. 난 여자란 말이에요!"

양 배두가 아무리 부르짖으며 해명해도 그들은 멈추기는커녕 "이놈이 여자 행세를 해? 어디 더 혼나봐라!" 하면서 더 심하게 때렸다. 순경이 오고 나서야 양씨 집안 작은아가씨임이 밝혀져 그는 겨우겨우 집으로 돌아갈 수 있었다. 두들겨 맞아 온몸이 퉁퉁 붓고 얼굴에 피멍이 든 양 배두는 부모님을 보자마자 울고불고

난리를 쳤고, 그 뒤로 며칠을 그렇게 울었다고 한다. 이 얘기는 여기까지 하고.

이런 일을 겪은 뒤로 양 배두는 두 번 다시 밖에서 화장실에 가지 않았다. 바지에 오줌을 쌀지언정 공용 화장실에는 절대로 가는 법이 없었다. 남자 화장실에도 들어가지 못했고, 여자 화장실에는 더더욱 들어갈 수가 없었다. 한동안 양 배두는 자신이 여자인지 남자인지조차 헷갈릴 지경이었다.

양 배두는 더는 말썽을 일으키지 않으려 했지만, 말썽이 자꾸만 그에게 따라붙었다.

듣자 하니 다즈구 일대 여자 화장실에서 잇따라 변이 생기고 있었다. 올백 머리를 한 사내가 화장실에 뛰어들어 "내가 양 배두다" 하면서 상대방을 겁주고는 제 실속을 차린 다음 달아나버린다는 것이었다. 큰일이 나진 않았지만 사람들은 불안하고 두려울 수밖에 없었다. 게다가 동네 건달들도 이에 가세해 여자 화장실 밖에서 시도 때도 없이 "양 배두가 나타났다!" 하고 소리를 질러댔다. 그러니 이 일대 여자 화장실은 귀신 나오는 집처럼 흉흉해져 감히 들어갈 수가 없게 됐다.

양 배두는 유신이 왜 이렇게 줄줄이 말썽을 일으키는지 도통 알 수가 없었다. 기껏해야 올백 머리를 했을 뿐인데 화장실조차 들어갈 수가 없다니. 화장실에 못 들어가게 됐지만 또 안 들어갈 수도 없는 노릇 아닌가. 양 배두는 자신이 그런 뒤죽박죽 상황을 만든 것인지 상황이 자신을 뒤죽박죽으로 만든 것인지마저 헷갈렸다. 성질이 뻗친 양 배두는 두 달 동안 집에 틀어박혀 있었고,

그 사이에 머리가 자라 여자 모습으로 돌아왔다. 자연히 여자 화장실에 자유로이 드나들 수 있게 됐으며 여자 화장실도 잠잠해졌다. 그러자 이 세상 시끄러운 일이 싹 없어진 것만 같았다.

이를 알아보다

—

認牙

이를 치료하는 화華 의원의 의술은 천하제일이라 할 만했다. 그는 환자가 아무 말 없이 입만 벌려도 어느 이가 아픈지, 어느 이가 시린지, 어느 이가 흔들리는지 바로 알아냈다. 또 진짜 이를 가짜 이보다도 곱게 고쳐주는 것은 물론이요, 가짜 이는 진짜 이처럼 튼튼하게 만들어주었다. 그가 어디서 그런 재주를 익혔을까, 도무지 모를 일이었다!

화 의원은 선량하고 강직하며 성실한 사람이었지만 딱 한 가지 흠이 있었다. 기억력이 나빠서 사람을 통 기억하지 못한다는 것이었다. 한번 보고 나면 그날로 싹 잊어버렸다. 전날 화 의원에게 충치를 치료받고 다음 날 길에서 화 의원과 마주쳐 인사를 건넸는데 못 알아본다면? 심기가 불편하지 않겠는가? 평소 안경을 쓰지 않으니 눈이 나쁜 것도 아닐 텐데 이 정도로 기억을 못 하다니? 역시나 통 모를 일이었다!

그런데 훗날 화 의원에게 일어난 일로 말미암아 이 두 가지 의문이 단번에 풀렸다.

어느 날 오후, 조계지 경찰서에서 사복형사 두 명이 화 의원을 찾아와 오전에 낯빛이 검은 사내가 다녀가지 않았느냐고 물었다. 얼굴에 구레나룻이 있고 눈두덩이 부었으며 오른쪽 입가에 커다란 점이 있는 자라고 했다. 화 의원은 고개를 절레절레 흔들면서 대답했다.

"기억이 안 나오."

"오전에 환자를 몇 명이나 보셨습니까?"

"여섯 명 보았소이다."

"거참 이상하군요! 고작 여섯 명밖에 안 봤는데 어떻게 기억을 못 하십니까? 게다가 이렇게 생긴 사람이라면 거리에서 얼핏 마주쳐도 1년은 기억할 텐데. 솔직히 말씀드리죠. 그놈은 지난달 구이가에서 총을 들고 금은방을 턴 수배범입니다. 설마 그놈과 무슨 관계가 있어서 못 봤다고 하시는 건 아니겠죠?"

평소 좀처럼 화를 내지 않는 화 의원이었지만 이 말을 듣자마자 분기탱천해 탁자를 쾅! 내리쳤다. 그 바람에 탁자에 놓여 있던 발치 집게가 높이 튕겨올랐다.

"화씨 집안은 이곳에서 삼 대에 걸쳐 의원을 해왔소. 사람을 치료하면서 양심에 거리끼는 일은 단 한 번도 해본 적이 없단 말이오. 기억이 안 나니까 안 난다고 하지! 내 분명히 말하는데, 그런 흉악한 놈이 눈에 띄면 댁들이 찾아오기 전에 내가 가서 알려주겠

소!"

이는 물론 잇몸까지 드러내며 펄펄 뛰는 화 의원을 보니 아무
래도 거짓말은 아닌 듯했다. 두 형사는 잠깐 망설이다가 돌아서서
자리를 떴다.

날씨가 추워진 어느 날이었다. 화 의원이 정말로 조계지 경찰
서로 헐레벌떡 뛰어들었다. 얼마나 다급하게 달려왔는지 두루마
기가 찢어진 줄도 모르고 있었다. 화 의원이 말하길, 금은방을 턴
강도가 지금 한창 카이펑로開封路에 있는 일호춘一壺春 술집에서
술을 마시고 있다지 않나! 제보를 받은 형사들은 즉시 출동했고,
과연 그곳에서 얼굴이 시커먼 그 강도를 붙잡았다.

형사가 물었다.

"의원님, 그놈을 어찌 알아보셨습니까?"

화 의원이 대답했다.

"나도 마침 거기서 밥을 먹고 있었소. 그런데 그놈이 사람들과 술을 마시는 게 보이지 뭐요. 입가에 커다란 점이 있고 생김새도 당신들이 알려준 것과 비슷했지만 쉽사리 단정할 수는 없었소. 세상에 입가에 검은 점이 있는 사람이 어디 그놈 하나뿐이겠소. 그런데 그놈이 씩 웃는데 그 송곳니가 보이는 거요. 내가 봐준 그 송곳니였소. 틀림없이 기억이 났소! 그래서 곧바로 달려온 거요!"

"아직도 아리송합니다. 어떻게 이만 보고 사람을 알아봅니까?"

그러자 화 의원이 껄껄 웃으며 말했다.

"나는 이를 치료하는 사람 아니오. 사람은 기억하지 못해도 이는 틀림없이 기억한다오."

이 말에 형사는 찬탄을 금치 못했다.

이 일이 입소문을 타고 퍼지자 사람들의 궁금증도 드디어 풀렸다. 화 의원이 사람을 기억하지 못하는 것은 결코 흠이 아니었다. 그는 사람을 기억하는 것이 아니라 오로지 이만 기억했던 것이다. 이를 치료하는 사람이 온 신경을 이에만 쏟으니 당연히 의술이 대단할 수밖에.

청운루주

—

青雲樓主

'청운루주青雲樓主'란 톈진 하이허강 기슭에 사는 어느 소문인小
文人의 별호다. 소문인이란? 사람들 입에 오르내리는 유명한 문인
은 못 되나 이름쯤은 알 만한 문인을 말한다.

청운루주는 얼굴이 갸름하고 피부색이 누렇고 팔다리가 가늘
고 길쭉길쭉해서 멀리서 보면 꼭 대나무 장대에 건두부를 올려놓
은 모양새였다. 허나 사람을 외모로만 판단해서는 안 되는 법. 그
는 서화에 제법 능했으며 도장도 새길 줄 알고 표구까지 할 줄 알
았다. 다만 전문가가 보기에는 약간 거칠어 보였달까. 그리하여
톈진의 점포에는 그가 쓴 현판이 걸리지 않았으며 식당이나 약방
벽에도 그가 그린 그림이 걸리지 않았다. 그의 서화는 전문가와
비전문가 사이에 걸쳐진 그런 솜씨였다. 이런 상태에 놓인 문인은
'재능이 있어도 알아주는 이가 없다'는 기분을 맛보는데, 그것이

쓴맛인지 매운맛인지 아니면 떫은맛인지 신맛인지는 오로지 그
자신만이 알 터였다.

그리하여 그는 자기 서재에 '청운루'라는 이름을 붙이고 스스로
'청운루주'라 칭하며 맞은편 벽에 '人在青山裏 心臥白雲中(인재
청산리 심와백운중)'*라는 대련을 써서 걸어놓았다. 그는 틈만 나
면 이 글귀를 중얼거렸고, 그럴 때마다 두 눈을 지그시 감고 어깨
를 흔드는 모습이 흡사 은자와 같았다. 그런데 톈진이라는 지역은
평범한 사람들이 다양한 모습으로 살아가는 곳으로, 청운루가 있
는 대호동大胡同 동쪽 어귀는 이것저것 사고파는 사람들로 늘 북
적북적했다. 게다가 벽 너머는 바로 '사계춘四季春'이라는 큰 요릿
집이라 매일같이 생선에 고기에 파에 온갖 조미료 냄새가 창문으
로 흘러들었다. 창문을 닫으면 되지 않느냐고? 창유리가 냄새는
막아준다 해도 가로등이나 술집에 걸린 초롱 불빛은 어쩌겠는가.

"아예 청운루를 요릿집으로 바꾸면 어떻겠소. 청운루라는 이름
이 참으로 듣기 좋으니 틀림없이 유명해질 텐데!"

한 이웃이 건넨 말에 청운루주는 기가 찬 나머지 뒷목을 잡고
쓰러질 뻔했다.

그런데 세상 돌아가는 이치란 참으로 묘했으니, 쥐구멍에도 별
들 날이 찾아왔다. 어느 날, 오지랖이 넓은 진팔陳八이라는 사람이
미국인 한 명을 데리고 청운루주를 찾아왔다. 미국인은 쉰 살쯤
되어 보였으며 빡빡머리에 두 눈은 커다랗고 수염이 더부룩해 입

* '이 몸은 청산에 묻혀 있고 마음은 구름 속을 노니네'라는 뜻이다.

青雲樓主
2015.

술을 덮고 있었다. 진팔은 이 미국인이 오래된 중국 물건, 특히 서화 작품을 매우 좋아한다고 했다. 서양인을 난생처음 보는 청운루주는 잔뜩 긴장했다. 머리가 어질어질하고 손발마저 제대로 놀릴 수 없어 벽에 그림을 걸려고 의자에 올라서다가 하마터면 뒤로 넘어갈 뻔했다. 다행히 미국인 손님은 알아차리지 못한 채 그림에만 정신이 팔려 있었고, 한 폭을 볼 때마다 알아듣지 못할 말로 쏼라쏼라 떠드는데 꼭 엉덩이를 씻다가 뜨거운 물에 뎄을 때 내는 소리 같았다. 그러고서 입을 삐쭉 내밀어 침이 마르도록 칭찬을 늘어놓기 시작하자 수염에 가려 있던 축축하고 빨간 앵두 같은 것이 드러났다. 청운루주가 자세히 살펴보니 그것은 바로 그의 입술이었다. 마지막으로 미국인이 한 글자 한 글자씩 또박또박 말했다.

"기-분-이-너-무-너-무-좋-습-니-다. 감-사-합-니-다. 기-분-이-너-무-너-무-좋-습-니-다. 감-사-합-니-다."

이 몇 마디 중국어만 익혔는지, 미국인은 이 말만 되풀이하고는 작별을 고했다.

청운루주는 미칠 듯이 기뻤다. 추앙에 가까운 이런 칭찬은 그가 생전 처음 들어보는 것이었다. 두 달 뒤, 영어로 쓴 편지 한 통이 날아들었다. 청운루주는 편지를 들고 『대공보大公報』 신문사에서 일하는 주朱 선생을 찾아갔다. 영어를 할 줄 아는 주 선생이 편지를 읽어보더니 싱글벙글 웃으며 말했다.

"자네, 대체 무슨 수를 썼기에 이 미국인이 이렇게 정신이 홀딱 나가 있지? 미국에 돌아간 뒤로 자네가 쓴 글씨가 날마다 눈앞을 아른거리고 꿈에서까지 자네 글씨가 보인다네그려. 게다가 중국 예술가는 모두 천재가 틀림없다고까지 하는데!"

그 말에 청운루주는 그야말로 청운을 타고 하늘에 둥실 떠오른 것만 같아 밤새 잠을 이루지 못했다. 이튿날 낡이 밝을 무렵, 갑자기 영감이 떠오른 그는 붓을 휘둘러 '寧靜致遠(영정치원)'*이라는 네 글자를 쓰고 손수 표구까지 한 다음 우체국으로 달려가 미국인에게 부쳤다. 그러면서 글씨를 벽에 걸어놓고 그 앞에서 꼭 사진을 찍어 보내달라는 편지도 동봉했다. 미국인이 사진을 보내오면 주변 사람들에게 내보이며 자랑할 작정이었다. 친척과 지인과 이웃은 물론 평소 자신을 얕잡아보던 사람들과 서화를 사고파는 몇몇 큰손에게도 보여주리라. 그리고 신문사 편집진에게도 보여주어 신문에 실리게 하리라. 다들 두 눈 똑바로 뜨고 제대로 보란 말이다! 너희가 인정하지 않아도 미국인은 내 실력을 인정한다고!

그는 청운루에 앉아 눈이 빠져라 답장을 기다렸다. 하지만 석 달을 기다려도 깜깜소식이었다. 왜 안 올까 의아해하다가 거의 체념할 무렵, 드디어 겉봉에 영문이 적힌 편지 한 통이 날아왔다. 청운루주는 서둘러 봉투를 찢고 편지를 꺼냈다. 그런데 온통 꼬부랑 글씨라 도통 알아볼 수가 없고 사진도 들어 있지 않았다. 다시 한 번 봉투를 뒤져보자 사진이 안쪽에 끼어 있었다. 얼른 사진을 끄집어내 살펴보는데, 어딘가 이상하고 어색했다. 사진을 자세히 들

---

* '마음이 편안하고 고요해야 원대한 포부를 이룰 수 있다'는 뜻.

여다본 그는 어처구니가 없었다. 그 미국인은 자기가 보내준 서예 작품 앞에서 분명 사진을 찍었다. 그런데 맙소사, 작품이 거꾸로 걸려 있지 않나! 글자가 모조리 물구나무를 서 있었다!

소양월루와 이금오의 의리

—

小楊月樓義結月李金鰲

민국 28년(1939), 용왕이 톈진에 큰물이 지게 하는 바람에 크고 작은 건물이 깡그리 물에 잠겼다. 3층짜리는 반의반이, 2층짜리는 절반이 잠겼으며 단층 건물은 지붕까지 잠기는 변을 당했다. 거리에 배가 떠다니고 사람들은 창문으로 드나들어야 했으며 가게는 모조리 문을 닫고 차량도 다닐 수 없게 됐다. 소양월루小楊月樓*와 경극 단원들도 남시南市 경운극장慶雲戲院에 갇히는 신세가 되고 말았다. 홍수 피해가 이리 심한 마당에 누가 경극을 보려 들겠는가? 이들 20여 명은 무대에서 숙식을 해결하는 수밖에 없었다.

몇 달이 지나도 용왕은 톈진을 떠날 마음이 없었다. 공연은 못

---

* 1900~1947, 톈진 출신의 유명한 경극 배우로 본명은 양혜농楊慧儂이다.

해도 밥은 먹어야 하니 극단의 돈도 어느덧 바닥나버렸다. 단원들은 별수 없이 공연 도구 십여 상자를 허베이 대가에 있는 만성당萬成當에 저당 잡혔다. 물이 빠지고 기차가 다니기 시작하자 소양월루는 하루빨리 상하이로 돌아가기로 했다. 겨우겨우 돈을 추렴해 기차표는 구했지만 저당 잡힌 물건을 찾을 돈은 없었다. 어찌나 속이 타는지 소양월루는 이앓이까지 생겨 두 뺨이 퉁퉁 부었다. 극장에서 일하는 마음씨 착한 젊은이가 보다 못해 이렇게 귀띔했다.

"차라리 이금오李金鰲를 찾아가 도움을 청해보시지 그래요? 의리를 목숨같이 여기는 사람이라 단장님처럼 명망 있는 분이 부탁하면 반드시 들어줄 겁니다."

이금오는 톈진에서 이름난 깡패 우두머리로, 칼산이건 불바다건 펄펄 끓는 기름솥이건 거침없이 뛰어드는 인물이었다. 합법을 행하든 불법을 행하든 규율과 체면과 의리를 중시했으며 곤경에 처한 이를 돕는 데 발 벗고 나서곤 했지만, 소양월루는 이런 부류와는 교류해본 적이 없었다. 그러나 상황이 상황인지라 다른 방도가 없었다. 소양월루는 일꾼을 따라 톈진 서쪽 끄트머리에 산다는 이금오를 찾아갔다. 거리거리 골목골목을 지나 마침내 고개를 드는 순간, 소양월루는 두 눈을 의심했다. 눈앞에 있는 것은 싸리나무 문이 달린 울타리를 두른, 다 쓰러져가는 좁은 집이 아닌가. 톈진에서 명성이 자자한 이금오가 이렇게 누추한 곳에 산다고? 그렇지만 젊은 일꾼은 그 집 문을 밀면서 소리쳤다.

"이금오 나리!"

그러자 안에서 한 사내가 허리를 굽힌 채 걸어 나왔다. 그가 허리를 쭈욱 펴는 순간 소양월루는 깜짝 놀랐다. 키가 6척은 족히 되어 보였으며 어깨는 대문짝만큼 넓었다. 주름진 얼굴에 수염이 덥수룩하고 몸에 걸친 회색 두루마기는 침대보로 써도 될 정도였으며 군데군데 기름때가 묻어 있었다. 소양월루가 집을 잘못 찾아왔나 의심쩍어하는데, 사내가 우렁차게 물었다.

"무슨 일로 찾아왔소?"

거친 말투에 험악한 눈빛, 틀림없는 이금오였다!

들어가서 보니 집 안은 허물어진 절간이나 다름없었다. 바닥이건 탁자건 온통 먼지투성이에 여기저기 물건이 널브러져 있었다. 정면에 놓인 팔선교자상은 다리 하나가 부러져 벽돌로 받쳐놓았고, 상에 놓인 찻주전자는 주둥이가 깨지고 손잡이도 떨어지고 여기저기 금이 갔으며 뚜껑 꼭지마저 어디론가 달아나버렸다. 이금오가 정말로 가난한 건가, 아니면 가난한 척하는 건가? 진짜로 저렇게 가난뱅이라면 무슨 수로 나를 돕는단 말인가? 이런 생각이 들면서 소양월루는 기대를 내려놓았다.

이금오는 자신을 찾아온 손님을 위아래로 한참 훑어보았다. 항저우杭州 비단으로 만든 바지저고리를 입고 흰 양말에 검은 모직 신발을 신고, 촘촘히 엮은 파나마 밀짚모자를 쓰고 서화가 그려진 대나무 쥘부채를 든 손님을 노려보며 이금오가 물었다.

"어디서 만난 적이 있던가?"

눈빛이 어찌나 사나운지 손님이 아니라 원수를 대하는 듯한 태도였다.

옆에 있던 일꾼이 얼른 나서서 자초지종을 설명하자 이금오는 벌떡 일어나 공수하고 이렇게 말했다.

"내가 눈썰미가 없어 몰라봤구려. 양 단장이 직접 이곳 톈진까지 찾아와 공연을 해준 덕에 우리 톈진 사람들이 눈도 귀도 호강하는 것 아니겠소! 그런데 양 단장을 이리 고생시키고 욕보여서 쓰나! 내일 오후에 만성당에 가서 맡긴 물건을 찾아가시오!"

온 톈진이 자기 집인 양 시원시원한 대답이었다. 그러자 소양월루는 더더욱 믿을 수가 없었다. 대체 이게 실제 상황인가, 아니면 공연의 한 대목인가?

다음 날 아침, 이금오는 당장 허베이 대가로 향했다. 만성당 안으로 들어서자마자 그는 높은 계산대를 향해 고개를 젖혀들고 쩌렁쩌렁 소리쳤다.

"주인장께 전하거라. 나 이금오가 찾아왔다고!"

이 한마디에 계산대에 있던 직원은 소스라치게 놀라 달아나고, 물건을 저당 잡히러 온 손님들마저 혼비백산해 흩어져버렸다. 허둥지둥 뛰쳐나온 주인이 위층으로 올라가 차를 마시자고 청했지만 이금오는 들은 척도 않고 말했다.

"내 친구 양 단장이 공연 도구 몇 상자를 여기에 맡겼다던데, 요즘 돈이 없어서 찾아가질 못하는 모양이오. 내가 다 기억해놓을 테니 일단 물건을 내주시오. 그럼 나중에 다시 이야기합시다."

말을 마친 이금오는 곧바로 돌아서서 문을 나섰다.

그날 오후, 소양월루는 혹시나 하는 마음에 몇몇 사람을 데리고 만성당을 찾아갔다. 안으로 들어가자마자 저당 잡혔던 상자들이 보였다. 옷상자 세 개에 회두盔頭* 상자, 깃발 상자 등등 상자 십수 개가 일찌감치 계산대 밖에 놓여 있지 않은가. 소양월루는 기쁜 나머지 저도 모르게 환성을 질렀다. 이렇게 도구 상자를 되찾은 그는 잔뜩 신이 나서 상하이로 돌아갔다.

소양월루가 떠난 뒤, 이 사연을 알게 된 톈진의 깡패들은 이금오의 의리에 탄복해 마지않았다. 깡패들은 저마다 만성당을 찾아가 소양월루가 진 빚을 대신 갚아주겠다고 나섰고, 주인이 받으려하지 않자 계산대에 돈을 획 던지고 가버렸다. 제각각 얼마씩 냈든 간에 다 합쳐보니 소양월루가 갚아야 할 돈보다 훨씬 많았다. 이 일을 전해들은 이금오는 북대관北大關**에 있는 요릿집 천경관天慶館에다 거하게 술상을 마련해 자기 대신 돈을 갚아준 의리 있는 형제들을 성심성의껏 대접했다.

상하이로 돌아간 소양월루는 석 달이 안 되어 만성당에 수표를 보냈다. 주인은 그가 빚을 갚으리라고는 생각지도 못한 데다가 이미 깡패들이 준 돈을 받은 터였다. 감히 이것까지 챙길 수가 없었던 주인은 수표를 들고 직접 이금오를 찾아갔다. 그런데 이금오가 어떤 사람인가? 단 한 푼도 챙길 생각이 없었던 그는 만성당 주인이 들고 온 수표를 거들떠보지도 않았고, 자기 대신 돈을 내준 형제들에게 나누어주라고 했다. 이로써 돈에 관한 일은 깔끔하게 정리되어 아무도 손해 본 사람이 없었다. 이 빚은 이렇게 매듭지어

---

* 중국 전통극에서 배우가 머리에 쓰는 물건의 총칭.
** 톈진에서 가장 일찍 형성된 상업가.

졌지만 마음속의 빚은 아직 남아 있었으니, 그건 어떻게 정리될 것인가?

이듬해 겨울, 상하이에 유난히 매서운 추위가 몰려와 황푸강黃浦江에 얼음이 석 자 두께로 꽝꽝 얼어붙었다. 배가 바다에서 강으로 들어오지 못하는 것은 물론, 강에서 다니던 배들도 이틀 만에 꽁꽁 얼어붙어 닻을 내린 것보다도 더 단단히 발이 묶였다. 이렇게 되자 부두에서 품팔이로 생계를 잇던 인부들의 살길이 막막해졌다. 특히 톈진에서 온 인부들은 입에 풀칠하기도 힘들 지경이라 나날이 뱃가죽이 들러붙고 있었다. 때마침 볼일이 있어 상하이에 들른 이금오가 이 상황을 목격하고 근심에 잠겨 있는데, 벽에 붙은 포스터가 눈에 띄었다. 바로 소양월루가 주연을 맡은 경극『운낭芸娘』 포스터가 아닌가. 이금오는 당장 소양월루를 찾아가기로 했다.

이금오가 서둘러 극장으로 가니 소양월루는 마침 공연을 마치고 분장을 지우고 있었다. 톈진에서 온 이금오가 문밖에서 기다린다는 전갈에 소양월루는 분장도 지우다 말고 단숨에 뛰쳐나갔다. 퍼붓는 눈을 맞으며 계단 아래 우두커니 서 있는 키다리 사내를 보자 소양월루가 소리쳐 불렀다.

"형님!"

한 걸음에 두세 계단씩 뛰어 내려가다가 그만 얼음에 미끄러져 엉덩방아를 찧었지만, 이금오를 올려다보는 소양월루의 얼굴에는 반가운 웃음이 가득 번져 있었다.

소양월루는 금강반점錦江飯店에 성대한 자리를 마련해 존경해

마지않는 톈진의 은인을 극진히 대접했다.

"양 단장, 덕분에 이 한몸 배불리 먹었으나 저 황푸강 부두에는 수많은 내 형제들이 굶주리고 있다오. 강이 얼어붙어 살길이 막막해져 죽을 날만 기다리고 있으니 어쩌면 좋소."

이금오가 말했다.

"제가 방법을 찾아보겠습니다!"

소양월루는 흔쾌히 대답했다.

"그럴 필요까지는 없소. 상하이의 유명 배우들을 모아 사흘만 자선 공연을 해주시오! 입장권을 전부 나에게 주면 내가 형제들에게 나눠주어 팔도록 하겠소. 어려운 부탁이 아닌지 모르겠소만?"

"형님도 참 대단하십니다. 저더러 도와달라면서도 어려운 부탁은 하지 않으시는군요. 제가 그만한 일도 못 할까요?"

다음 날 조군옥趙君玉, 주신방周信芳, 황옥린黃玉麟, 유소형劉筱衡, 왕운방王芸芳, 유빈곤劉斌昆, 고백세高百歲 같은 상하이의 유명 배우들이 한자리에 모여 황금극장黃金戲院에서 자선 공연을 열기로 약속했다. 입장권은 톈진에서 온 날품팔이꾼들이 평소 일감을 주던 업주들을 찾아다니며 팔았다. 얼마 안 되는 돈으로 인정도 베풀고 경극도 실컷 볼 수 있는 일인데 누군들 마다하랴? 게다가 이렇게 많은 유명 배우가 한 무대에 올라 「용봉정상龍鳳呈祥」에「홍종열마紅鬃烈馬」 같은 흥미진진한 경극을 공연한다니 좀처럼 만나기 힘든 기회였다. 이렇게 사흘간 이어진 공연은 고드름처럼 꽁꽁 얼어 죽을 뻔했던 형제 수천 명을 살려냈다.

이금오가 볼일을 마치고 톈진으로 돌아가기에 앞서 소양월루는 또다시 송별연을 열었다. 배불리 먹고 술기운이 거나해지자 소양월루는 붉은 종이에 네모반듯하게 싼 큼직한 은화 보따리를 여비로 쓰라며 이금오에게 건넸다. 작년 톈진에서 있었던 일에 감사를 표하는 것이기도 했다. 그런데 이금오는 돈을 보자마자 표정이 굳어지더니 평소보다 더욱 걸걸하고 묵직한 목소리로 말했다.

"양 단장, 나는 벗을 사귀지 돈을 사귀지는 않는다오. 생각해보시오. 우리 사이에 우정은 오고 갔어도 돈이 오간 적이 있소? 돈을 본 적이나 있소? 이렇게 서로를 위해 분주히 뛰어다닌 게 다 인정과 의리 때문 아니겠소? 돈은 아무리 많아도 써버리면 그만이지만, 우리의 우정은 다하는 법이 없을 것이오!"

말을 마친 그는 벌떡 일어나 작별을 고했다.

이금오의 말에 소양월루는 온몸에 뜨겁고 얼얼한 기운이 치밀어올랐다. 이튿날 「화목란花木蘭」 무대에 오른 소양월루는 유난히 기운이 넘치고 목소리도 우렁찼다. 관객들의 뜨거운 박수갈채가 장내를 가득 메웠다.

장 니인

—

泥人張

손재주로 따지자면 진흙으로 인형을 빚는 장 니인(니인장)이 단연 1등이었다. 게다가 1등만 있을 뿐 2등은 없으며 3등과는 천양지차로 벌어져 있었다.

장 니인의 본명은 장명산張明山이다. 함풍咸豐 연간(1850~1861)에 그가 즐겨 찾던 장소가 두 군데 있었으니, 하나는 톈진 동북쪽에 있는 극장 대관루大觀樓요, 또 하나는 북관구北關口에 있는 요릿집 천경관이었다. 그는 그곳에 앉아 사람들을 주의 깊게 살펴보곤 했다. 각양각색 사람들을 관찰해 각양각색 모습으로 진흙인형을 빚어내기 위해서였다. 대관루에 가서는 무대 위 다양한 극중 인물을, 천경관에 가서는 세상 사람들의 온갖 모습을 관찰했다. 두 곳 가운데 더 다채로운 모습을 볼 수 있는 곳은 천경관이었다.

비가 내리던 어느 날이었다. 장 니인은 천경관에 앉아 홀로 술을 마시며 주변 손님들의 모습을 유심히 살펴보고 있었다. 그때 세 사람이 식당 안으로 들어섰다. 가운데 있는 사람은 중키에 머리가 크고 배가 불룩한데, 호화롭게 차려입고 꽤나 거들먹거리는 태도로 걸어 들어왔다. 정문 맞은편 탁자에 올라서서 손님을 맞이하고 가게 상황을 살피던 심부름꾼이 그를 보고는 얼른 소리쳐 맞이했다.

"익조림益照臨* 나리 아니십니까. 정말 오랜만에 귀한 손님이 오셨군요! 장 나리 일행 세 분이십니다. 어서 안으로 들어가시지요!"

이 외침에 식사하던 손님들이 모두 씹기를 멈추었다. 심지어 젓가락을 내려놓고 그 유명한 익조림 나리를 구경하는 사람도 있었다. 당시 톈진에서 최고로 잘나가는 사람은 단연 소금 장사로 떼돈을 번 장금문이었다. 그는 성경장군盛京將軍** 해인海仁을 위해 목숨 걸고 일한 공으로 그의 수양아들이 되었기에 '해장오海張五'라고도 불렸다. 사람들은 앞에서는 그를 장 나리라고 부르고 뒤에서는 해장오라고 불렀다. 톈진은 장사꾼이 제일인 곳으로 돈만 많으면 누구나 떵떵거릴 수 있었다. 돈 많은 장사꾼 앞에서는 관리마저 벌벌 떨었지만, 수공업자만은 그렇지 않았다. 손재주로 벌어먹는 수공업자는 누구에게 신세 질 일도 겁먹을 일도 없었다. 그

---

* 1795~1875, 본명은 장금문張錦文으로 톈진의 8대 거상인 톈진 8대가天津八大家 가운데 한 사람이다. 익조림은 그의 점포 이름으로 '사방팔방에서 재물이 흘러들고 도처에 황금이 있다'는 뜻이다.

** 청나라 때 선양沈陽 지역을 총괄하던 최고 군정장관.

런고로 장 니인은 술을 마시고 안주를 들며 이리저리 둘러볼 뿐 해장오를 거들떠보지도 않았다.

그런데 조금 있으니 해장오 쪽에서 자신을 입에 올리는 소리가 들려오는 게 아닌가. 누군가가 목소리를 낮춰 이렇게 말했다.

"장 니인은 무대 아래서 공연을 보면서 소매 속에서 진흙을 주물러 인형을 빚는다더군. 꺼내놓으면 무대 위 배우들 모습하고 완전히 똑같대."

그러자 해장오가 걸걸한 목소리로 말했다.

"뭐 어디서 주물러? 소매 속이라고? 사타구니 속이겠지!"

그러고는 낄낄대며 장 니인을 비웃었다.

천경관에서 식사하던 모든 사람이 이 얘기를 들었다. 사람들은 재주 좋고 배짱 두둑한 장 니인이 어떻게 받아칠지 궁금해졌다. 진흙 덩어리라도 집어 던지려나?

그런데 장 니인은 아무 말도 못 들은 양 왼손을 탁자 밑으로 내리더니 신발 밑창에서 진흙 한 덩이를 후벼 파냈다. 오른손으로는 여전히 술잔을 기울이고, 두 눈은 탁자에 놓인 안주를 바라보고 있었다. 그러면서 왼손으로는 진흙 덩어리를 연신 주무르는데 손가락 움직임이 마술사 유 독자劉禿子보다도 교묘하고 민첩했다. 해장오 일행은 여전히 장 니인을 골리느라 여념이 없었고, 장 니인은 손에 있는 진흙 덩어리로 그 말들을 받아치려는 것이 틀림없었다. 조금 뒤 장 니인은 손을 멈추더니 진흙 덩어리를 탁자에 탕, 올려놓고 일어나 계산대로 갔다.

식사하던 사람들이 목을 길게 뽑아 진흙 덩어리를 건너다보았다. 과연 장 니인의 솜씨였다! 해장오의 머리를 베어 그대로 탁자에 올려놓은 것만 같았다. 표주박 같은 머리에 튀어나온 작은 눈에 오만하기 짝이 없는 표정까지, 해장오보다 더 해장오 같지 않은가. 다만 크기가 호두알만 할 뿐이었다.

해장오는 2장쯤 떨어진 곳에 앉아서도 진흙 덩어리가 자기 모습임을 알아볼 수 있었다. 문을 나서는 장 니인의 뒷모습을 향해 해장오가 소리쳤다.

"저 따위 형편없는 손재주로 돈을 번다고? 아무리 싸게 팔아도 아무도 안 사겠네."

장 니인은 뒤도 돌아보지 않고 우산을 펼쳐 들고는 유유히 사라졌다. 하지만 톈진에서는 이야기가 이리 심심하게 끝나는 법이 없으니—

다음 날, 북문 밖 구이가에 있는 작은 노점 여러 곳에 해장오 진흙인형이 줄줄이 진열되어 있었다. 이번에는 몸통까지 붙어 앉아 있는데 거들먹거리는 태도마저 영락없었다. 게다가 틀로 찍어 대량으로 만들었는지 똑같은 인형이 족히 100~200개는 되었다. 노점마다 흰 종이가 한 장씩 붙어 있었고, 종이에는 붓글씨로 '해장오 염가 판매'라고 적혀 있었다.

구이가를 오가는 사람들은 인형을 보고 다들 배꼽을 잡았다. 그들은 지인들까지 데려와 해장오 인형을 보여주며 또 한바탕 웃어댔다.

사흘 뒤, 해장오는 사람을 보내 큰돈을 내고 인형을 몽땅 사갔으며 듣기로는 인형 틀까지 사버렸다고 한다. 이렇게 진흙인형은 없어졌지만, '해장오 염가 판매' 이야기는 백여 년이 지난 지금까지도 전해지고 있다.

기가 막힌 도둑

—

絕盜

톈진 구시가지와 조계지 사이에 있는 지역은 톈진에서 가장 혼잡하고 거친 곳이었다. 이곳에는 온갖 사람이 뒤섞여 있을 뿐만 아니라 기괴한 사건도 끊임없이 일어났다. 1920년대에 이 지역 길가에 있는 아담한 집에 젊은 신혼부부가 세를 들었다. 두 사람은 새 침대와 새 옷장, 알록달록한 주전자와 그릇 등으로 집을 아름답게 꾸몄다. 문 양쪽 버팀벽에는 붉은색 쌍희자囍도 붙여놓았다. 젊은 부부는 다음 날 아침 일찍부터 일하러 나갔다. 이웃들은 그들의 성이 무엇이고 이름이 무엇인지도 몰랐다.

사흘 뒤, 신혼부부가 집을 나서고 얼마 지나지 않아 동쪽에서 물건을 실어 나르는 삼륜차 한 대가 쏜살같이 달려왔다. 삼륜차를 끌고 온 이는 늙은 사내였다. 앙상한 몸은 근육질이고, 살갗은 검고 이는 누렇고, 종아리에 쇳덩이 같은 알이 배 있어 오랫동안 삼륜차 페달을 밟아온 사람임을 한눈에 알아볼 수 있었다. 짐칸에는 열일고여덟 살쯤 되어 보이는 젊은 사내 둘이 막대기, 도끼, 노끈 등을 들고 쭈그려 앉아 있었다. 세 사람 다 낯빛이 험악한 것이 꼭 원수를 갚으러 찾아온 모양새였다.

신혼부부 집 앞에 이르자 늙은이가 브레이크를 콱 밟았다. 삼륜차에 타고 있던 두 젊은이는 튕기듯 뛰어내려 문 앞으로 달려가더니, 늙은이를 돌아보며 이렇게 말했다.

"아버지, 집에 사람이 없고 문이 잠겨 있어요!"

대문에는 큼지막한 서양식 자물쇠가 채워져 있었다.

늙은이는 눈알을 희번덕거리고 얼굴과 목덜미에 핏대를 세워가며 불같이 화를 냈다. 그러더니 곧바로 삼륜차에서 뛰어내려 욕지거리를 퍼붓기 시작했다.

"이런 불효하고 막돼먹은 놈 같으니라고. 부모는 나 몰라라 하고 이리로 달아나 저만 호강하고 살아? 둘째야, 셋째야, 당장 문을 부숴라!"

말이 떨어지기 무섭게 두 아들이 도끼를 휘둘러 자물쇠를 부숴버렸다. 문이 열리자 신혼집에 새로 들여놓은 물건들이 눈앞에 펼쳐졌다. 그걸 보자 늙은이는 더더욱 화가 치미는지 주인 없는 빈 집을 가리키며 길길이 날뛰고 고래고래 소리를 질러댔다.

"아니, 이런 양심 없는 놈이 있나! 어려서부터 금이야 옥이야 키워냈더니 이렇게까지 배은망덕해? 지금 제 어미가 병에 걸려 약 살 돈도 없는데 돈 한 푼 안 내놓더니, 여기 숨어서 여우 같은 년하고 호사를 누려? 제 어미는 숨이 꼴깍 넘어갈 판에! 그래, 어

디 한번 실컷, 실컷, 실컷 잘살아봐라! 둘째야, 셋째야! 거기 서서 뭐 하냐! 저 물건들 싹 가져가게 냉큼 실어라! 감히 맏이 편을 들었다간 네놈들 발모가지를 몽땅 분질러놓을 줄 알아!"

두 아들은 바삐 움직여 집 안에 있는 상자며 보따리며 이불이며 옷가지를 들고 나와 삼륜차에 실었다.

뛰쳐나와 구경하던 이웃들은 늙은이의 욕지거리에 신혼부부의 내력을 알게 됐다. 죽어가는 어머니도 나 몰라라 하는 배은망덕한 놈이었다니, 나서서 말리는 사람이 있을 리 만무했다. 게다가 저 늙은이가 설날 폭죽처럼 펄펄 날뛰는데 어찌 말리랴. 그랬다간 늙은이가 사생결단으로 달려들 판이었으니!

물건을 거의 다 꺼내놓은 두 아들이 늙은이에게 물었다.

"아버지, 큰 물건은 너무 무거워요. 못 들겠는데 어떡하죠?"

늙은이가 벽력같이 소리쳤다.

"때려 부숴!"

집 안에서 이것저것 깨부수는 소리가 요란하게 울리더니, 마지막으로 유리컵이 쨍그랑 깨지고 나서야 소동이 끝을 맺었다. 늙은이는 그래도 화가 덜 풀렸는지 "내일 또 올 테니 두고 보자!" 소리치고는 훌쩍 떠나버렸다.

대문은 그렇게 온종일 활짝 열려 있었다. 닫아주는 사람 하나 없이 모두 멀찌감치 서서 보기만 했다. 그렇다고 자리를 뜨지도 않은 채 이웃들은 신혼부부가 돌아오기만을 기다렸다.

오후가 되자 서쪽에서 젊은 부부가 웃음꽃 핀 얼굴로 도란도란 이야기를 나누며 돌아왔다. 집 앞에 이른 두 사람은 어안이 벙벙해졌다. 이웃에게 다가가 물어보려 하자 내내 거기 서 있던 이웃들이 갑자기 뿔뿔이 흩어져버렸다. 나이 지긋한 이웃 남자만 남아 있다가 새신랑에게 말을 건네는데, 불효막심한 부부가 불만스러운 기색이 역력했다.

"아침에 자네 아버지와 형제들이 와서 이렇게 해놓고 갔네. 부모님 좀 찾아뵙게나!"

그 말에 더더욱 어리둥절해진 새신랑이 저도 모르게 부르짖었다.

"아버지라니요! 아버지는 제가 세 살 때 돌아가셨고 어머니도 재작년에 돌아가셨습니다. 하나뿐인 누님은 관둥關東으로 출가했고요. 형제는 무슨 형제랍니까?"

"뭐야?"

이웃 남자는 깜짝 놀랐다. 그렇다면 아침에 두 눈으로 똑똑히 본 그 사람들은 누구란 말인가. 그는 도대체 무슨 상황인지 모른 채 이렇게 말할 따름이었다.

"분명히 자네 아버지였어!"

젊은 부부는 부리나케 경찰서로 달려가 도둑에게 집이 털렸다고 신고했다. 그러나 그 뒤로 10년이 지나도록 그 '아버지'라는 사람은 찾지 못했다.

이 일은 톈진에서 벌어진 천태만상 도둑질 가운데 가장 기괴한 사건이었다. 도둑놈은 도둑질을 하면서 '아비' 행세를 하고, 주인은 재산만 잃은 게 아니라 도둑놈 '자식'이 되어버렸지 뭔가. 남에게 하소연한들 동정은커녕 웃음만 살 일이라 부부는 아무 말도 못한 채 냉가슴만 끙끙 앓았다. 어쩌면 이다지도 운수가 사납단 말인가. 참으로 냉혹하고 악랄하고 지독하고—괴상망측한 도둑놈 같으니라고!

소달자

—

小達子

못생긴 얼굴에 뿌연 눈, 자라목에 짤막한 다리, 군고구마처럼 푸슬푸슬하고 탁한 피부. 서 있으면 그림자 같고 걸으면 한 줄기 연기 같은 이런 사람은 소매치기 기질을 타고났다고들 한다. 그렇다! 눈도 손도 번개같이 빠른 소달자小達子는 뱃가죽에 붙여놓은 지폐도 눈 깜짝할 새에 손에 넣는다. 상대는 아무것도 못 느낄 뿐 아니라 뱃가죽에 지폐가 붙어 있는 느낌마저 그대로다. 그런데 소달자가 주로 실력을 발휘하는 곳은 전차 안이다. 혹여나 전차 안에서 그를 만난다면 절대 가까이 있지 말라. 그의 곁에 있었다간 뭘 지니고 있든 깡그리 털리고 말 테니까.

예컨대 양복을 폼 나게 차려입은 젊은 남자가 전차에 오르면 영락없는 소달자의 사냥감이다! 그렇게 유행 따라 멋 내기 좋아하는 부류는 지갑을 양복바지 뒷주머니에 꽂고 다니는데 주머니

에 덮개가 없어 지갑 한쪽 귀퉁이가 삐죽이 나와 있다. 그렇다고
손만 뻗으면 훔칠 수 있느냐? 절대 아니다. 주머니는 작고 지갑
은 불룩해 엉덩이에 찰싹 붙어 있는데, 엉덩이 신경은 얼굴 신경
만큼이나 민감하여 살짝만 건드려도 바로 느낌이 온다. 그러나
소달자에게는 자기만의 방법이 있다. 그는 전차 문간 기둥에 기
대서 있다가, 전차가 멈추고 젊은이가 내리려는 순간 전광석화처
럼 손을 놀려 검지와 중지 끝으로 지갑 귀퉁이를 집는다. 사람이
전차에서 내릴 때는 무게중심과 주의력이 아래쪽을 향하기 때문
에 뒷주머니에 꽂힌 지갑은 잡아당길 필요도 없이 알아서 쑤욱
빠져나온다. 그렇다고 해서 전차 안을 소달자 천하로 여겨서는
안 된다.

어느 날 소달자가 전차 안에 있는데 백모아문白帽衙文*역에서 한 중년 남자가 올라탔다. 남자가 입은 검은색 나사 겉옷 밖으로 굵직한 순금 회중시곗줄이 삐져나와 번쩍이고 있었다. 소달자는 가만히 있다가 전차가 리잔梨棧 역에 도착할 즈음 남자에게 다가갔다. 이곳은 S자 궤도라 전차가 지나가면서 반드시 요동을 친다. 소달자는 그 틈에 남자 곁에 붙어섰고, 시계는 소달자의 손을 거쳐 품속으로 들어왔다. 눈도 못 쫓아갈 정도로 빠른 손놀림이었다. 리잔 역에 도착하자 전차에서 사람들이 우르르 내렸다. 소달자도 인파에 끼어 재빨리 현장을 빠져나갔다.

소달자는 길을 걸으며 오늘의 수확을 흐뭇하게 되새겨보았다. 그런데 앞에서 걸어가는 사람이 아까 전차에 타고 있던 그 중년 남자와 비슷하다는 느낌이 퍼뜩 들었다. 소달자가 정말 그 남자가 맞을까 의심쩍어할 때, 앞서가던 남자가 뒤돌아섰다. 진짜로 아까 그 남자였다. 그런데 이상하게도 그의 가슴팍이 번쩍번쩍했다. 잘 보니 그 굵은 순금 시곗줄이 그대로 걸려 있는 것이 아닌가! 설마 똑같은 시계가 또 있다고? 저도 모르게 품속을 더듬어본 소달자는 대경실색했다. 품속이 텅 비어 있었다. 반평생 남의 물건만 훔치며 살아온 소달자는 난생처음 도둑맞은 기분을 맛보았다. 게다가 아무리 생각해봐도 저 작자가 무슨 수로 시계를 되찾아갔는지 알 수가 없으니, 참으로 기가 찰 노릇이었다. 넋 놓고 서 있는 소

---

* 1896년에 설립된 톈진 일본경찰서의 별칭. 경찰관 모자에 흰 테를 둘렀기에 백모라 불렸다.

달자를 보면서 남자가 이를 드러내고 히죽 웃었다. 그 웃음 속에는 분명 조롱이 깃들어 있었다.

'그리 서툰 솜씨로 어찌 들치기를!'

웃음을 거둔 남자는 돌아서서 제 갈 길을 갔다.

그날 이후로 소달자는 다시는 전차에 오르지 않았다.

대회
—
大回

　대회大回는 성이 회回씨다. 그는 키가 크고 체격이 건장할 뿐 아니라 손도 크고 발도 크고 입과 귀까지 큼지막해서 대회라고 불렀다. 대회라는 이름이 다들 입에 붙어 그의 본명을 아는 사람은 아무도 없었다.

　대회는 재주꾼으로 낚시 고수였다. 그가 대나무 장대를 손에 들면 그게 곧 낚싯대였고 바늘을 구부리면 그게 곧 낚싯바늘이었으며, 신발 밑창 꿰맬 때 쓰는 밀랍 입힌 가느다란 끈이 곧 낚싯줄이고 거기다 비둘기 깃털을 묶어놓으면 그게 곧 낚시찌였다. 그는 이 평범한 물건 몇 가지만으로 물웅덩이 옆에 쭈그리고 앉아 낚시를 했다. 길어야 이레면 웅덩이에 있는 물고기를 모조리 낚아 올릴 수 있었으며 치어조차 놓치는 법이 없었다.

　또 물고기가 아무리 잡다하게 섞여 있어도 대회에게는 자기가

118

낚고 싶은 어종만 골라 낚는 재주가 있었다. 수컷을 낚은 다음 바로 암컷을 낚는 식으로 한 쌍 한 쌍 낚는 재주도 있었다. 대회가 낚은 물고기는 큰 놈은 대회 자신보다도 무겁고 작은 놈은 그의 낚싯바늘보다도 작았다.

낚시는 운이 따라야 한다고들 하지만, 대회는 순전히 자기 재주로 고기를 낚았다.

붕어를 낚을 때는 작고 가느다란 실밥같이 생긴 빨간 벌레를 썼다. 얇은 껍질 속에 핏빛 물이 가득 고여 있는데 그런 벌레를 낚싯바늘에 꿰기란 여간 어려운 일이 아니었다. 바늘 끝이 조금만 빗나가도 붉은 물이 다 새어나가고 껍질만 남았다. 그런데 대회는 벌레를 몽땅 입속에 넣고 볼 안쪽에 품고 있다가, 필요할 때면 손가락으로 낚싯바늘을 집어들고 입을 살짝 벌려 갈고리를 안쪽으로 걸었다. 그러면 어김없이 벌레가 낚싯바늘에 예쁘게 꿰여 나왔다. 대회 말고 어느 누가 이런 재주를 부리랴?

무엇을 낚든 간에 그에게는 비결이 따로 있었다. 이를테면 자라를 낚는 비결은 다음과 같았다.

자라가 걸리면 낚싯대만 휘어지고 낚싯줄은 움직이지 않았다. 사람들은 대개 낚싯바늘이 바위틈에 낀 줄 알고 급한 마음에 낚싯대를 힘껏 당겼고, 그러면 낚싯줄이 툭 끊어지고 말았다. 대회는 초조해하는 법이 없고 늘 침착했다. 자라가 걸린 상태로 잠시 가만 놔두면 낚싯줄이 슬슬 움직이기 시작하는데, 자라가 기어가는 것이었다. 그러면 대회는 더더욱 서두르지 않았다. 특히나 큼지막한 자라는 낚싯바늘을 물면 두 앞발로 수초를 꽉 붙잡고 있기 때문에, 힘주어 낚싯대를 쳐들면 낚싯줄이 끊어지거나 낚싯대가 부러지고 말았다. 그쯤 되면 대회는 허리춤에서 놋쇠 고리를 꺼내 낚싯대에 끼웠다. 그리고 손을 떼면 고리는 낚싯대와 낚싯줄을 타고 물속으로 쭉 내려갔다. 물밑에서 낚싯줄과 실랑이를 벌이던 자라는 난데없이 번쩍이는 물건이 자기 머리를 향해 내려오자 붙잡고 있던 수초를 놓고 앞발로 허둥지둥 머리를 가렸다. 허허, 바로 그때 대회는 손쉽게 자라를 낚아 올렸다!

들도 보도 못한 책략 아닌가?

톈진 사람들은 설에 방생하는 풍습이 있었다. 살아 있는 잉어를 강물에 놓아주는 것으로, 선행을 베풀어 복을 받겠다는 생각이었다. 방생하는 잉어 등지느러미에는 빨간 실을 달았고, 이듬해에 그 잉어를 다시 잡으면 빨간 실을 하나 더 달아 다시 방생했다. 그 이듬해에 또다시 잡으면 빨간 실을 하나 더해 또다시 방생했다. 듣자 하니 빨간 실을 세 가닥 달고 있는 잉어는 용문을 뛰어넘을 수 있고, 그러면 인간 세상의 모든 복과 재물과 장수를 가져다준다고.

잉어야 곳곳에 널렸지만 등지느러미에 빨간 실을 매단 잉어는 좀처럼 보기 힘들었다. 물고기는 한 번 낚싯바늘에 걸리고 나면 영리하고 교활해졌다. 등지느러미에 빨간 실이 하나 달린 잉어는 어시장에서 어쩌다 눈에 띄지만 두 개 달린 잉어는 찾아볼 수 없었다. 세 개 달린 잉어는 그물을 치는 어부들조차 본 적이 없다고 했다. 큰돈을 주고서라도 사고 싶다고 하면 어부는 웃으면서 이렇게 말할 것이다.

"강물을 모조리 퍼내주쇼. 그러면 잡아드리겠소."

이를 어쩐다? 대회에게 가면 되지! 톈진 8대가에서는 섣달이 되었다 하면 얼른 대회를 찾아가서 등지느러미에 붉은 실이 세 개 달린 잉어를 잡아달라고 부탁했다.

그러면 대회는 강기슭에 서서 물고기가 지나다니는 어도魚道를 유심히 살폈다. 대회에게는 물속을 한눈에 볼 수 있는 기가 막힌 두 눈이 있었다. 그는 잉어가 자주 머무는 곳을 정확히 보고 거기다 밀가루 반죽을 던져 넣었다. 밤알보다 큼직한 반죽이라 작은 잉어 입에는 들어가지 않지만 큰 잉어는 한입에 꿀꺽 삼킬 수 있었다. 대회는 반죽에 낚싯바늘을 걸지도 않고 그저 날마다 하나씩 먹잇감으로 던져 넣을 뿐이었다. 교활하기 그지없는 커다란 잉어는 처음에는 위험을 무릅쓰고 반죽을 슬쩍 맛보았다. 별일이 없자 다음 날 또 하나를 먹었다. 점점 담이 커진 잉어는 나중에는 밀가루 반죽을 보기만 하면 넙죽 삼켜버렸다. 그렇게 보름에서 20일 쯤 지나면 대회는 때가 되었다 여기고 낚싯바늘에 반죽을 걸어 물속에 던졌다. 그러면 틀림없이 빨간 실이 하나 달린 큼지막한 잉어가 걸려들어 낚싯줄이 팽팽해졌다.

그런데 이 방법으로는 빨간 실이 두 개 달린 잉어까지만 낚을 수 있을 뿐, 세 개 달린 잉어는 절대 걸려들지 않았다. 빨간 실이 세 개 달린 잉어는 이미 세 번이나 낚인 터라 차라리 똥을 먹을지언정 밀가루 반죽은 입에도 대지 않았다. 그러면 무슨 수를 써야 한담? 바로 어린아이의 똥을 미끼로 썼다! 대회는 물고기의 머릿속까지 훤히 꿰뚫고 있단 말인가?

대회는 남문 밖에 있는 웅덩이란 웅덩이는 다 꿰고 있었다. 어느 웅덩이에 무슨 고기가 있는지, 얼마나 큰 고기가 있는지, 몇 마리나 있는지…… 그는 웅덩이에 있는 물고기를 남김없이 낚을 수 있었지만 씨를 말릴 정도로 잡는 일은 결코 없었다. 다 잡아버리면 그다음엔 무슨 재미로 살겠는가? 그리하여 작은 물고기는 다 자랄 때까지 기다리고, 암컷은 새끼를 낳을 때까지 기다렸다. 낚시꾼들은 대회를 '어절후魚絕後'*라고 불렀는데, 이는 욕이 아니라 칭찬이었다.

허나 이 별명은 그리 좋은 것이 아니었으니—

민국 3년(1914) 하지 다음 날이었다. 그날도 대회는 하루 종일 고기를 낚은 터라 기운이 쏙 빠져 있었다. 반평생을 웅덩이나 강가에서 햇볕과 바람에 시달리며 고기를 낚다보니 이제 기력이 예전만 못했다. 대회는 고루鼓樓** 북쪽에 있는 요릿집 취합성聚合成에서 술과 요리로 배를 가득 채우고 나서 물고기 광주리를 들고 비틀거리며 집으로 돌아갔다. 걷다가 지치면 벽에 기대어 잠깐씩 눈을 붙였다. 그의 집은 북쪽 성문 근처로 제법 먼 길을 가야 했다. 가다 쉬다를 되풀이하다보니 어느덧 한밤중이 되었고, 정신이 몽롱해진 대회는 결국 길거리에 뻗고 말았다. 그때 짐을 잔뜩 실은 마차가 이쪽으로 다가왔는데 마부 역시 마차에 앉은 채 잠들어 있었다. 깨어 있었다 해도 대회를 발견하기는 힘들었을 것이다.

* 물고기 대를 끊는다는 뜻.
** 시각을 알리는 북을 설치한 망루.

공교롭게도 그 구간 가로등불 몇 개가 바람에 꺼져 있었기 때문이다. 아무래도 죽고 사는 팔자는 타고나는가보다. 마차가 대회의 몸을 밟고 지나갔지만 곯아떨어진 마부는 전혀 알아채지 못했고, 이튿날 날이 밝은 뒤에야 사람들은 마차에 밟혀 납작해진 대회를 발견했다. 어찌나 심하게 깔렸는지 종잇장처럼 땅바닥에 들러붙어 있었다. 그런데 기괴하게도 사람은 납작하게 눌렸지만 광주리는 눌리지 않았고, 광주리 안에 있는 물고기는 모두 멀쩡하게 살아 있었다. 순경이 조사한 뒤에 더 기괴한 사실이 밝혀졌다. 마차에 실린 물건이 전부 물고기였던 것이다! 이 얘기를 듣자 사람들은 등골이 오싹해지고 말았다.

어떤 이는 사고가 난 것이 대회의 별명 때문이라고 했다. '어절후'라는 말은 곧 '물고기가 대회의 대를 끊는다'는 뜻이라는 것이었다. 또 어떤 이는 하늘이 내린 응보라고, 대회가 평생 낚은 물고기가 너무 많아서 용왕이 그의 목숨을 거두어갔다고 했다. 이 이야기는 동성 안에 사는 문인 배문금裴文錦의 귀에도 흘러들었다. 글깨나 읽은 이 배씨 집안 다섯째 나리가 한 말은 뭔가 달랐다.

"재주 있는 사람은 그 재주 때문에 목숨을 잃는다."

살아 있는 유도원을 발인하다

—

劉道元活出殯

텐진에는 가게가 소털만큼이나 많았다. 그리고 두 가게 사이에 다툼이 났다 하면 바로 끼어드는 자들이 있었다. 그들은 사소한 일도 소송까지 가게끔 부추겨 한편으로는 송장을 써주고 한편으로는 관리들을 포섭했고, 사방팔방 분주히 뛰어다니며 기회를 놓치지 않고 돈을 긁어모았다. 이른바 '머리 건달'이라는 치들이었다.

텐진 토박이 건달은 주먹을 쓰는 부류와 머리를 쓰는 부류로 나뉘었다. 주먹 건달은 사람을 패고 소란을 피우는 데 능하여 걸핏하면 팔이 부러지고 머리가 깨지는 혈투를 벌였다. 머리 건달은 손에 쥔 붓 한 자루로 소송 중인 가게를 대신해 송장을 써주었다. 붓털이 부드럽다고 얕보지 마시라. 그 속에는 날카로운 칼이 감춰져 있었으니, 흰 종이에 쓰인 검은 글자에 따라 사람 목숨이 왔다

갔다 했다. 이들 머리 건달 가운데 가장 출중한 자가 바로 유도원
劉道元이었다.

　가게끼리 소송을 벌일 때면 유도원이 나서서 송장을 써주는 쪽
이 반드시 이겼다. 사람들은 그의 손에 쥐어진 붓이 곧 판관의 붓
이요, 유도원 본인이 곧 이 고장의 판관이라고 했다. 누가 죽고 누
가 사느냐가 모두 유도원이 어느 쪽을 위해 붓을 드느냐에 달려
있었으니 말이다. 유도원은 작은 가게는 거들떠보지 않고 큰 가게
일만 해주었다. 돈이 많은 큰 가게에서는 달라는 대로 돈을 내줬
기 때문이다. 유도원은 주머니가 비어도 절대 남에게 돈을 빌리는
법이 없었다. 큰 가게를 찾아가 문설주에 기대고 있기만 해도 주
인이 뛰쳐나와 웃는 낯으로 돈 꾸러미를 내밀었다. 주먹 건달은
달랐다. 자기 입에 대못을 박고 와서는 그걸 빼서 문설주에 박아
놓고 협박하는데, 주인이 돈을 내놓을 때까지 물고 늘어졌다. 입
에서 피가 뚝뚝 떨어지는 그 흉악한 몰골은 보기만 해도 소름이
끼쳤다. 머리 건달 유도원은 절대로 이런 끔찍한 방법을 쓰지 않
았다. 그저 한가로이 햇볕을 쬐는 양 문설주에 기대고 섰을 뿐이
었다. 그는 아무런 소란도 피우지 않았고, 돈만 손에 쥐면 바로 자
리를 떴다. 이것이 바로 '머리'를 쓰는 머리 건달이었다.

　유도원은 돈이 많았지만 가옥이나 전답을 사들이지도 않았고,
도박을 하거나 기생집에 드나드는 일도 없었으며, 비복을 부리지
도 않았다. 그는 서문 밖 엄격회掩骼會*북쪽에 있는 마당 딸린 집

* 타향에서 죽은 빈민의 시신 매장을 돕는 기관.

에서 혼자 살았고, 김삼金三과 마사馬四라는 제자 두 명이 시중을
들었다. 벌어들인 돈은 먹고사는 일 말고는 몽땅 좋은 일에 썼다.
유도원은 길을 가다가도 어느 집에서 가난 때문에 우는소리나 신
세 한탄이나 싸우는 소리가 들리면 그 집 창문을 열고 돈다발을
던져주었다. 그 일대 사람들 태반이 유도원의 신세를 졌지만 누구
도 감히 면전에서 고맙다는 인사를 못 했다. 그랬다간 자기가 한
일이 아니라고 잡아뗄 뿐 아니라 길길이 날뛰며 욕까지 퍼부었기
때문이다.

　머리 건달 역시 건달은 건달인지라 주먹 건달처럼 성깔이 있었
다.

　어느 날, 유도원은 두 제자를 불러놓고 이런 말을 불쑥 꺼냈다.

　"내 나이 벌써 쉰여섯이구나. 이승의 일은 두루 겪어본 것 같다
만 저승 일은 하나도 모르겠다. 요즘 늘 이런 궁리를 하고 있지.
사람이 죽으면 대체 어떻게 될까? 그런데 오늘 마침 좋은 생각이
떠올랐지 뭐냐. 내가 죽은 척하고 산 채로 관에 들어가는 거야. 관
속에 숨어서 잘 지켜보는 거지. 그런데 내가 관에 들어가면 바깥
일을 처리할 수 없으니, 모두 너희 둘에게 맡길 작정이다. 잘 들
어! 절대 딴 맘 품으면 안 된다. 관 뚜껑에 못이라도 박았다간 알
아서 해!"

　김삼은 영리하고 빠릿빠릿하고 마사는 미련하고 느릿느릿했
다. 김삼이 냉큼 말했다.

　"그럴 리가 있나요. 사부님이 안 계시면 저희는 상갓집 개만도
못한 신세인걸요. 그런데 사부님! 아주 좋은 계책이긴 한데, 보통

사람이 죽으면 칠일장을 지내지 않습니까. 그동안 쭉 관 속에 계시게요? 그 어둡고 비좁고 답답한 데서 괜찮으시겠어요? 시장해서 뭐라도 드시고 싶거나 용변이 급할 땐 또 어쩌시게요? 제게 한 가지 생각이 있습니다. 빈소엔 빈 관을 놔두고 사부님은 뒷마당에 물건을 보관하는 딴채에 숨어 계시면 어때요. 뒷마당은 아무도 못 들어가게 막고 식사는 저희가 날마다 똑같이 챙겨드릴 테니까요. 발인 날이 되면 그때 슬쩍 관에 들어가시면 됩니다. 저희가 관 뚜껑에 못을 박을 리가요! 안에서 가끔씩 뚜껑을 살짝 들어 바깥 동정을 살피셔야죠."

그 말에 유도원이 흡족하게 웃으며 말했다.

"너 이 녀석, 제법 똘똘하구나. 네 말대로 하자꾸나!"

곧이어 머리 건달계의 일인자 유도원이 죽었다는 소식이 온 톈진에 쫙 퍼졌다. 급병으로 한밤중에 세상을 떠났다는 것이었다. 제자들은 대문 밖에 부고를 써 붙이고 집 안에 빈소를 차려 관을 안치했다. 위패를 놓고 송장을 쓸 때 사용하던 그 유명한 '판관붓'을 함께 올리고, 스님을 청해 경을 읽게 하여 칠일장을 성대하게 지냈다. 대문 앞에 길게 늘어선 조문 행렬은 섣달 그믐날 밤 톈진의 부호 변ㅏ씨 집안에서 사람들에게 무상으로 죽을 내어주던 광경을 방불케 했다.

유도원은 뒷마당 딴채에 숨어 가져다주는 음식을 먹고 준비해 둔 양푼에 용변을 보면서 편히 지냈다. 김삼은 빈소에서 조문객을 접대하느라 바빴고 마사는 수시로 달려와 빈소에서 벌어지는 일들을 보고했다. 유도원은 처음에는 대단히 흡족했다. 살아 있을 때에도 위세를 떨쳤는데 '죽고 나서'도 똑같이 위풍당당하지 않나. 하지만 이틀이 지나고 곰곰이 생각해보니 뭔가 이상했다. 내가 소송에서 이기게 해준 거상들은 어째 한 명도 오지 않을까? 오히려 이름도 모르는 사람들이 잔뜩 몰려오다니, 구경하러 모여든 거 아냐? 평소 내 집 앞을 지날 때는 힐끔거리지도 못하던 자들이, 조문을 핑계 삼아 집에 들어와 이 유명한 건달이 어떻게 살았는지 똑똑히 보려고? 마사에게 듣기로는, 지난해에 자신에게 송장을 맡기느라 가산을 거의 탕진한 양장점 복순성福順成의 하賀 사장도 찾아왔다고 했다. 그는 빈소에 절을 하기는커녕 바닥에 큼지막한 가래침을 퉤, 뱉고 갔다는 것이었다. 게다가 그 뒤로도 희한한 일들이 이어졌다.

나흘째 되는 날, 장정 한 사람이 대문을 박차고 유도원의 집으로 들어왔다. 그는 셰퍼드까지 끌고 빈소에 들이닥쳐 다짜고짜 욕을 퍼부었다.

"유가 놈아, 네놈이 죽어버리면 나한테 빚진 금괴 열 개는 누구더러 갚으란 말이냐? 내 빚을 갚지 않으면 이 자리에서 꼼짝도 않을 테니 그리 알아라."

그는 정말로 빈소 한복판에 퍼질러 앉더니 꿈쩍도 하지 않았다. 그가 그렇게 빈소에 버티고 있으니 다른 사람들이 들어와 절을 할 수도 없었다. 김삼과 마사가 지금껏 본 적도 없는 자로 트집을 잡아 돈을 뜯어가려는 것이 뻔했다. 두 제자가 그에게 다가가서 사정하고 설득해봤지만 아무 소용이 없었다. 어쩔 수 없이 붙잡아 끌어내려는데, 그가 이렇게 대단한 장사일 줄이야? 김삼과 마사는 한 방에 나가떨어져 바닥에 뻗고 말았다. 붓으로는 온갖 일을 할 수 있어도 주먹은 아예 쓸 줄 모르는 두 제자는 안절부절 못하며 그저 보고만 있는 수밖에 없었다. 오후가 되어서야 그는 별 재미를 못 봤는지 자리에서 일어나더니 열흘 뒤에 다시 와서 빚 대신 집을 빼앗겠노라고 을러대며 문을 나섰다. 그가 데려온 셰퍼드가 제사상에 껑충 뛰어올라 외로운 넋에게 바치는 찐빵 하나를 물고 나갔다.

우직한 마사는 이 일을 곧이곧대로 유도원에게 전했다. 머리 꼭대기까지 화가 치민 유도원이 펄펄 뛰며 고함을 질러댔다.

"어떤 개망나니 자식이 감히 나를 엿 먹이려 들어! 나 유도원이 누구한테 빚을 졌다고? 나 안 죽었어! 나가서 그 개자식 면상을 똑똑히 봐야겠다!"

당장 뛰쳐나가려는 스승을 막아낼 도리가 없어 마사는 황급히 김삼을 불렀다. 김삼이 말했다.

"지금 나가시면 어떻게 되겠습니까? 저희가 꾸민 연극도 더 이상 못 하게 되잖습니까. 사부님, 일단 진정하세요. 장례식이 끝나고 다시 생각해도 늦지 않습니다. 발인할 때까지 기다리면서 사람들 본모습을 다 보셔야 하지 않겠어요?"

김삼의 마지막 한마디가 통했는지 유도원은 차츰 화를 가라앉혔다. 그 뒤로 마사는 빈소에서 있었던 일을 스승에게 낱낱이 고하지 않기로 했다. 궁금증을 참지 못한 유도원은 평소 친하게 지내던 사람들 가운데 누가 오고 누가 안 왔는지 물어보았다. 마사는 스승이 일지화—枝花라는 유명한 머리 건달을 기다리고 있다는

刘道元
2015.
刘画

걸 알아차렸다. 그는 유도원과 죽이 척척 맞아 호형호제하며 지냈고, 틈만 나면 유도원에게 달려와 붙어살다시피 했다. 그런데 지금 유도원이 죽었다는데 마치 본인도 죽은 것처럼 코빼기도 비치지 않으니, 이런 상황을 어찌 고하겠는가? 마사가 말을 하지 않을수록 상황은 분명해졌다. 유도원은 턱에 주춧돌이라도 매단 것처럼 점점 얼굴이 늘어지고 표정이 안 좋아졌다. 나중에는 아예 두 눈을 꾹 감고는 귀와 입마저 꽉 닫아버렸는데 진짜로 죽은 사람이나 다름없는 모습이었다.

오후가 되자 뒷마당에서 갑자기 무슨 기척이 났다. 김삼과 마사 같지는 않았다. 유도원이 가만히 귀 기울여보니 물을 끓여 파는 이웃 교이룡喬二龍과 그의 아들 구자狗子가 담을 넘어온 것이었다. 창문 너머에서 구자 목소리가 들려왔다.

"아버지, 김삼과 마사가 오면 어쩌죠? 담 넘어 도망칠 새가 없겠는데요."

그러자 교이룡이 말했다.

"이 얼뜨기 녀석, 겁먹었냐? 김삼, 마사는 파리 잡을 기운도 없는 놈들인데 무섭긴 뭐가 무서워. 유씨 집안에는 후손이 없으니 이 집 물건은 주인이 없는 거나 마찬가지야. 우리가 안 가져가면 다른 사람들이 가져간다고! 잔말 말고 따라오기나 해—"

유도원은 울화가 끓어올라 가슴이 터질 것만 같았다. 내가 살아서 돈 줄 때는 조상 섬기듯 하던 놈들이, 내가 죽으니까 내 집을 털려고 들어! 이제 또 무슨 짓을 하려나? 내 가죽을 벗겨서 땡땡이라도 만들려나?

유도원은 당장이라도 문을 박차고 나가고픈 마음을 꾹 눌렀다. 저까짓 놈들 때문에 큰일을 망칠 수는 없었다. 다급한 마음에 유도원은 저도 모르게 가느다란 여자 목소리로 소리쳤다.

"사람 살려! 나쁜 놈들이 있어요!"

그 소리에 깜짝 놀란 교씨 부자는 눈먼 당나귀처럼 허둥대다가 우당탕거리며 담을 넘어 달아났다. 다행히 빈소에서 스님들이 목탁을 두드리며 독경하는 소리에 묻혀 이쪽에서 일어난 소리는 아무도 듣지 못했다. 마사가 와서 본 것은 탁자에 놓인 음식을 몽땅 바닥으로 쓸어버리고 있는 스승의 모습뿐이었다.

다행히 큰일이 터지지 않고 칠일장이 순조롭게 치러졌다. 김삼은 '판관 붓'을 관에 넣으며 사람들에게 이 붓은 꼭 사부님이 가지고 가셔야 한다고, 이 붓이야말로 '황금 붓'이며 이 붓에 비하면 화세규華世奎*의 붓은 '풀로 만든 붓'에 지나지 않는다고, 이 붓을 사용할 수 있는 사람은 오로지 스승뿐이라고 했다. 그러고는 발인하기 전에 남몰래 스승을 모셔와 사람들이 주의하지 않는 틈을 타재빨리 관에 들어가게 했다.

"니미럴, 살 만큼 살았다고 해야 할지 죽을 만큼 죽었다고 해야 할지."

유도원은 욕을 하며 한마디 내뱉고 관으로 들어갔다.

김삼은 스승이 관 속에서 편안히 있게끔 모든 것을 마련해두었다. 뚜껑은 봉하지 않아 마음만 먹으면 열 수 있었고, 먹을 것과

---

* 1863~1942, '근대 톈진의 4대 서예가' 가운데 으뜸으로 꼽히는 인물이다.

마실 것도 넣어두었으며 베개까지 준비해 잠도 잘 수 있었다. 하지만 유도원이 잠잘 틈이 어디 있겠나. 어렵사리 죽었는데 죽는 게 뭔지 똑똑히 봐둬야 했다.

관이 상여에 올라가자 김삼과 마사가 양쪽에서 곡을 하기 시작했다. 약삭빠른 김삼은 곧바로 목 놓아 울면서 가슴이 찢어지듯 애처로운 소리를 냈다. 유도원은 그래도 김삼이 마사보다 낫다고, 마사 저 멍청한 녀석은 거짓으로 울 줄도 모른다고 생각했다. 그러나 김삼의 애절한 곡소리는 오래가지 못하고 금세 잦아들었고, 그제야 마사 쪽에서 울음소리가 들려왔다. 늦기도 늦고 소리도 크지 않았지만 진정이 느껴졌다. 마사는 길 가는 내내 아비를 잃은 것처럼 슬피 울었다. 곡소리가 끝없이 이어지자 유도원은 오히려 마음이 울적해졌고, 들으면 들을수록 의기소침해졌다. 진짜로 우는 것이 낫느냐, 가짜로 우는 것이 낫느냐. 유도원은 이미 뭐가 뭔지 헷갈리고 있었다.

계속 길을 가는데 관 밖에서 문득 시끌시끌한 소리가 들려왔다. 무슨 일이 생긴 모양이었다. 운구 행렬까지 멈추자 유도원은 이상스러운 느낌이 들어 양손으로 관 뚜껑을 힘껏 받치고 틈새로 밖을 살펴보았다. 종이로 만든 인마에 수레에 가마에 저승사자까지 온통 새하얀 운구 행렬이었고, 길 양옆에는 구경꾼이 시커멓게 모여 있었다. 대체 무슨 일로 행렬이 멈췄을까? 유도원이 다시금 빽빽한 깃발 사이로 내다보니 장정 몇 명이 주먹과 발을 뻗어 운구 행렬을 가로막고 있었다. 보니까 주먹 건달인 등흑자滕黑子 패거리로 평소에 유도원을 보면 예를 차려 공손히 대하던 놈들이었다. 저놈들이 왜 돌변한 거지? 대체 무슨 속셈이야? 유도원이 이 런저런 추측을 하는데 패거리 속에서 익숙한 얼굴이 눈에 띄었다. 바로 의형제로 지내던 일지화 아닌가. 그때 일지화가 고래고래 소리를 질렀다.

"판관 붓 임자는 나다! 유도원은 개뿔, 죽어서도 붓을 가지고 가겠다고? 어림도 없어! 그 붓을 내놓지 않으면 절대 못 지나갈 줄 알아!"

유도원은 머리를 세게 얻어맞은 느낌이었다. 그런데 이번에는 화가 치미는 대신 오히려 머릿속이 탁 트였다.

'사람이 죽는다는 게 이런 거였구나. 내 이번에 제대로 알았다!'

유도원은 두 손으로 관 뚜껑을 덜커덩 밀치며 벌떡 일어났다. 발인하던 사람들과 구경하러 모여든 사람들 모두 기겁해서 비명을 질렀고, 길을 막고 있던 건달들까지도 혼비백산 달아났다. 유도원은 상여에 올라서서 한참을 껄껄 웃어댔다.

흑두

—

黑頭

여기서 말하는 흑두黑頭*는 경극 배역이 아니라 개 이름이다. 이 개는 여느 개와 달랐다.

흑두는 훌륭한 개였다. 하지만 사람들이 흔히 말하는 목숨 바쳐 주인을 구하는 충성스럽고 의리 있는 개는 아니었으며, 세상에 다시없는 유일무이한 개라고 할 수 있었다.

들개 무리에 섞여 처음 북대관 일대에 나타났을 때 흑두는 강아지였는데, 어찌나 못생겼는지! 어느 집 암캐가 새끼를 낳았는데 하도 못나서 이곳에 내다버린 것이 틀림없었다. 개를 버릴 때는 대개 멀리멀리 갖다 버린다. 가까운 곳에 버리면 집을 찾아올 수 있기 때문이다.

---

* 경극에서 얼굴을 검게 분장한 사람으로 보통 호탕하고 위엄 있는 역할이다.

못난이 개 흑두의 생김새는―혀가 더러워질까봐 입에 올리기도 싫을 정도였다! 하얀 바탕에 찍힌 검은 얼룩은 어떤 무늬라고도 할 수 없었고, 그냥 먹물을 아무렇게나 찍찍 뿌려놓은 꼬락서니였다. 머리통은 온통 시커메서 눈은 보이지도 않고, 그저 하얀 이빨과 그 사이로 삐죽 내민 시뻘건 혀만 보였다. 흑두는 사람에게만 미움받는 것이 아니라 들개 사이에서도 따돌림을 당했다. 북대관은 남운하와 인접한 곳이라 부두가 많고 사람도 많고 가게와 음식점도 많았다. 쓰레기통에도 먹을 만한 것이 많이 있어서 들개들은 쓰레기통만 뒤져도 굶주릴 일은 없었다. 그러나 이 지역 들개는 하나같이 사납기 그지없었다. 다들 자기 먹이를 지키며 흑두가 접근하지 못하게 막았다. 그리하여 흑두는 1년이 지나도 몸집이 그리 커지지 않았다. 다리는 가느다랗고 배는 홀쭉하게 꺼지고 시커먼 머리통은 여전히 주먹보다 크지 않았다.

북대관 일대에서 가장 큰 가게는 바닷새우, 민물게, 민물고기, 민물자라를 전문으로 다루는 융창점隆昌店으로 멀리서도 사람들이 찾아오는 유명한 곳이었다. 융창점에는 상商 영감이라 불리는 성실하고 정직한 점원이 있었다. 그는 어릴 적부터 이곳에서 견습생으로 잔뼈가 굵었으며 나중에는 정식 직원이 되어 예순이 넘은 지금까지 쭉 일하고 있었다. 이제 가게의 원로라 불릴 정도였으며, 수산물 장사를 자기 집안일보다도 잘 알았고 북대관 일대 시장에서 일어나는 일도 훤히 꿰고 있었다. 피골이 상접한 흑두를 측은히 여긴 상 영감은 이따금 젊은 점원을 시켜 생선 대가리를 흑두에게 던져주었다. 개는 원래 고기를 먹지 생선은 먹지 않으며 날생선은 비린내 때문에 더더욱 싫어한다. 그런데 흑두 이 녀석은 상 영감이 베푸는 정을 느꼈는지 먹지 않더라도 몇 입 물어뜯었고, 상 영감을 향해 두어 번 짖고는 꼬리를 흔들며 자리를 뜨곤 했다. 그 모습이 상 영감의 마음을 움직였다. 나날이 정이 쌓여가며 상 영감은 흑두의 못난 생김새에 개의치 않게 됐다.

어느 날 상 영감이 일을 마치고 집으로 돌아가는데, 웬일인지 흑두 녀석이 뒤를 졸졸 따라왔다. 상 영감은 그리 멀지 않은 후가후에 살고 있었다. 흑두는 적당한 거리를 유지하면서 아무 소리도 내지 않고 대문 앞까지 상 영감을 쫓아왔다.

상 영감의 집은 마당 딸린 두 칸짜리 기와집이었다. 상 영감이 대문을 열고 들어서려다 뒤를 돌아보니 흑두가 문가에 있는 홰나무 밑에서 미동도 없이 쭈그린 채 자신을 빤히 쳐다보고 있었다. 상 영감은 신경 쓰지 않고 집으로 들어갔다. 이튿날에는 종일 흑두가 보이지 않았다. 그런데 일을 마치고 집에 돌아갈 때가 되니 어디서 나타났는지 흑두가 또 아무 기척도 없이 상 영감을 뒤따르는 것이었다. 그렇게 사흘을 따라다니자 상 영감은 흑두가 무슨 생각을 하는지 분명히 알아차렸다. 집에 다다른 상 영감이 대문을 활짝 열며 말했다.

"들어와라. 이제부터 여기서 살자."

그렇게 흑두는 상씨 집안 식구가 되었다.

이웃들은 상 영감의 속내를 알 수가 없었다. 개를 키우려면 괜찮은 녀석으로 키워야 하지 않겠는가. 들개를 키운다 해도 좀 잘생긴 녀석을 데려올 것이지 저렇게 지지리도 못생긴 놈을 집에 들

이다니? 저놈이 날마다 눈앞에서 얼쩡대는 꼴을 참고 볼 수 있다고?

상 영감 집은 살림이 넉넉해 흑두를 잘 먹여 키웠다. 하루가 다르게 쑥쑥 자란 흑두는 1년이 지나자 커다란 개가 되었고 2년이 지나자 남들이 보면 흠칫 놀랄 만큼 덩치가 커졌다. 시커먼 머리는 이제 어린아이 머리보다도 컸고 하얀 이빨은 더욱 날카로워졌으며 시뻘건 혀도 더 길어졌다. 흑두는 짖는 일이 드물었다. 상 영감은 사람을 무는 개일수록 짖지 않는다는 사실을 알기에 흑두를 절대로 대문 밖에 내놓지 않았다. 흑두가 물려고 덤비지 않는다 해도 사람들은 흑두의 생김새만 봐도 겁을 먹을 터였다.

사실 흑두는 세상물정을 잘 아는 개였다. 제 모습이 험상궂다는 사실을 아는지 흑두는 절대로 대문을 나서지 않았고, 집 안에도 들어가는 법 없이 온종일 문과 대문 사이를 오가며 열심히 집을 지켰다. 집에 누가 찾아오면 납작 엎드려 있었는데 손님이 보고 놀랄까봐 그러는지 얼굴 반쪽을 앞발로 가렸다. 다른 집 개들처럼 거드럭거리며 손님에게 반나절씩 짖어대는 일은 결코 없었지만 늘 귀를 쫑긋 세우고 눈을 부릅뜨고 있었다. 그러던 어느 날, 한밤중에 도둑이 담을 넘어 들어왔다. 흑두는 몇 번 덤벼들더니 금세 도둑을 제압해버렸다. 흑두는 컹 소리 한번 내지 않았지만 도둑은 아프고 무서워서 고래고래 소리를 질렀다. 이 일 덕분에 상 영감은 흑두가 밥만 축내고 있지 않다는 걸 알게 됐다. 흑두는 누구보다도 집을 잘 지키는 개였다.

상 영감은 흑두가 은혜를 갚을 줄 아는 녀석이며 '제 할 일'을 잘 아는 똘똘한 개라고 칭찬해 마지않았다. 상 영감처럼 큰 가게에서 평생을 일해온 사람은 예절과 체면과 규율과 법도를 중시했다. 흑두는 주인의 성품과 잘 맞는 개인지라 상 영감이 좋아할 수밖에 없었다. 남들이 흑두를 칭찬하면 상 영감은 자식이 칭찬받는 것처럼 싱글벙글했다.

그런데 결국 흑두가 사고를 치고 말았다. 그것도 대형 사고였다.

요 며칠간 상 영감 집에서는 미장공과 목공을 불러다 서쪽 사랑채를 수리하고 있었다. 벽돌이며 석회를 나르느라 사람들이 분주히 드나들었다. 평소에는 찾아오는 손님이 드물었고 어쩌다 오는 손님도 대부분 가까운 사람이었다. 대문은 늘 굳게 닫혀 있었지 이렇게 활짝 열린 채 낯선 사람이 들락거린 적이 없었다. 이런 광경을 처음 본 흑두는 대단한 적이라도 만난 것처럼 온몸의 털을 바짝 곤두세웠다. 그러나 얼굴을 내비쳤다간 사람들이 놀랄까봐 동쪽 별채 앞에 숨어서는 졸지도 못한 채 날마다 감시를 게을리하지 않았다. 일여드레쯤 지나자 낡은 사랑채를 허문 자리에 기둥이 서고 벽돌이 쌓이며 금세 새 건물의 벽과 골조가 세워졌다. 마룻대를 올리는 날, 상 영감은 사람을 청해 대들보에 부적을 붙이고 붉은 비단을 묶게 했다. 그 다음 여럿이 함성을 지르며 대들보를 골조에 바르게 올려놓았다. 이어 기다란 줄에 줄줄이 매단 폭죽을 터뜨리자 밖에서 떠들썩하게 구경하던 아이들이 함성을 지르며 대문 안으로 우르르 몰려들었다.

흑두는 무슨 일이 생긴 줄 알고 벌떡 일어나 뛰쳐나왔다. 시커먼 얼굴에 얼룩덜룩한 개가 이빨을 드러내고 발톱을 내민 모습을 보자 아이들은 흉악한 괴물을 본 것처럼 기겁을 했다. 안에서는 도로 나가겠다고, 밖에서는 들어오겠다고 밀치락달치락하다보니 삽시간에 아수라장이 되어 아이들 울음소리와 고함소리가 요란하게 울려 퍼졌다.

상 영감이 부랴부랴 달려가 보니 이웃집 사내아이 하나가 떠밀려 넘어져 있었다. 돌 문턱에 머리를 부딪치는 바람에 입을 벌리자 피가 흘러나왔다. 다친 아이를 보고 언짢아진 그 집 어른이 상 영감을 질책했다.

"당신 뭐요? 개를 시켜 애들을 겁줘?"

상 영감은 도리를 따지고 체면을 중시하는 사람이었다. 잘못은 잘못이니 듣기 거북해도 참는 수밖에 없었다. 상 영감은 집안사람에게 아이를 의원에게 데려가라 하고는 마당으로 돌아와 놀란 일꾼들을 진정시켰다.

그리고 나서 고개를 돌리는데 흑두가 눈에 띄었다. 순간 화가 치민 상 영감은 장대를 집어 들고 두어 발짝 다가가 흑두를 냅다 내리치며 욕을 퍼부었다.

"짐승은 짐승이로구나. 내 평생 남들과 예의를 지키며 사이좋게 지냈건만 네놈 때문에 체면을 완전히 구겨버렸다!"

호되게 얻어맞은 흑두는 본능적으로 펄쩍 뛰어오르더니 허연 이빨을 드러내며 컹컹 짖었다. 포악하고 흉측하기 짝이 없는 모습이었지만 상 영감은 겁을 먹기는커녕 더더욱 성을 내며 호통을 쳤다.

"이놈이! 감히 나까지 물겠다는 거냐?"

흑두는 상 영감을 똑바로 쳐다보며 그 자리에 꼼짝 않고 있었다. 그러다 느닷없이 돌아서서 문밖으로 뛰쳐나가더니 눈 깜짝할 새에 자취를 감춰버렸다. 상 영감이 장대를 팽개치며 말했다.

"썩 꺼져, 다시 돌아왔단 봐라. 원래가 집 없는 떠돌이 개 아니더냐?"

흑두는 정말로 돌아오지 않았다. 낮에도 밤에도, 이틀이 지나고 사흘이 지나도 그림자조차 비치지 않았다. 상 영감은 마음이 허전했다. 입으로는 아무 말 안 했지만 못 참고 대문 밖에 나가 자꾸만 주위를 두리번거렸다. 이 녀석이 진짜로 가버린 건가? 다시는 돌아오지 않을 셈인가?

그러고 또 이틀이 지났다. 서쪽 사랑채는 이미 지붕에 갈대를 덮고 진흙을 발라 기와를 얹기 시작했다. 대문이 활짝 열려 있는데 난데없이 흑두가 나타났다. 상 영감은 융창점에 나갔고 일꾼들도 제 할 일에 바빠 아무도 흑두가 돌아왔다는 사실을 눈치채지 못했다.

마당을 쭉 둘러보던 흑두는 마당 한가운데 이겨놓은 진흙 더미를 발견했다. 그러자 흑두는 다리에 힘을 주며 느닷없이 몸을 날려 진흙 더미에 푹 처박혀버렸다. 어찌나 힘껏 뛰어들었는지 진흙 더미 밖에 남겨진 것은 뒷다리와 꼬리뿐이었다. 이 모든 장면을 본 사람은 아무도 없었다.

오후에 상 영감이 집에 돌아오니 일꾼들이 일을 마무리하고 있었다. 그때 누군가 진흙 더미 속에서 부스스한 털 뭉치 같은 걸 발견했다. 뭔가 싶어 끄집어내는 순간, 모든 사람이 대경실색했다. 그것은 바로 흑두였다. 숨이 끊어진 지 꽤 되었는지 몸이 살짝 굳어 있었다. 이 녀석이 왜 여기서 죽었을까? 언제 죽었을까? 이웃 집에서 죽이고 여기다 처박은 걸까?

다들 한참 동안 이리저리 추측해봤지만 아무도 흑두가 죽은 이유를 단정 짓지 못했다. 줄곧 잠자코 있던 상 영감이 마침내 입을 열고 어찌 된 일인지 설명해주었다.

"나는 연유를 알겠군. 이 녀석은 나보다도 더 체면을 중히 여겼다네. 그래서 여기서 스스로 목숨을 끊은 게야."

감개한 상 영감이 또 말했다.

"하아, 이 녀석이 죽어도 제집에 돌아와서 죽었구나."

신의 왕십이

—

神医王十二

텐진은 부두다. 부두는 바닥이 울퉁불퉁해서 서 있기가 쉽지 않다. 서기는 선다 해도 흔들림 없이 서 있으려면? 재주가 있어야 한다. 그것도 어지간한 재주로는 어림도 없다. 보통 사람에게는 없는 기가 막힌 재주가 있어야 한다. 다시 말해, 무릇 텐진에 자리 잡고 우뚝 선 사람이라면 업종을 막론하고 하나같이 자신만의 비범한 재주를 지니고 있었다. 병을 낫게 해주는 신의神醫 왕십이王十二처럼 말이다.

뛰어난 의술로 환자의 병을 척척 고치는 명의는 성 안팎에 수두룩했다. 그러나 이들은 그저 명의일 뿐이었다. 왕십이는 텐진에서 '신의'로 통했다. 신의와 명의는 하늘과 땅 차이다. 신神의 경지란? 탈이 나거나 급병에 걸리거나 목숨이 왔다 갔다 하는 지경이라 다들 속수무책일 때에도 왕십이에게는 환자를 살려낼 방법이 있었다. 그것도 사전에 배워둔 것이 아니라 번뜩 스치는 생각이나 순간적인 기지에 따라 손 가는 대로 치료했을 뿐인데도 그의 손이 닿으면 씻은 듯이 병이 나았다.

왕십이에 관한 일화는 워낙 넘쳐나니 여기서는 딱 두 가지만 이야기할까 한다. 하나는 조계지의 소백루에서 있었던 일이고 또 하나는 구시가지의 시마로西馬路에서 있었던 일이다. 먼저 조계지 일부터 들어보시라.

어느 날 왕십이가 카이펑도開封道를 걸어가는데 어디선가 날카로운 비명이 들려왔다. 무슨 일인가 살펴보니 길가에서 연통을 연결하던 대장장이가 두 손으로 얼굴을 감싸 쥔 채 고통스러운 소리를 내지르고 있었다. 왕십이가 급히 다가가 무슨 일이냐고 묻자 대장장이가 말했다.

"쇠 부스러기가 눈에 들어갔어요. 앞이 안 보여요!"

왕십이가 말했다.

"절대 눈을 비비지 마시오. 비비면 비빌수록 쇠 부스러기가 더 깊이 박힌다오. 손을 떼고, 눈을 뜨고 나를 좀 보시오."

대장장이는 얼굴에서 손을 떼고 겨우겨우 눈을 떴다. 작고 까만 쇠 부스러기가 눈알에 박혀 피눈물이 줄줄 흐르고 있었다.

왕십이가 고개를 들고 주위를 둘러보니 양쪽 길가에 각양각색 양품점이 줄줄이 늘어서 있었다. 왕십이는 서양의 신기한 물건을 좋아해서 이 거리에 자주 찾아와 구경하곤 했다. 순간 뭔가 번뜩 떠올랐는지 그의 눈이 번쩍 빛났다. 그가 대장장이에게 큰 소리로 일렀다.

"절대 눈을 만지지 마시오. 내 금세 낫게 해줄 테니!"

그러고는 돌아서서 양품점 한 곳으로 부리나케 달려갔다.

양품점에 들이닥친 왕십이는 오른손으로 벽에 걸린 물건 하나를 내리고 왼손으로는 초록색 비단 가방을 계산대에 내려놓으며 다짜고짜 말했다.

"내 왕진 가방을 저당 잡히고 이 물건을 잠깐 빌려 써야겠소. 다 쓰면 바로 돌려드리리다!"

말을 채 끝내기도 전에 그는 문을 박차고 나가버렸다.

다시 대장장이에게 달려온 왕십이가 말했다.

"눈을 크게 떠보시오!"

대장장이가 있는 힘껏 눈을 떴다. 왕십이는 그를 건드리지도 않았고, 그저 딩 소리가 날 뿐이었다. 미미하기 그지없지만 분명한 소리였다. 곧이어 왕십이가 말했다.

"나왔구먼. 다 됐소. 아픈지 안 아픈지 눈 좀 깜빡여보시오."

대장장이는 눈을 몇 번 깜빡거려보았다. 조금도 아프지 않고 멀쩡해져 있었다. 다시 눈을 뜨고 잘 보니, 얼굴 앞에서 왕십이가 작고 뾰족한 쇠 부스러기 하나를 손끝에 들고 있었다. 그것이 바로 방금 전에 자신의 눈알에 박혀 있던 그 끔찍한 물건이었다! 대장장이가 미처 고맙다는 인사를 하기도 전에 왕십이는 돌아서서 양품점으로 가더니 금세 도로 나왔다. 그러고는 겨드랑이에 초록색 왕진 가방을 끼고 그대로 거리 동쪽을 향해 걸어갔다. 대장장이가 뒤에서 소리쳤다.

"무슨 수로 제 눈을 치료해주셨는지요? 절이라도 받으십시오!"

왕십이는 대답 없이 손만 흔들 뿐이었다.

궁금해진 대장장이가 양품점으로 가서 자초지종을 묻자, 점원이 벽에 걸린 물건을 가리키며 말했다.

"우리도 어떻게 된 일인지 몰라요. 그냥 잠깐 빌려 쓰겠다고 하더니 금세 돌려주던걸요."

대장장이가 올려다보니 말편자처럼 생긴 아주 얇은 물건이 벽에 걸려 있었다. 상당히 정교해 보였고, 반질반질 윤이 나고 가운데가 붉게 칠해져 있는데 못 구멍이 없는 것으로 봐서 말편자는 분명 아니었다. 대장장이는 아무리 들여다봐도 영문을 알 수 없어 점원에게 물었다.

"서양인은 저 물건으로 눈을 치료하나요?"

"저걸로 눈을 치료했다는 얘기는 들은 적이 없는데! 저건 쇠를 끌어당기는 물건이에요. 서양인들은 흡철석吸鐵石이라고 부르죠."

점원은 벽에서 그 물건을 내리더니 탁자에 너저분하게 널린 물건 위를 쓱 훑고 지나갔다. 그러자 깡통, 쇠집게, 못, 열쇠를 비롯해 철사로 만든 안경테까지 쇠로 만든 물건은 다 끌어다 붙이는 게 아닌가. 마술처럼 신기한 광경이었다. 이 물건을 난생처음 보는 대장장이는 그저 멍할 뿐이었다.

알고 보니 왕십이는 이 물건으로 대장장이 눈에 박혀 있던 쇠부스러기를 빼낸 것이었다.

그런데 그리 짧은 시간에 어떻게 이런 수를 생각해냈을까?

신기하지 않은가? 그러니 '신의' 아니겠나! 그런데 이보다 더

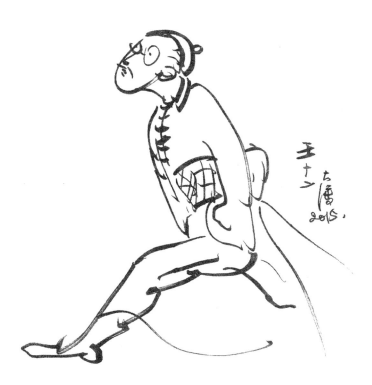

신기한 이야기가 있다.

구시가지 서쪽에서 있었던 일인데 역시 길거리에서 벌어졌다.

그날, 채소 실은 마차를 끌던 말이 무엇에 놀랐는지 갑자기 거리를 미친 듯이 질주하기 시작했다. 마부가 아무리 고함을 지르고 고삐를 당겨도 통제할 수가 없었다. 거리 양쪽에 있던 사람들은 깜짝 놀라 골목으로 달아났고, 골목이 보이지 않으면 가로수 뒤에 숨었으며, 나무를 못 찾은 이는 담장 밑에 몸을 웅크렸다. 말이 거리 어귀까지 달려갔을 때 맞은편에서 얼굴이 붉고 몸집이 큰 사내가 걸어왔다. 옷섶이 활짝 열려 유들유들한 뱃살과 가슴팍에 난 검은 털이 드러나 보이는데 꼭 커다란 지네가 엎드려 있는 모양새였다. 누군가 그를 향해 소리쳤다.

"얼른 비키시오! 말이 놀라서 날뛰고 있소!"

그런데 사내는 술에 취했는지 피하기는커녕 호기롭게 소리쳤다.

"용기가 있으면 어디 덤벼보라고!"

마부가 다급하게 소리쳤다.

"사람 잡겠네!"

이어 쿵, 하고 벽을 들이받는 듯한 소리가 들렸다. 마차에 부딪쳐 튕겨나간 사내는 길가 담장 위로 내동댕이쳐져 납작 엎어져 있었다. 마차는 계속 앞으로 질주했고, 사내는 죽지는 않았지만 담장에 엎드려 내려오지 못하고 있었다. 양손으로 담을 꽉 붙든 채 꼼짝도 하지 않는데, 설마 담장에 못 박히기라도 했단 말인가?

사람들이 다가가서 보니 사내는 옆구리 갈빗대가 부러지고 부러진 뼈가 살가죽을 뚫고 나와 담장 틈새에 끼어 있었다. 어찌나 세게 갖다 박았는지 너무 깊이 박혀 도저히 뽑을 수가 없었다. 사내가 연신 고통스러운 고함을 질러댔다.

누군가 소리쳤다.

"좀 더 힘을 줘서 뽑아야 해. 안 그러면 뱃속에서 기가 빠져나가 죽고 말아요!"

또 다른 누군가가 소리쳤다.

"절대 힘주면 안 돼요. 갈비뼈가 부러지면 불구가 된다고!"

이런 일을 겪어본 사람이 아무도 없어 다들 어쩔 줄 모른 채 우왕좌왕할 뿐이었다.

사내가 귀청이 찢어져라 악을 썼다.

"나 좀 빨리 살려주쇼, 이 못난 놈 이러다 여기서 죽겠소!"

몇몇 사람이 소매를 걷어붙이고 사내를 잡아 빼려 할 때, 멀지 않은 곳에서 누군가 외쳤다.

"건드리지 마시오, 내가 하겠소."

사람들이 일제히 돌아보니 저쪽에서 키 작은 노인이 부리나케 달려오고 있었다. 맨머리에 회색 겹옷을 걸친 노인으로 발이 매우 빨랐다. 누군가 신의 왕십이라는 걸 알아보고 대뜸 말했다.

"이제 살릴 수 있겠어."

왕십이는 일단 길 왼쪽에 있는 이발소로 들어가더니 들고 있던 초록색 왕진 가방을 이발사 손에 밀어 넣으며 말했다.

"이 가방을 저당 잡히겠소."

그리고는 선반에서 하얀 수건 한 장을 내려 물이 끓는 놋대야

에 담갔다가 건져 들고서 곧장 사내에게 달려갔다. 손도 발도 어
찌나 잽싼지 이 몇 가지 동작을 하면서 한시도 지체하지 않았다.
손에 든 수건에서 물이 뚝뚝 떨어지고 뜨거운 김이 피어올랐다.

사내 곁으로 간 왕십이는 왼손으로 사내의 허리를 감싸고 오른
손으로는 펄펄 끓는 물에서 건져낸 수건으로 사내의 얼굴을 덮었
다. 코와 입이 틀어막힌 사내가 울부짖으며 버둥거렸으나 왕십이
는 죽을힘을 다해 붙잡고 절대 놓아주지 않았다. 사내 입에서 나
오는 소리는 욕설이 틀림없겠지만 돼지 먹따는 소리처럼 들릴 뿐
이었다. 숨이 막힌 사내의 얼굴이 시뻘게졌다. 몸속의 숨이 코와
입으로 나오지 못하니 가슴팍이 부풀어오르기 시작했다. 자꾸자
꾸 부풀어 식겁할 정도로 커졌을 때, 펑 소리와 함께 틈새에 박혔
던 갈비뼈가 저절로 튕겨져 나왔다. 그제야 왕십이가 두 손을 풀
었고, 사내는 긴 숨을 내뱉었다. 온몸의 힘이 쫙 풀린 사내가 땅바
닥에 풀썩 주저앉으며 중얼거렸다.

"이제 살았다."

왕십이가 사람들에게 말했다.

"뼈를 붙여야 하니 얼른 의원에게 데려가시오."

이어 이발사에게 가서 수건을 돌려주고 왕진 가방을 찾아서 아
무 일 없었던 것처럼 사라져버렸다.

그 자리에 있는 사람들은 어안이 벙벙할 따름이었다. 한 노인
만이 왕십이가 어떻게 사내를 빼냈는지 알아보았다. 노인이 말했
다.

"왕십이 선생은 저 사내 몸속에 있는 힘을 이용해서 갈비뼈를

틈새에서 빼낸 거라네. 밖에서 남이 어거지로 힘을 쓰면 부러지지만 스스로 힘을 쓰면 순조로이 해결되지."

곰곰이 생각하던 노인이 또 말했다.

"왕 선생 말고 누가 이런 방법을 생각해내겠나?"

사람이 할 수 없는 일을 하는 이는 신뿐이다. 그래서 톈진 사람들은 그를 '신의' 왕십이라 일컬었던 것이다.

피 대취

—

皮大嘴

한 지역이 부유한지 아닌지는 무얼 보고 판단할까? 먹고 입는 것? 놀고 즐기는 모습? 이런 것은 표면적인 것에 지나지 않는다. 실상을 알려면 그 지역에 금융기관인 전호錢號나 표장票莊 또는 금은방이 몇 군데나 있는지를 봐야 한다. 가장 중요한 것은 금은방이다. 은행이나 전호 같은 곳에 돈을 저금하려 하면 여러 가지 고민이 생긴다. 도둑이 들면 어쩌지? 불이라도 나면? 습기가 차서 돈이 썩으면? 좀벌레나 쥐가 쏠아 먹으면 어쩐다? 경기가 안 좋아서 화폐 가치가 떨어지기라도 하면? 가장 좋은 방법은 역시 금을 사는 것이었다. 금은 썩지도 않고 좀먹지도 않고 불에 타지도 않으며, 한번 금은 영원히 금인지라 돈보다 가치가 높았다.

금을 사는 사람이 많으면 자연히 금은방도 많아진다. 톈진에는 금은방이 많았다. 그런고로 톈진은 부유한 지역이었다.

그런데 금은방 주인들은 누구나 일등이 되기를 원했기에 경쟁이 몹시 치열했다. 팔선八仙이 바다를 건너고자 재주를 부리고*, 뭇 영웅이 무예를 겨루며 필살기를 시전하는 상황이었다.

가장 먼저 묘수를 생각해낸 곳은 북문 안에 있는 의용義湧 금은방이었다. 소쿠리만 한 원보元寶**에 번쩍번쩍 금박을 입히고 "이 원보를 만지면 운수대통한다"는 글귀를 적어 대청에 놓고는, 금붙이를 사지 않더라도 들어와서 한 번씩 만져보게끔 했다. 장사가 잘되려면 사람이 많이 모여야 하는 법. 재운이나 행운이 찾아오기를 바라는 사람들이 몰려들면서 의용 금은방도 유명해졌다. 하지만 사람들이 날마다 들락거리며 끊임없이 원보를 만지작거리는 통에 금박이 벗겨지면서 속에 있던 놋쇠가 모습을 드러냈다. 그러자 원보를 만지려는 사람이 싹 없어졌고, 의용 금은방은 삽시간에 얻은 명성을 삽시간에 잃고 한물간 유명인처럼 되어버렸다. 한번 사라진 명성은 두 번 다시 돌아오지 않으며, 그 기분이란 차라리 명성이 없었던 것만 못하다.

얼마 지나지 않아 천후궁天后宮*** 북쪽에 있는 보성寶成 금은방에서도 새로운 묘책을 생각해냈으니, 금괴를 사는 손님에게 진짜 금으로 만든 안경테를 증정하는 것이었다. 이는 금칠한 원보를 만

* 중국 도교 전설에 나오는 8인의 신선. 저마다 지닌 신통력을 발휘해 바다를 건너는 '팔선과해八仙过海' 이야기가 널리 알려져 있다.
** 과거 중국에서 사용하던 말발굽 모양 화폐.
*** 바다의 여신 천후(마조媽祖 또는 천비天妃라고도 불린다)를 모시는 사원. 1326년 원나라 태정제의 명으로 세워졌으며 세간에서는 낭낭궁娘娘宮이라 불렸다.

지는 것보다 훨씬 실속 있는 혜택이었다. 원보를 만져봤자 아무 이득도 없지만, 금테 안경을 쓰면 기품도 있어 보이고 지위도 생겨난 기분이 든다. 다만 이 안경테는 공짜가 아니라 금괴를 사는 사람에게만 주었기에 진정으로 실속을 챙긴 사람은 금은방 주인이었다. '구매자는 판매자만큼 똑똑할 수 없다'는 말이 바로 이를 두고 하는 말이렷다. 그런데 일본 조계지에 있는 금은방 물화루物華樓에서 이 수법을 바로 배워갔다. 보성에서 금 안경테를 준다면 우리는 금니를 주자. 물화루에서는 치과 의원까지 모셔다가 금을 산 '이 빠진' 손님들에게 금니를 박아주었다. 당시에는 금니가 유행이라 금니를 박으려고 멀쩡한 이를 뽑는 사람까지 있었다. 이런 사람이 많아질수록 골칫거리도 늘어났고, 물화루는 어느새 금은방이 아니라 치과가 되어 있었다. 가게 여기저기서 사람들이 금니를 박으려고 입을 벌리고 기다리는데, 보기 싫은 것은 둘째 치고 역겨운 냄새까지 진동했다.

마가구에 자리한 삼의三義 금은방에서는 더 신선한 방법을 시도했다. 삼의 금은방은 조계지에 있는데 주인이 머리도 잘 돌아가고 새로운 것도 좋아해서 서양인에게 서양식 요령을 곧잘 배웠다. 보니까 서양인은 광고를 아주 잘해서 적은 돈을 쓰고도 모르는 사람이 없게끔 만들곤 했다. 삼의 주인은 조계지에서 그림 잘 그리는 사람을 청해 감각 있는 광고 그림을 그리고, 먹물깨나 먹은 식자를 찾아 입에 착착 붙는 글귀를 지어왔다. "땅보다도 집보다도 황금이 최고지. 누구네 황금이 최고냐? 삼의네 황금이 최고지." 주인은 이걸 부화富華 인쇄소에 가져가 광고지 3000장을 찍어냈고, 점원들을 시켜 열흘 동안 톈진 곳곳에 광고지를 붙이게 했다. 조계지부터 북대관까지, 하이허강 동쪽에서 서쪽까지, 천후궁 남쪽에서 북쪽까지, 담벼락이든 문기둥이든 전봇대든 가로수든 붙일 만한 곳에는 다 붙여놓았다. 광서 26년(1900) 의화단이 붙인 벽보처럼 온 톈진에서 이 광고지가 안 보이는 곳이 없었다. 하지만 문제는 광고지가 내내 멀쩡히 붙어 있질 않는다는 것. 닷새가 지나면 너절해지고 열흘이 지나면 여기저기 찢어지고 달포가 지나면 햇볕에 바랬으며, 비 한번 내리면 곤죽이 되고 바람 한번 불면 휙 날아가버렸다. 그리하여 이 방법은 그리 큰 효과를 거두지 못했다.

톈진에는 '피 대취皮大嘴*'라고 불리는 만담꾼이 있었는데 생김새가 대단히 우스꽝스러웠다. 키만 홀쭉하고 손발과 머리는 조그마했으며, 작고 동그란 머리는 마치 장대 끄트머리에 달린 초롱불 같은데 입은 또 괴상하리만치 컸다. 얼굴은 작고 입만 크니 멀리서 보면 입밖에 안 보이는지라 '대취'라는 별명이 붙었다.

피 대취는 말솜씨가 어쩌나 현란한지 죽은 사람도 살려낼 정도였다. 언제 어디서든 그때 그곳의 상황을 소재로 삼아 즉흥 공연을 잘했는데, 흥미진진하고 재치가 넘쳐 삼부관三不管** 일대에서 명성이 자자했다. 말 잘하는 사람은 없는 이야기도 그럴싸하게 지어내는지라 그가 꾸며낸 이야기는 입에서 입으로 널리 전해졌다.

---

* 피는 성, 대취는 메기 입처럼 커다랗고 길게 째진 입을 일컫는 말이다.
** 톈진 북문 밖 후가후의 조계지 접경지역 저지대의 별칭. '아무도 관할하지 않는 땅'이라는 뜻으로 공권력이 미치지 않는 지역을 가리킨다.

피 대취는 톈진의 만담꾼 사이에서 상당히 평판이 좋았지만 사실 그의 머릿속에는 돈 벌 궁리만 가득했다. 톈진에 널린 부자들을 보면서 자기도 그렇게 되고 싶었다. 처음에 그가 생각해낸 돈벌이는 만담 공연을 하면서 약재를 넣은 사탕을 같이 파는 것이었다. 만담 한 꼭지가 끝날 때마다 사탕을 팔면 관객들은 입으로는 사탕을 깨물고 귀로는 만담을 들으며 기분 좋게 공연을 즐길 수 있었다. 이것만으로도 그는 제법 많은 돈을 벌었는데, 나중에 또 새로운 방법을 생각해냈다. 이번에는 만담 한 꼭지가 끝나면 조계지에서 가져온 서양 걸상을 팔았다. 모양도 신기하고 돼지 궁둥이처럼 푹신푹신한 걸상에 앉아 만담을 들으면 편안한 데다가 기분도 흐뭇했다. 만담이 끝나면 관객들은 다들 못 참고 서양 걸상을 사들고 집으로 돌아갔다. 피 대취는 머리가 잘 돌아갔고, 머리가 잘 돌아가는 사람은 장사도 잘하는 법이었다. 그는 비가 오면 우산을 팔았고 해가 쨍쨍하면 차양 모자를 팔았다. 당시에는 서양 물품이 인기가 좋아서 피 대취의 주머니는 나날이 두둑해졌다. 목돈을 마련하자 식당을 열었고, 식당에서 또 현찰을 벌어들였다. 그의 식당을 찾는 손님 절반은 식사하러 오는 사람, 절반은 만담을 들으러 오는 사람이었다. 피 대취는 뛰어난 말재간에 똘똘한 머리까지 더해져 무슨 일을 하든 돈을 벌어들였다. 3년이 지나자 그는 동북각東北角*에 금은방까지 열었다. 당시 톈진에는 금은방이 81곳이

---

* 옛 톈진의 문화·금융·상업 중심지. 청 정부가 공식 설립한 금융기관 관은호官銀號가 있어 관은호라고도 불렸다.

나 있었고, 저마다 선두에 나서고자 젖 먹던 힘까지 짜내어 경쟁하는 상황이었다. 그런데 피 대취가 단번에 치고 올라갈 수 있을까나?

피 대취는 가게를 꾸밀 때부터 기발한 방법을 썼다. 이름하여 '금당만金堂滿', 즉 가게를 온통 금으로 꾸몄다. 듣자 하니 그의 금은방은 안이건 밖이건 모조리 금이라고 했다. 문손잡이, 자물쇠, 문고리, 등갓, 손잡이, 난간, 고리, 주판, 붓대, 화분은 물론이요, 서양식 화장실에 설치된 수도꼭지와 세면대 그리고 똥 누고 오줌 누는 둥그런 양변기마저 금이라는 것이었다. 순금이 아니라 도금이라는 사람도 있었지만, 아무튼 모든 것이 번쩍번쩍한 금빛이라니 얼마나 놀랍고 대단한가.

피 대취는 자신의 금은방에 '금만당金滿堂'이라는 이름을 붙였다. '금만당'이란 곧 금으로 가득 찬 집이다. 금만당은 문을 열기 전부터 어마어마하다는 소문이 온 톈진에 자자했다. 그 말을 곧이곧대로 믿는 이도 있고 절레절레 고개를 젓는 이도 있었다.

마침내 금만당이 문을 여는 날, 문밖에 등롱이 걸리고 오색 비단이 드리워졌으며 마당에는 떡 벌어진 잔칫상이 차려졌다. 새 옷을 빼입고 손님을 맞이하는 피 대취는 유난히 활력이 넘쳤다. 조계지에서 서양 악단까지 불러와 드럼에 트럼펫 소리가 울려 퍼지니 떠들썩하기 그지없었다. 둥그렇고 번쩍번쩍한 호른도 귀청을 찢을 듯 쩌렁쩌렁 울려댔다.

초대한 손님보다 훨씬 많은 사람이 몰려들었다. 다들 피 대취의 금만당이 과연 소문대로인지 궁금했던 것이다. 그 결과 우스운

이야기가 생겨났다.

구이가에 있는 자그마한 비단가게 주인도 개업을 축하하러 왔다. 속내는 금만당의 허실을 알아보려는 것인지라 그는 눈을 부릅뜨고 가게 안팎을 낱낱이 살펴보았다. 아이고, 어디든 금빛으로 번쩍번쩍하니 눈이 어질어질하여 딴 세상에 왔나 싶을 정도였다. 점심때가 되자 그는 지인들 틈에 끼어 와자하니 술잔을 기울였다. 거나하게 취기가 올라 머리가 어지럽고 얼굴이 후끈거리자 그는 비틀거리며 화장실을 찾아가 변기에 오줌을 콸콸 누고는 인력거를 불러 집으로 돌아갔다. 그렇게 집에 닿자마자 픽 쓰러져 죽은 듯이 곯아떨어졌다가 이튿날 해가 중천에 떠서야 겨우겨우 눈을 떴다. 부인이 물었다.

"어제 금만당 보고 왔어요? 소문이 사실이던가요?"

주인이 말했다.

"틀림없는 사실이었소! 여기저기 다 황금으로 꾸며놓고 변기까지 금으로 만들었지 뭐요. 내 거기다 소변까지 봤다니까!"

부인이 반박했다.

"금에다 대고 소변을 봤다고요? 도저히 믿을 수가 없네."

"못 믿겠거든 직접 찾아가서 물어보구려."

부인은 여전히 미심쩍었고, 점점 의심이 짙어졌다. 그리하여 부랴부랴 동북각에 있는 금만당을 찾아가 보니, 정말 문손잡이가 금이 아닌가. 문을 밀고 들어가자 곳곳이 휘황찬란한 금빛이었다. 부인이 가게 점원을 붙잡고 물었다.

"우리 집 양반 말로는 이 가게 화장실 변기도 금으로 만들었다던데 정말이에요? 내가 거짓말 말라니까 거기다 직접 소변까지 보았다고 합디다!"

그 말에 어안이 벙벙해진 점원은 휘둥그레진 눈으로 부인을 한참 동안 바라보았다. 이윽고 점원이 돌아서서 피 대취에게 말했다.

"사장님, 어제 점심때 서양 악단 호른에 소변 본 사람이 있었잖아요. 누군지 알 것 같습니다."

이 사연을 들은 사람은 너나 할 것 없이 폭소를 터뜨렸다.

이 우스개는 입에서 입으로 전해지며 널리널리 퍼졌고, 누구나 알고 누구나 입에 올리는 이야기가 되었다. 이 얘기가 칭찬이든 비난이든 톈진 사람이라면 금만당을 모르는 이가 없게 됐다. 우스개가 피 대취의 가게를 홍보해준 셈이었다.

사실 업계 사람들은 이 일이 피 대취가 꾸며낸 이야기임을 다 알아차렸다. 이게 어디 그저 우스개인가, 순전히 만담 아닌가. 복선도 있고 익살스럽고 생각지도 않은 대목에서 웃음이 터지지 않나. 사람들은 피 대취의 재주에 탄복하지 않을 수 없었다. 만담을 엮고 뭇 사람의 입을 빌려 가게 홍보까지 제대로 했으니, 피 대취는 앞으로 더 큰 부자가 될 것이 틀림없다.

황금손가락

—

黃金指

'황금손가락黃金指'은 재주꾼이지만 됨됨이가 좀스러워 남이 우월한 것을 용납하지 못했다. 그는 저보다 뛰어난 상대를 보면 어떻게든 짓밟으려 했으며 수단과 방법을 가리지 않고 제압해 기어이 끝장내려 들었다.

다른 지역에서라면 이런 작자가 성공할지 모르겠으나 톈진에서는 어림 반 푼어치도 없었다. 톈진은 숨은 인재가 가득한 곳이었다. 뛰는 놈 위에 나는 놈이 겹겹이 쌓여 있어 아무리 굉장한 재주꾼이라 해도 자신보다 뛰어난 고수를 만날 수 있었다.

황금손가락은 백白 장군이 남방에서 모셔온 청객淸客*이었다. 먼저 백 장군부터 소개하자면, 그는 군인 출신으로 소장까지 올랐

---

* 옛날 부잣집에서 기식하던 문인이나 예술가.

지만 계급이 높아질수록 정치판의 음험함을 보게 되었다. 결국 퇴역한 그는 톈진에 있는 조계지에서 여생을 보내기로 했다. 수도와 전기가 설치된 서양식 건물은 생활하기 편리했고, 서양인 천하라 지방 관리들도 어쩌지 못하기에 평온한 삶을 누릴 수 있었다. 그리하여 백 장군은 온 가족을 이끌고 조계지로 이사했다.

백 장군은 부자였지만 술과 여자와 도박은 일절 가까이하지 않고 오로지 서화에만 관심이 있었다. 그 무렵 돈 있고 권세 있는 사람 주변에는 아첨하는 이들이 꼭 따라붙었다. 경극 몇 마디 불러 젖히면 바로 명배우 여숙암餘叔巖이라고 치켜세우고, 글씨 몇 자 끼적이면 명필 화세규라고, 심지어 화세규보다도 한 수 위라고 추어올렸다. 그러다보니 백 장군은 서화에 푹 빠져 헤어나오지 못했고, 누군가의 소개로 영남嶺南 출신 화가 '황금손가락'을 알게 되었다.

황금손가락의 본명은 아무도 묻지 않았다. 사람들이 쳐다보는 것은 오로지 그의 손가락뿐이었다. 왜냐, 그는 그림을 그릴 때 붓이 아닌 손가락을 사용했기 때문이다. 당시 톈진에는 손가락으로 그림 그리는 사람이 없었다. 털도 없이 살점만 있는 막대기 같은 손가락으로 어떻게 그림을 그린단 말인가? 그런데 그는 손끝으로 산이며 물이며 꽃이며 잎이며 새며 말은 물론이요, 사람 얼굴에 눈썹에 눈에 앵두 같은 조그만 입까지 그려냈다. 그의 손가락 그림은 그리는 과정이 그림 자체보다 훨씬 볼 만했다. 백 장군은 그를 청객으로 삼아 자신의 저택에서 배불리 먹고 여유롭게 살아가게 해주었으며 '금손가락'이라는 별명까지 선사했다. 그는 이 별명이 꽤나 자랑스러웠다. 성이 황黃씨인지라 붙여 부르면 '황금손가락'이 되는데, 그는 이렇게 불리길 더더욱 좋아하여 '황금손가락'이라고 부르지 않으면 거들떠보지도 않았다.

어느 날 백 장군이 말했다.

"톈진 화가 중에도 기인이 있다고 들었소."

그러자 황금손가락이 대답했다.

"제가 듣기로는, 톈진 사람들은 수도壽桃*를 그릴 때 바지를 내리고 엉덩이에 색을 묻힌 다음 그대로 주저앉는다더군요."

백 장군은 우스개로 여기고 흘려들었다. 그러나 톈진은 사람들의 귀와 입이 서로서로 이어져 있다시피 하지 않나. 이 이야기는 사흘도 못 되어 톈진 화가들 사이에 쫙 퍼졌다. 얼마 뒤, 톈진의 어느 화가가 짐승처럼 '앞발'로 그림을 그리는 황금손가락에게 도전장을 내밀었다는 소식이 백 장군에게 전해졌다. 백 장군이 껄껄 웃으며 말했다.

"이거야말로 재주로 벗을 사귀는 일 아닌가. 날 잡아 우리 집에서 재주를 겨뤄보면 되겠군."

이어 백 장군은 사람을 보내 톈진의 유명한 화가들을 청했다. 그런데 톈진에 재주꾼이 너무나도 많을 뿐 아니라 하나같이 콧대가 높을 줄이야. 겨우 두 사람이 초대에 응했는데 그조차도 본인이 아닌 제자였다. 한 사람은 조 일선(일선조一線趙)의 제자 전이야錢二爺였고, 다른 한 사람은 그 유명한 황이남黃二南의 제자를 자

---

* 장수를 축원하는 복숭아 또는 복숭아 모양 밀떡.

처하는 당사야唐四爺인데 소문에 의하면 황이남은 당사야를 전혀 모른다고 했다.

전이야의 특기는 그림 속에 반드시 1장 2척*이나 되는 기다란 선을 그려 넣는 것이었다. 그는 이 긴 선을 끊김 없이 단번에 그렸는데 획이 고르고 매끈할 뿐 아니라 거미줄처럼 섬세했다. 당사야의 특기는 붓도 손도 아닌 혀로 그림을 그리는 설화舌畵로, 바로 톈진의 황이남 선생이 창안한 화법이었다.

이들의 재주를 듣는 순간 황금손가락은 입이 쩍 벌어졌다. 정신을 차리고 생각해보니 머리에서 식은땀이 날 지경이었다. 자기 손가락으로는 1장이 넘는 선을 그릴 수도 없었고, 혀로 그림을 그린다는 것은 그야말로 금시초문이니 이를 어찌하면 좋단 말인가?

정정당당히 겨뤄서는 승산이 없으니 꼼수를 부리는 수밖에. 그는 먼저 사람을 보내 두 화가가 어떤 방법으로 그림을 그리는지 알아본 다음, 은밀한 계략으로 단단히 망신을 주어 그들을 거꾸러뜨리기로 했다. 두 화가의 기교를 금세 알아낸 그는 그들을 상대할 묘수를 생각해냈다. 음험하고도 악랄하기 그지없는 흉계인지라 반드시 이길 수밖에 없었다. 황금손가락은 확실히 여간내기가 아니었다.

경연 날이 왔다. 백 장군은 생일 잔칫날처럼 손님을 잔뜩 초대했으며 톈진의 유명인이란 유명인은 다 불러 모았다. 대청 한복판에 족히 2장은 되어 보이는 큼직한 그림 탁자를 가져다 놓았고,

* 1장은 약 3미터, 1척은 1장의 10분의 1이다.

南邊来的黄金指

壺 2015.5

종이, 붓, 먹, 벼루 또한 하나같이 정교하고 값비싼 것으로 준비했다. 미리 와서 차를 마시며 한담을 나누던 전이야와 당사야가 이윽고 자리에서 일어났다. 두 사람이 탁자 앞으로 나아가 그림 그릴 준비를 하는 태세를 보니 목숨 걸고 승부를 겨루는 무술 경연에 조금도 뒤지지 않았다.

탁자에는 이미 1장 2척이 넘는 커다란 종이가 펼쳐져 있었다. 그림을 그릴 모든 재료는 황금손가락 쪽에서 준비했다. 보아하니 먼저 두 화가가 톡톡히 망신을 당하게 한 다음 본인이 나서서 솜씨를 뽐낼 심산이었다.

종이 크기를 본 전이야는 자신이 먼저 붓을 들라는 뜻임을 알아차리고 선뜻 탁자로 다가갔다. 여위고 팔이 길쭉한 전이야는 먼저 하얀 손바닥을 벌려 왼쪽에서 오른쪽으로 가볍게 종이를 쓸어 보았다. 가느다란 선을 그릴 때 가장 염려스러운 점은 탁자가 울퉁불퉁하거나 종이가 평평하지 않은 것이었기에 고르지 않은 곳이 어디 있는지 미리 알아두어야 했다. 황금손가락은 전이야에게 이런 습관이 있는 줄은 미처 몰랐다. 종이를 쓸어 내려가던 전이야는 가슴이 철렁 내려앉았다. 종이 밑에 적어도 세 군데에 자갈이 깔려 있지 않은가. 황금손가락이 함정을 쳐놓은 것이 틀림없었다. 녹두알만 한 돌멩이만 있어도 붓이 지나가면서 닿으면 응어리가 지면서 그림을 망치고 만다. 전이야는 아무 소리 내지 않고 표정도 바꾸지 않은 채 마음속으로만 잘 기억하고 있었다. 계략을 알아챘다는 사실을 황금손가락이 모르게 할 셈이었다.

전이야는 보통 종이 양쪽 끝에 그림을 하나씩 그린 다음 둘을 연결하는 선을 그려 넣곤 했다. 이를테면 한쪽 끝에는 동자를, 다른 쪽 끝에는 보물을 실은 수레를 그린 다음 두 그림을 선으로 이으면 수레를 끄는 끈이 되어 동자가 보물을 선물하는 「동자송보童子送寶」 그림이 완성되었다. 또 한쪽 끝에는 낚싯대를 쳐드는 어부를, 다른 쪽 끝에는 물 위로 솟아오르는 커다란 붉은 잉어를 그린 다음 가운데에 낚싯줄을 매끈하게 그려 넣으면 해마다 풍요롭기를 기원하는 「연년유여年年有餘」 그림이 되었다. 오늘 전이야는 먼저 큼지막한 붓으로 한쪽 귀퉁이에 얼레를 들고 있는 동자를 그리고, 그다음 저쪽 위에는 하늘을 나는 연을 그렸다. 이제 두 그림을 바람 속에서 기다란 연줄로 이으면 모든 일이 잘 풀리기를 기원하는 「춘풍득의春風得意」 그림이 될 터였다.

전이야는 붓통에서 길쭉한 양털 붓을 집어 들고 벼루에서 먹물을 듬뿍 묻힌 다음 길게 단전호흡을 했다. 그러고서 종이로 붓을 가져가 먼저 어린아이가 쥐고 있는 얼레에서 연줄을 몇 바퀴 돌려 뽑아낸 다음 쭉쭉 선을 그려나갔다. 선이 붓을 따라, 붓이 사람을 따라 서서히 움직였다. 사람이 왼쪽에서 오른쪽으로 한발 한발 움직일 때마다 연줄이 바람을 타고 올라가는데, 바람 속에 있는 연줄을 그리면서 연줄을 날리는 바람까지 그려내는 것만 같았다. 사람들은 신들린 듯 연줄을 그리는 전이야를 방해하지 않으려고 숨죽인 채 지켜보았다. 전이야는 돌멩이가 어디 깔려 있는지 속속들이 파악하고 있었다. 그런데 그의 손길은 돌멩이를 에돌아가는 것이 아니라 붓끝을 살짝 들면서 조금도 거리낌 없이 지나갔고, 아무런 흔적도 남기지 않은 채 뻗어나간 가느다란 연줄은 마침내 하늘을 나는 연과 이어졌다. 전이야는 비로소 붓을 멈추고 숨을 돌리며 말했다.

"하찮은 재주를 보여드려 송구할 따름입니다."

박수갈채가 대청을 가득 메웠다. 두 손 모아 답례한 전이야는 황금손가락을 돌아보며 한 마디 하는 것을 잊지 않았다.

"이제 선생 차례입니다. 그 금손가락으로 선을 그리는 모습을 이 자리에 계신 분들께 보여주시면 어떨지요?"

황금손가락은 바로 응하지 않았다. 이미 반은 패배한 느낌이 들었다.

"당 선생께서 그리신 다음에 하지요."

어쩔 수 없이 이렇게 대답하는 황금손가락의 얼굴에 어렴풋한 살기가 어려 있었다. 지금으로서는 혀로 그림을 그리는 당사야를 욕보이는 것이 더 중요했다.

황금손가락은 사람을 시켜 전이야의 「춘풍득의春風得意」를 걷어내고 8척짜리 새 종이를 깔게 했다.

설화 기법은 톈진에서는 모르는 사람이 없었지만 조계지에 온 외지 사람들은 난생처음 보는 광경이었다. 작달막하고 통통한 당사야는 얼굴빛이 환하고 튀어나온 이마도 환했으며 눈빛은 더욱 환했다. 그는 연한 먹물 반 사발을 국물처럼 들이켜더니 새빨간 혀를 내밀어 벼루 속 진한 먹물을 핥았다. 이어 허리를 굽혀 얼굴 전체를 종이에 바싹 들이대고 혓바닥을 내밀자 순식간에 둥그런 매화꽃잎이 생겨났다. 농담이 잘 표현되어 생생하고도 촉촉해 보이는 꽃잎이었다. 그렇게 다섯 번을 되풀이하자 아름다운 매화 한

송이가 피어났다. 당사야의 혀가 닿는 곳마다 아름다운 매화가 송이송이 피어나니, 구경하는 손님들은 물론 황금손가락마저도 넋을 잃을 지경이었다.

"정말 대단하군!"

백 장군 입에서 저도 모르게 흘러나온 한마디에 황금손가락은 하마터면 제정신을 잃을 뻔했다. 이제 자신이 꾸민 계략이 얼른 효력을 발휘하기를 간절히 바라는 수밖에 없었다.

한창 그림에 열중하던 당사야는 갈수록 먹물 맛이 이상해지는 느낌이 들었다. 아무래도 맛이 입이 아닌 코에서 느껴지는 것만 같았다. 설화를 그릴 때는 허리를 굽힌 채 입에 먹물을 머금고 있느라 모든 호흡을 코로 해야 하는데, 시간이 흐를수록 숨이 가빠지는 것이 아닌가. 당사야는 코에서 느껴지는 것이 후춧가루 냄새임을 알아차렸다. 그러고 나서야 종이에 떨어진 하얀 가루가 눈에 들어왔는데—역시나 후춧가루였다. 누군가 농간을 부린 것을 알아차린 당사야는 입에 머금고 있던 먹물을 삼키고 몸을 일으키려 했지만 안에서 벌레가 마구 기어다니는 것처럼 코와 눈이 간지러워 참을 수가 없었다. 어떻게든 참아보려 했으나 결국 재채기가 터지고 말았고, 입에서 먹물 방울이 잔뜩 뿜어져 나와 종이에 후드득 떨어지면서 그림을 망쳐버렸다. 눈앞에 펼쳐진 당사예의 실패와 이어지는 파국을 기대하며 황금손가락은 속으로 신나게 웃어댔다.

지켜보던 사람들은 모두 망연자실했다. 그런데 당사야만은 아무 일도 없다는 듯 태연하기만 했다. 맑은 물 한 사발로 입안을 말끔히 헹궈낸 당사야는 다시금 물 한 모금을 입에 머금고, 안개처럼 섬세하게 물을 뿜어 종이를 적셨다. 그러자 종이 위에 가득하던 먹물 방울이 점차 옅어지면서 천천히 번져나가는데, 마치 꽃들이 서서히 만발하는 것만 같았다. 당사야는 다시 한번 유유히 접시에 먹을 풀어 농담을 조절하고는 혀를 내밀어 먹물을 묻혔다. 그러고서 또다시 허리를 굽히고 상체와 하체를 이리저리 비틀며 그림을 그려나갔다. 이번에는 자연스레 뒤얽힌 나뭇가지가 운치 있게 뻗어나가며 꽃이 만발한 매화나무 한 그루가 종이 위에 생생하게 모습을 드러냈다. 탄복한 사람들이 환성을 지르는 가운데 당사야는 원나라 시인 왕면王冕의 유명한 매화 시까지 적어 넣어 절묘함을 더했다.

우리 집 벼루 씻는 연못가 나무에 吾家洗硯池頭樹

피어난 꽃송이마다 엷은 먹물 자국 個個花開淡墨痕

얼굴 곱단 칭송 따위 바라지 않아도 不要人夸好顔色

맑디맑은 그 기운 온 세상에 가득하네 只留淸氣滿乾坤

"당 선생, 방금 선생이 재채기를 하는 바람에 놀라 까무러칠 뻔했지 뭡니까. 재채기에서 이런 그림이 나올 줄은 꿈에도 몰랐습니다."

놀랍고도 즐거워 어쩔 줄 모르는 백 장군에게 당사야가 빙그레 웃으며 답했다.

"그 재채기가 바로 설화의 발묵潑墨 기법이지요."

'발묵'이라는 말에 백 장군은 연신 탄복하며 칭찬을 아끼지 않았다. 그러고는 고개를 돌려 황금손가락을 찾았지만, 그는 이미 종적도 없이 사라진 뒤였다.

그 뒤로 백 장군 집에서 황금손가락의 모습은 두 번 다시 볼 수 없었다. 그 대신 백 장군은 새로운 청객 두 명을 모셨다. 한 사람은 키가 크고 여위었으며 또 한 사람은 키가 작고 뚱뚱했으니 — 바로 전이야와 당사야였다.

48가지 약탕

—

四十八样

영리한 톈진 사람들은 사탕 속에 약재를 넣어 맛있게 먹으면서 건강도 지키는 방법을 생각해냈다. 이렇게 약재를 넣은 사탕을 약탕藥糖이라고 한다.

약탕은 청나라 말기와 민국 초기에 유행했으며 베이징에도 전해져 인기를 끌었다. '매매買賣'라는 말에는 '원인'과 '결과'라는 뜻이 숨어 있다. 즉 먹는 사람이 있으면 만드는 사람이 있는 법이고, 사는 사람이 있으면 파는 사람이 있는 법이다. 그리하여 톈진과 베이징에는 약탕을 만들어 파는 재주꾼이 많이 생겨났다. 그들은 한편으로는 갖가지 약재를 사탕 속에 넣는 방법을 고안하여 보기도 좋고 맛도 좋은 가지각색 약탕을 점점 많이 만들었으며, 다른 한편으로는 약탕의 판매에도 공을 들였다. 재미난 이야기를 하거나 노래를 부르거나 온갖 기예를 선보이는 길거리 공연을 하면서 손님을 끌면, 흥이 오른 사람들은 기꺼이 지갑을 열고 약탕을 사서 입안에 털어 넣었다.

텐진 사람과 베이징 사람은 기질이 다른지라 약탕 파는 방법에도 차이가 나타났다. 관료 사회와 가까이 있는 베이징 사람들은 관리들에게 관심이 많았으며 그들을 놓고 이러쿵저러쿵 논하기를 즐겼다. 텐차오天橋* 근처에서 약탕을 파는 황 대병(대병황大兵黃)**의 장사 비결은 벼슬아치들을 욕하는 것이었다. 황 대병은 그 자리에 서서 입에 거품을 물고 욕을 퍼부었는데, 단기서段祺瑞에서부터 장훈張勳 그리고 원세개袁世凱에 이르기까지 사람들이 감히 욕할 엄두를 못 내는 높은 사람들만 골라서 진탕 욕을 했다. 그의 약탕은 자연히 날개 돋친 듯 팔려나갔다.

텐진은 서민 문화가 발달한 지역이며, 서민들 마음속에 있는 것은 생활, 곧 먹고 마시고 놀고 즐기는 것이었다. 그들은 맛있고 재미있고 즐거운 것이면 다 좋아했고, 특히 절묘한 재주 구경을 좋아했다. 그러다보니 약탕 파는 이들이 선보이는 재주도 천태만상이었다. 만담을 잘 엮는 사람이 있는가 하면 쾌판서를 부르는 사람, 마술하는 사람, 무술을 보여주는 사람, 자전거 곡예를 하는 사람, 새총을 잘 쏘는 사람까지 별의별 재주꾼이 다 있었다. 심지어 약탕 사라고 외치는 소리마저 고저장단이 잘 어우러져 듣는 재

* 베이징의 번화가로 청나라 황제들이 제사 지낼 때 지나다녔다고 하여 붙은 이름이다.
** 본명은 황재귀黃才貴. 청나라 군사였으며 몸집이 크고 무예에 능해 '대병'이라는 별명을 얻었다. 자손들도 대대로 약탕을 팔면서 현재 '대병황' 기업으로 발전했다.

미가 있었다.

 톈진 고루 앞에서 약탕을 파는 유육兪六이라는 사람이 있었다. 바오디현寶坻縣 출신이며 머리가 잘 돌아가고 손재주도 뛰어났다. 다른 약탕 장수들과 달리 유육은 약탕 '파는' 재주가 아니라 약탕 '만드는' 솜씨가 훌륭했다. 그는 자기 집 앞에 노점을 벌이고 약탕을 팔았는데 말재주나 노래를 선보이거나 큰 소리로 손님을 잡아끄는 법이 없었다. 그저 탁자에 나무테를 두른 길쭉한 칸막이 유리 상자를 몇 줄 진열해놓고는, 칸칸마다 다른 약탕을 넣고 유리 뚜껑을 덮어 각양각색 약탕이 잘 보이게 해두었다. 손님이 약탕을 고르면 유육은 뚜껑을 열고 집게로 약탕 몇 알을 꺼내 종이봉투에 잘 넣어 건넬 뿐 아무런 재주도 부리지 않고 손님의 환심을 사려 들지도 않았다. 하지만 그의 약탕은 빛깔도 곱고 냄새도 짙고 모양도 다양하고 맛도 제각기 달랐다. 다고茶膏, 단계丹桂, 날생강, 홍화, 장미, 육두구, 계피, 사인砂仁, 연밥, 매운 살구씨, 박하 같은 온갖 약재뿐 아니라 배, 복숭아, 자두, 감, 비파, 바나나, 앵두, 오매, 대추, 수박 등 각종 과일까지 첨가되어 있었다. 그러나 재료가 좋다고 장사가 잘되는 것은 아니다. 파는 재주도 있어야 한다. 유육의 약탕은 48가지나 되는 가장 다채롭고 훌륭한 약탕이었지만, 자기 집 앞에서만 파니 톈진에서 아는 사람이 몇이나 되겠는가? 톈진의 약탕 장사꾼을 꼽으면 1등은 단연 왕보산王寶山이며, 2등은 이사자李傻子, 3등은 연화청連化淸이었다. 다구커우大沽口*까지

---

* 다구강(지금의 하이허강)이 바다로 흘러드는 어귀로 톈진 동남쪽에 있다.

쭉 내려가며 헤아려보아도 유육은 그림자도 보이지 않았다.

이웃에 사는 유이야劉二爺는 세상 경험이 풍부한 사람이었다. 글공부를 좀 했지만 관직에 나간 적은 없었고, 장사를 해서 돈을 제법 모으자 일찌감치 손을 떼고 집에 들어앉아 유유자적 살고 있었다. 어느 날 유육과 마주친 유이야가 이런 말을 했다.

"자네는 약탕을 만들 줄만 할고 팔 줄은 모르는구먼. 이렇게 집 앞에서만 장사를 하면 안 되지."

유육이 대답했다.

"저도 이곳저곳 돌아다니며 팔고 싶지요. 하지만 말주변도 없고 만담을 하거나 노래 부를 줄도 모르니 어쩌겠어요. 사람들 환심을 살 재주가 없는걸요."

"남들 하는 걸 자네도 할 필요는 없어. 남들 재주를 따라 하는 게 능사가 아니라네. 자네는 이곳 토박이가 아니라 잘 모르나본데, 톈진 사람들은 남에게 없는 특기가 있어야 인정하고 탄복한다네."

"그런 특기를 어디 가서 찾아요?"

"찾을 곳은 없지. 특기란 첫째는 궁리하고, 둘째는 연마해야 하는 거야."

"무슨 수로 궁리하고 연마를 하죠?"

제대로 이해하지 못한 유육이 되묻자 유이야가 웃으며 답했다.

"잘 듣게나. 궁리하라는 것은 48가지 약탕 맛을 모두 알릴 수 있는 새로운 방법을 고안해내라는 뜻이고, 연마하라는 것은 사람들이 약탕을 사러 오게끔 손님 끄는 재간을 익히라는 거야. 이를

테면 집게를 쓰지 않는다든지, 그런 새로운 방법 말일세. 톈진 약탕 장수들 손에는 모두 집게가 들려 있지 않나."

유육은 미련퉁이가 아니었다. 이 두 가지 비결을 듣자 바로 장사 이치를 깨달았다. 얼마 뒤에 유육은 유이야를 자기 집으로 청해 차와 약탕 몇 알을 대접하고는 뒷마당으로 데려갔다. 유이야의 눈이 번쩍 뜨였다. 마당 한가운데 짐짝 하나, 멜대 하나 그리고 커다란 나무통 두 개가 놓여 있었다. 둥그런 나무통 안에는 약탕이 담긴 작은 상자들이 빙 둘러 있고, 상자마다 다른 종류의 약탕이 들어 있으며 상자 뚜껑에는 경첩이 달려 손쉽게 여닫을 수 있었다. 나무통 하나에 작은 상자가 24개씩 들어 있으니 통 두 개에 담긴 상자는 정확히 48개였다.

나무통 장식도 지금껏 본 적 없는 신기한 모양이었다. 양쪽 손잡이에 각각 새겨진 용 머리가 날카로운 이를 드러내고 눈을 부릅뜬 채 서로 마주 보고, 손잡이 정중앙에는 번쩍이는 황금 구슬을 박아 '두 마리 용이 구슬을 가지고 노는' 형상을 만들어냈다. 용 머리에는 용수철로 붉은 실뭉치 방울 두 개를 매달아 나무통을 어깨에 메고 걸으면 걸음걸이에 맞춰 방울이 이리저리 흔들리며 눈길을 끌었다. 또 어디서 솜씨 좋은 칠장이를 청했는지 까만 칠을 해서 반지르르 윤이 나는 나무통에 '兪家藥糖 四十八樣(유가약탕 사십팔양)'이라는 여덟 글자를 금박으로 새겨놓기까지 했다. 작은 상자의 유리 뚜껑에는 붉은 글씨로 약탕 이름을 적어놓고 상자마다 알록달록한 약탕을 가득 채웠다. 이렇게 멋진 약탕 통이 거리에 나타나면 사람들이 얼마나 놀라겠는가! 유이야는 만족스

糖樣藥家十八
俞四

前家藥擔毕八樣
2015

러워하며 칭찬을 아끼지 않았다.

"황궁에서 나온 물건보다 더 멋진 통일세."

이어 유육은 '약탕 파는 법'을 선보였다. 왼손에 종이봉투를 들고 오른손 엄지와 검지로는 자그마한 놋쇠 국자를 집어드는데, 과연 집게를 쓰지 않는 방법이었다. 이어 유육은 두 나무통 주위를 한 바퀴씩 돌면서 오른손 약지로 상자 뚜껑을 열어젖히고 놋쇠 국자로 약탕을 한 알씩 꺼내 봉투에 담았다. 뚜껑 여는 동작이 잽싸고 국자로 약탕을 꺼내는 솜씨도 교묘하여 마술사 유 쾌수(쾌수 류快手劉)가 작은 사발로 구슬을 덮는 재주 못지않았다. 약탕을 안 먹어도 돈 내고 볼 만한 색다른 구경거리였다.

유육이 얼마나 열심히 궁리하고 연마했는지 알아본 유이야가 흐뭇하게 말했다.

"훌륭해. 이제 길거리에 나가 팔아도 되겠구먼. 48가지 약탕은 틀림없이 이름을 날릴 걸세."

다음 날 유육은 나무통을 짊어지고 성 안팎부터 시작해 하이허강 동쪽에서 서쪽, 천후궁 남쪽에서 북쪽은 물론 조계지 아홉 곳까지 쭉 돌았고, 약탕은 즉시 온 톈진에 명성을 떨치게 되었다. 유육은 옷차림에도 신경 써서 파란 바지에 하얀 저고리를 입고 까만 신발에 하얀 양말을 신었다. 이렇게 차려입고 세상에 둘도 없는 나무통을 메고 휘적휘적 돌아다니면, 사진기를 들고 나와 그 모습을 찍는 서양인까지 있었다.

그러나 유육의 기세는 그리 오래가지 않았다. 곧이어 하이허강 동쪽에도 약탕 장수가 나타났는데 그 또한 용 머리를 새긴 까만 나무통을 메고 다니면서 똑같이 '48가지 약탕'을 판다지 않나. 그러자 유육의 약탕은 더 이상 독보적인 것이라 할 수 없게 되었다. 다급해진 그가 다시 유이야를 찾아가 가르침을 청하자 유이야가 말했다.

"자네가 남을 따라 하지 않는다고 해서 남이 자네를 따라 하는 것까지 막을 수는 없다네. 그러니 남들이 쉽게 흉내 낼 수 없는 재간을 익혀야 해. 그게 바로 진정한 특기인 게야."

석 달 뒤 유육은 새로운 재주를 선보였으니, 이름하여 '팔자 걷기'였다. 예전에 나무통에서 약탕을 꺼낼 때는 오른손에 국자를 든 채 사람은 줄곧 안쪽으로만 맴돌아 딱히 볼 만한 모습은 아니었다. 이번에 유육은 두 개의 나무통 주위를 팔八자로 오가는 식으로 바꾸었다. 통 왼쪽에서 돌아 나갔다가 맞은편 통 오른쪽으로 돌아 나오면서 사람과 통의 위치가 바뀌고 손에 든 봉투와 국자의 위치도 바뀌는데, 그 모습이 마치 황회皇會*에서 차취자茶炊子**가 멜대를 다른 어깨로 바꿔 메는 묘기와 흡사했다. 이렇게 팔자로 걸으면서 두 손의 역할을 바꾸는 기교는 꽤나 멋들어진 볼거리였다. 중요한 것은—유육이 만든 48가지 맛 좋은 약탕까지 먹을 수 있지 않나! 푼돈으로 눈과 입이 즐거워지는데 주머니를 열지 않

---

* 바다의 신 천후의 탄신을 기리는 전통행사. 원래 '낭낭회娘娘會'라 불리다가 건륭 황제가 보고 간 뒤로 '황회'로 이름이 바뀌었다.
** 톈진의 민간예술로 '차 파는 사람'이라는 뜻이다. 멜대에 달린 묵직한 다기 통(이 도구 역시 '차취자'라고 부른다)을 메고 손을 쓰지 않은 채 절묘한 평형을 유지하며 공연을 한다.

을 사람이 누가 있겠나?

이도 잠시, 이 팔자 걷기 재주까지 모방하는 사람이 생겨났다. 며칠 밤을 고민한 끝에 유육은 또 한 가지 새로운 방법을 생각해 냈다. 이번에는 통마다 가운데에 약탕 상자 몇 개를 더 넣고 반쪽 짜리 약탕으로 채웠다. 약탕을 사는 이에게 덤으로 주려는 것으로, 손님이 원하는 맛을 고르면 바로 뚜껑을 열어 국자로 꺼내줄 셈이었다.

유육이 또다시 유이야를 찾아가 이 새로운 방법을 설명하며 가르침을 청하자, 유이야가 껄껄 웃으며 말했다.

"그 방법도 언젠가는 남들이 흉내 내고 말 걸세. 내가 좋은 수를 하나 알려주지."

이어 유이야는 글귀 몇 줄을 적어 유육에게 건네며 당부했다.

"굳이 노래로 부를 필요까진 없고, 우선 외워만 놓게나. 그리고 팔자로 걸을 때 장단에 맞춰 외우면 된다네."

유육이 글귀를 보니 다음과 같은 여섯 줄이었다.

톈진 약탕은 가게마다 맛 좋은데
48가지 약탕이 그중 제일이라
색색이 다른 맛에 알알이 향기롭지
반 조각은 덤이니 마음대로 고르시게
유가네 재주는 딸에겐 전수하지 않으니
아들아 어서 와서 재주를 배워가라

유육은 톈진 토박이가 아닌지라 이 몇 마디 속에 우스개뿐 아니라 욕, 그것도 매우 심한 욕이 들어 있다는 사실을 알아차리지 못했다. 의심쩍어하는 유육을 보면서 유이야가 말했다.

"걱정 말고 해보게. 더는 자네를 흉내 내는 자가 없을 게야."

유육이 대답했다.

"어르신께서 처음부터 저를 도와주셨죠. 벌써 여러 번 신세를 졌습니다. 이번에 성공하면 제가 평생 드실 약탕을 책임지겠습니다."

다음 날, 약탕을 팔러 나간 유육은 팔자 모양으로 걸으며 유이야가 써준 글귀를 외우기 시작했다. 처음에는 입에 붙지 않았지만 차츰 익숙해지면서 발걸음에 착착 들어맞을 만큼 능숙해졌고, 걸으면 걸을수록 '서책포성徐策跑城'*을 공연하는 것처럼 흥겨워졌다. 그런 유육을 보면서 약탕을 사는 이들도 둘러서서 구경하는 이들도 다 같이 웃음을 터뜨렸다. 누군가 말했다.

"누구든 한 번만 더 재주를 훔쳤다간 당신 아들이 되겠구려."

옆에 있던 사람들이 또 한바탕 따라 웃었다.

유육은 이번에야말로 자신만의 특기가 확실히 생겼다는 걸 깨달았다. 동시에 톈진 사람들이 하는 말이 얼마나 오묘한지도 알게 됐다. 날카롭기만 하면 듣기 거북하고 익살스럽기만 하면 힘없이 들리는데, 이 말은 날카로우면서도 익살스럽고 익살스러우면서

---

* 전통 경극「설강반당薛剛反唐」의 한 대목으로 등장인물 서책이 줄곧 뛰어다니며 노래하고 춤을 춘다.

도 날카로운 데가 있었다. 과연 그 뒤로 누구도 유육의 재주를 흉내 내지 않았다. 유육은 유이야에게 사의를 표하고자 날마다 약탕을 보냈는데, 각기 다른 맛으로 하루에 여섯 개씩 여드레면 딱 48가지였다. 유육은 오랫동안 한결같이 유이야에게 약탕을 보냈다.

유육은 혼인은 했으나 슬하에 자식이 없어 손재주를 후세에 전하지 못했다. 유육이 죽은 뒤에도 유이야는 살아 있었다. 사람들은 유육의 약탕을 날마다 먹은 것이 바로 유이야의 장수 비결이라고 했다.

마이
―
馬二

진짜는 쉽게 하지만 가짜가 진짜처럼 흉내 내기란 쉽지 않다. 예컨대 마연량馬連良*이 입을 벌리고 노래하면 당연히 마연량이 노래하는 것이니 어려울 리 없다. 하지만 다른 사람이 노래를 불러 마연량이 부르듯 들리게끔 하기란 굉장히 어려운 일이다. 그러니 톈진 사람들은 가짜가 진짜처럼 흉내 내면 더없이 탄복했다. 이런 사람은 '가짜'가 아니라 '진짜 같다'고 불렸으며, '진짜처럼 흉내 내는 것'은 대단한 재주로 여겨졌다.

민국 시기, 톈진 구시가지에 진짜처럼 흉내를 잘 내는 마이馬二라는 재주꾼이 있었다. 마이의 부친은 과거에 운송업자였는데 운하 옆에 화물을 취급하는 부두를 소유했으며 부리는 인부는 100

* 1901~1966, 톈진의 저명한 경극 예술가.

명이 넘었다. 제법 돈을 벌자 남방 특산물을 취급하여 큰 부자가
되었으며, 조계지 양쪽 끝에 각각 저택을 사서 가게를 열었다. 그
는 위아래 가리지 않고 인맥이 상당히 넓었다. 그러나 톈진은 뛰
는 놈 위에 나는 놈이 있고, 뒷배 또한 누구의 뒷배가 더 대단한지
알 수 없었다. 자칫 더 대단한 사람을 잘못 건드렸다가는 계략에
걸려들어 패가망신하는 일이 다반사였다. 마이의 부친도 바로 그
렇게 망했는데, 그 이야기 말고 마이 이야기나 해볼까 한다.

마이는 어려서부터 호강하며 자라다보니 특별한 재간이 없었
다. 그러나 부자는 망해도 3년은 간다지 않나. 마이는 고생스레
일하지 않고 종일 술집이나 찻집을 들락거리며 빈둥빈둥 지냈다.
그는 특별히 총명하지는 않았으나 잔머리를 잘 굴렸다. 가장 잘하
는 일은 남을 똑같이 흉내 내는 것으로 톈진 시장부터 해서 거물,
부자, 명사 등을 흉내 낼 수 있었다. 그중 적어도 일고여덟 명은
너무나도 생생하게 흉내를 냈으며 특히나 그들이 습관적으로 하
는 말투나 동작, 표정을 제대로 따라 했다. 마이가 걷고 서 있고
웃고 손짓하고 이를 드러내며 성내는 모습을 보면 누가 진짜고 누
가 가짜인지 가려내기 어려울 지경이었다. 진짜처럼 흉내 내는 것
도 일종의 우스개였다. 마이가 누군가를 절묘하게 흉내 내면 사람
들은 숨이 턱턱 막힐 정도로 웃어댔다. 만담의 대가 상련안常連安[*]
보다 더 우습다 해도 과언이 아니었다.

---

[*] 1899~1966, 본명은 상안常安. 톈진에서 활약한 전설적인 만담 배우로 1인 만담
의 대가였다. —저자 주

마이가 가장 똑같이 흉내 내는 사람은 조계지의 교육 담당 관리인 관사야管四爺였다. 마이와 관사야는 낯빛이 창백한 것 말고는 닮은 구석이 없었다. 관사야는 어엿한 정부 관원이지만 마이는 빈들거리는 백수였다. 관사야는 외출할 때면 차를 타고 움직였지만 마이는 두 발로 직접 걸어다녀야 했다. 관사야는 머리에 기름을 바르고 얼굴이 번지르르하지만 마이는 머리도 얼굴도 먼지투성이였다. 관사야는 언제나 단정한 제복 차림이었지만 마이는 저고리 단추조차 제대로 채우지 않았다. 관사야는 기침할 때면 서양식 손수건으로 입을 막았지만 마이는 함부로 기침을 하고는 끈적끈적한 가래를 땅바닥에 뱉었다. 이렇게 닮은 구석이라고는 전혀 없는데도 마이가 관사야를 흉내 내기 시작하면 누가 누구인지 분간할 수 없었으니!

마이는 조계지에 뻔질나게 드나드는지라 관사야처럼 여기저기 얼굴을 내미는 유명인을 심심찮게 볼 수 있었다. 하지만 구시가지 쪽에 사는 사람들은 조계지에 가는 일이 드물어 태반은 관사야를 본 적이 없었다. 그래서 마이가 얼마나 비슷하게 흉내를 내는지는 알 길이 없었고, 그저 흉내 내는 모습을 보면서 재미있어할 따름이었다. 그런데 어느 날 관사야가 성 북쪽에 있는 총상회總商會에 와서 강연을 하게 됐다. 많은 사람이 그를 보러 달려갔고, 실제 모습을 보고는 깜짝 놀랐다. 그동안 봤던 마이의 흉내가 정말 끝내줬던 것이다! 나중에 다시 마이가 흉내 내는 모습을 보고는 더욱 깜짝 놀랐다. 마이는 정말 기가 막힌 재주꾼이었다!

그 뒤로 마이는 톈진 구시가지에서 명성이 자자해졌다. 사람들은 재미 삼아 마이를 아예 '관사야'라고 불렀지만 똘똘한 마이는 유명인의 이름으로 함부로 불려서는 안 된다는 것을 잘 알았다. 사람들이 뭐라 부르든 마이 자신은 절대 스스로를 관사야라고 일컫지 않았다.

이리하여 마이도 텐진에서 최고 재주꾼 대우를 받게 됐다. 어딜 가나 환영받았고, 다들 그의 흉내 내기 재주를 보며 즐거워했다.

상업 도시인 텐진에서는 재주만 있으면 기회를 얻고 좋은 일이 생겼다. 마이가 흉내 내는 재주로 유명해지자 그를 식사나 잔치에 초대하는 사람들이 꽤 있었다. 관사야가 누군지 전혀 모르는 사람도 손님들을 웃기고 흥을 돋우고자 마이를 청했다. 마이도 개의치 않았다. 공짜로 먹고 마시면 돈을 아끼게 되고, 돈을 쓰지 않는다는 것은 곧 돈을 버는 거나 마찬가지였으니 말이다. 그러다보니 마이는 혼례나 백일잔치, 어르신의 생신잔치는 물론 개업식에까지 초대받곤 했다.

텐진은 그리 큰 도시가 아니었기에 구시가지에서 벌어진 일은 차츰 조계지에도 전해졌고, 나중에는 관사야 귀에까지 들어갔다. 관사야도 보통 사람은 아닌지라 겉으로는 내색하지 않았지만 남몰래 수행원 갈석두葛石頭를 보내 실상이 어떠한지, 마이라는 자가 정말로 자기 흉내를 잘 내는지 알아보게 했다.

운 좋게도 갈석두는 구시가지에 이르자마자 기회를 잡았다. 구이가에 있는 가게 태평필장太平筆莊에서 창립 60주년을 기념해 대호동의 장원루壯元樓에서 축하연을 열면서 마이를 청했다는 것이

马二

官四爷

刘庆2015.5.

었다. 사람을 통해 자리를 하나 얻어낸 갈석두는 잔칫날 장원루에 들어서자마자 수많은 사람 속에서 금세 마이를 알아보았다. 얼핏 보면 얼굴이 관사야를 살짝 닮은 것도 같았지만 나머지는 모두 딴 판이었다. 관 나리가 얼마나 위엄 있는 분이신데, 개처럼 빌어먹고 다니는 저 따위 놈이?

잔치가 시작되고 얼마 지나지 않아 누군가 소리쳤다.

"관 나리께서 한 말씀 해주시죠!"

그러자 사람들이 다 같이 호응했고, 저쪽 자리에 앉아 있던 마이가 몸을 일으켰다. 그런데 지금 보니 딴 사람이 되어 있지 않은가. 겉모습은 그대로인데 태도가 딴판이었다. 마이는 왼손으로 허리를 짚고 서 있었다. 관사야도 발언할 때 꼭 그렇게 한 손으로 허리를 받치고 말했다. 마이는 그러면서 아랫배를 쑥 내밀었는데 관사야 역시 허리를 받치고 설 때면 배를 불룩 내미는 습관이 있었다. 말은 아직 시작도 안 했는데 벌써부터 사람들이 박수갈채를 보냈다. 누군가 외쳤다.

"관사야가 빙의했나, 정말 기가 막힌데!"

흥이 오른 마이가 입을 열었다.

"오늘은 태평필장이 문을 연 지 60주년 되는 날입니다. 이렇게 어려운 발걸음으로 이 자리를 빛내주셔서 감사합니다. 다들 마음껏 드시기 바랍니다. 오늘 밥값은—저희 교육국 앞으로 달아놓으십시오!"

갈석두는 어안이 벙벙했다. 짤막한 말이었지만 목소리며 억양이며, 관사야가 이 자리에 온 듯한 착각이 들 정도였다.

정신을 차리고 다시 보니 마이가 술잔을 들고 "건배!" 하고 외치는데, 팔을 막대기처럼 똑바로 뻗고 있었다. 관사야도 저렇게 팔을 쭉 뻗치고 건배사를 하지 않나!

갈석두는 휘둥그레진 눈으로 마이를 지켜보았다. 먹고 마시고 웃고 떠드는 일거수일투족이 관사야와 똑같았다. 같은 상에 앉은 사람들과 주변에 앉은 손님들이 간간이 폭소를 터뜨렸다. 갈석두는 마이에게서 어떤 허점도 발견하지 못했다. 오히려 점점 더 절정에 이르는 느낌이었다. 살짝 취기가 오른 마이가 고개를 흔들고 몸을 뒤뚱거리는데, 그 모습은 이미 관사야를 '흉내' 내는 것이 아니었다. 교육국에서 손님을 청할 때마다 관사야가 권커니 잣거니 하는 그 모습 그대로였다.

그런데 갈석두는 마이가 진짜인지 가짜인지 분간할 수 없게끔 흉내를 내면서도 부지런히 먹고 마신다는 사실을 알아차렸다. 마이는 상에 오른 닭다리며 생선이며 새우며 고기를 열심히 입으로 쑤셔넣고 뱃속으로 밀어넣고 있었다. 그 모습을 보면서 갈석두는 괘씸한 생각이 들었다. 저 녀석이 관사야 이름을 팔아가며 거저 먹고 마실 뿐 아니라 관사야를 놀림감 삼아 사람들을 웃기고 있지 않나. 저런 염치없는 놈이 있나.

분위기가 한창 무르익었을 때 마이가 몸을 일으켜 젓가락으로 멀리 있는 접시에 놓인 통통한 해삼을 집으려 했다. 그런데 허리에 너무 힘을 주었는지 저도 모르게 방귀를 뿡 뀌고 말았다. 소리도 크고 냄새도 대단히 고약했다. 옆자리에 앉은 손님이 대뜸 말했다.

"관사야 방귀는 똥통을 뒤집어쓴 것보다 더 고약하군!"

그 말에 주위는 웃음바다가 되었다. 이어 마이가 관사야 말투를 흉내 내며 말했다.

"구리지 않은 방귀도 방귀라 할 수 있나?"

사람들은 또다시 박장대소했고, 잔치가 끝날 때까지 웃음이 끊이지 않았다.

조계지로 돌아온 갈석두는 자기가 보고 들은 것을 곧이곧대로 관사야에게 고한 뒤에 이렇게 덧붙였다.

"그렇다고 그놈에게 죄를 묻기는 힘들 듯합니다. 자기 입으로 나리를 흉내 낸다는 말은 한 번도 안 했거든요. 나리 존함도 전부 다른 사람 입에서 나왔고요."

갈석두는 관사야가 노발대발할 줄 알았는데, 뜻밖에도 관사야는 아무 말 없이 빙긋 웃을 뿐이었다.

며칠 뒤, 구시가지에 이런 말이 나돌았다. 관사야는 조계지에서 지위가 높고 교양 있는 사람이라 남들 앞에서 방귀를 뀌는 법이 없다. 마이가 아무리 흉내를 잘 낸다고 해도 방귀 뀌는 부분은 닮지 않았다. 마이가 무식한 백수건달이라는 사실이 이번에 완전히 들통난 셈이다! 게다가 '방귀 한 방에 마이 밥그릇이 날아갔다'는, 광고보다도 효과가 톡톡한 말까지 생겨났다.

세간에는 소문만큼 무서운 것이 없다. 부두 사람들은 우스개를 하고 재미난 일을 찾아내길 좋아했다. 이 일이 있은 뒤로 이런저런 잔치에 마이를 청하는 사람은 싹 없어졌고, 그 대신 식사 자리에서 마이가 방귀 뀐 일을 웃음거리로 삼게 됐다고 한다.

냉검

―

冷臉

남문 밖에 마흔 살 남짓한 괴짜 대장장이가 있었다. 도무지 웃
는 법이 없고 언제나 낯빛이 어두워서 그에게는 '냉검冷臉'*이라는
별명이 붙었다.

그는 성격이 괴팍해서 웃기 싫어하는 게 아니었다. 어려서부터
무슨 일에든 웃어본 적이 없었다. 남들은 다 웃는 일, 심지어 배꼽
을 잡고 숨이 넘어갈 정도로 웃는 일에도 그만은 웃지 않았다. 그
의 얼굴은 철판을 두드려서 만든 쟁반처럼 거무튀튀하고 딱딱했
다. 마치 무쇠탈을 쓴 사람 같았다.

냉검은 바오딩保定 출신으로 톈진에 와서 산 지 20년이 넘었다.
사람이 좀 무뚝뚝하고 답답하며 붙임성도 없어서 그를 잘 아는 사

---

* '무표정한 얼굴'이라는 뜻.

람이 아무도 없었다. 어디서 어떻게 나온 말인지는 몰라도 나중에 사람들은 냉검이 웃지 않는 이유를 이렇게 이야기했다. 그의 부친은 말발굽에 편자 박는 일을 했고, 그는 네댓 살쯤에 아버지 옆에서 편자 박는 장면을 구경하다가 놀란 말의 뒷발질에 머리를 차이고 말았다. 그 바람에 침대에 누운 채 움직이지도 못하고 눈도 못 뜨고 물도 못 마시는 신세가 됐다. 맥을 짚어본 의원은 죽은 목숨이나 다름없으니 사흘 안에 염라대왕이 데려갈 거라 했다. 하지만 그는 사흘이 지나도 숨이 붙어 있었고, 이레가 지나자 눈을 뜨고 정신을 차리더니 침대에서 내려왔다. 걷고 말하고 먹고 마시고 용변 보는 일까지 다 예전처럼 돌아왔는데 딱 한 가지가 달라졌으니—웃질 않게 됐다. 그래서 사람들은 그가 웃는 얼굴을 염라대왕에게 남겨두고 왔다고 했다.

그럴싸한 사연이었지만 그를 찾아가 사실인지 아닌지 확인할 만한 사람은 아무도 없었다.

냉검이 톈진에 처음 왔을 때, 그가 절대 웃지 않는다는 걸 믿지 못하는 몇몇 녀석이 있었다. 그들은 어느 날 어둠을 틈타 냉검을 강제로 바닥에 짓누르고 웃게 하려고 겨드랑이를 마구 간지럽혔다. 그런데 아무리 간지럽혀도 헛수고였다. 그는 눈물을 흘리고 오줌을 쌀 지경이 되어도 살려달라고 소리만 지를 뿐 웃지는 않았다. 그제야 손을 멈춘 녀석들은 냉검이 죽을 때까지 웃지 않으리라는 사실을 인정하게 되었다.

이 웃을 줄 모르는 괴짜에게는 더욱 괴상한 점이 있었다. 그는 만담 듣기를 좋아했다. 괴상하지 않은가? 만담은 웃으려고 듣는 것 아닌가. 웃지도 않을 거면서 왜 듣겠다는 걸까? 웃는 연습을 하려고? 누구도 영문을 알지 못했다.

냉검은 도박도 하지 않고 기생집에 드나들지도 않았으며 술도 즐기지 않았다. 일을 끝내고 좀 한가해지면 만담 공연장에 가서 걸상을 찾아 앉아 몇 단락 들을 뿐이었다. 공연장에 온 사람들 모두 시체처럼 무표정한 그의 얼굴을 잘 알고 있었다. 만담꾼에게 무슨 시비라도 걸려는 듯한 표정이었다. 만담꾼이 가장 두려워하는 일은 관객이 웃지 않는 것이었다. 웃지 않는다는 것은 이야기가 재미없거나 말재주가 변변치 않다는 뜻이기 때문에 만담꾼으로서는 체면을 구기는 일이었다. 톈진에서는 만담꾼과 맞서고 싶어지면 여럿이 무리 지어 공연장에 찾아가서 한사코 웃지 않는 방법으로 만담꾼을 열 받게 했다. 이렇다보니 냉검은 만담꾼이 한번 겨뤄보려는 적수가 되었다. 당시 톈진에는 만담 고수가 수없이 많았다. 저마다 남문 밖으로 달려와 냉담을 웃겨보려 갖은 애를 썼지만, 하나같이 참패를 맛보고 고개를 절레절레 흔들며 돌아갔다. 그리하여 남문 밖 일대에 이런 헐후어歇後語*가 생겨날 정도였다.

만담으로 냉검을 웃기려 하면 ― 체면만 구기지.

그런데 유독 당사자만은 이 말을 모르고 있었다.

이 괴짜에 관한 기이한 소문은 톈진과 인접한 베이징의 만담꾼

* 앞부분은 수수께끼를 내고, 뒷부분은 답을 말하는 방식의 해학적인 숙어.

사이에도 널리 퍼졌다. 베이징에도 만담 고수가 적지 않았고, 그들은 세상에 웃기지 못할 사람이 존재한다는 사실을 믿을 수가 없었다. 그리하여 두근逗哏과 봉근捧哏이라는 두 만담꾼이 즉각 톈진으로 향했다. 두 사람은 일찍부터 창뎬廠甸*과 톈차오 일대에서 명성을 떨친 만담꾼이었다. '이야기, 흉내, 익살, 노래' 실력이 모두 출중한 것은 물론이요, 생김새마저 예사롭지 않았다. 키가 크고 여윈 두근은 비쩍 마른 원숭이처럼 생겼는데 성씨마저 후侯씨로 원숭이 후猴 자와 음이 같았다. 땅딸막한 봉근은 살찐 고양이처럼 생겼는데 성씨마저 모毛씨로 고양이 묘猫 자와 음이 같았다. 그리하여 사람들은 이 2인조에게 '털원숭이毛猴'라는 별명을 붙여주었다. 베이징에는 매미 허물에 털을 붙여 만든, 한번 봤다 하면 빠져들고 마는 털원숭이 장난감도 있지 않은가? 베이징 사람이라면 이들의 별명을 모를 수가 없었다.

톈진에 온 털원숭이는 남문 밖 희복래喜福來에서 만담 공연을 시작했다. 첫날부터 무대 아래 구경꾼이 꽉 들어찼고, 냉검 역시 소식을 듣고 공연을 보러 왔다. 털원숭이가 냉검과 겨뤄보고자 왔다는 사실을 구경꾼 대부분이 알고 있었지만 정작 냉검 본인은 아무것도 모르고 있었다. 아무튼 그가 무대 아래에 자리 잡고 앉는 순간, 대결은 이미 시작된 셈이었다.

털원숭이 2인조가 무대에 올랐다. 하나는 키가 크고 하나는 키

---

* 베이징의 문화거리 유리창 앞 공터. 춘절 기간에 열리는 묘회廟會(명절이나 기념일에 사원 앞에서 열리는 축제)로 유명하다.

가 작고, 하나는 비실비실하고 하나는 통통하고, 하나는 영리하고 하나는 멍청해 보였다. 두 사람의 모습만 보고도 관중들은 공연장이 떠나가라 웃어댔다. 그런데 무대 아래를 내려다보는 순간 털원숭이는 가슴이 철렁 내려앉았다. 장내를 가득 메운 칠팔십 명의 얼굴이 왁자하니 웃는 가운데, 거무죽죽하고 딱딱하고 음산한 철판 같은 얼굴이 하나 끼어 있지 않은가. 물어볼 것도 없이 냉검이었다. 털원숭이는 생각했다. 오늘 진짜 만만찮은 상대를 만났는걸? 하지만 우리가 누구냐, 20년간 강호를 누비며 산전수전 다 겪은 고수 아니겠느냐? 털원숭이는 그 무표정한 얼굴에는 신경 쓰지 않고 공연을 이어갔다. 가볍게 웃고 떠드는 틈틈이 익살 보따리를 툭 던지면 사람들은 생각지도 못한 재치 있는 농담에 다들 자지러졌다. 하지만 냉검의 얼굴에는 털끝만 한 웃음기도 비치지 않았다. 장내를 죽 훑어본 털원숭이는 서로 눈짓을 주고받고서 아무렇지 않은 척 만담을 이어가다가 무심한 듯 익살 보따리를 또하나 꺼내놓았다. 적시에 절묘한 이야기를 기가 막히게 풀어놓는 솜씨가 척 봐도 노련한 고수였다. 사람들은 모두 허리가 끊어져라 웃어댔지만 냉검만은 여전히 웃지 않았다. 그래도 털원숭이는 태연스레 만담을 이어갔다. 다음번 익살은 그들의 장기로 백번 들어도 백번 웃음을 터뜨리고 마는 이야기였다. 또다시 익살 보따리를 풀자 장내 가득 폭소가 터지며 웃음소리에 지붕이 날아갈 지경이었다. 털원숭이는 또다시 냉검의 표정을 살폈지만 냉검은 여전히 눈뜬 시체처럼 가만히 앉아 있었다.

털원숭이는 아무래도 안 되겠다 싶었다. 자칫하다간 이곳 톈진에서 톡톡히 망신을 당할 판이었다. 자신감이 훅 떨어진 두 사람은 될 대로 되라는 식으로 공연을 이어갔다. 지나간 이야기, 신선한 이야기, 세련된 이야기, 음탕한 이야기를 뒤죽박죽 늘어놓고 즉흥적으로 만들어낸 이야기까지 끼워 넣으며 쉬지 않고 떠드느라 이마는 땀벌창이 되고 목에서는 겻불내가 날 지경이었다. 그런데도 냉검의 얼굴은 여전히 차갑기만 했다. 결국 깡마른 원숭이 같은 두근이 아예 냉검을 향해 마지막 승부수를 던졌다.

"선생께서 한사코 웃지 않으시면 저희 둘이서 바지를 내리는 수밖에 없습니다."

장내는 또다시 웃음바다가 되었다. 그때 냉담이 벌떡 일어나더니 무표정한 얼굴로 두 손을 모으며 말했다.

198

"두 분께서 정말 멋진 공연을 해주셨습니다. 감사합니다. 저는 이만 물러가겠습니다."

말을 마친 냉검은 그대로 공연장을 떠났다. 그러는 동안에도 얼굴에서 웃음기라고는 조금도 찾아볼 수 없었다.

털원숭이는 그 자리에 우두커니 서 있었다. 이번 대결은 그들의 참패였다. 두 사람은 어깨를 축 늘어뜨린 채 베이징으로 돌아가는 수밖에 없었다.

털원숭이가 그렇게 떠난 뒤로 감히 남문 밖에 와서 만담을 하려 드는 이는 아무도 없었다. 냉검에 관한 이야기도 하면 할수록 살이 붙어, 냉검은 태어날 때부터 만담꾼의 천적인 것처럼 되어버렸다. 그런데 이상하게도 그날 이후로 남문 밖 만담 공연장뿐만 아니라 톈진의 어떤 공연장에서도 냉검의 모습을 두 번 다시 볼 수 없었다. 누군가는 냉검이 멀리 떠나버렸다고 했고, 누군가는 아무 데도 가지 않고 여전히 남문 밖에서 대장일을 하는데 다시는 만담 구경을 하지 않기로 마음먹었을 뿐이라고 했다.

이 일은 두고두고 생각해볼 필요가 있다. 그날 냉검이 털원숭이의 만담을 진심으로 칭찬한 거라면 왜 웃지 않았을까? 정말 웃을 줄 모른다면 왜 굳이 만담 공연을 보러 다녔을까? 진짜로 만담을 좋아한다면 그 뒤로는 왜 만담 구경을 칼같이 끊어버린 걸까?

이 물음에 대답할 수 있는 사람은 나타나지 않았다. 그때도 없었으니 지금은 더더욱 없을 것이다.

일진풍

—

一陣風

싼차허커우 부근은 없는 게 없는 곳이었다. 별의별 먹을거리, 입을 거리, 쓸 거리, 놀 거리가 다 있었다. 부두에서 다루는 물품 가운데 절반은 현지에서 나는 특산품이고 절반은 남북을 오가며 배에 실어온 새로운 물건이었다. 밖에서 온 신기한 물건은 현지인에게 환영받고 현지 특산품은 외지 고객을 끌어들였기에 강호를 떠돌며 재주를 파는 사람들은 이곳 싼차허커우에 몰려들어 돈을 벌어 먹고살고, 먹고살며 돈을 벌었다. 그런데 이곳에 발붙이기란 그리 쉽지 않았다. 언제 어디서 고수나 달인이나 기인이 불쑥 나타날지 모를 일이었고, 그러면 그의 발길질 한 번에 나가떨어질 수 있었다.

민국 원년(1911), 산둥山東에서 천하무적 씨름꾼이 톈진에 왔다. 집채만 한 몸집에 어깨는 소 엉덩이처럼 두툼하고 팔은 허벅지만큼 굵었으며, 둥그런 얼굴에 붉은 윤기가 흐르고 머리는 대머리였다. 한 번 힘을 주면 온몸에 알통이 울룩불룩 튀어나왔고, 또한 번 힘을 주면 알통이 몸에서 굴러다닐 정도였다. 그의 주특기는 씨름할 때 두 손으로 상대방의 어깨를 꽉 잡고는 허리에 힘을 주면서 번쩍 들어올리는 것이었다. 그러면 두 발이 땅에서 떨어진 상대는 힘을 쓸 수가 없었고, 씨름꾼의 팔이 워낙 길어 발길질을 해봐도 닿지 않으니 아무리 기술이 좋아봤자 소용이 없었다. 씨름꾼은? 상대를 쳐든 채 꿈쩍도 안 하니 제아무리 무겁고 힘센 상대라도 어쩔 줄 모르고 버둥거릴 뿐이었다. 그러다가 기운이 빠진 상대를 그대로 땅바닥에 툭 던지는데, 꼭 고양이나 강아지와 놀아주다가 한쪽에 팽개치는 형상이었다. 듣자 하니 그는 어릴 때부터 항아리를 들어올리면서 이 희한한 기술을 연마했다고 한다. 부친은 질항아리를 굽는 장인으로 처음에는 아들에게 날마다 작은 항아리를 들고 마당을 돌게 했고, 아들이 항아리를 닭 광주리처럼 가벼이 다루게 되면 좀 더 큰 항아리로 바꿔주었다. 그렇게 점점 항아리가 커지면서 그는 연꽃 항아리까지 나무통 들듯 번쩍 들게 됐다. 그다음에는 항아리에 물을 부어 들고 다녔는데, 열흘에 물한 바가지씩 더하자 나중에는 물이 가득한 항아리를 들고 마당을 여유롭게 돌아다니게 되었다. 이런 식으로 그는 세상에서 보기 드문 기술을 익혔다. 톈진에는 내로라하는 씨름꾼이 수두룩했지만 그를 제압할 방도는 누구도 생각해내지 못했다.

　항아리로 기술을 갈고닦은 이 씨름꾼이 과연 싼차허커우에 섭사리 발붙일 수 있었을까? 어느 날, 허베이河北 창저우滄州에서 온, 철사장鐵砂掌*이 주특기라는 험상궂은 사내가 그에게 도전장을 내밀었다. 텐진 사람들은 처음 보는 사내였다. 원체 거무튀튀한데 모시 저고리를 입어서 더 시커메 보였고, 구레나룻이 덥수룩하고 눈매가 매서운 것이 척 보기에도 만만찮은 상대였다. 산둥 씨름꾼과 마주한 사내는 아무 말 없이 모시 저고리부터 벗어 던졌다. 그러자 온몸에 불끈불끈 솟은 힘줄과 구릿빛 근육이 드러났다. 검붉은 피부에 윤기가 좔좔 흐르는데 사람 피부가 어찌 이리 번들번들한지 신기할 지경이었다. 그러나 씨름꾼은 개의치 않고 사내의 어깨에 손을 얹었다. 그런데 이게 웬걸, 어깨를 붙잡을 수가 없었다. 다시 한번 잡으려 해봤지만 마찬가지였다. 이 시커먼 사내의 어깨는 피부는 오짓물을 바른 기와처럼 매끈매끈했다. 씨름꾼은 지금껏 이런 어깨와 근육을 본 적이 없었다. 연거푸 세 번을 잡으려 했지만 내리 허탕이었다. 맨손으로 물고기를 잡으려다 놓친 느낌이 들면서, 씨름꾼은 퍼뜩 깨달았다. 저 시커먼 녀석이 몸에 기름을 잔뜩 발랐구나, 그러니 저렇게 번들번들하지! 상대의 어깨를 잡지 못하면 들어올릴 수가 없고, 그렇게 되면 씨름꾼의 주특기는 무용지물이었다. 산둥 씨름꾼이 어쩔 줄 몰라 하는 사이에 시커먼 사내의 두 손바닥이 번개같이 튀어나와 씨름꾼의 가슴팍을 냅다 쳤다. 씨름꾼은 영문도 모르는 새에 가슴에 얼얼한 통증을 느끼며 5척 밖으로 내동댕이쳐졌고, 귓가에는 구경꾼들의 박수갈채가 울려 퍼졌다.

* 쇳가루나 모래로 손의 파괴력을 단련하는 권법.

이날부터 싼차허커우 일대는 창저우에서 온 시커먼 사내가 접수했다.

하루가 멀다 하고 누군가 찾아와 그를 거꾸러뜨리려 했지만, 덤벼드는 족족 흠씬 얻어맞고 뻗어버릴 뿐이었다. 빠르고도 묵직한 사내의 양 손바닥은 진정한 고수만이 제압할 수 있을 터였다.

보름 뒤, 괴이한 남자가 나타나 그에게 도전장을 내밀었다.

그는 서생처럼 보이는 수척한 중늙은이였다. 매끈한 옥색 비단 두루마기를 입고 맑은 기운을 뿜으며 서 있는데 눈가에도 입가에도 미소가 어려 있었다. 시커먼 사내가 입을 열기도 전에 중늙은이는 곁에 있는 젊은이에게 두루마기를 벗기게 했다가 도로 걸쳤다. 이번에는 소매에 팔을 꿰지 않고 기다란 헝겊 조각처럼 빈 옷소매를 양 어깨에 늘어뜨린 채였다.

시커먼 사내가 물었다.

"그건 무슨 권법입니까?"

"군자는 말로 하지 주먹을 휘두르지 않는다오. 내가 주먹을 쓰는 일은 절대 없을 거요."

중늙은이는 담담히 웃으며 대답했지만 말투에서 은근슬쩍 오만함이 배어나왔다.

"손을 안 써요? 정말입니까? 그럼 약조합시다. 제가 그러라고 한 것도 아니니 사양하지 않겠습니다."

"자신 있으면 공격해보시오."

"그럼 제가 먼저!"

시커먼 사내가 휙휙 몇 장을 날렸다. 사내의 손바닥 공격은 한

대라도 맞았다간 뼈도 못 추릴 것처럼 강력했다. 하지만 중늙은이가 슥슥 피하는 바람에 번번이 허탕이었다. 사내가 기를 모아 더 빠르게 공격을 가했지만 그럴수록 중늙은이도 더 민첩하게 움직였다. 한쪽에서는 이리저리 공격하고 한쪽에서는 날쌔게 피하는데, 구경꾼들이 보기에는 아무래도 중늙은이가 한 수 위였다. 특히 몸을 획획 돌리고 공중제비를 하고 흔들흔들하는 모습은 무대에서 춤추는 화단花旦*보다도 멋져 보였다. 시커먼 사내가 반나절을 공격했지만 모두 허공을 치는 격이었다. 주먹이라는 것은 명중하면 힘이 솟지만 헛나가면 힘이 빠지는 법이다. 지쳐버린 사내가 숨을 헐떡이기 시작했다. 중늙은이가 움직일 때마다 빈 소매가 춤을 추며 눈앞에서 어지러이 펄럭이는 통에 혼자서 여러 명을 상대하는 기분이었다. 기진맥진해지고 온몸이 땀범벅이 된 사내는 결국 손을 멈추고 패배를 인정했다.

"제가 졌습니다."

중늙은이는 처음 모습과 달라진 데가 전혀 없었다. 여전히 양어깨에 빈 소매를 드리운 채 빙그레 웃으며 느긋하게 서 있었다. 그렇게 그는 손 한 번 쓰지 않고 시커먼 사내를 제압했다. 그의 이름이 무엇이며 어디에서 왔는지 아는 이는 아무도 없었다. 하지만 이날부터 싼차허커우를 주름잡는 자는 이 중늙은이로 바뀌었다. 누가 도전장을 내밀어도 그는 손을 쓰지 않았고, 그저 빈 옷소매를 이리저리 휘날리며 번개같이 몸을 피할 뿐이었다. 결국 상대는

---

* 경극에 나오는 말괄량이 여자 배역.

酒河船俠一陣風三字河口大戰

泛湖奇士兩袖清風

豐子

一陣風

兩袖清風

아무리 힘이 장사여도 허탕만 치다가 스스로 기운이 빠져 쓰러지고 말았다.

다들 이 중늙은이가 한동안 싼차허커우 일대를 호령하리라 예상했으나, 열흘도 못 되어 또 다른 고수가 나타났다.

아무도 알아차리지 못했지만 그동안 구경꾼들 속에는 중늙은이의 '말만 할 뿐 주먹을 쓰지 않는' 특기를 유심히 살피면서 비결을 알아내고 허점을 찾아내려는 고수가 있었다. 하얀 대금對襟*에 검은 바지를 입은 건장한 젊은이로 걷어붙인 바짓단 아래로 드러난 종아리가 돌덩이처럼 단단해 보였다. 이런 차림새는 싼차허커우 일대에서 흔히 볼 수 있었으니, 바로 뱃사람의 모습이었다. 날마다 노를 젓고 키를 잡고 밧줄을 당기고 돛을 올리는 그들은 세상 경험이 풍부하고 몸놀림도 민첩했다. 폭풍우나 큰 파도가 닥치면 눈 깜짝할 사이에 돛대 꼭대기까지 오르는데 원숭이보다도 재빠른 움직임이었다. 그렇다고는 해도 무술을 제대로 연마한 사람, 특히 저 중늙은이 같은 고수와 겨룬다면 승부를 예측하기 힘들 터였다.

누구의 기술이 더 대단한가, 이것이 관건이었다.

뱃사람은 두 손을 맞잡고 예를 갖춘 다음 곧바로 공격에 들어갔다. 중늙은이는 늘 하던 대로 번개처럼 몸을 피하며 뱃사람이 다가오지 못하게 했다. 상대가 어디를 공격해야 할지 모를 만큼 현란하게 소매를 휘날리는 것이 중늙은이의 주특기였다. 소매가

* 가운데 줄줄이 달린 단추로 옷섶을 여미는 중국식 윗옷.

비어 있으니 제대로 가격한다 해도 소용없었다. 그런데 이 뱃사람이 바로 그 옷소매를 노릴 줄을 누가 알았으랴? 뱃사람은 불시에 손을 뻗어 왼쪽 소매를 잡더니, 몰아치는 바람처럼 중늙은이 뒤로 돌아가서 오른쪽 소매를 붙잡고는 두 소매를 묶어 매듭지어버렸다. 눈치 빠른 사람이라면 배에서 밧줄을 묶을 때 쓰는 풀매듭이라는 것을 알아차렸을 터. 쉽게 풀 수 있지만 힘을 쓰면 쓸수록 점점 꽁꽁 조이는 매듭이었다. 뱃사람이 밧줄 묶듯 매듭을 조이자 중늙은이는 땅에 꽂힌 막대기처럼 꼼짝달싹 못 하는 신세가 되어버렸다. 뱃사람은 한걸음에 중늙은이의 어깨에 올라가 두 발로 버티고 섰다. 단단히 불리해진 중늙은이는 뱃사람을 떨어뜨리려고 어깨와 팔을 마구 흔들었다. 하지만 뱃사람은 싱글거리며 팔짱을 낀 채 미동도 하지 않았다. 온종일 거센 풍랑에 요동치는 배를 타는데, 이까짓 흔들림에 끄떡할 리가 있나. 중늙은이의 어깨에 단단히 서 있던 그는 중늙은이가 힘이 다해 더는 용을 쓰지 못하게 되자 그제야 펄쩍 뛰어내렸다. 그러고는 손을 척척 뻗어 늙은이의 소매를 풀어주더니 그대로 돌아서서 사라져버렸다.

그 뒤로 중늙은이는 싼차허커우에서 자취를 감추었고, 뱃사람 또한 다시는 모습을 드러내지 않았다. 뱃사람의 성이 무엇이고 이름이 무엇인지, 어느 문파에 속하며 어디에 사는지는 알 길이 없었다.

나중에 조금씩 퍼진 소문에 따르면, 그는 북당北塘에 사는데 어떤 무술을 연마했는지는 아는 이가 없었다. 그저 훌륭한 뱃사람으로 20년간 백하白河를 오갔으며, 헤엄을 잘 치고 몸놀림이 민첩하여 '일진풍─陳風'이라는 별명으로 불린다고 했다. 얼마 전에 다즈구에서 일진풍과 마주쳤다는 사람이 있었다. 그가 물었다. 왜 싼차허커우 일대를 접수해 재주를 발휘하며 돈을 벌지 않는가? 그러자 일진풍은, 톈진은 숨은 인재들이 워낙 많은 곳이라 그곳에 발붙이는 것보다 배에 발붙이고 사는 것이 훨씬 평안하다고 대답했다 한다.

장과로

—

張果老

한 벌로 이루어진 골동품은 그중 한 개라도 빠지면 완전성을 잃는데 이를 '실군失群'이라고 부른다. 아쉽지만 어쩔 수 없는 일이다. 실군 골동품은 가격을 많이 낮춰 팔기 마련이건만 톈진의 골동품 시장에서는 오히려 그걸로 돈을 번다고 한다. 왜, 믿기지 않는 얘기인가?

어느 화창한 날이었다. 구이가를 찾은 소칠索七은 가장 좋아하는 골동품점 의보헌宜寶軒을 둘러볼 셈이었다. 운 좋게도 거리로 난 유리창 너머로 가게 안쪽 나무 선반에 늘어선 오색 자기 인형들이 눈에 딱 들어왔다. 소칠은 도자기 골동품이라면 기어코 손에 넣고 마는 사람이었다. 인형들이 눈앞을 죽 스쳐 지나가는 순간, 그는 그것들이 가경嘉慶 연간(1760~1820)에 관요官窯*에서 만든 오색 팔선 인형임을 알아보았다. 가게 문을 밀고 들어간 소칠은 곧장 인형에게 달려갔다. 가까이에서 살펴보니 과연 명품이었다. 빛깔이 단정하고 오래된 물건답게 자연스러운 광택이 흘렀으며 인형마다 특유의 자세를 취하고 표정도 제각각이었다. 크기도 큼지막해서 거의 한 자나 되는데, 희한하게도 파손된 부분이 전혀 없었다. 도자기 인형은 원래 손가락이 가장 잘 부러지는데 이 인형들은 손가락도 다 멀쩡했다. 화려하면서도 차분하고 편안하면서도 정교한 자태, 두말할 나위 없이 어엿한 가경 관요 팔선이었다! 그런데 다시 한번 들여다보니 한 가지 문제가 드러났다. 팔선이라면 당연히 여덟 명이어야 하는데 왜 여섯 명뿐이람? 자세히 살펴보니 한종리漢鍾離, 이철괴李鐵拐, 조국구曹國舅, 여동빈呂洞賓, 하선고何仙姑, 남채화藍采和만 있고 피리 부는 한상자韓湘子와 당나귀를 거꾸로 타고 다니는 장과로張果老가 보이지 않았다.

주인을 찾아 물어보기도 전에 소칠의 귓전에 말소리가 들려왔다.

"실군이라서 마음에 안 드십니까? 그래서 가격을 꽉 내렸답니다."

소칠이 돌아보니 어느 틈에 골동품점 주인 신거인辛居仁이 싱글거리며 곁에 서 있었다. 키가 자그마하고 입술 위에 희끗희끗한 수염이 듬성듬성 뻗은 그가 웃는 낯으로 소칠을 올려다보며 말했다.

"가경 관요의 팔선 인형이, 이만한 상태로 한 벌이 온전히 있다

* 관청에서 운영하여 궁중에 납품하는 자기 공방.

210

면 적어도 은괴 여덟 개는 받아야지요. 그렇지만 실굼했으니 반값에 가져가시면 어떨지……."

신거인은 줄곧 웃음을 띤 채 손가락 네 개를 펼쳐 보이며 말을 이었다.

"반값! 반값이면 나리 물건이 됩니다. 어디서 이렇게 싸게 살 수 있겠습니까? 솔직히 오늘 정말 운이 좋으신 겁니다. 물건 주인이 급전이 필요했거든요!"

골동품은 스스로 가치가 매겨지는 것이 아니라 파는 사람이 어떻게 말하는가에 따라 가격이 달라지는 법이었다.

"어느 집에서 나온 물건입니까?"

소칠이 물었다.

"그렇게 물어보시면 안 되죠. 물건 주인을 밝히는 건 우리 업계에서 금기잖습니까? 아무튼 보통 집안은 아닙니다. 톈진에서 모르는 사람이 없는 집안이에요. 다만 저는 이름이건 성이건 알려드릴 수 없습니다. 물건이 좋으면 됐지, 어느 집 물건인지가 무슨 상관인가요?"

소칠은 또다시 인형 여섯 개를 자세히 들여다보았다. 실로 흠 잡을 데가 없었다. 도자기 인형은 수공으로 만드는데 인형 하나하나를 잘 빚고 잘 칠하고 잘 굽기까지 해야 하는 대단히 어려운 일이었다! 한 벌이 온전히 있다면 은괴 열 개를 주고서라도 사겠지만, 이 인형들은 실굼했으니 가치가 한참 떨어졌다. 소칠의 생각을 꿰뚫어보기라도 한 듯 신거인이 말했다.

"가경 연간에 만들어진 물건치고 실굼하지 않은 게 있나요? 집에다 진열할 때 이렇게 한꺼번에 다 늘어놓지 마시고 한두 개만 진열해 놓으십시오. 그러면 훨씬 귀해 보인답니다. 그러다 이따금씩 다른 인형으로 바꿔놓으면 새로운 맛도 나고요."

소칠은 마음이 동하기 시작했다. 장사꾼은 사람의 안색을 살피는 재주가 의원보다도 뛰어나다지 않나. 신거인이 또 말했다.

"솔직히 말씀드리면, 이런 물건은 한번 놓치면 다시는 만나기 힘들답니다. 이 인형들은 오늘 아침에 꺼내놓았는데 바로 나리 눈에 딱 들어온 거라니까요. 물건도 훌륭하고 값도 싸니 오후에 바로 팔려나갈지도 모르겠네요."

결국 소칠은 집에 가서 돈을 가져다가 주인에게 건넸다. 신거인이 인형을 포장해 건네주며 말했다.

"정말 운도 좋으십니다. 앞으로 잘 살펴보세요. 누가 압니까, 실군한 인형 두 개를 찾게 될지. 그러면 그야말로 횡재하시는 거죠."

이 말에 날아갈 듯 기분이 좋아진 소칠은 팔선 인형 여섯 개를 고이 안고 발걸음도 가볍게 집으로 돌아갔다.

그날 이후로 소칠은 매일같이 골동품 거리를 돌아다녔다. 톈진은 상업이 발달한 항구도시였기에 사업하러 오는 부자가 많고 서양인도 많았으며 자연히 골동품점도 많았다. 조계지의 마가구부터 구시가지에 이르기까지 크고 작은 골동품 가게가 수십 곳은 있었다. 소칠은 닷새에 한 번 꼴로 모든 골동품 가게를 훑고 다녔다.

톈진에는 소칠 같은 사람이 대단히 많았다. 그들은 이렇다 할 재주도 없이 조상에게 물려받은 재산으로 놀고먹었고, 골동품에

好古玩的素七爺 乙丑士馬

빠져 날이면 날마다 한가로이 어슬렁거릴 뿐이었다. 한 달 뒤, 소칠은 돌고 돌아 또다시 의보헌을 찾았다. 이번 달에만 벌써 세 번이나 들렀지만 번번이 허탕이었다. 허나 이번에는 달랐다. 지난번처럼 유리창 너머로 선반에 진열된 도자기 인형이 눈에 딱 꽂혔고, 그와 동시에 웃는 얼굴로 허리를 꾸벅하더니 어서 들어오라고 손짓하는 신거인이 보였다.

소칠이 한달음에 달려가자 신거인이 서둘러 맞이하며 말했다.

"전에도 말씀드렸지요. 하늘은 뜻 있는 사람을 저버리지 않는다고요. 보십시오. 이 물건이 제 발로 나리를 찾아왔지 뭡니까."

소칠은 눈을 부릅뜨고 인형을 들여다보았다. 틀림없는 가경 관요의 오색 자기 인형이었으며 자신의 인형 여섯 개와 한 벌인 바로 그것, 피리 부는 신선 한상자였다. 저마다 다른 손놀림으로 피리 구멍을 누르는 열 손가락, 비스듬히 돌린 조그만 얼굴에 치켜 올라간 빨간 입술, 영락없이 피리 연주에 흠뻑 빠져든 표정이었다. 소칠이 당장 사겠다며 돈을 내려는데, 신거인이 말했다.

"서두르지 마시고요. 가격 얘기를 안 했잖습니까. 지난번엔 싸게 드렸지만 이번에는 안 됩니다."

그러더니 은괴 두 개를 내라는 것이 아닌가.

"인형 하나에 세 개 값을 받다니요?"

소칠이 묻자 신거인이 대답했다.

"흥정은 하지 마십시다. 이 값에 내놓아도 사흘이면 무조건 팔립니다. 낱개를 팔 때면 물건 품질에 따라 값을 매기거든요. 솔직히 나리도 보시면 알잖습니까. 지난번 인형 여섯 개도 명품이지만

이 인형에는 비할 바가 못 되지요. 팔선 가운데 이 한상자가 가장 훌륭합니다! 최상품이라고요!"

두 사람은 한참 동안 옥신각신 흥정을 벌였고, 결국 신거인은 명나라 선덕宣德 연간(1426~1435)에 만든 향로를 덤으로 주기로 했다. 이렇게 한상자 인형은 소칠에게 넘어갔다. 소칠이 이 물건도 지난번에 인형 여섯 개를 내놓은 집에서 나온 것인지 묻자 신거인이 답했다.

"물건을 두 번에 나눠 파는 사람이 어디 있습니까? 이 한상자 인형은 경자년에 의화단과 8국 연합군이 싸워 도시가 함락되고 나서, 성 밖 해자 근처에 있는 노점상에서 산 거라고 합디다. 소중히 간직하던 물건이지만 급전이 필요해서 어쩔 수 없이 내놓았다는군요. 하나만 더 말씀드리지요. 이 인형을 내놓자마자 사겠다는 손님이 벌써 두 분이나 계셨어요. 그런데 제가 팔지 않고 나리만 기다렸죠. 저도 이 팔선 인형이 실군하는 걸 바라지 않거든요. 한번 실군하면 다음 생을 기다려야 할지도 모르니까요."

"이제 장과로 하나만 남았습니다. 아무쪼록 신경 좀 써주십시오."

소칠이 부탁하자 신거인이 빙긋 웃으며 말했다.

"장과로를 얻으려면 나리께서 날마다 향을 태우고 비셔야 할 겁니다. 골동품 업계에서 그런 행운은 아직 본 적이 없거든요."

한상자 인형을 가지고 돌아온 소칠은 전에 사온 인형 여섯 개와 한상자를 나란히 세워보았다. 대단히 아름다웠지만 또 대단히 어색해 보였다. 한상자가 없을 때는 실군한 골동품을 보는 느낌이었으나 한상자가 생기고 나니 오히려 불량품 무더기처럼 보이는 것 아닌가. 한 친구가 말하길, 팔선은 팔괘와 오행에 대응하니 하나라도 빠지면 안 된다고 했다. 소칠은 귀신에게 홀리기라도 한 듯 장과로 인형을 찾아 온 텐진을 헤매고 다녔다. 의보헌에도 사흘에 한 번 꼴로 찾아갔지만 번번이 빈손으로 돌아왔다. 초조해진 나머지 소칠은 나귀를 사서 장과로 대신 자신이 나귀 등에 올라앉고픈 심정이었다.

어느 날 오후, 집으로 돌아가던 소칠이 여느 때처럼 서북쪽 모퉁이를 지나 태평가太平街로 들어섰는데—거리 어귀에 십여 명이 둘러서서 무언가 흥미롭게 구경하고 있었다. 호기심이 동한 소칠이 사람들 틈새로 머리를 들이밀어보니, 한 남자가 물건 하나를 팔겠다고 손에 들고 있었다. 순간 소칠은 눈앞이 아찔했다. 정신을 차리고 똑똑히 보니, 이게 웬일인가. 그것은 바로 소칠이 넋이 나갈 정도로 찾아 헤매던 장과로 인형이 아닌가! 그렇다, 자세히 볼 필요도 없이 틀림없는 장과로, 자신의 팔선 인형과 한 벌인 바로 그 장과로였다! 이거야말로 하늘이 장과로를 자신에게 보내주려는 것 아니겠는가? 소칠은 물건 파는 남자를 다시금 살펴보았다. 쉰 살 남짓에 소소하게 물건을 파는 장사꾼 같았고, 차림새는 나쁘지 않았으나 얼굴에 궁기가 배어 있었다. 소칠이 물었다.

"어디서 오신 분인지요?"

뜻밖의 질문에 남자는 불같이 화를 내며 따져 물었다.

"물건을 사러 온 거요, 아니면 사람을 사러 온 거요? 혹시 내가 이걸 훔쳤다는 뜻으로 한 말이오?"

소칠이 부랴부랴 해명하려 했지만 붙는 불에 키질하는 격이었다. 남자는 더욱더 펄펄 뛰며 안 팔겠다고 했고, 아예 허리춤에서 헝겊을 꺼내 장과로 인형을 싸더니 겨드랑이에 끼고 자리를 뜨려 했다.

소칠은 황급히 남자를 막아서면서 좋은 말로 사과하고는 진심으로 그 물건을 사고 싶다고 했다. 그러자 남자가 여전히 노기 띤 어조로 말했다.

"정말 살 생각이면 은괴 여섯 개를 내시오!"

이건 정말 터무니없는 바가지였다. 어처구니가 없었지만 소칠은 감히 다른 말은 못 한 채 조금이라도 값을 깎아보려 했다. 그러나 남자는 그럴수록 이를 악물고 고집을 부렸고, 마지막에는 아예 이렇게 말했다.

"이렇게 입씨름할 시간 없소. 그냥 내버리든지 부숴버릴지언정 당신한테는 안 팔겠소."

소칠은 어쩔 도리 없이 그 값에 사겠다고 하고는 돈을 가져와서 인형을 손에 넣었다.

구경하던 이들은 무슨 영문인지 어리둥절했다. 남자가 일부러 바가지를 씌운 것이 분명한데 그 돈을 고스란히 내다니? 저게 부모님의 위패라도 된단 말인가? 아니면 황금을 황토처럼 써대는 사람인가?

아무튼 소칠은 장과로를 품에 안고 집으로 돌아왔고, 드디어 여덟 신선이 모두 모였다. 그야말로 팔선이 한자리에 모여 저마다 재주를 뽐내게 된 것이다.

어느 날 상하이에서 한 친구가 소칠을 찾아왔다. 소칠의 집에 들어서자마자 그의 눈에 딱 들어오는 것이 있었다. 바로 대청 한 복판에 놓인 탁자에 떡하니 늘어선 가경 관요의 오색 팔선 인형이 었다. 친구 역시 골동품 도자기를 좋아하고 보는 눈도 있는지라 인형들을 보며 칭찬을 아끼지 않았다.

"이건 은괴 여섯 개는 줘야 할 물건이로군. 얼마를 주고 모셔왔 는가? 싸게 샀겠지?"

소칠이 곰곰이 따져보니 팔선 인형을 다 모으느라 쓴 은괴가 무려 열두 개였다. 어쩌다 그리도 많은 돈을 쓰게 됐지? 소칠은 자초지종을 곰곰이 되새겨보다가 퍼뜩 깨달았다. 상대방이 파놓 은 함정에 제 발로 걸어 들어갔던 것이다! 그렇다고 사기를 당했 다고 제 입으로 털어놓을 수는 없는 노릇이었다. 탁자에 서 있는 여덟 신선이 어리석은 자신을 비웃는 것을 느끼며, 소칠은 그저 이렇게 말할 수밖에 없었다.

"비싸게는 안 샀네, 큰돈은 안 썼어."

구불리

—

狗不理

텐진 사람들은 먹고 노는 일에만 관심이 있지 옷차림에는 신경 쓰지 않는다. 잘 차려입는 일은 겉치레를 중시하는 상하이 사람이나 신경 쓸 일이다. 실속을 중시하는 텐진 사람은 세상살이에서 먹는 것을 제일로 친다. 텐진 사람은 "옷을 잘 입는 것은 남에게 보이기 위해서요, 고기를 먹는 것은 내 배를 채우기 위해서"라고 말하고, 상하이 사람은 "능라비단을 걸치는 것은 나 자신의 아름다움을 위해서지만, 산해진미를 먹는 것은 남에게 으스대기 위해서"라고 말한다. 그러면 텐진 사람은 이렇게 반문하리라. 그렇다면 구불리狗不理 만두는? 누가 보라고 먹는 건가? 누가 먹든 얼마나 맛있다고.

텐진 사람은 먹고 노는 데 큰돈을 쓰지 않는다. 먹는 것은 출출함을 달래면 되고 노는 것은 기분이 좋으면 된다. 텐진 사람이 좋아하는 3대 먹거리를 꼽는다면 스바제十八街의 마화, 얼둬옌耳朶眼의 튀긴 찰떡炸糕, 그리고 구불리 만두다. 밀가루 조금, 설탕 조금, 고기 조금 들어간 음식 아닌가? 톈진 사람이 즐기는 3대 놀거리를 꼽자면 장 니인의 진흙인형, 위 풍쟁의 연, 양류청연화楊柳靑年畵*다. 역시 진흙덩이나 종이에 색칠 조금 한 것 아닌가? 금도 아니고 은도 아니고 옥도 아니고 비취도 아니며 상아 또한 아니다. 그러나 여기서 중요한 것은 재료가 아니라 손재간이다. 진흙이든 종이든 지푸라기든 헝겊이든, 절묘한 재주를 가진 장인이 만지작거리면 그것은 천상에서 떨어진 보배가 되니 말이다.

운하 옆에서 만두를 파는 구자狗子**는 아버지를 따라 우칭武淸에서 톈진으로 왔다. 본명은 고귀우高貴友였으나 그 이름을 아는 사람은 아버지뿐이었고, 다른 사람들은 그저 그의 아버지가 날마다 부르는 아명 구자밖에 몰랐다. 그 무렵 가난한 집에서는 아이들이 일찍 죽는 일이 다반사라 자식에게 개, 딱따기, 바보, 뾰루지 같은 하찮은 아명을 붙여주었다. 그런 이름으로 부르면 염라대왕이 마음에 안 들거나 사람 이름이라는 생각을 못 해 저승에 데려가지 않으리라는 생각에서였다. 시장 사람들은 그에게 뭔가 시킬 일이 있을 때만 어쩔 수 없이 구자라는 이름을 불렀다. 그의 아버지 이름도 아무도 몰랐고 그저 성이 고高씨라는 것만 알았다. 구자는 과묵한 사람이었는데, 입으로 말을 하지 않는다고 해서 마음

* 양류청이라는 마을에서 유래한 톈진의 유명한 민간 연화年畵(설날에 민가의 벽에 붙이는 그림).
** '개'라는 뜻.

속에 아무 생각도 없는 것은 아니었다.

　구자의 아버지는 손재주가 없는 사람이었다. 그가 파는 만두는 밀가루로 반죽한 피에 소를 넣은 간단한 것으로 피가 두껍고 소는 적었으며 고기보다 푸성귀가 많이 들어갔다. 이런 만두는 부두에서 막노동하는 짐꾼들만 찾는 음식이었다. 힘든 일을 하는 사람들 고기붙이가 조금이라도 들어 있으면 만족했고, 만두피가 두꺼우면 배가 쉽게 꺼지지 않으니 오히려 좋아했다. 좌우지간 사 먹는 사람이 있으니 돈은 벌렸고, 얼마가 됐든 식구들을 먹여 살릴 수만 있으면 하느님께 감사할 따름이었다.

　원래 만두 장사는 아버지가 다 알아서 했지만 아버지가 세상을 뜨자 구자에게 결정권이 넘어왔다. 어릴 적부터 후가후에 있는 국밥 노점을 드나들며 시원한 내장 국물을 맛본 구자는 만두소를 버무릴 때 내장 국물과 갈비 국물을 넣어보았다. 또 대호동에 있는 작은 식당에서 파는 사오마이燒賣*의 기름진 육즙을 떠올리자 만두에도 기름기가 있다면 더 부드럽고 구수하고 식감이 좋고 입맛을 돋울 듯하여 만두소에 돼지비계를 한 점씩 넣었다. 만두 모양에도 신경을 많이 써서 만두피를 꽉꽉 눌러 주름을 많이 잡았는데, 만두 하나에 열여덟 개씩 주름을 잡으니 마치 둥그런 꽃송이처럼 보였다. 기름진 만두를 한 입 베어물면 구수한 육즙이 입 안 가득 퍼졌다. 구자가 이 새로운 만두를 시장에 선보이자 대포알에 하늘이 뒤흔들리듯 온 텐진이 들썩들썩했다. 날마다 만두를 먹으

---

* 얇은 피에 고기, 채소, 후추 등을 넣은 찐만두 비슷한 음식.

러 오는 사람들이 경극을 보러 오는 사람들보다도 많을 정도였다.

구자는 눈코 뜰 새 없이 바빠졌고, 온 가족이 일손을 도와야 했다. 그래도 구자는 비법이 새어나갈까 두려워 외부인을 들이지 않았다. 너무 바쁠 때는 가게 문 앞에 커다란 사발을 겹겹이 쌓아두고 바구니에 젓가락을 잔뜩 담아놓았다. 손님이 알아서 사발에 돈을 넣어 내밀면 구자는 사발을 받아 옆에 있는 돈궤에 돈을 쏟고는 만두를 여덟 개 또는 열 개씩 담아 내주었다. 손님에게 한마디도 건네지 않을 뿐만 아니라 누가 뭘 물어봐도 대답이 없었다. 그가 대답할 틈이 어디 있겠는가? 그러다보니 이런 뒷말이 나왔다. "구자 녀석, 사람을 거들떠도 안 봐!"

다른 만두 가게에서는 아예 "개狗가 무시不理한다"고 대놓고 욕하며 구자의 가게가 망하기를 바랐다.

구자의 만두 가게에는 원래 이름이 없었는데, 이로 말미암아 오히려 이름이 생겼다. 사람들은 그의 만두를 '구불리狗不理'라고 부르기 시작했고, 악명이긴 해도 구불리 만두는 이렇게 이름을 알리게 되었다.

톈진을 주름잡는 자들은 관리와 상인이었다. 따라서 이름을 떨치려면 관계官界와 시장의 입맛에 맞아야 했다.

먼저 시장부터 볼까나. 시장에서 유명해지느냐 마느냐는 구매욕을 불러일으키느냐 마느냐에 달려 있었다. 원래 좋은 소식은 집 문턱을 넘어가지 않으나 나쁜 소식은 천리 밖으로 퍼지는 법이요, 좋은 이름은 별 관심을 끌지 못하나 나쁜 이름은 누구나 궁금해하기 마련이다. '구불리'는 나쁜 이름이다보니 재미있고, 우스꽝스

饭狗
川哥子

럽고, 전하기 좋고, 기억하기 좋았다. 이름에 사연도 담겼을 성싶은 데다가 구자가 만든 만두 또한 가가 막히게 맛이 좋으니, 구불리라는 악명은 오히려 널리 퍼져 시장에서 명성이 자자해졌다!

그렇다면 관계에서는? 싼차허커우 일대에는 병영이 두세 곳 있는데 병사들 모두 구불리 만두를 좋아했다. 직예총독 원세개가 톈진에 오자 영접을 맡은 병영의 관원이 생각했다. 산해진미야 날마다 물릴 만큼 드셨을 테니 차라리 구불리 만두를 대접하자. 그는 구자에게 고기와 기름기를 더해 특별히 정성껏 만들고, 두 통을 쪄서 점심때에 맞춰 식기 전에 보내달라고 했다. 구자는 제법 총명한 사람이었다. 관아 사람에게 돈을 찔러주어 총독 대인의 식탁에 구불리 만두를 가장 먼저 올리게 했다. 음식을 먹을 때 첫입에 들어가는 것은 늘 맛있는 법이다. 원세개가 만두를 한입 베어물자 육즙이 듬뿍 흘러나오며 구수한 맛과 향이 입안 가득 퍼졌다. 더없이 흐뭇해진 원세개가 말했다.

"내 평생 이렇게 맛있는 만두는 처음 먹어본다."

병영의 관원은 당연히 큰 상을 받았다.

며칠 뒤 베이징으로 돌아간 원세개는 서태후에게 바칠 진귀한 음식이 뭐가 있을까 이리저리 궁리해보았다. 그런데 지위가 높든 낮든 관리들은 모두 생각이 똑같지 뭔가. 원세개가 생각하건대, 태후 마마는 평소에도 천하진미만 드시니 상어 지느러미고 제비집이고 맛보지 않은 음식이 없을 터였다. 아무리 값비싼 음식도 태후에게는 새롭지 않을 테고, 오히려 며칠 전에 톈진에서 먹었던 구불리 만두가 낫겠다 싶었다. 원세개는 바로 사람을 보내 만두를 정성껏 만들어 황궁으로 가져오게 했다. 그러고는 수라간 사람을 매수해 서태후의 점심상에 뜨거운 만두를 가장 먼저 올리라고, 그러면서 이 말을 잊지 말라고 신신당부했다.

"이 만두는 태후 마마께 올리고자 원 대인이 톈진에서 특별히 가져온 것이옵니다."

서태후가 한입 먹어보니 입안에서 향기가 진동하고 육즙이 흘러넘쳤다. 호랑이처럼 식욕이 당긴 태후는 만두만 연거푸 여섯 개를 먹고 다른 것은 입에 대지도 않았다. 그러면서 한마디 했다.

"하느님도 이 만두를 맛보시면 분명 맛있다고 했을 게야!"

이 말은 궁 안에서 궁 밖으로, 베이징에서 톈진으로 퍼져나갔다. 높은 분의 말 한마디에 구불리의 명성은 온 천하에 자자해졌으며 지금까지 이어지고 있다.

닭을 낚다

—

釣雞

민국 16년(1927) 겨울이 시작될 무렵, 톈진에 기인 한 명이 불쑥 나타났는데 누구도 그의 모습을 본 적이 없었다. 이름은 무엇이며 생김새는 어떠한지 제대로 아는 이도 아무도 없다만, 아무튼 기인은 기인이니 특별한 구석이 있는 것은 틀림없었다. 이 사람은 낚시꾼인데 물고기가 아니라 닭을 잘 낚았다고 한다. 닭을 어떻게 낚느냐고? 조급해하지 말고—지금부터 이야기할 테니 잘 들어보시라.

당시 톈진에서는 집집마다 닭이며 개며 고양이를 키웠다. 닭은 알을 낳고 개는 집을 지키며 고양이는 쥐를 잡으니 키울 만했다. 개는 마당에서 살고 고양이는 집 안에서 지냈으며 닭은 가둬두지 않아서 마당 안팎을 마음대로 뛰어다녔다. 저녁에 닭장에 넣어야 할 때는 대문 앞에서 소리쳐 부르거나 모이를 담은 깡통을 두드리면 닭들이 앞 다투어 돌아오기에 절대 잃어버릴 일이 없었다. 그런데 민국 16년부터 이따금씩 닭이 없어지기 시작했다. 처음에는 족제비가 잡아갔나 싶었다. 그런데 족제비 소행이면 닭털이라도 널려 있어야 할 텐데 현장에서 닭털을 본 이가 아무도 없었다. 나중에는 사람이 훔쳐갔다고 생각했는데, 그러면 필경 닭이 꼬꼬댁거려야 하지 않나. 희한하게도 그 소리를 들은 이도 아무도 없었다.

얼마 뒤, 양점가糧店街* 뒤쪽에 사는 유劉 씨가 상황을 알아차렸다. 그는 외지에서 오래 떠돌던 사람이라 세상물정에 밝았다. 보아하니 한 곳에서만 닭이 없어지는 것이 아니라 오늘은 하이허강 동쪽이었다가 모레는 북쪽, 또 며칠 뒤에는 양장자楊莊子에서 없어졌다. 골목 몇 개 아니면 큰길 한두 개에 걸친 그리 넓지 않은 구역 안에서 닭 수십 마리가 사라지는데, 바람에 날려가기라도 한 것처럼 아무런 흔적도 남아 있지 않았다. 이른바 '총 한 방 쏘고 자리를 옮기는' 전술이랄까. 족제비라면 이토록 치밀하게 움직일 리 없으니 틀림없이 사람 소행이었다. 이 닭 도둑은 실로 총명하기 그지없었다. 기척도 내지 않고 닭도 못 울게 하면서 잠깐 사이에 그 구역에 바글거리던 닭 수십 마리를 거둬가다니, 대체 무슨 수를 쓰는 걸까?

유 씨는 귀를 쫑긋 세운 채 곳곳을 돌아다니며 수소문해봤지만 닭을 잃어버렸다는 얘기만 들릴 뿐 닭 도둑을 잡았다는 얘기는 전

* 양곡 가게가 늘어선 톈진의 상점가.

혀 없었으며, 닭 도둑에게는 '활시천活時遷'*이라는 별명까지 붙어 있었다. 허허, 사람은 코빼기도 못 봤는데 별명부터 생긴 것이다.

20일쯤 지났을 때 한 건달 녀석이 유 씨에게 활시천이 어떻게 닭을 훔치는지 들려주었다. 실로 깜짝 놀랄 만한 수법이었다.

활시천은 닭을 잡을 때 손으로 잡는 것이 아니라 줄로 낚는다고 했다. 먼저 콩알 한가운데 구멍을 내고는 가느다란 줄을 구멍에 꿰어 줄 끄트머리에 콩알을 매단다. 그다음 붓두껍 끄트머리를 잘라 구멍을 내고 반대편 끄트머리에 꿰어 구슬처럼 자유로이 줄을 타고 오가게끔 한다. 이렇게 콩, 줄, 붓두껍을 모두 손에 쥐면 닭 잡을 준비를 마친 셈이다.

그러고는 닭이 있는 구역으로 간다. 담 모퉁이에 쭈그려 앉아 담배를 피우면서 햇볕을 쬐는 척하다가 닭이 다가오는 기미가 보이면 콩을 매단 줄을 던지고 붓두껍은 손에 쥐고 있다. 닭이 콩을 삼켜 뱃속에 넣으면 줄을 팽팽하게 당기고 붓두껍을 힘껏 밀어낸다. 그러면 줄을 타고 쏜살같이 미끄러진 붓두껍이 닭 부리에 덧씌워진다. 닭은 버둥거릴수록 꼼짝 못하게 되는데, 어찌 된 일일까? 부리 안쪽에는 뱃속에 들어갔던 콩알이 도로 올라와 있고 바깥쪽에서는 붓두껍이 부리를 틀어막아 두 힘이 닭의 부리를 단단히 조이기 때문이다. 붓두껍 때문에 닭은 주둥이를 벌려 울 수도 없다. 활시천이 두어 번 줄을 당기면 닭이 눈앞에 나타난다.

* '살아 있는 시천'이라는 뜻. 시천은 『수호전』에 나오는 108두령 가운데 한 사람으로 도둑질이 특기였다.

釣雞奇術
乙未夏日
蘿丁白
續墀圖

건달이 또 말하길, 활시천은 주로 겨울에 닭을 낚는다고 했다. 겨울이면 활시천은 검정 솜외투를 입고 다닌다. 그러면 닭을 낚아 품속에 넣어도 남들이 알아채지 못하며, 이런 방법으로 닭을 훔치리라 생각하는 사람은 더더욱 없기 때문이었다. 그는 그렇게 훔친 닭을 하루에 세 마리씩 먹고, 남은 닭은 가까운 시장에 내다판다는 것이었다.

유 씨는 그게 다 정말이냐고 물었다. 건달은 틀림없는 사실이라고, 며칠 전 패갑사挂甲寺* 부근에서 자기 눈으로 똑똑히 보았다고 했다.

유 씨는 집에 돌아가 밤새도록 궁리한 끝에 좋은 수를 생각해 냈다. 그가 사는 양점가 뒷골목은 닭을 키우는 집이 많고 지형도 복잡했다. 유 씨는 활시천이 조만간 이곳에도 와서 닭을 훔칠 것이라 짐작했다. 유 씨 역시 닭을 키우는지라 바깥이 아닌 집에서 활시천을 기다리기로 했다.

"그놈이 닭을 낚으면 나는 그놈을 낚는다."

섣달에 접어들자 유 씨네 닭과 이웃 진삼陳三네 닭 십수 마리가 남김없이 사라졌다.

"좋았어. 미끼를 물었군."

유 씨는 어디 가면 활시천을 찾을 수 있는지 알고 있었다. 그는

---

* 수당 시기에 지어진 고찰로 원래 이름은 경국사慶國寺였다. 당 태종 연간인 648년, 대장군 위지공尉遲恭의 군대가 요나라를 정벌하고 돌아오는 길에 경국사 부근에서 갑옷을 벗어 말려서 패갑사로 이름이 바뀌었다. 훗날 무장들이 원정에 나서기 전 패갑사에서 제사를 지내는 풍습이 생겼다.

그 일대의 살아 있는 가금을 파는 장터 몇몇 군데를 돌기 시작했다. 장터에서 이리저리 둘러보던 중에 뚱뚱한 사내 하나가 눈에 들어왔다. 얼굴은 불그레하고 살갗은 번지르르하며 작고 까만 눈동자가 유리구슬처럼 반짝이는 사내가 큼지막한 솜외투를 걸치고 쭈그려 앉아 있었다. 사내 옆에는 대나무로 엮은 덮개가 있고 그 속에 살아 있는 닭 대여섯 마리가 들어 있었다. 유 씨가 사내에게 다가가 말했다.

"닭을 많이 자신 모양이오. 입가에 기름기가 좔좔 흐르는구려."

뚱뚱한 사내는 화들짝 놀라 엉덩방아를 찧고 말았다. 그 모습을 보며 유 씨는 이 사람이 바로 활시천이라고 단정했다.

땅을 짚고 일어난 활시천이 다시 쭈그려 앉으며 말했다.

"저한테 이렇게 기름진 닭을 먹을 복이 어디 있다고요?"

억양을 들으니 톈진 토박이가 아닌 외지인이었다. 유 씨는 다른 말은 하지 않고 닭장을 가리키며 말했다.

"저기 저 하얀 수탉 좀 보여주시오."

그러자 활시천은 얼른 손을 뻗어 꼬꼬댁거리며 퍼덕거리는 닭들 틈에서 하얀 수탉을 붙잡아 유 씨에게 건네주었다. 하얀 깃털에 붉은 볏이 달린 늠름하고 기운찬 닭이었다. 활시천이 말했다.

"이 수탉은 열 근은 족히 나간답니다. 햇닭이라 살도 많고 연하고. 삶아 자셔도 볶아 자셔도 다 맛있지요."

유 씨가 닭을 들어올리며 물었다.

"얼마요?"

"싸지도 비싸지도 않습니다. 동전 열 닢만 주시죠."

"그래, 그럼 댁이 나한테 동전 열 닢을 주셔야겠구면. 저 안에 있는 닭 다섯 마리까지 합치면 모두 예순 닢이오."

"농담은 그만하시죠. 제 닭을 가져가면서 저더러 돈을 달라니요."

"농담은 무슨, 당신이 내 닭을 잡아갔는데 내가 당신한테 돈을 줄 수는 없지 않소."

활시천은 뭔가 잘못되어간다는 생각이 들면서 표정이 굳어졌다.

"그래, 그러면 설명 좀 해보시죠. 이 닭이 어떻게 손님 닭이란 말입니까?"

그러자 유 씨가 웃으며 반문했다.

"그럼 이 닭이 당신 닭이라고 표시라도 해두었소?"

활시천은 조바심이 나기 시작했다.

"손님이 가져온 게 아니라 제 덮개 속에 있는 닭 아닙니까. 저는 아무 표시도 안 했는데, 손님은 무슨 표시라도 해놓았나요?"

"배에다 빨간 동그라미를 표시해놓았지."

그 말에 수탉을 건네받아 뒤집어본 활시천이 주위에 둘러선 구경꾼들에게 닭 배를 보여주며 소리쳤다.

"다들 보십시오, 빨간 동그라미가 어디 있답니까?"

과연 빨간 동그라미는 보이지 않고 하얀 솜털만 북슬북슬 덮여있었다.

유 씨는 차가운 웃음을 날리며 왼손으로 닭을 낚아채더니 오른

손으로 하얀 솜털을 한 움큼 뽑았다. 그러자 닭의 맨살에 그려진 빨간 동그라미가 모습을 드러냈다. 유 씨가 말했다.

"닭이 털갈이할 때 일찌감치 그려놨지."

활시천이 생각했다.

'망했다, 망했어. 저 작자가 일찌감치 동그라미를 그려놓고 내가 함정에 뛰어들기만 기다린 거 아냐. 뛰는 놈 위에 나는 놈이 있다더니, 톈진 사람들은 정말 대단하군. 이제 꿇어앉아 손이 발이 되도록 비는 수밖에.'

하지만 유 씨는 강호를 떠돌며 산전수전 다 겪은 사람 아닌가. 상대방의 잘못을 너그러이 용서할 줄 아는 호인이었다. 그는 활시천에게 덮개 속에 있는 닭들의 다리를 몽땅 묶으라 하고는 머리를 아래로 향하게 하여 손에 들었다. 그리고 떠나기 전에 활시천에게 한마디 남겼다.

"잔재주로는 평생 먹고살 수 없는 법이라네. 자칫하면 반평생만 살다 끝장날 수 있으니 당장 그만두게."

이날부터 톈진에서 닭을 잃어버렸다는 이야기는 더 이상 들리지 않았다. 그 대신 양점가 뒷골목에 성이 유씨인 사내가 사는데, 별명이 '새시천賽時遷'*이라는 이야기가 널리 알려졌다.

---

* '시천보다 재주가 뛰어나다'는 뜻이다.

정 용포

—

龍袍鄭

텐진의 유명인에게는 모두 내력이 있었고, 내력을 살펴보면 하나같이 예사롭지 않았다. 그중에서도 '정 용포(용포정 龍袍鄭)'라는 별명이 붙은 정 노인의 내력은 그야말로 최고였으니―바로 황제와 연관이 있었다.

정 노인은 하이허강 기슭에서 고기를 잡는 어부였다. 그는 홀로 배를 타고 다니며 흥이 나면 그물을 내려 고기를 잡고, 한가로울 때면 강물에 낚싯대를 드리웠다. 잡은 물고기를 먹기도 하고 팔기도 하면서 살아갔으며 어수룩한 성격에 늘 싱글벙글 웃고 지냈다.

강남으로 시찰을 가는 건륭제가 배를 타고 텐진을 지나게 되었다. 강물에 숲처럼 늘어선 돛대와 강가에 산더미처럼 쌓인 짐을 보자 황제는 두 눈이 휘둥그레졌다. 황궁이 아무리 금은보화로 가득하다 해도 이처럼 사람 사는 활기는 느낄 수 없었으니 말이다. 기분이 좋아진 황제는 배에서 내려 이리저리 둘러보고 싶었지만 화려한 옷차림에 수하를 잔뜩 거느리고 다녔다간 사람들 눈에 띠어 말썽이 생길까 걱정스러웠다. 그리하여 황제는 용포 위에 큼지막한 외투를 걸치고 시종 두 명만 데리고 배에서 내렸다. 이리저리 거닐며 구경할수록 점점 흥이 났고, 그렇게 자꾸 걷다보니 타고 왔던 배와는 점점 멀어지고 있었다.

그러던 중 한 가지 풍경이 황제의 시선을 사로잡았다. 멀지 않은 강물에 선실과 덮개가 있는 배 한 척이 유유히 떠 있고, 늙은 어부가 뱃머리에 앉아 낚싯줄을 드리우고 있었다. 배와 사람이 물에 비친 모습이 한 폭의 그림처럼 아름답기 그지없었다. 낚시하는 사람을 구경하노라면 절로 고기가 낚이는 장면을 기다리게 된다. 늙은 어부가 한 마리 한 마리 낚아 올리는 모습을 흥미진진하게 구경하던 황제가 시종을 돌아보며 말했다.

"궁에 돌아가면 나도 어화원御花園에서 낚시를 하련다."

시종이 아뢰었다.

"저 늙은이의 낚시를 어찌 감히 폐하께 대겠사옵니까. 폐하께서는 황금빛 잉어를 낚으셔야지요."

그런데 얼마 지나지 않아 어부가 낚싯대를 거두더니 노를 몇 번 저어 강기슭에 배를 댔다. 이 어부가 바로 정 노인이었다. 황제가 그에게 다가가 말을 걸었다.

"고기가 잘 잡히던데 왜 낚싯대를 거두셨소?"

정 노인이 뱃전에 서서 서쪽 하늘을 가리키며 대답했다.

"저 구름이 안 보이시오? 곧 비가 내릴 조짐이라오."

황제가 서쪽을 바라보니 과연 먹구름이 하늘에 떠 있었다. 앞부분이 칼로 벤 듯 가지런한, 괴이하게 생긴 구름이었다. 먹구름은 앞에 펼쳐진 맑은 하늘을 검은 침대보처럼 뒤덮기 시작했다.

정 노인이 말했다.

"저 구름은 제두운齊頭雲이라고 하는데 매우 빨리 움직이면서 비를 몰고 온다오. 어디로 가는 길이시오? 보아하니 서두르지 않으면 물에 빠진 생쥐 꼴이 되겠소."

황제가 말했다.

"아이고, 큰 배에서 내려 구경하던 중인데 내가 타고 온 배는 꽤 멀리 있다오."

그러자 정 노인이 말했다.

"개의치 않으시면 누추한 배에서라도 비를 피하시구려. 금세 쏟아질 참이오."

황제가 고개를 들어보니 과연 하늘 절반이 시커메지고 바람마저 세차게 불어왔다. 한기를 느낀 황제는 옷깃을 여미고 두 손을 소매 속에 넣었다. 시종들이 황급히 황제를 부축해 어부의 배에 올랐다. 크지 않은 배였지만 선실이 제법 널찍하여 황제와 시종들까지 다 들어갈 수 있었다. 어부의 보금자리에 처음 들어와본 황제는 주변 모든 것이 신기하기만 했다. 정 노인이 이 빠진 사발 몇 개를 내오더니 거기에 차를 우렸다. 그래봤자 나뭇잎 우린 것보다 살짝 향긋할 뿐이었지만 황제는 차 맛이 좋다고 칭찬했다. 차를 마시는 사이에 비가 내리기 시작했다. 빗방울이 덮개에 떨어지는

소리가 마치 콩 볶는 소리 같았다. 그 소리를 들으며 더욱 흥이 오른 황제가 말했다.

"혹시 요깃거리 없소? 좀 출출하구려."

정 노인이 웃으며 대답했다.

"배가 고프실 줄 알았소. 지금 한창 솥에다 뱅엇국을 끓이고 있다오! 나 정 노인이 만든 뱅엇국은 누구나 맛있다고 좋아하는 음식 아니겠소. 인근 어부들이 일부러 술병을 들고 먹으러 찾아올 정도라오."

정 노인이 말하는 중에 이미 구수한 생선 냄새가 황제의 콧속을 파고들었고, 입에서는 군침이 돌기 시작했다.

정 노인이 뱅엇국을 내놓자 황제는 첫술을 뜨자마자 맛있다고 큰 소리로 감탄했다. 뱅어는 작고 변변찮은 생선이라 수라상에 오를 수 없었기에 황제는 지금껏 뱅어를 맛본 적이 없었다. 그러나 신선한 뱅어는 살이 연하고 가시도 없다. 황제는 한입 먹을 때마다 이거야말로 산해진미라며 칭찬을 아끼지 않았다. 수라상에 올라오는 요리에는 온갖 양념을 더하지만 민간 음식은 본연 그대로의 맛이 난다. 비를 피하면서 차도 마시고 뱅어도 맛보니, 황제는 더없이 흐뭇한 나머지 외투 속에 입고 있던 용포를 벗어 정 노인에게 하사했다. 그제야 황제 폐하를 알아본 정 노인은 깜짝 놀라 어쩔 줄 몰랐다. 이 작은 배에서 황제를 만나다니, 이 무슨 생각지도 못한 크나큰 복이란 말인가. 두 다리가 풀리고 무릎에서 힘이 빠진 정 노인은 그대로 꿇어앉아 연신 고개를 조아렸다. 비바람이 멎고 황제가 떠날 때까지도 정 노인은 그 자리에서 그러고 있었고, 갑판에 머리를 쿵쿵 찧는 소리가 멀리까지 울려 퍼졌다.

밤새도록 아무리 생각해봐도 정 노인은 이 일이 진짜인지 가짜인지 분간이 가지 않았다. 황제 폐하께서 내 배에 올라 차를 마시고 뱅어를 드시다니, 이 얘기를 도대체 누가 믿겠는가. 하지만 금빛 찬란한 용포가 지금 손안에 있지 않은가. 스스로도 도무지 믿을 수가 없어 이게 꿈인가 생시인가 싶었다.

다음 날 아침, 정 노인은 고기를 잡으러 나가는 대신 뱃전에 탁자 하나, 의자 하나를 벌여놓았다. 탁자에는 용포를 펼쳐놓고 자신은 의자에 걸터앉았다. 얼마 지나지 않아 호기심에 이끌린 사람들이 모여들었고, 구경꾼이 자꾸자꾸 늘어났다. 황제 폐하께서 정 노인의 배에 올라 그가 대접한 뱅엇국을 드시고 맛있다고 칭찬했

龍 紅郷
2015.5. Fang

으며 입고 있던 용포까지 벗어 정 노인에게 하사했다니, 이 일은 삽시간에 온 톈진으로 퍼져나갔다. 몇 년 전에 황제가 톈진에 와서 천후 마마의 탄신을 기리는 묘회를 구경한 적이 있었다. 그때 각 화회花會* 단체에 황색 마고자를 두 벌씩 하사한 일을 두고 온 톈진이 떠들썩했는데, 마고자는 용포에 댈 것이 아니지 않은가. 용포를 보는 것이 곧 황제를 보는 것이라고 여겨 용포 앞으로 달

* 축제 때 벌어지는 갖가지 민간 예능 공연. 장대다리 걷기, 사자춤, 용등, 뱃놀이 춤 등 다양한 종목이 있다.

려와 머리를 조아리는 사람도 있었다. 이렇게 되자 황제 폐하께서 이 자리에 계시기라도 한 것처럼 톈진의 사대부, 부자, 문인에 관리까지 수많은 사람이 정 노인의 배로 끊임없이 몰려들었다. 특히 관리들은 이런 일이라면 뒤질세라 달려드는 부류였으니, 조만간 지부 나리까지 납시겠다는 것이었다.

정 노인이 유명해지자 사람들은 그에게 '정 용포'라는 별명을 붙여주었고, 그에 관한 갖가지 소문도 쭉쭉 퍼져나갔다. 그런데 사람이 유명해지면 좋게 보는 이뿐 아니라 나쁘게 보는 이도 있기 마련이다. 사촌이 땅을 사면 배가 아프듯 좋은 말 한 마디 뒤에는 나쁜 말이 무더기로 따라다녔다. 급기야 나쁜 마음을 품은 누군가가 '정 용포가 밤마다 몰래 용포를 걸치고 선실에 앉아 황제 흉내를 낸다'는 소문을 퍼뜨렸고, 이는 금세 무시무시한 사태를 몰고 왔다. 소문을 들은 지부가 대노하여 오려던 계획을 취소했을 뿐 아니라 정 용포를 붙잡아 용포를 몰수하고 '황제를 모독한 죄'를 묻겠다지 않나. 게다가 더더욱 괴이한 소문들이 꼬리에 꼬리를 물고 이어졌다.

그러자 정 용포는 덜컥 겁을 먹고 말았다. 사흘이 지났지만 정 용포와 그의 고깃배 그리고 용포까지 그림자도 보이지 않았다. 간이 콩알만 해진 그가 결국 배를 저어 달아나버린 것이었다.

부두에서 일어난 일들은 아무리 떠들썩한 일이라 해도 한바탕 바람처럼 금세 지나가버렸다. 사람들은 차츰 정 용포를 입에 올리지 않게 됐지만, 그가 배를 정박하고 있던 자리에 배를 띄워놓고 낚싯대를 든 채 황제 폐하를 만나기를 기대하는 사람들이 이따금 보였다.

구이가에 노점을 벌이고 빈랑檳榔*을 파는 젊은이가 있었다. 머리가 대단히 잘 돌아가는 그는 오매불망 부자가 되기를 꿈꿨으나 아직 기회를 만나지 못해 애가 달았다. 그 역시 성이 정씨고 셋째라서 정삼鄭三이라 불렸다. 어느 날 누군가가 정삼에게 이런 말을 했다.

"자네도 정씨고 정 용포도 정씨인데 그는 운이 좋아 황제까지 만났지. 다만 그 노인네는 기회가 와도 제대로 잡을 줄을 몰랐어. 복도 지지리 없어서 그 엄청난 일이 오히려 그를 죽음으로 몰아넣을 뻔했잖아."

그 말을 듣는 순간 정삼의 머릿속에 번쩍 떠오른 생각이 있었다. 정삼이 두 눈을 깜빡이며 말했다.

"그 기회를 내가 써먹어야겠네."

그러더니 그는 며칠 뒤에 북쪽 성문 부근에 있는 조상에게 물려받은 두 칸짜리 기와집을 팔아버리고, 하이허강 기슭에 세 칸짜리 집을 장만해 뱅어 음식점을 차렸다. 그러면서 자신과 정 용포는 한 집안 사람이며, 정 용포가 만들었던 뱅엇국은 조상 때부터 전해 내려온 음식이라 자신도 똑같이 끓인다고 소문을 냈다. 그러고는 자신의 음식점에 아예 '용포정'이라는 간판을 내걸었다.

장사가 잘되느냐 마느냐는 가게가 내건 이름에 달려 있다. 황

---

* 빈랑나무 열매로 타이완과 중국 일부 지역, 동남아 등지에서 껌 같은 기호품으로 사용되며 각성 효과가 있다.

제가 드셨던 음식을 누가 맛보려 하지 않겠는가? 이렇게 정삼의 뱅엇국은 텐진의 명품 별식이 되었다. 진짜 정 용포는 목숨을 부지하고자 종적을 감췄건만 가짜 정 용포는 도리어 날마다 큰돈을 벌어들이는 부자가 된 것이다. 시간이 흐르자 정삼은 정 용포라 불리게 되었고, 정 용포의 사연은 그의 가게에서 날마다 입에 오르는 옛이야기가 되었다.

진사가 뇌물을 보내다

—

陳四送禮

인간 세상에서 가장 인기 있는 네 가지를 꼽자면 돈, 권력, 좋은 집안과 잘생긴 외모다. 돈이 있으면 귀신도 부릴 수 있으며, 권력은 귀신보다 더 쓸모가 있다. 좋은 집안은 든든한 뒷배가 되어주고, 외모가 훌륭하면 사람들에게 호감을 산다. 그런데 이 네 가지를 갖춘 것만으로는 부족하다. 돈과 권력도, 좋은 집안과 잘생긴 외모도 활용을 할 줄 알아야 한다. 그런고로 반드시 갖추어야 할 한 가지가 더 있으니, 그것은 바로 이 네 가지를 제대로 써먹는 '수완'이다.

뇌물을 바칠 때를 한번 보자. 관리에게 뇌물을 건네려 한다면, 비록 관리는 뇌물 들고 온 사람을 내치는 법이 없다지만, 그렇다고 황금 원보를 쟁반 가득 받쳐 들고 대문을 들어설 수는 없는 노릇 아닌가? 그러니 뇌물을 바칠 때도 '수완'이 필요하기 마련이다. 톈진에서 관리에게 뇌물을 가장 잘 건네는 이는 진사陳四였고, 관리에게서 혜택을 가장 많이 받은 이 또한 진사였다. 그는 글공부는 많이 하지 않았지만 젊은 나이에 우체국 부국장이 되었다. 사람들은 그가 그 자리까지 가는 모든 길에 뇌물을 깔았다고 비꼬았지만 진사는 도리어 이렇게 말했다. 관직으로 나가는 길은 늘 울퉁불퉁하다고, 뇌물을 깔아야만 평평해진다고, 뇌물 없이는 한 발짝도 떼기 힘들다고 말이다.

진사가 뇌물을 보내는 비결은 쥐도 새도 모르게 넘기는 것이었다. 물건이 뭔지는 숨기되 전달은 앞에서 당당히 하는데 그 기교가 실로 기가 막혔다. 뇌물을 받는 사람은 분명히 알지만 다른 사람은 그 자리에 있어도 깜깜속이었으니, 도대체 어떻게 전하기에 그런 걸까?

하루는 진사의 친구인 보석상 과戈 사장이 프랑스 조계지에 있는 이름난 요릿집 평안반점平安飯店에 식사 자리를 마련해 직예성直隶省을 관할하는 가賈 성장을 초대했다. 진사는 지금껏 가 성장을 만난 적이 없었다. 일찍부터 성장에게 뇌물을 바치려 했던 진사가 눈앞에 찾아온 기회를 놓칠 리가 있나. 진사는 과 사장에게 자기도 그 자리에 데려가 성장에게 추천해달라고 들볶았다.

과 사장이 말했다.

"내 앞에서 뇌물을 줄 생각일랑 하지도 말게. 성장 나리는 지위가 있는 분인데 남들 앞에서 선물을 받을 리가 없잖은가. 혹여나 그랬다간 내 체면을 구기는 것은 물론이고 내 일까지 망치게 된다고."

진사가 웃으며 대꾸했다.

"내가 그런 풋내기인가? 뇌물을 준다 해도 자네조차 눈치 못 챌 테니 그런 염려는 붙들어 매게나."

그리하여 과 사장은 식사 자리에 진사를 데려가 성장에게 추천했다. 하지만 성장은 자기보다 직급이 한참 아래인 부국장 진사를 하룻강아지 보듯 할 뿐이었다. 장사꾼 사이에서는 돈 많은 사람이 으뜸이요, 벼슬아치 사이에서는 직급 높은 사람이 으뜸이었다. 그러니 진사가 입을 열 기회는 아예 오지도 않았지만 그는 끈질기게 기다렸고, 마침내 찾아온 빈틈을 놓치지 않았다. 벽에 걸린 화조도花鳥圖를 가리키며 진사가 문득 입을 열었다.

"그림이 참 볼품없군요."

진사는 일찍부터 가 성장이 서화 애호가이며 유명 작가의 서화로 온 집을 채워놓았다는 사실을 알고 있었다. 그리하여 그림 얘기를 꺼내 가 성장의 흥미를 끌 셈이었다.

과연 효과가 있었다. 가 성장이 바로 물었다.

"자네, 그림을 좀 아나?"

진사가 들고 있던 젓가락을 흔들며 대답했다.

"저는 아는 것도 없고 그림을 별로 좋아하지도 않습니다. 다만 선친께서 서화에 푹 빠져 계셨지요. 올해 돌아가셨는데 서화 작품만 잔뜩 남기셨답니다. 그 돈으로 집과 땅이라도 장만했으면 얼마나 좋았을까마는, 한평생 서화 작품에만 돈을 들이부으셨으니 어쩌겠습니까. 집에 가득 쌓여 있지만 그걸 먹을 수가 있나요, 입을 수가 있나요. 제 눈에는 아무 짝에도 쓸모가 없는 넝마 조각으로 보여 지금 처분하느라 바쁩니다."

이 말에 가 성장의 눈썹이 씰룩거렸다. 구미가 당긴 것이 틀림없었다. 가 성장이 또 물었다.

"누구 작품인가?"

진사가 어리숙한 표정을 지으며 말했다.

"제가 어찌 알겠습니까? 남들이 유명인이라고 하니 그런가보다, 하는 거지요. 성장 나리께서는 그림을 잘 아시는지요?"

가 성장이 잠깐 머뭇거리다가 말했다.

"조금 알 뿐이야. 그림 보는 것을 좋아한다네. 자네 집에 있는 그림들이 누구 작품인지는 알고 있는가?"

"이름에 돌 석石이 들어 있는 것 같습니다. 그림 위쪽에 글귀도 몇 줄 씌어 있지요."

가 성장이 대뜸 물었다.

"제백석齊白石*?"

"제백석은 저도 들어봤지요. 게나 참새우를 그리는 화가 아닙니까? 그게 뭐가 좋나요, 그림은 먹을 수도 없잖습니까. 집에 몇 폭 있었는데 다 남에게 선물했답니다. 지금 있는 그림은 제백석은 아니고요, 아무튼 분명 석 자가 있었는데 무슨무슨 석이었더라? 기억이 나지 않네요. 그림도 시커먼 것이 당최 알아볼 수가 없게 막 칠해놨고요. 넝마주이가 오면 처분하려고요!"

---

* 1864~1957, 상하이를 무대로 활약한 화가·서예가·전각가. 가난한 농가에서 태어나 목공 일을 하다가 독학으로 그림을 익혀 중국 화단의 거장이 되었다.

陳四 乙亥六月丰溢

골똘히 궁리하던 가 성장이 눈을 번쩍 뜨며 말했다.

"그렇다면 부포석傳抱石*?"

그 말에 곰곰이 생각하다가 진사가 퍼뜩 소리쳤다.

"아—맞습니다, 맞아요! 포석, 포석입니다. 화가 이름도 참으로 괴상하다고 생각했지요. 포석, '돌을 끌어안다'가 뭡니까. 돌을 안고 뭐 하겠다는 건지. 이 사람이 유명한가요?"

가 성장은 잠시 생각하다가 이렇게 대답했다.

"유명한 편이라 할 수 있지. 그림도 괜찮고."

진사가 뒤이어 말했다.

"그렇게 시커멓기만 한데 괜찮은 그림이었나요? 좌우지간 저는 그림을 모르니 성장 나리께서 보고 싶으시다면 언제고 가져다 보여드리지요. 오늘 얘기가 나왔으니 망정이지, 하마터면 내일 넝마주이에게 넘길 뻔했네요."

그러면서 진사는 못난 딸에게 혼처를 찾아준 것처럼 얼른 보내버리고 싶다는 표정을 지었다. 이에 다들 한바탕 웃고 나서 식사를 이어갔고, 가 성장도 싱글벙글한 얼굴로 진사와 이야기꽃을 피웠다.

과 사장은 그 자리에 함께 있으면서도 어떻게 돌아가는 사정인지 전혀 몰랐다. 가방끈이 길지 않았던 그는 돌아가서 남에게 물어보고 나서야 부포석이 얼마나 대단한 화가인지 알게 됐다. 게다

* 1904~1965. 빈민촌 우산 수리공의 아들로 태어나 중국 근현대 미술의 대가가 되었으며 미술사가·교육자로도 활약했다. 제백석과 부포석의 작품은 현재 수억~수십억 위안을 호가한다.

가 최근에 난징에서 대규모 전시회를 열어 온 도시가 떠들썩했다
는 것이었다. 곰곰이 돌이켜본 과 사장은 비로소 진사가 뇌물을
전달하는 방법이 얼마나 교묘하고 절묘한지 깨달았다. 반년쯤 흘
러, 진사가 승진하여 국장이 되었다는 소식을 듣고 과 사장이 감
탄하며 말했다.

"진사가 뇌물을 줄 때는 본인과 상대방만 알지 귀신도 알 길이
없다니까. 진사 이 친구, 틀림없이 더 높은 지위에 오를 것이야."

제비 이삼

—

燕子李三

　광서 말년, 톈진에 '제비 이삼燕子李三'이라는 기인이 나타났다. 이삼은 이름이요, 제비는 별명이다. 그는 난다 긴다 하는 도둑으로 부잣집만 골라서 털었고, 도둑질을 하고 난 자리에 제비 한 마리를 그려놓아 천하제일 도둑 제비 이삼이 다녀갔다는 사실을 알렸다. 부자들의 집이 자꾸 털리니 관청에서는 그를 잡기 위해 안간힘을 썼지만, 무공이 출중한 이삼은 지붕 위를 평지 걷듯 했으며 달아나다가 강물에 맞닥뜨리면 발끝으로 물결을 스치며 강을 건너갔다. 이는 '잠자리가 수면을 스치는蜻蜓點水' 경공술로 최고의 경지에 이른 자만이 할 수 있는 재주였다.

　제비 이삼 때문에 톈진이 소란스러워진 지도 반년이 넘었다. 성 안팎의 부잣집이 열 집 넘게 털렸고, 귀중품을 도둑맞은 자리에는 제비 표시가 남아 있었다. 관청의 포졸들은 이삼을 잡고자

숱한 계략을 써보았으나 여태 그의 그림자조차 보지 못했다. 어떤 이는 그가 『수호전』에 나오는 도둑 시천을 닮았다고 했다. 꼭 맞는 검정 옷을 입고 장화를 신고 한밤중에 돌아다니며 도둑질을 하기 때문에 밤의 어둠에 스며들어 눈에 띄지 않는다는 것이었다. 양향무陽香武*처럼 까만 콧수염이 양쪽으로 치켜 올라가서 '제비'라는 별명이 붙었다고 말하는 이도 있었다. 그래서 한동안 콧수염을 기른 사람들은 길을 걸을 때마다 의심의 눈초리를 받기도 했다. 또 어떤 이는 이삼이 시천이나 양향무를 닮았다는 것은 경극 좋아하는 사람들이 꾸며낸 허튼소리라고, 실제로는 전혀 눈에 띄지 않는 평범한 외모이며 박쥐처럼 낮에는 틀어박혀 자다가 밤에만 나와서 도둑질을 한다고 했다.

그런데 이삼은 대체 어디서 불쑥 나타났을까? 어찌하여 전에는 이삼을 언급하는 이가 아무도 없었을까? 아무래도 외지에서 굴러든 것이 틀림없었다. 톈진에는 부자가 많고 부자에게는 값진 물건이 많으니 이삼과 같은 도둑을 불러들였을 터. 소문에 따르면 이삼은 허베이 출신이며, 옛날 조나라와 연나라 땅인 허베이 사람들은 다들 무공이 높다고 했다. 좀 더 상세한 소문도 있었다. 이삼은 허베이에서도 창저우의 우차오吳橋 출신으로, 우차오 사람들은 하나같이 잡기에 능해 장대나 밧줄 위를 평지처럼 걸어 다닌다는 것이었다. 이렇듯 소문은 무성했으나 실제로 그를 본 사람은 아무도 없었다. 본 적이 없으니 멋대로 추측하게 되고, 그럴수록 소문은

* 경극 「삼도구룡배三盜九龍杯」에 나오는 신출귀몰한 도둑.

점점 황당무계하고 신비롭고 흥미로워졌다. 심지어 이삼이 몇 달
전에 타지에서 부임해온 현령 나리라는 사람도 있었다. 현령은 허
베이 출신으로 원숭이처럼 여원 몸에 문무를 겸비했으며 재물도
좋아하는 사람이었다. 사실이든 아니든 간에 이삼을 놓고 왈가왈
부 떠드는 것은 즐거운 일이었고, 떠들면 떠들수록 더더욱 재미난
이야깃거리가 되었다. 톈진 사람들은 입을 가만두지 않는 이들이
라 입속으로는 음식을 집어넣고 입 밖으로는 말을 꺼내놓곤 했다.
그들에게 재미난 이야기란 맛있는 음식만큼 유쾌한 것이었다.

　이삼은 도둑이지만 평판이 나쁘지 않았다. 어찌 됐든 가난한
집은 터는 법이 없었으며, 부잣집을 털어 가난한 집을 돕기까지

했다. 언젠가 동문 안에 사는 가난한 사람이 집세가 밀려 쫓겨날 판이라 한밤중에 흐느껴 우는데, 난데없이 창문이 쓱 열리더니 보따리 하나가 날아들었다. 식구들이 보따리를 풀어보니 적지 않은 은전이 들어 있었다. 게다가 놀랍게도 보따리 한 귀퉁이에 제비 한 마리가 그려져 있지 않은가. 다들 부랴부랴 감사를 표하러 나가봤지만, 칠흑같이 깜깜한 어둠뿐 사람은 그림자도 보이지 않았다. 들기로는 가장 가까이에서 이삼의 모습을 볼 기회가 있었던 사람은 성문 앞에 쭈그리고 구걸하는 배십일裵十一이었다. 이삼이 직접 그의 손에 돈주머니를 쥐여준 적이 있는데, 앞을 못 보는 배십일은 이삼의 손만 잡아보았으며 크지는 않지만 매우 단단한 손이었다고 했다. 이삼과 얼굴을 마주한 셈이지만 보지는 못했으니 이삼의 생김새는 여전히 오리무중이었다.

이렇게 이삼에 대한 소문은 입에서 입을 거치며 자꾸자꾸 신비스러워졌다.

어느 날 제비 이삼은 어마어마한 일을 저질렀다. 톈진에서 가장 높은 사람인 직예총독 영록榮祿의 집을 털었던 것이다.

그날, 아침에 일어나 몸단장을 하던 영록의 부인은 화장대에 있던 큼직한 진주 핀이 없어진 것을 알아차렸다. 눈부시게 빛나는 포도알만 한 진주가 달린 핀으로 부인이 가장 아끼는 장신구였다. 그 정도 진주라면 바다 밑에서 적어도 오백 년은 자라야 했다. 남편이 서태후에게 바치자고 해도 한사코 거절했던 진주인데, 그런 보석을 잃어버렸으니 부인은 목숨을 잃은 듯한 기분이었다. 더 기막힌 일은 진주 핀을 꽂아둔 비단 수건에 작은 제비가 그려져 있다는 사실이었다. 이는 영록에게 도전장을 내민 셈 아닌가! 머리 꼭대기까지 화가 치민 영록은 부득부득 이를 갈다가 어금니 하나를 부서뜨리고 말았다.

영록도 만만한 인물은 아니었다. 그 역시 계책을 생각해냈다. 대청 한복판에 팔선교자를 가져다놓고, 상 한가운데 자신의 관인을 두고는 유리 덮개로 씌워놓는다. 그러고는 대청 문을 닫아걸고 호위병을 배치하지 않은 채 밤새도록 홀로 앉아 관인을 지킬 테니, 제비 이삼이 자신 있으면 와서 관인을 가져가라는 것이었다!

이 말인즉슨, 이삼과 한판 붙어보겠다는 뜻이었다. 승자는 보나마나 총독 나리였다. 생각해보라. 대청 안에는 병사가 한 명도 없다 해도 대청 밖에는 잔뜩 있을 것이 뻔하지 않나. 대청 문은 닫아놓고 관인은 유리 덮개로 덮어놓고 총독이 옆에 앉아 두 눈 시퍼렇게 뜨고 지켜보는데, 이삼이 제아무리 재주가 뛰어난들 무슨 수로 관인을 훔쳐가겠는가? 게다가 창문까지 굳게 닫혀 있는데 어떻게 대청에 들어간단 말인가? 쥐구멍으로?

그날 밤, 총독은 자기가 말한 그대로 행했다. 팔선교자를 대청에 가져다놓고 상 한가운데 관인을 두고는 유리 덮개로 덮어놓았다. 그러고는 아전들을 모두 밖으로 물린 다음 모든 문과 창문을 단단히 닫아걸었다. 사무 보는 책상 앞에 홀로 앉은 총독은 촛불을 밝히고 책을 읽으며 그 날쌘 도둑이 오기만을 기다렸다.

총독은 밤부터 동틀 녘까지 자리를 지켰다. 졸음을 참을 수가 없어 오경五更 무렵에 잠깐 꾸벅거리긴 했지만 후딱 정신을 차렸고, 밤새도록 아무런 기척도 듣지 못했다. 날이 밝아 문과 창문을 열자 비쳐드는 햇빛과 함께 하인들이 모두 들어와 책상을 살펴보았다. 관인은 그 자리에 꼼짝도 않고 그대로 놓여 있었다. 총독이 웃으며 말했다.

"제비 이삼의 재주도 허명에 지나지 않는군."

이어 기지개를 쭉 켜고는 차 한 모금으로 입을 헹구고 바닥에 뱉은 뒤 방으로 돌아가 그만 쉬려고 했다.

그때였다. 하인이 관인을 치우려고 유리 덮개를 여는데, 관인 남쪽 면에 작은 벌레 같은 것이 붙어 있었다. 자세히 살펴보니 그것은 붓으로 그려진 작은 제비가 아닌가! 제비 이삼이 그린 것이 틀림없었다!

총독은 아연실색했다. 아무래도 오경 무렵에 잠깐 조는 틈을 그 대단하신 제비 이삼이 놓치지 않은 모양이었다. 그렇지만 문도 창문도 굳게 닫혀 있었는데 어떻게 들어왔단 말인가? 관아 사람들 누구도 영문을 알지 못했다.

진정한 능력자는 모두 민간에 있다. 민간에서는 금세 상황을 추측해냈다. 사람들 말로는, 이삼은 대청의 문과 창문을 닫기 전에 잽싸게 들어와서 대청 한복판에 있는 '淸正光明(청정광명)' 현판 뒤에 숨어 있었다. 총독이 깜빡 졸 때 얼른 내려와 제비를 그리고 도로 현판 뒤로 가서 숨어 있다가, 날이 밝아 문과 창문이 열리자 사람들이 주의하지 않는 틈을 타서 표연히 사라졌다는 것이었다.

상당히 합리적인 추론이었다. 하지만 총독이 의아하게 생각하는 부분은 따로 있었다. 이삼은 왜 관인을 가져가지 않고 작은 제비만 그려놓았을까?

그러자 사람들이 비웃으며 말했다. 관인? 이삼 선생께서 그걸 가져갈 수 있었는데도 그대로 놔둔 까닭은, 그 낡아빠진 물건은 총독 당신에게나 보물이지 남들에게는 아무 짝에도 쓸모없다는 사실을 깨우쳐주려는 거라고!

대박 연화

—

鼓一張

텐진의 양류청 마을에는 영기靈氣가 서려 있어 집집마다 사람마다 연화 그리는 실력이 빼어났다. 보통 집안 어르신이 밑그림을 그리면 남자가 나무판에 새겨 넣고, 여자와 젊은이가 인물의 윤곽을 그린 다음 아이들이 색을 칠하는 식으로 완성했다. 이런 기법이 대대손손 전해졌으며 고수도 수없이 많았다. 섣달이면 집집마다 그린 연화를 거리에 나가 파는데, 새롭고 다양한 그림이 끝도 없이 나오는 통에 눈이 어질어질했다. 그러나 새로운 그림이 아무리 쏟아져 나온다 해도 그중에서 특출난 것 하나가 있기 마련이다. 양류청에서 특출나다는 것은 곧 가장 잘 팔린다는 뜻으로, 누가 봐도 마음이 동해 앞 다투어 사려 드는 그림이었다. 그런 그림은 마법이라도 걸어놓은 양 대박을 터뜨리며 순식간에 동이 나곤 했다.

양류청 사람들은 해마다 그런 그림이 나타나기를 기다렸고, 또 자기 집 그림이 대박 나기를 기원하면서 가장 자신 있는 그림을 꺼내놓았다. 그리하여 섣달이면 온 마을이 연화 솜씨를 겨루는 경연장이나 다름없었다.

그렇다면 도대체 어떤 그림이 대박을 터뜨릴까? 누구도 명확히 답할 수 없었다. 사라고 부추긴 것도, 큰 소리로 호객한 것도, 특별한 꾀를 부린 것도 아닌데 수천 가지 그림 가운데 하나가 귀신도 모르게 튀어나와 대박이 났다. 어찌하여 그 그림일까? 역시 누구도 알 수 없었다. 대형 상점인 대염증戴廉增과 제건륭齊健隆*에는 그림 그리는 화공 수십 명에 도안 창작하는 화공 수십 명이 있어서 해마다 새로운 연화를 백여 종씩 내놓았지만 대박 그림은 나오지 않았다. 고동헌高桐軒**이 그린 연화는 아름답고도 섬세하여 나무 뒤에 창문이 있고 창틀 뒤로 사람 모습이 비쳤다. 그의 그림도 꽤나 잘 팔렸지만 역시 대박을 터뜨린 그림은 하나도 없었다. 경극 배우가 노래를 잘 부른다고 꼭 인기를 끌지는 못하는 것과 마찬가지랄까. 사람들은 도무지 알 수 없는 신비로운 이치가 작용한다고 여겼다. 신선이 지목한 그림이 대박을 터뜨리는데, 여러 점을 찍는 일은 결코 없고 해마다 딱 한 점씩만 지목한다는 것이었

* 양류청 연화가 전성기를 누릴 때(청 광서제 이전) 있었던 가장 중요한 가게들. 읍내에 자리했으며 규모도 컸다. 취급하는 그림이 모두 정교하고 아름다우며 종류가 다양하기로 유명했으나 지금은 없어졌다.—저자 주

** 청 말기의 저명한 연화 화가. 자는 음장蔭章이며 양류청 출신이다. 청나라 황실미술관 여의관如意館에서 그림을 그렸으며 대표작은 『묵여색록墨餘索錄』이다.—저자 주

다. 그리하여 양류청에는 다음과 같은 말이 있었다.

　　대박 나는 연화는 일 년에 딱 하나
　　어느 집이 지목될지는 아무도 모르지

　마을에 조상 때부터 대대로 연화를 그려온 백소보白小寶라는 사람이 있었다. 그는 밑그림, 조각, 탁본, 채색 솜씨는 훌륭했지만 새로운 그림을 창작하질 못해 조상에게 물려받은 몇몇 판으로만 연화를 찍어냈다. 예를 들면 「연년유여蓮年有餘」, 「쌍창육문룡雙槍陸文龍」*, 「초피화俏皮話」**나 「금검재신金臉財神」*** 같은 그림인데 이런 오래된 연화도 줄곧 잘 팔려서 먹고살기에는 부족함이 없었다. 그러나 오래된 그림으로는 대박을 터뜨릴 수가 없었고, 대박이 터지지 않으면 큰돈을 벌 수 없었다. 그리하여 백소보는 끙끙 속앓이만 할 뿐 뾰족한 수를 내지 못하고 있었다.

　동치同治 8년(1869), 입동이 지난 어느 날이었다. 백소보는 그림 탁자를 펼쳐놓고는 소매를 걷어붙이고 대대로 내려오는 그림 판으로 탁본을 뜨기 시작했다. 먼저 「쌍창육문룡」 유의 그림 몇 가지를 각각 1천 장씩 찍고, 이어 「연년유여」를 찍어냈다. 「연년유여」는 큼지막한 붉은 잉어를 품에 안은 뽀얗고 포동포동한 사

---

* 육문룡이 양손에 창을 들고 있는 모습을 그린 그림. 육문룡은 소설 『설악전전說岳全傳』에 나오는 악비岳飛 수하 맹장으로 창술에 뛰어났다.
** 등장인물이나 동물을 익살스럽게 표현한 그림.
*** 금빛 얼굴을 한 재물신.

내 아이 뒤에 푸르른 연잎과 분홍빛 연꽃이 그려진 그림이었다. '연蓮'은 '해마다連年'를 상징하고 '물고기魚'는 '넉넉하다余'를 상징하므로 이 그림은 '해마다 풍족하게 지낸다'는 뜻이었다.* 이 그림은 백소보 집안에서 오래도록 그대로 찍어온 인기 상품이었다. 사실 「연년유여」는 다른 가게에도 다 있는 그림으로 대동소이한 형상이었다. 다만 백소보 집안의 그림은 통통한 아이가 함박웃음을 짓고 있고 잉어도 살아 움직이는 듯하여 해마다 2000장씩 팔려나갔다. 그중 적지 않은 그림을 허베이 우창武强 난관南關과 텐진 둥펑타이東豐台 사람들이 사갔는데 저마다 한 보따리씩 품에 안고 가곤 했다.

어느 날 오후, 탁본을 하다 지친 백소보는 일손을 놓고 술이나 한잔하러 작은 술집을 찾았다. 마침 겸상을 하게 된 어르신도 혼자 술을 마시고 있었다. 양류청은 그리 크지 않은 마을이라 얼굴쯤은 다들 서로 알아보는 사이였다. 성이 고高씨인 이 어르신은 젊은 시절 화물 창고에서 회계 일을 했으며 붙임성이 좋았다. 두 사람이 함께 술을 마시며 이런저런 한담을 나누다보니 자연스레 연화 얘기가 나왔고, 올해의 연화 얘기로 흘러갔으며, 올해는 어떤 연화가 '대박'을 터뜨릴지 논하게 되었다. 그러다 술이 거나해진 고 선생이 그만 속마음을 입 밖에 내고 말았다.

"이보게, 이제 새로운 연화를 그려야 하지 않겠나. 조상님이 물려준 밥그릇만으론 대박은 꿈도 못 꾸지."

---

* 중국에서는 발음이 같은 글자를 통해 의미를 나타내곤 한다.

　이 말은 마치 뾰족한 막대기처럼 백소보의 갈비뼈를 푹 찔렀
다. 민망해진 백소보는 남은 술을 얼른 뱃속에 털어 넣고 자리에
서 일어났다.

　집으로 돌아가면서 백소보는 생각할수록 화가 났다. 다른 사람
이 아니라 스스로에게 화가 났고, 자신의 무능함에 화가 났다. 집
에 들어서자마자 그의 눈에 들어온 것은 그림 탁자에 놓인 옛 그
림판이었다. 그야말로 머리 꼭대기까지 화가 치민 백소보는 책상
에 놓여 있던 조각칼을 집어 들고 대대로 내려온 낡은 그림판을
망치려 들었다. 깜짝 놀란 아내가 고함을 질렀다.

　"이 양반이 백씨 집안 밥그릇을 깨부수려고 작정했나!"

　뒤미처 해롱해롱해진 백소보는 식구들에게 끌려가 침대에 던져졌고, 그대로 인사불성이 되었다.

이튿날 잠에서 깬 백소보는 아차 싶었다. 그림판 한 조각이 도려내져 있지 않은가. 조상 대대로 전해 내려온 「연년유여」 그림판을 정말로 자신이 망쳐버린 것이었다. 백소보가 다시금 자세히 살펴보니, 그나마 다행히도 아이 얼굴은 다치지 않았고 갈래머리 한쪽에 달린 모란이 떨어져나갔을 뿐이었다. 그러나 이것도 안 될 일이었다. 원래 갈래머리 양쪽에 모란이 한 송이씩 달려 있었는데 이렇게 되면 짝을 이루지 못하지 않나. 마음은 급했지만 수가 나질 않았다. 도려내진 부분은 잘려나간 살점과 같은지라 도로 붙일 방법이 없었다. 연화를 내다 팔 날이 코앞으로 다가왔는데 어쩌면 좋을꼬. 그나마 천 장을 찍어놓았으니 천만다행, 이제 망가진 판으로 천 장을 더 찍어 그냥저냥 파는 수밖에 없었다. 팔 수 있는 데까지 팔고, 팔리지 않으면 팔자려니 하고 받아들여야지 어쩌겠는가.

그런데 연화를 시장에 내놓자 희한한 상황이 벌어졌다. 연화를 사러 온 사람들은 아이의 갈래머리에 달린 모란이 하나 없어 짝을 이루지 못하는데도 개의치 않는 것이 아닌가. 오히려 다들 싱글거리며 이런 반응을 보였다. 머리에 매단 모란을 잃어버릴 만큼 장난꾸러기인 아이 모습이 너무나 사랑스럽다나! 그리고 보니 과연 그림 속 어린아이가 정말 움직이는 듯, 살아 숨 쉬는 듯했다! 사람들은 남이 한 장 사면 나도 한 장, 남이 두 장 사면 나도 두 장씩 샀고, 그러다보니 1000장이나 되는 그림이 날개 돋친 듯 팔려나가 사흘 만에 동이 났다. 백소보는 하는 수 없이 먼저 찍어두었던 모란이 짝을 이룬 그림을 내놓았다. 그런데 손님들이 하나같이 이렇게 묻는 것이었다.

"어제 팔던 그림은 없나요?"

백소보는 어리둥절했다. 왜 다들 모란 한 송이가 없는 연화를 좋아하는 거지? 알 수 없는 일이었다.

그렇다고 그대로 넋 놓고 있지는 않았다. 저녁에 집에 돌아온 백소보는 밤새도록 그림을 추가로 찍어냈고, 이튿날 시장에 내놓기 무섭게 또다시 동이 났다. 한번 불이 붙으면 아무리 물을 들이부어도 꺼지지 않는 법. 그리하여 남녀노소 가리지 않고 온 식구가 연화에 들러붙었다. 아내는 시장에 나가 연화를 팔고, 백소보는 집에서 연화를 찍어내고, 아들은 완성되는 족족 연화를 품에 안고 시장으로 달려갔다. 밤새 죽어라 찍어내도 낮에 팔려나가는 속도를 따라잡지 못할 지경이었다. 며칠 뒤, 이웃 사람이 느닷없이 달려와 소식을 전했다.

"이봐, 지금 온 마을이 떠들썩하다네. 올해 대박은 자네 연화야!"

그러고는 소리를 낮춰 물었다.

"그동안 대대로 팔아온 연화 아닌가? 그동안은 잠잠하다가 왜 올해 느닷없이 대박이 난 거지?"

백소보는 이유를 알았지만 말없이 웃기만 했다. 그런데 곰곰이 생각해보니 또 알쏭달쏭했다. 꽃 한 송이 없다고 대박이 나다니?

섣달 그믐날 밤, 백소보는 연화를 팔아 벌어들인 돈을 세어보았다. 확실히 큰돈을 벌었다. 새해가 되자 그는 집 한 칸을 더 짓고 세간도 많이 사들여 살림살이가 매우 풍족해졌다.

　백소보는 다음 해에도 이 연화가 대박 나길 바랐지만 생각처럼 흘러가지 않았다. 그의 연화도 적지 않게 팔렸으나 제대로 대박을 터뜨린 그림은 따로 있었으니, 그것은 바로 의화성義和成이라는 작은 가게에서 새로이 선보인 연화「태평세가太平世家」였다. 여인 여섯 명이 태평고太平鼓를 치는 그림인데 어디가 특별한지는 알 수 없었지만 미친 듯이 팔려나갔다. 날이 밝기도 전부터 의화성 앞에는 그림을 사려는 사람들이 추위에 덜덜 떨면서 장사진을 치고 있었다.

꼴불견

—

洋相

텐진이 개항되어 조계지가 설치되자 서양인들이 들어오며 신기한 일들이 생겨났다. 구시가지 사람들은 '조계'라는 두 글자는 여태 들어본 적이 없었으며 머리가 노랗고 눈이 파란 서양인도 난생처음 보는지라 조계지에 궁금한 점이 많았다.

처음에 사람들은 저물녘이 되면 마가구에 가서 전등불을 구경했다. 서양인이 설치한 전등을 보자 텐진 사람들은 그야말로 눈이 번쩍 뜨였다. 마가구 교회당 밖에 전신주가 서 있고 전신주 꼭대기에는 속빈 유리 공이 걸려 있으며 유리 공 위에는 비바람을 막을 철판 뚜껑까지 달려 있었다. 어른 아이 할 것 없이 고개를 쳐들고 입을 벌린 채 신기한 유리 공을 지켜보면서 서양인이 마술을 부리기만 기다렸다. 날이 어두워지자 갑자기 모든 유리 공이 밝은 빛을 발했다. 아래쪽에 있는 얼굴 하나하나를 밝게 비추고 주위도 양지처럼 환해지는 것이 신기하기 이를 데 없었다. 사람들은 조화를 부리는 신령이라도 본 듯 탄성을 내질렀다. 서양인은 대체 무슨 수로 한순간에 유리 공을 빛나게 만드는 걸까?

또 하나, 겨울에 남문 밖에서 스케이트 타는 서양인도 재미난 구경거리였다. 남문 밖에는 강과 호수가 많은데 겨울이면 모두 꽁꽁 얼어붙어 반들반들한 얼음으로 뒤덮였다. 그러면 수염이 길거나 짧거나 없는 서양인들이 조계지에서 뛰쳐나와 신발 밑에 예리한 칼날을 붙들어 매고 얼음판에서 미끄러지듯 자유자재로 움직였다. 의기양양하게 얼음을 지치던 그들은 강둑에 몰려와 구경하는 중국인들을 보면 더더욱 우쭐대며 팽이처럼 제자리에서 뱅글뱅글 도는 묘기까지 부렸다. 때로는 휘청거리다가 엉덩방아를 찧거나 털퍼덕 넘어지거나 아예 얼음판에 큰대자로 뻗기도 했고, 그걸 보며 사람들은 일제히 웃음을 터뜨렸다. 이 광경을 보고 한 문인이 다음과 같은 시를 지었다.

비룡 같은 칼날을 발밑에 달고
몸도 마음도 즐겁고 편안하네
넘어진 모습에 웃음이 나는구나
머리는 남쪽, 발은 북쪽, 양손은 동서를 가리키네

얼마 지나지 않아 조계지 쪽에서 구한 서양 물건을 구시가지로 가져와 뻐기는 애송이들이 생겨났다. 하루는 한 젊은이가 동북각 큰길에 있는 옥생춘玉生春 찻집에 자명종을 가져왔다. 자명종을 탁자에 올려놓고 태엽을 감으니 구경꾼들이 에워싸고 소리가 울리기를 기다렸다. 시간에 맞춰 시계가 아름다운 소리를 내자 톈진 사람들은 이 재미난 물건에 홀딱 반해버렸다. 그 뒤로 찻집은 온종일 손님들로 붐볐고 주인은 신이 나서 벌어진 입을 다물지 못했다. 그는 자명종을 들고 온 젊은이에게 공짜로 차와 음식을 대접하겠노라고 했다. 열흘도 못 되어 이번에는 단정하게 차려입은 중년 남자가 정교한 비단 꾸러미를 들고 옥생춘을 찾아왔다. 남자가 탁자에 꾸러미를 올려놓고 펼쳐 보이자 대단히 화려한 서양식 금빛 상자가 나타났다. 무엇에 쓰는 물건인지는 아무도 몰랐다. 남자가 천천히 태엽을 감으니 시간을 맞춘 것도 아닌데 상자에서 너무나 감미로운 선율이 딩동딩동 흘러나왔다. 사람들은 이 마술상자를 '팔음상자八音盒子'라고 불렀다. 그 뒤로 옥생춘에 와서 차를 마시며 구경하려는 사람이 갑절로 늘었다. 자리가 없어 서서 차 마시는 사람까지 있을 정도였다.

또 얼마 뒤, 구시가지 동문 쪽 거리에 갑자기 서양인인지 아닌지 알쏭달쏭한 모습을 한 괴상한 남자가 나타났다. 키는 보통에 나이는 서른쯤 되어 보였고, 허리가 잘록한 서양식 마고자를 걸치고 그 안에 옷깃에 검은 비단 나비가 달린 서양식 조끼를 입었으며 서양식 부츠를 신었다. 거기다 챙이 넓은 서양식 모자를 쓰고 짙은 색안경을 끼고 있어 얼굴은 제대로 보이지 않았다. 차림새를 보아하니 서양인 같았으나 자세히 보면 코가 작았다. 서양인의 코는 높직하고 큼직하고 끝이 갈고리 같아서 '매부리코'라고 하는데 이 남자의 코는 자그마하고 통마늘처럼 둥글납작했다.

　거리에 잠시 서 있던 이 괴짜는 난데없이 허리춤에서 조그만 종이상자를 꺼내더니 그 속에서 다시 1촌 남짓한 가느다란 나무 막대기를 꺼냈다. 막대 한쪽 끄트머리에 하얀 것이 붙어 있었다. 그가 하얀 끄트머리를 마고자 쪽으로 향하게 하여 상자 위에서 아래로 칙 긋자, 막대 끝에서 불꽃이 일더니 바로 불이 확 붙었다. 길 가던 사람 모두 깜짝 놀랐지만 괴짜의 손에 들린 막대가 대체 무슨 신기한 물건인지는 아무도 몰랐다. 괴짜는 반쯤 탄 막대를 바닥에 팽개치고는 조그만 상자에서 또 막대를 꺼내서 긋고, 불을 붙이고, 태우고, 버리기를 되풀이했다. 그렇게 막대 열댓 개를 태우며 사람들 눈길을 잡아끌고 나자 아무 말 없이 훌쩍 자리를 떴다.

이때부터 톈진 사람들은 그 괴짜의 '그으면 불붙는' 물건을 '자래화自來火'*라고 불렀다.

열흘쯤 지나자 동문 쪽 거리에 괴짜가 다시 나타났다. 이번에는 차림새를 살짝 바꾸어 옷깃에 금빛 나비를 달고 있었다. 그는 이번에도 자래화를 그어 불을 붙였는데, 지난번처럼 바닥에 버리는 대신 주머니에서 좀 더 큼직한 종이상자를 꺼내 들었다. 꼬부랑글씨가 알록달록 박힌 그 상자에서 꺼낸 것은 나무 막대가 아니라 새끼손가락만 한 하얀색 종이 막대였다. 괴짜는 종이 막대를 입에 물더니 자래화로 불을 붙였다. 거리에 있는 사람들은 폭죽처럼 터져버릴 줄 알고 깜짝 놀라 귀를 틀어막았다. 그런데 웬걸, 불을 붙여도 불꽃은 일지 않고 연기만 피어오르는 것이 아닌가. 괴짜가 두어 모금 빨고 입을 벌리니 입에서도 연기가 뿜어져 나왔다. 그가 뭘 하는지는 당최 알 수 없었지만 가까이 있는 사람들 콧속으로 잎담배 냄새와 함께 독특한 냄새가 흘러들었다. 조계지에 가본 사람들은 이 물건이 뭔지 알아보았다. 바로 서양인이 피우는 담배였다. 서양인들은 담뱃대로 담배를 피우는 것이 아니라 종이에 말아서 피웠고, 담배를 허리춤에 매달지 않고 옷 주머니에 넣고 다녔다.

이때부터 톈진 사람들은 이런 서양 담배를 '호주머니 궐련衣兜烟

---

* '스스로 붙는 불'이라는 뜻이다.

卷'이라고 불렀다.

그즈음 동문 거리에는 매일같이 사람들이 모여들었으며, 그중에는 그 괴짜와 희한한 물건을 구경하려고 기다리는 이들도 있었다. 괴짜는 자주 모습을 드러내진 않았지만 어쩌다 한 번씩 나타났다 하면 톈진 시내가 온통 떠들썩해졌다. 어느 날 그는 개 한 마리를 끌고 거리에 나타났다. 몸집이 크고 여위었으며 하얀 바탕에 검은 무늬가 찍혀 있고, 두 귀는 어깨까지 늘어지고 기다란 혀는 땅에 닿을 지경에 두 눈을 악마처럼 부릅뜬 개였다. 그 개가 지나가자 길거리에 있는 들개들은 너무 놀라서 깨갱 소리조차 못 냈을 뿐 아니라 며칠 동안 고개도 못 내민 채 꼭꼭 숨어 있었다.

사람이 두각을 나타내거나 이름을 날리게 되면 궁금증이 일면서 자세히 알아보고 싶어지게 마련이다. 저 괴짜는 도대체 어떤 사람일까? 진짜 서양인이 맞을까, 아니면 흉내만 내는 가짜일까? 오래지 않아 완전히 상반된 두 가지 설이 나돌았다. 한 가지 설은 이러했다. 그 괴짜는 구시가지 서쪽에 사는 사람인데 소금 장사를 하는 아버지를 둔 덕에 돈 걱정이 없다, 요 몇 년간 아버지가 남방에 가서 장사를 하느라 아들에게 신경을 쓰지 않자 그는 서양 문물에 푹 빠져 조계지에서 살다시피 하면서 서양인들의 일거수일투족을 따라 배웠다는 것이었다. 또 다른 설은 다음과 같았다. 그 괴짜는 틀림없는 서양인으로 톈진에 온 지 1년밖에 안 된다, 구시가지가 신기해서 구경하러 왔을 뿐이며 중국말도 한두 마디 할 줄 안다고 했다. 한술 더 떠서 그가 영국 사람이며 이름은 '바피'라고 하는 사람도 있었다.

당시 톈진에는 새로운 유행이 일었으니, 바로 강연이었다. 늘 누군가가 나서서 새로운 풍조를 중시하고 낡은 관습을 타파하여 문명을 제창하자는 강연을 했다. 강연 장소는 구이가 맞은편에 있는 총상회였으며 광지관廣智館*에서 주관했다. 어느 날 총상회에서 또 강연이 열렸다. 먼저 연단에 오른 남자가 청중에게 조계지에서 온 귀빈을 소개했다. 모습을 드러낸 귀빈은 바로 그 괴짜였다. 여전히 그 차림새인데 옷깃의 나비가 하얀 바탕에 초록색 격자무늬로 바뀌어 있었다. 연단에 오른 괴짜는 청중을 향해 허리를 굽히고 손을 내저으며 서양식 인사를 하고는 서양말로 몇 마디 했다.

말이 끝나자 연단 아래에서 한 학생이 소리쳤다.

"어느 나라 말을 하신 겁니까? 영어 같지는 않은데요. 저는 영어를 공부하는 학생입니다."

그러자 청중이 수군거리기 시작했다.

연단 아래서 누군가 난데없이 소리쳐 물었다.

"당신 이름이 바피가 맞소?"

괴짜는 잘못을 들킬까봐 겁이 나는지 중국어로 냉큼 대답했다.

"내가 바로 바피요!"

누군가 또 물었다.

"어디서 중국어를 배웠기에 톈진 사투리가 섞여 있는 거요?"

그 말을 듣고 사람들이 생각해보니, 방금 그 괴짜가 한 말은 틀

---

* 톈진의 저명한 교육자 엄범손嚴範孫이 1915년에 설립한 사회교육기관.

림없는 텐진 사투리였다.

얼른 대답을 못하고 우물쭈물하는 괴짜에게 누군가 또 물었다.

"부친 존함은 뭐요?"

또다시 당황한 괴짜가 얼떨결에 대답했다.

"미스터 바피요."

그러자 이게 웬일인가, 방금 물어본 그 사람이 버럭 호통을 쳤다.

"이놈아, 눈 똑바로 뜨고 내가 누군지 봐라! 내가 네 애비다! 광둥에서 지금 막 돌아왔어! 바피? 바피는 무슨? 서양인 거죽일랑 당장 벗어 던지고 집에 가지 못할까! 여기서 서양인 흉내나 내고 있지 말고!"

그날 이후로 텐진 사람들은 서양인 차림으로 서양인 흉내를 내는 사람을 '출양상出洋相'*이라고 일컫게 되었다.

현대인이 '웃음거리, 추태, 꼴불견'이라는 뜻으로 쓰는 '출양상'이라는 말은 바로 이 일에서 유래했다.

* 洋相은 '서양인의 모습'이라는 뜻이다.

황련성모

—

黃蓮聖母

경자년에 의화단운동이 일어나면서 톈진은 크나큰 혼란에 빠졌다. 밤에도 성문이 열려 있고 불빛이 밤하늘을 대낮같이 비추었으며 사람들은 잠도 자지 않은 채 거리거리 떠돌아다녔다. 허베이와 산둥에서 의화단이 무리 지어 톈진으로 줄줄이 밀어닥쳤다. 가슴과 등에 각기 다른 팔괘八卦 부호가 적힌 옷을 입고 각양각색 두건을 쓴 그들은 무리의 깃발을 높이 쳐들고 다녔으며, 검을 차거나 칼을 들기도 하고 몽둥이나 창을 들기도 했는데 저마다 기세가 달랐다. 어떤 무리는 미친 듯이 고함을 지르고 어떤 무리는 구령에 맞춰 행진했다. 또 어떤 무리는 굳은 표정으로 입을 꾹 다물고 있는데 얼굴에 살기가 감돌았으며 어금니를 부득부득 가는 소리는 듣기만 해도 오싹했다. 성에 들어온 의화단은 먼저 단구壇口*를 세워 깃발을 꽂고 황표黃表**를 태우고 붉은 등을 걸어놓았다. 톈진 사람들은 곧바로 밀떡과 만두, 짠지와 대파, 구수한 튀김 등을 수레에 실어 의화단에게 보냈다. 소문에 따르면 의화단과 조계지 서양인의 전투가 임박해 있었다. 마가구와 노룽 두에는 이미 불길이 치솟고 검은 연기가 자욱했으며 총소리가 울 리다 잦아들다 하는 상황이었다. 바야흐로 의화단이 조계지 서양 인의 '개집'을 불살라 없애고 있었다.

구시가지 인구는 원래 10만 명이었는데 의화단이 들이닥치자 20만 명으로 늘어났다. 그 무렵 톈진 사람들은 서양인과 숱하게 싸움을 벌였으며 이기든 지든 서양인을 두려워한 적이 없었다.

6월 초의 어느 황혼 녘, 성안에 있던 의화단의 모든 연대가 북 쪽 성문 밖에 집결했다. 남운하 양쪽 기슭을 따라 인마가 일사불 란하게 움직이자 번뜩이는 창검과 타오르는 횃불이 강물에 어른 거렸다. 이토록 방대한 대오에서 아무런 소리도 나지 않으니 기 이함을 넘어 섬뜩할 정도였다. 듣자 하니 황련성모黃蓮聖母가 이 끄는 홍등조紅燈照***가 배를 타고 남쪽에서 출발해 곧 도착한다고 했다.

그 무렵 홍등조의 신출귀몰한 활약에 관한 소문이 톈진 전역에 쫙 퍼져 있었다. 성 안팎에 무시무시한 글귀가 쓰인 벽보가 가득

---

* 의화단 각 지역 지휘부.
** 제사 지낼 때 쓰는 누런 종이.
*** 의화단의 젊은 여성 조직으로 붉은 옷을 입고 붉은 등을 들고 다녀 '홍등조' 라는 이름이 붙었다. 이 밖에 중장년 부녀자 조직인 남등조藍燈照, 과부 조직인 사 과조砂鍋照 등이 있었다.

나붙었다.

남자는 의화단 권법을 연마하고
여자는 홍등조 무술을 연마하라.
자죽림紫竹林*을 때려 부수고 서양인의 목을 베라.

  그중 '서양인'이라는 글자는 사형수를 게시할 때처럼 빨간색으로 강조되어 있었다. 자죽림 교회당에 붙은 벽보를 본 서양인들은 나다닐 엄두조차 못 내고 커튼을 내린 채 죽은 듯이 숨어 있었다.
  그런데 홍등조를 제대로 본 사람은 아무도 없었다. 소문에 따르면, 홍등조는 모두 젊은 처녀와 새색시로 선녀처럼 아름다운 용모에 위아래로 붉은 옷을 입고 서양인을 멸할 법술을 쥐고 있다고 했다. 우두머리인 황련성모는 선녀보다도 아름다워 천후궁에 모신 천후 마마에 비견될 만한 미모이며, 무예와 법술은 의화단 남자 두령들보다 훨씬 대단하다는 것이었다.
  남운하를 따라 정말로 대규모 선단이 올라오고 있었다. 돛대에 붉은 등을 가득 매단 커다란 배가 줄지어 나타나더니 가가호동賈家胡同에 이르러 멈추었고, 홍등조가 배에서 내렸다. 강기슭에 상륙하는 홍등조는 저마다 붉은 바지에 붉은 저고리를 입고 등에는 번쩍이는 은빛 칼을 메고 한 손에는 붉은색 접부채를, 다른 손에는 붉은 비단을 씌운 초롱을 들고 있었다. 불빛에 비친 얼굴은

* 톈진에 있던 영국인 조계지.

红烛照乙来 古鹰

경극 『양문여장楊門女將』에 나오는 여장군보다도 아름답고 신비로웠다.

강기슭에 서서 대기하던 의화단은 법도가 매우 엄격했다. 홍등조가 나타나자 단원들은 일제히 가슴에 한 손을 얹어 예를 표했고, 홍등조를 똑바로 쳐다보지 않고 고개를 수그리고 있었다. 황련성모는 선실에 머물며 모습을 드러내지 않았다. 의화단 각 연대의 두령이 황련성모에게 인사를 드리러 배에 올랐다. 장덕성張德成, 조복전曹福田, 류정상劉呈祥 등이 줄을 서서 차례차례 선실로 들어가는데 마치 절에 들어가 부처님을 배알하는 것처럼 경건한 표정이었다.

이렇게 되자 신원을 알 수 없는 황련성모를 놓고 온갖 억측이 난무했다. 어떤 이는 황련성모의 본명은 임흑아林黑兒이며 하이허 강 물을 마시고 자란 톈진 토박이라고 했다. 어려서 부친에게 무예를 배운 그는 부친을 따라다니며 기예를 팔아 살아가다가, 부친이 서양인을 잘못 건드리는 바람에 감옥에서 세상을 뜨자 복수하기 위해 황련성모가 되었다는 것이었다. 또 어떤 이는 황련성모가 애초에 인간이 아니라 서왕모西王母*의 화신으로, 도깨비불로 자죽림을 불살라버리거나 바닷물을 말려 서양의 배가 톈진항에 들어오지 못하게 할 수도 있다고 했다. 톈진 부두에는 온갖 사람이 뒤섞여 사는지라 소문도 구구했다. 하이허강 동쪽에서 굿을 하는 무당이라는 말이 있는가 하면, 심지어 후가후 기생집의 요사스러

---

* 곤륜산에 살며 불로불사의 영약을 지녔다는 중국 고대 신화 속 여신.

운 기녀라는 얘기마저 있었다. 소문이란 원래 나쁜 말일수록 파다해지는 법이었다.

사흘이 지난 이른 아침이었다. 홍등조 단원들이 갑자기 배에서 나와 강기슭로 올라오더니 3천 명이 순식간에 질서정연하게 늘어섰다. 저마다 번뜩이는 칼을 등에 차고 오른손에는 붉은 초롱을, 왼손에는 부채를 들고 있었다. 황련성모는 여전히 모습을 드러내지 않았고, 대신 머리를 높이 틀어올린 삼선고三仙姑*가 홍등조를 이끌고 성안으로 들어갔다. 성안에 있던 의화단은 홍등조를 호위하고자 길 양쪽에 늘어서 있었다. 성문으로 줄지어 들어온 홍등조는 다 같이 발을 쿵쿵 구르기 시작했다. 수천 명이 일제히 발을 구르자 땅이 쩌렁쩌렁 울리고 흙먼지가 하늘을 자욱하게 뒤덮으며 보는 이들을 압도했다. 이것이 바로 홍등조의 유명한 '채성踩城(성 밟기)' 의식으로, 사악한 기운을 누르고 서양인들의 간담을 서늘하게 하려는 것이었다.

채성을 하며 성안을 한 바퀴 돈 홍등조는 서쪽에 있는 교회당으로 향했다. 홍등조 500명이 교회당 앞에 진을 치자 별안간 하늘에서 떨어진 듯 네 사람이 멘 가마가 나타났다. 교회당을 마주하고 선 가마의 발이 활짝 열렸다. 안에 누가 있는지 들여다볼 수는 없었지만 가마에 앉아 있는 사람이 황련성모라는 사실은 모르는 이가 없었다. 황련성모가 가마 안에서 무슨 법술을 썼는지는 알 길이 없다만, 가마 옆에 서 있던 삼선고가 교회당 문으로 달려가

---

* 황련성모의 여동생으로 알려진 인물이다.

문을 냅다 걷어차더니 뒤돌아보며 소리쳤다.

"불태워라!"

홍등조 500명이 오른손에 들고 있던 붉은 초롱을 일제히 교회당으로 내던졌다. 그러자 교회당 안에서 폭발음이 나더니 시커먼 연기가 뭉게뭉게 솟아올랐다. 이어 불길을 향해 왼손에 든 부채를 일제히 부치자, 그 조그만 부채에 신력이라도 있는지 부채질을 하면 할수록 불길이 점점 더 높이 치솟았다. 수많은 사람의 함성과 응원 속에서 교회당은 순식간에 낡은 벽돌 가마처럼 시커멓게 타들어갔고, 이윽고 와르르 무너져 내리며 폐허로 변해버렸다.

황련성모가 대단한 신통력을 발휘한 이 사건은 당시 총독이던 유록의 귀에까지 전해졌다. 사흘 뒤, 유록은 황련성모와 장덕성, 조복전 등 의화단 두령을 싼차허커우에 있는 총독부로 불러들여 자죽림의 서양인을 공격할 방안을 의논했다. 유록과 황련성모가 어떻게 만나서 무슨 얘기를 나눴는지 아는 이는 아무도 없었다. 다만 그때 가마꾼들이 듣기로는, 유록이 황련성모에게 "서양인이 톈진을 공격할 가능성이 있는지요?"라고 묻자 황련성모는 발을 사이에 두고 "별일 아닙니다"라는 한 마디만 건넸다고 했다. 답을 주지 않은 것이나 다름없지만, 곰곰이 생각해보면 오히려 당당하고 확신에 찬 말이었다. 황련성모가 이런 엄청난 일도 대수롭지 않게 여기자 유록도 자신감이 생겼는지 활짝 웃으며 깃발 만드는 데 쓰라고 황포 한 필을 선물했다.

배로 돌아온 황련성모는 그 천으로 길이가 족히 2장은 되는 특별히 커다란 깃발을 만들었다. 윗부분에 검은 융단으로 '황련성모' 네 글자를 큼직하게 박고 금빛 술로 가장자리를 두른 다음 자신이 타는 커다란 배의 돛대에 높이 달아 휘날리게 했다. 양쪽에 붉은 초롱 두 줄까지 걸어놓자 더없이 위풍당당했으며 밤이면 더 더욱 눈길을 사로잡았다. 톈진 사람들은 매일 밤 가가호동에 모여들어 배를 향해 제단을 만들고 향을 태우며 황련성모를 신선으로 받들고 모두의 평안을 지켜주기를 빌었다. 이렇게 되자 황련성모에 대한 나쁜 소문은 단번에 사라졌다.

홍등조는 이레에 한 번씩 뭍으로 나와 채성을 하면서 그들 자신과 의화단 두령들의 위세를 높였을 뿐 아니라 톈진 사람들에게도 용기를 북돋아주었다. 며칠 뒤에 전투가 시작되자 채성은 더더욱 없어서는 안 될 일이 되었다. 채성을 할 때마다 톈진 사람들은 온몸에서 기운과 용기가 두 배로 뻗치는 기분이 들었다. 그리하여 채성은 사흘에 한 번으로 늘어났고, 나중에는 아예 날마다 하게 되었다. 홍등조 단원들은 몸단장할 겨를이 없어 머리는 다 헝클어지고 옷도 구깃구깃했지만, 포화 속에서 누가 차림새에 신경을 쓴단 말인가. 전장에서 필요한 것은 정신력과 체력이었다. 홍등조는 채성을 할 때 한편으로는 발을 구르며 한편으로는 노래를 불렀다.

내 머리는 빗지 않아도 양놈 머리는 잘만 베지.
발싸개는 하지 않아도 양놈을 무찌르고 통쾌하게 웃지.

전투가 벌어지자 홍등조는 종종 전장에 나가 큰불을 내려 조계지 곳곳을 불살랐다. 한 번 불사를 때마다 한 사람이 황색 삼각기를 들고 말을 달려와 황련성모에게 승전보를 전했고, 임무를 마치면 그 깃발을 뱃전에 꽂아놓았다. 그 무렵 황련성모에 대한 소문은 더없이 무성하고 신비로워졌지만 그를 실제로 본 사람은 아무도 없었다. 생각해보라, 그는 여자의 몸으로 수천 명에 달하는 여군을 이끌어 톈진 전역에 위엄을 떨쳤으며, 조정의 최고 중신마저 그 앞에서 허리를 굽히게 했다. 뿐만 아니라 죽음을 무릅쓰고 양인의 총칼 속으로 몸을 날렸으니 어찌 평범한 사람이겠는가? 만약 평범한 사람이 그런 일을 했다면 더욱 탄복하여 무릎 꿇고 머리를 조아릴 일 아니겠는가?

경자년의 전쟁에서 의화단은 끝내 패했고, 홍등조도 대부분 행방이 묘연해졌다. 얼마 전까지만 해도 홍등조가 두려워 바지에 오줌을 쌀 지경이던 서양인들은 톈진에서 붉은 옷 입은 여인만 보면 총격을 가했다. 사실 그들이 살해한 붉은 옷 여인들을 모두 홍등조라고는 볼 수 없었다. 예로부터 톈진 사람들은 붉은색을 경사스럽게 여겼으며 여인들은 붉은 옷을 즐겨 입었기 때문이다. 그로부터 20년이 지나자 톈진에서는 더 이상 붉은 옷 입은 여인을 찾아볼 수 없게 됐다.

황련성모의 행방을 정확히 아는 이도 아무도 없었다. 전쟁에서 죽었다, 은거했다, 포로로 잡혔다…… 온갖 소문만 무성할 뿐이었다. 들리는 말에 의하면, 서양인들이 싼차허커우 일대에서 황련성모와 삼선고를 생포해 총독부 감옥에 가두었으며, 두 여인의 사진을 찍고 나중에는 전리품 삼아 서양에 보내 전시했다는 것이었다. 그 소문이 사실인지 거짓인지, 더 이상의 소식이나 증거는 전해지지 않았다.

텐진 사람들은 인정하지 않았다. 사람들은 사진 속 두 포로는 아무리 봐도 여염집 여인이며, 서양인이 자기네 힘을 과시하느라 제멋대로 위조한 것이라고 했다. 텐진 사람조차 황련성모를 본 적이 없는데 서양인이 무슨 근거로 생포한 여인을 황련성모라고 단정한단 말인가? 이는 서양인이 비록 전쟁에서 이기긴 했으나 속으로는 여전히 우리 황련성모를 두려워하고 있음을 말해줄 뿐이다.

견 일구

—

甄一口

주량으로 말하면, 세상에서 견 일구甄一口*를 따를 자가 없었다.

그는 아무리 많이 마셔도 멀쩡하고, 여러 가지 술을 섞어 마셔
도 거뜬했으며, 아무리 사나운 기세로 급하게 마셔도 겁날 것 없
었다. 맥주를 마실 때면 고개를 홱 젖히고 술병을 거꾸로 세워 입
에 물고 두 손을 놓아 단숨에 위장으로 쏟아부었는데, 그래도 술
은 식도만 지나갈 뿐 기도로 들어가는 일은 결코 없었다. 이러면
보통은 사레가 들어 죽을 지경 아닌가? 누가 이렇게 술을 마신단
말인가? 그런데 그는 하루 저녁에 맥주 두 상자, 총 24병을 이런
식으로 쭉쭉 들이켰다. '견 일구'라는 별명은 이렇게 생겨났다.

견 일구의 주량을 인정하지 않는 사람도 있었다. 견 일구는 현

* 견은 성, 일구는 한 입이라는 뜻이다.

장縣長이라서 자기 돈을 들이지 않고 마시고 싶은 대로 마신다, 이렇게 마음껏 술을 마실 수 있으면 개를 훈련시켜도 주량이 는다는 것이었다. 그러나 주량은 연습으로 늘릴 수 있다 해도 아무리 마셔도 취하지 않는 것은 타고나지 않으면 불가능했다. 견 일구는 지금껏 단 한 번도 취한 적이 없었다.

"어머니 말씀으로는, 만약 내가 정말 취한다면 다시는 깨어나지 못할 거라고 하시더군."

견일구의 이 말을 사람들은 농담으로 여겼지만, 무릇 어머니 말씀을 거짓으로 여겨서는 안 되는 법이다. 이 이야기는 일단 여기서 그치고.

이런 의문을 품는 사람도 있었다. 몸속으로 술 수십 병이 들어갔는데 그게 다 어디 있담? 이는 핵심을 찌르는 동시에 술 마시는 요령을 묻는 얘기였다. 사람이 술을 마시면 술은 몸속으로 들어간다. 그런데 들어가기만 해서는 안 된다. 배가 아무리 크다 한들 이삼십 병을 담을 수는 없지 않은가. 몸에 들어간 술은 반드시 배출해야 하는 법이니, 이를 두고 항간에서는 '출주出酒'라 일컬었다. 술을 잘 마시는 사람은 출주도 잘하는데 술을 배출하는 부위는 제각각이다. 어떤 이는 소변으로 배출하고 어떤 이는 입으로 토해버린다. 또 어떤 이는 땀으로 배출하는데 온몸의 땀구멍에서 술이 배어나온다고 한다. 납세국의 어느 국장은 술자리에 반드시 땀 닦을 수건을 가져가는데, 술자리가 끝나고 보면 수건이 그야말로 술독에서 건져낸 꼴이 되어 있다고.

그런데 견 일구는 출주 방법 또한 남달랐으니, 그가 술을 배출하는 부위는 바로—발이었다.

술을 마시지 않을 때는 발이 보송보송했지만, 술을 마실 때면 온통 축축해져 있었다.

그의 발에서 흥건하게 나온 것은 땀이 아니라 술이었다. 입으로 들이부은 술이 많을수록 발에서 나오는 술도 많아졌다. 견 일구는 술자리에 갈 때 나일론 양말이나 구두를 신는 법이 없고 반드시 면양말과 헝겊신을 신었다. 구두는 술을 가둬두지만 헝겊신은 술을 잘 흡수하기 때문이다. 견 일구의 수행원은 견일구가 앉을 자리 밑에 미리 작고 두툼한 담요를 깔아 술을 잘 흡수하게끔 했다. 술자리가 끝날 때면 견 일구의 두 발은 술이 흐르는 강을 건너온 모양새가 되어 있었다. 집에 돌아온 그가 가장 먼저 하는 일은 뜨거운 물에 발을 담가 남은 술을 배출하는 것으로, 안 그랬다간 술 취한 닭이나 오리 꼴이 되고 말았다. 이렇다보니 견 일구의 발에 무좀이 생길 일은 결코 없었으며, 두 발이 흡사 여인네의 발처럼 뽀얗고 매끄럽고 보드라웠다.

어느 날 견 일구는 상부에서 소집한 회의에 참석했다. 회의를 마치고 돌아가려는데 한 상사가 식사하면서 얘기나 나누자고 붙잡아 세웠다. 견 일구의 직속 상사로 승진이 그의 손에 달려 있다보니 견 일구는 차마 거절할 수가 없었다. 그 모습을 보며 수행원이 말했다.

"현장 나리, 오늘은 술을 좀 적게 드셔야 할 것 같습니다. 헝겊신도 아니고 담요도 없거든요."

"그 정도는 나도 아네."

하지만 막상 술을 마시기 시작하자 상황이 달라졌다. 견 일구는 처음에는 주량을 조절하며 잘 버텼으나 상사가 워낙 술을 좋아하는지라 배겨낼 수가 없었다. 예닐곱 잔이 들어가자 상사는 취기가 올라 기분이 좋아졌고, 예닐곱 잔이 더 들어가자 뭔가 배알이 뒤틀리는지 견 일구에게 소리를 질렀다.

"자네 별명이 견 일구라지. 맥주 마실 때 술병을 입에 꽂고 단숨에 들이켠다던데, 오늘 내 눈으로 똑똑히 봐야겠네. 안 보여주면 나를 무시하는 것으로 알지."

빼도 박도 못할 상황이었다. 못 마시겠다고도, 안 마시겠다고도 할 수 없게 된 견 일구는 맥주 한 상자가 상에 오르자 상자를 뜯고 병뚜껑을 땄다. 견 일구가 맥주 한 병을 마시면 상사는 백주 한 잔을 마시기로 정했다. 상사는 소란스러운 틈을 타 술을 거의 쏟아버렸지만 견 일구는 꼼수 부리지 않고 제대로 마셨다. 그는 맥주병을 머리 위로 쳐들더니 고개를 젖히고 손목을 틀어 병 주둥이를 입에 꽂았다. 입은 움직이지도 않은 채 목과 술병이 일직선이 되어 맥주 한 병이 순식간에 뱃속으로 들어갔다. 그러고서 다시 손목을 틀어 빈 술병을 탁자에 내려놓았다. 세상 어디에서도 찾아볼 수 없는 희한한 방법이었다.

그이 모습을 보며 흥이 오른 상사는 "이런 인재가 또 어디 있겠나!" 소리치더니 손 가는 대로 맥주 한 병을 또 꺼내 탁자에 쾅, 하고 내려놓으며 외쳤다.

"자, 한 병 더!"

이는 칭찬인 동시에 명령이었다. 상사는 이 신기한 장면을 더

보고 싶었고, 그렇게 한 병 또 한 병 술병이 차례차례 비어갔다.

얼마 지나지 않아 견 일구의 발이 불에 덴 것처럼 뜨거워졌다. 고약한 냄새까지 솔솔 풍기는 통에 견 일구는 더 이상 버틸 재간이 없었다. 발로 술을 배출해야 하는데 구두를 신었으니 어쩌면 좋단 말인가? 하지만 미처 방도를 찾기도 전에 그만 인사불성이 되고 말았다.

나중에 수행원이 말하기로는, 현장 나리의 구두를 벗기고 보니 한 짝마다 족히 한 병은 될 만큼 술이 차 있었다나.

견 일구는 결국 취하면 다시는 깨어나지 못할 거라던 어머니의 말씀대로 따른 셈이었다.

그런데 견 일구의 모친은 그걸 어떻게 알았을까?

대관정

—

大關丁

텐진은 북방에서 가장 큰 항구 도시다. 온갖 산해진미가 이곳을 거쳐가고 온갖 재미난 물건이 이곳으로 모여든다. 이렇다보니 텐진의 부잣집 도련님들은 못된 버릇에 젖었다. 이들은 먹고 놀기를 좋아했고, 먹고 노는 데 이골이 났으며, 먹고 노는 일을 즐겨 논할 뿐만 아니라, 먹고 노는 일에는 저마다 일가견이 있었다. 북대관에 사는 정丁씨 집안 큰도련님 정백옥丁伯鈺이 바로 그런 사람이었다.

정씨 집안은 원래 저장성 사오싱紹興의 명문가인데 연왕燕王이 정난의 변靖難之變*을 일으켰을 때 텐진으로 이주했다. 대대로 북

---

* 명나라 때 주원장의 넷째아들 연왕(당시 베이징을 연경燕京이라 불렀다) 주체朱棣가 남경을 함락하고 조카 건문제로부터 황위를 찬탈한 사건.

성 밖 남운하에 세운 초관鈔關*의 주사主事 직을 맡았는데, 운하를 지키고 앉아 있으면 남북을 오가는 배들이 모두 그에게 세금을 냈다. 힘쓸 것도 없이 가만히 앉아서 돈을 거두면 되는 일이니, 눈앞에 금과 은이 산처럼 쌓여가고 동전은 아무리 써대도 동이 나지 않았다고 한다.

정씨 집안에서 관리하는 초관이 톈진 북쪽에 있었기 때문에 이 일대는 북대관北大關이라 일컬어졌고, 이 일을 외부인에게 넘기지 않고 대대로 세습해왔기에 사람들은 정씨 집안을 '대관정大關丁'이라고 부르게 되었다.

대관정은 돈도 있고 권세도 있는 집안이지만, 그 집 큰도련님 정백옥은 마냥 놀고먹는 술고래나 밥통이 아니라 비범한 구석이 있는 사람이었다. 노는 데에도 일가견이 있었으며 먹는 데에도 격이 남달랐다.

먼저 노는 것부터 살펴보자. 정백옥은 마작도 하지 않고 새나 개도 키우지도 않았으며 술집에 드나들거나 여자를 건드리는 질 떨어지는 놀이는 거들떠보지도 않았다. 변발을 늘어뜨리던 시절에도 그는 서양 문물인 자전거를 타고 성 안팎을 돌아다니며 톈진 사람들의 두 눈이 휘둥그레지게 만들었다.

일찍이 이홍장도 서양에서는 모두 자전거를 타고 거리를 누빈다는 말을 들은 바 있었다. 훗날 미국을 방문했을 때 그 광경을 친히 목격한 이홍장은 신기하다고 소리치며 자전거를 서양인의 '목

* 조정에서 상인에게 세금을 걷고자 물품을 운송하는 길목에 세운 세관.

우유마木牛流馬*라고 불렀다. 미국인이 이홍장에게 자전거를 선물했지만 그는 무서워서 타지 못했다고 한다. 이홍장도 못 타는데 누가 감히 타려 들랴? 결국 중국으로 가져온 자전거는 창고에 처박힌 신세가 되고 말았다. 이 소식을 전해들은 정백옥은 호기심이 발동했다. 그는 조계지에 있는 친구에게 부탁해 큰돈을 주고 서양에서 자전거 한 대를 들여와서는 대뜸 올라탔다. 처음에는 사람도 자전거도 바닥에 드러눕기 일쑤였지만, 보름도 안 되어 정백옥은 자전거를 타고 기우뚱기우뚱하며 구이가에 나타났다. 이 장면은 온 톈진에 알려졌고, 반년이 지나자 사람들은 자전거에 올라 성안팎과 하이허강 주변의 온 거리와 골목을 누비는 정씨 집안 큰도련님을 보게 됐다. 키가 크고 건장한 그는 앞뒤에 바퀴가 하나씩 달린 서양 문물을 자유자재로 다루며 제비처럼 가뿐하게 이리저리 쏘다녔다. 정백옥은 톈진에서 맨 처음 자전거를 탄 사람으로, 자전거를 타는 그의 모습은 한때 톈진의 진풍경을 이루기도 했다.

정백옥이 아니고서 이런 놀이를 누가 생각해낼쏘냐? 생각은 한다 해도 누가 감히 행동에 옮길쏘냐?

이제 음식 이야기로 넘어가자. 정백옥은 등영루登瀛樓의 귀타리지鍋塌里脊**도, 전취루全聚樓의 병어튀김도 좋아하지 않았으며 천풍원天豊園의 자게찜도, 덕승루德昇樓의 잉어수염볶음도 마찬가지였다. 광동관廣東館, 영보관寧波館, 경반장京飯莊의 내로라하는 요리

---

* 군량 따위를 나르기 위해 소와 말을 본떠 만든 수레로 촉한의 제갈량이 창안했다.

** 톈진의 전통 별미. 돼지고기에 갖은 양념과 전분을 넣어 지진 음식이다.

나 자죽림 서양음식점의 간판 요리에도 관심이 없었다. 톈진에는 천하의 모든 맛이 다 모여 있다고 해도 과언이 아니었다. 신맛, 단맛, 짠맛, 달콤짭짤한 맛, 새콤달콤한 맛, 매운맛, 알싸한 맛, 고약한 맛, 쿼쿼하면서도 구수한 맛, 차진 식감, 바삭한 식감, 사각사각한 식감, 부드러운 식감, 푸슬푸슬한 식감, 미끈거리는 식감, 가루 같은 식감, 겉은 바삭하고 속은 촉촉한 식감, 찐득찐득한 식감, 씹을수록 쫄깃한 식감…… 일일이 맛볼 수도, 눈에 담을 수도 없을 만큼 다양한 음식이 있었다. 그런데 이 정씨 집안 큰도련님은 입맛이 어찌나 유별난지 오직 한 가지 음식만 즐겨 먹었으며 아무리 먹어도 질려 하지 않았다. 그것은 비싸지도 않고 귀하지도 않으며 어디서나 볼 수 있는 음식으로―바로 탕두이糖堆었다.

설탕 입힌 산사 꼬치가 뭐가 맛있다고? 탕두이는 가난한 사람들이 허기를 달랠 때 먹는 음식이며, 아이들 달래느라 쥐여주거나 계집애들이 좋아하는 주전부리에 지나지 않았다. 그런데 톈진에서 제일가는 부잣집 도련님이 대체 그걸 왜 먹을까?

'사람은 부자인데 입맛은 싸구려'라는 비웃음을 샀지만 정백옥은 아랑곳하지 않았다. 그는 인력거를 타고 구이가를 지나다가도 골목 어귀에 탕두이 노점이 보이면 즉시 멈추고 인력거꾼을 시켜 한 근 사오게 했다. 그러고는 인력거에 앉은 채 큼직한 입으로 맛있게 씹어 먹었다. 톈진 북쪽 사람들은 다들 이 광경을 본 적이 있었다. 정씨 집안 큰도련님이 싸구려 입맛이라고 비웃지 마시라. 그는 탕두이 한 꼬치에 금 한 냥을 줘야 한다 해도 개의치 않고 사먹겠다는 사람이니 말이다. 돈 많은 사람은 하고 싶으면 뭐든 다

할 수 있다. 정백옥은 금과 은을 산처럼 가진 부자이면서도 한사코 이 길거리 음식을 즐겨 먹었다. 그 말고 누가 이러겠는가?

한번은 베이징에서 한 부잣집 도련님이 정백옥을 찾아왔다. 베이징과 톈진은 지척에 있다지만 사람들의 성격과 기질, 식습관과 생활습관이 서로 다를 뿐만 아니라 입에 올리는 이야기마저 딴판이었다. 톈진 사람들은 입만 열면 톈진 8대가 얘기였지만 베이징 사람들은 입만 열면 서태후 얘기였다. 톈진에서는 돈만 있으면 높은 대접을 받지만 베이징에서는 관직의 계급이 모든 것을 결정했다. 탕두이 얘기가 나오자 베이징 도련님이 정백옥에게 말했다.

"우리 베이징에서는 그걸 탕후루糖葫芦라고 하지. 태후 마마께서 즐겨 드시는데, 자네도 알고 있는가?"

정백옥이 고개를 가로젓자 우쭐해진 베이징 도련님이 웃으며 말했다.

"태후 마마께서 드시는 탕후루는 신선의 음식과 같다네. 이 저잣거리에서 파는 것과는 하늘과 땅 차이야."

이어서 다음과 같이 뒤를 달았다.

"베이징 고루 앞에 있는 구룡제九龍齋 주방장 왕로오王老五가 황궁 수라간 출신이야. 황궁에서 일할 때 태후 마마를 위해 탕후루를 만들었다더군."

자기가 톈진 도련님을 눌렀다고 여긴 베이징 도련님은 내심 뿌듯해하며 탕두이 얘기는 더 하지 않고 화제를 바꾸었다. 사실 그가 아는 바가 이만치였던 것이다.

하지만 베이징 도련님이 돌아가자마자 정백옥은 곧바로 재주꾼 두 사람을 베이징으로 보냈다. 은자를 잔뜩 갖고 베이징으로 달려간 그들은 고루 부근에서 구룡제 요릿집을 찾아냈고, 뒤미처 왕로오도 찾아냈으며, 수라간에서 퇴직해 돈이 궁한 옛 궁정 요리사를 텐진으로 모셔왔다. 베이징에서는 고위 관리에게 부탁해야만 하는 일이 텐진에서는 돈으로 다 해결되었다.

왕로오는 작달막하고 통통한 몸집에 손발도 조그마하고 이목구비도 오종종하여 볼품이 없었으며 말주변도 없었다. 하지만 그에게서는 은근한 위엄이 배어나왔으니, 명문가 출신이나 뛰어난 재주가 있는 사람이 아니고서는 지닐 수 없는 위엄이었다. 그는 정씨 저택에 들어서자마자 마당 한가운데 화로를 설치하더니 가마솥을 얹고 석판과 도마를 배치했다. 그다음 베이징에서 가져온 커다란 보따리 두 개를 풀어 텐진에서는 듣도 보도 못한 갖가지 도구와 식기를 꺼내놓았다. 또 알록달록한 빛깔에 진기하고 독특한 맛과 냄새를 지닌 식재료도 하나하나 질서정연하게 늘어놓았다. 그 광경을 보며 비복들은 눈이 휘둥그레졌고, 자기 집 마당이 수라간으로 변한 모습을 보면서 정백옥도 함박웃음을 지었다!

정백옥은 왕로오 옆에서 탕두이가 한 꼬치 한 꼬치 만들어지는 과정을 유심히 지켜보았다. 그렇게 반짝반짝하고 고운 탕두이는 정백옥도 난생처음 보는 것이었다. 영롱하고도 정교한 모습이 마치 조그만 꽃등 같았다. 탕두이가 모두 완성되자 정백옥은 시종을 시켜 방방마다 가져다주게 하고는 자기도 신기하고도 예쁘장한 꼬치 하나를 골라 들었다. 한입 깨무는 순간, 그는 서태후가 되어 있었다. 황제라는 지위가 이렇게 먹을 복이 있는 자리일 줄이야! 하지만 황제의 음식도 돈만 있으면 똑같이 먹을 수 있지 않나? 그 뒤로 정백옥은 서태후의 탕후루가 생각나면 베이징으로 수레를 보내 왕로오를 모셔오곤 했다. 한번은 집에다 탕두이를 한상 가득 차려놓고 톈진에서 요리깨나 먹어봤다는 유명인을 모조리 초대 했다. 왕로오가 만든 탕두이를 맛보고 나자, 싸구려 입맛이라며 면전 또는 등 뒤에서 정백옥을 조롱하던 사람들은 모두 입을 꾹 다물었다고 한다. 톈진에서 먹고 노는 일에서는 대관정의 큰도련 님을 따를 자가 없었다.

원래 '대관정'은 정씨 집안에 돈이 많고 권세가 있다고 하여 붙 은 칭호였는데, 정백옥을 대관정이라고 부르는 사람이 점점 많아 지면서 결국 정백옥이 대관정이 되었다.

하늘 아래 한 사람에게 줄곧 좋은 일만 또는 나쁜 일만 있는 법 은 없으니, 이를 물극필반物極必反*이라고 한다. 경자년에 커다란 재앙이 들이닥쳤다. 조정은 내분에 빠지고 민중이 봉기했으며 대 내외 투쟁이 일어나 자죽림에 집결한 8개국 연합군이 톈진을 피 로 물들였다. 연합군에게 찍힌 대관정 집안은 모든 재산을 빼앗겼 고, 집안의 돈줄인 초관 일마저 할 수 없게 되어 한순간에 천 길 나락으로 떨어지고 말았다. 세상 이치란 참으로 묘하다. 부자가 몰락하면 모든 게 끝장난 것만 같지만 애초부터 가난하던 백성들

---

* 사물의 발전이 극에 달하면 반드시 뒤집힌다는 뜻.

은 그런 기분을 느끼지 못한다. 늘 똑같이 먹고 자고 일하며 주어진 삶을 살아갈 뿐이다.

연합군이 톈진을 점령하고 얼마 지나지 않아 날씨마저 추워졌다. 대관정 저택에 남은 것이라곤 불타지 않은 낡은 방 몇 칸뿐, 일가족이 굶주림에 시달렸고 덮을 이불조차 없었으며 내다 팔 물건 하나 없었다. 사채라도 빌려 쓰라는 사람이 있었으나 대관정은 마다했다. 그는 빚을 짊어지는 것은 곧 묘비를 짊어지는 것이며, 그 묘비는 염라대왕 앞에 가서야 내려놓을 수 있다는 사실을 잘 알았다.

어느 날 대관정은 구이가를 지나다가 산사를 파는 고향 사람을 만났다. 반평생 탕두이를 먹어온 그인데 산사를 보고 마음이 동하지 않을 리가. 그런데 이번에는 마음보다 머리가 먼저 움직였다. 그는 주머니에 있던 동전 몇 푼으로 산사를 50개쯤 사고는 잡화점에 가서 설탕도 한 봉지 샀다. 그리고 집에 돌아오자마자 열매를 쪼개 씨를 발라내고 설탕을 끓여 녹였다. 이어 담 모퉁이에 쌓인 갈대 더미에서 갈대 몇 가닥을 꺼내 껍질을 벗기고, 하얀 줄기가 드러나자 끝을 뾰족하게 깎아내고 손질한 산사 열매를 꽂은 다음 설탕물을 입혔다. 그렇게 만든 탕두이를 거리에 내다 팔자 너도나도 맛있다며 사가서 순식간에 동이 났다. 대관정은 그렇게 번 돈으로 또 산사와 설탕을 사다가 탕두이를 만들어 거리에서 팔았다. 이렇게 부지런히 탕두이를 만들어 팔다보니 끊어져가던 숨통이 조금씩 트이기 시작했다.

두 달 뒤, 대관정은 그럴듯하게 차려입고 구이가에 있는 장시

회관江西會館* 맞은편 골목 어귀에서 탕두이를 팔고 있었다. 보아하니 돈을 제법 벌어들인 모양새였다. 추운 날씨라 대관정은 두터운 솜저고리를 입고 챙이 없는 중절모를 쓰고 토끼 가죽을 덧댄 모직 신발을 신고 있었고, 볏짚으로 두둑이 감싼 굵은 막대 끝에는 빨간 탕두이가 가득 꽂혀 있었다. 구이가에는 탕두이 장수가 몇 명 더 있었지만 사람들은 맛있고 좋은 것을 찾기 마련이다. 대관정의 탕두이는 금세 인기를 끌었다. 그의 탕두이는 열매가 큼직하고 윤기가 돌았으며 설탕물을 골고루 두껍게 발라 바삭바삭하면서도 이에 들러붙지 않았다. 그러니 대관정네 탕두이 하나를 먹는 것이 다른 탕두이 두 개를 먹는 것보다 훨씬 나았다.

세밑이 다가올 무렵, 주머니 사정이 넉넉해진 대관정은 색다른 탕두이를 만들기 시작했다. 팥소를 넣기도 하고, 흰깨나 검은깨를 뿌리기도 하고, 갖가지 말린 과일이나 생과일을 끼워 넣기도 하면서 그의 탕두이는 맛도 모양도 나날이 훌륭해졌다. 톈진 사람들은 오랫동안 탕두이를 먹어왔지만 대관정이 만든 것처럼 이색적인 탕두이는 먹어본 적이 없었다. 참으로 희한한 일이었다. 먹고 놀 줄만 알던 한낱 도련님이 어디서 이런 재주를 익혔을까?

가족들도 대체 어디서 생겨난 재주인지 영문을 몰랐다. 예전에 궁정 요리사 왕로오가 마당에서 탕두이를 만들 때 대관정이 옆에서 지켜보며 익힌 재주일 줄은 누구도 짐작하지 못했다. 대관정은

---

* 장시 출신 상인들이 세운 회관. 명청 이래 타지에서 활동하는 동향 혹은 동일 업종 상인들은 회관을 세워 서로를 북돋웠다.

그때 왕로오가 열매를 고르고 씨를 발라내고 소를 만들고 설탕을 녹이고 모양을 내고 재료를 섞고 막대를 깎고 열매를 꽂고 설탕물을 바르는 모든 과정을 눈에 담았던 것이다. 그때는 그 재주를 남몰래 훔칠 생각은 전혀 없었고, 왕로오도 먹는 일에만 관심 있는 이 부잣집 도련님에게 아무런 경계심을 품지 않았다. 그래서 호기심이 생긴 대관정이 뭔가 물어볼 때마다 왕로오는 제격제격 알려주었다. 재주가 뛰어난 사람은 자신의 비법을 절대 누설하지 않는 법이라 왕로오는 베이징에 친한 사람이 없었다. 하지만 톈진의 정백옥에게는 거리낄 것이 없으니 마음대로 떠들었고, 그러다보니 자꾸만 우쭐해져 평생의 비법을 낱낱이 말해주었다. 정백옥은 탕두이를 목숨처럼 아끼는 사람이니 저절로 그 비법을 모조리 기억하게 되었다. 당시 왕로오가 해준 한마디 한마디가 오늘날 정백옥에게 든든한 무기가 되어줄 줄 누가 알았으랴.

대관정은 과거에는 탕두이를 먹는 사람이었지만 지금은 탕두이를 만드는 사람이 되어 있었다. 탕두이를 먹을 때는 입을 쓰지만 만들 때는 마음을 쓴다. 마음을 다하면 능력은 갑절로 커지기 마련이다. 대관정은 톈진 북쪽 지현薊縣에서 나는 산사와 푸젠福建 장저우漳州에서 나는 대추를 썼으며 열매를 꽂는 갈대도 허베이 바이양뎬白洋淀에서 나는 것으로 바꾸었다. 톈진은 항구도시 아닌가. 원하는 물건은 뭐든 구할 수 있었다. 게다가 대관정은 서태후가 먹었던 탕후루를 직접 먹어본 사람이었다. 맛을 아는 자만이 그 맛을 낼 수 있는 법이다. 톈진에는 조계지도 있기에 서양에서 들여온 물건이 풍부했고, 대관정은 어떤 것이 좋은 물건인지 잘 알았다. 그래서 설탕도 네덜란드산 얼음설탕으로 바꾸었더니 탕두이의 맛과 향이 더 좋아졌을 뿐 아니라 모양도 더 투명하고 반짝반짝한 것이 마치 유리 거품을 입힌 듯했다. 평범한 행상인들은 이런 방법을 알 턱이 없었다. 설이 다가오자 대관정은 특대형 탕두이를 만들었다. 꼭대기에 특별히 커다란 산사를 꽂고, 창의성을 발휘하여 귤 조각, 해바라기 씨, 청홍사靑紅絲*로 호랑이 얼굴을 만들고 포도알로 눈알을 박으니 사나우면서도 귀여워 보였다. 대관정은 이 탕두이에 '화리호花里虎'라는 이름을 붙였다. 사람들은 호랑이는 양陽에 속하는 강건한 동물이라 설에 호랑이를 들이면 사악한 기운을 물리칠 수 있다고 믿었으며, 설에는 원래 값을 따지지 않고 물건을 사게 되는 법이었다. 그 덕분에 '화리호'는 톈진 전역에서 명성을 떨쳤다. 처음에는 한 사람당 세 개씩만 사게끔 했는데 너무 잘 팔려서 나중에는 늦게 온 사람은 한 개도 살 수 없었다.

그렇게 대관정은 다시 일어섰다.

초관에서 나고 자란 대관정은 신용과 규칙의 중요성을 누구보다 잘 알았다. 그는 날마다 정해진 길을 다니며 탕두이를 팔았다. 침시가에서 시작해 동쪽 구이가와 과점가를 지나 서쪽 대호동에 이르는 경로였고, 매일 오후 정해진 시간에 팔러 나왔다. 비바람이 심한 날과 삼복을 빼고는 하루도 빠짐없이 나와서 탕두이를 팔

---

* 귤껍질, 무, 모과 등을 채 썰고 색을 입혀 만든 중국 전통 식재료. 월병, 팔보반, 과자 등을 만들 때 널리 쓰인다.

왔다. 북문 안은 부자들이 많이 사는 지역이었다. 그들은 대관정에게 이쪽에도 좀 와서 팔라고 했지만 대관정은 정중하게 거절했다. 하루에 만드는 탕두이 양이 한정되어 있는지라 거기까지 갔다간 구이가 단골손님들에게는 팔 수가 없었다. 처음에 구이가에서 명성을 얻은 만큼 대관정은 그곳의 단골들을 늘 고맙게 여기고 있었다.

그리하여 구이가에서는 날마다 탕두이를 팔러 나온 대관정을 볼 수 있었다. 이제 부유해진 대관정은 더욱 그럴싸하게 차려입고 다녔다. 러시아산 천으로 만든 작은 과피모瓜皮帽*를 쓰고 말끔한 마고자와 바지를 입었으며 얼굴에는 윤기가 흐르고 눈동자는 초롱초롱했다. 이제 그는 탕두이를 짊어지고 다니지 않았다. 짐을 메고 다닐 사람은 따로 고용하고, 본인은 긴 손잡이가 달린 닭털 먼지떨이를 오른손에 들고 배를 쑥 내민 채 앞장서서 걸었다. 그리고 골목 어귀에 이를 때마다 골목 안을 향해 어김없이 소리쳤다. "두이얼—"

톈진 사람들은 탕두이를 팔 때 "탕두이"라고 하지 않고 "두이얼—"**이라고만 외쳤다.

대관정은 키가 크고 배가 불룩해서 단전의 힘이 좋은 데다가 목소리가 굵직했다. 한 번 소리치면 골목 깊숙한 곳까지 가닿았으며 막다른 골목에서는 '두이얼' 소리가 담벼락에 부딪쳐 되돌아오

---

* 검은 비단으로 만든 중국 전통 모자. 차양이 없고 정수리에 둥근 손잡이가 달린 모양이 반으로 쪼갠 수박 껍질 같아서 붙은 이름이다.
** 톈진 말투에는 말끝에 접미사 얼儿을 붙여 발음하는 얼화儿化가 유난히 많다.

기도 했다.

그에게는 여전히 그 옛날 대관정의 위세가 서려 있었다.

톈진에서는 두 번 다시 그를 얕보는 사람이 없었을 뿐 아니라 오히려 그에게 탄복했다. 사람은 부자로 살면 좋지만 가난한 삶도 살아갈 줄 알아야 한다. 부자일 때는 돈을 낭비하지 말고 가난해지면 돈을 벌면 된다. 부유하든 가난하든 분수에 맞게 산다면 누구나 영웅 대접을 받는 법이다.

화회를 따라가다

—

跟會

희붐히 날이 밝아오자 목두木頭는 옥수수떡 두 덩이를 품에 안고 서둘러 동성 밖 천후궁으로 향했다. 사실 목두는 간밤에 한잠도 못 잤다. 구들에 누운 채 날이 밝기만을 기다리는데 시간이 한없이 더디게 흐르는 기분이었다. 올해로 열여덟 살이 된 목두에게 드디어 아버지가 황회에 가도 된다고 허락했던 것이다. 그전까지는 사고가 날까 걱정스러워 못 가게 했다. 해마다 황회에 사람이 너무 많이 몰려 다치거나 압사하는 일이 종종 터졌으니 말이다. 그리하여 관청에서 여러 차례 황회를 금지했지만, 금지했다가는 도로 열고 열었다가는 다시 금지하기를 되풀이했다. 열자니 사고가 나겠다 싶고, 금지하자니 설을 쇠지 않은 것처럼 허전했기 때문이다.

톈진은 바다를 끼고 있어 배 타는 사람이 많았기에 천후 마마를 각별하게 생각했다. 사람들은 천후 마마가 바다로 나가는 사람들이 무사하게끔 보우해준다고 믿었다. 거센 풍랑이 휘몰아치는 바다에서는 자칫하면 배가 뒤집혀 배에 탄 사람들이 모조리 물고기 밥이 되는 수가 있었다. 그래서 톈진 사람들은 생선을 먹으면서 위쪽을 다 먹고 아래쪽을 먹으려고 뒤집을 때 '뒤집다翻'라는 말은 절대 쓰지 않았다. 그 대신 '젓다划'라고 말했는데 이는 '배를 젓는다'는 뜻이었다. 이렇듯 서민에게는 그들 나름대로 신경쓰고 조심하는 부분이 있었다.

톈진 사람들은 천후 마마의 탄신일인 음력 3월 23일마다 반드시 낭낭회를 열었다. 며칠 동안 연달아 천후 마마께 향을 피워 올리고 절을 하고, 천후 마마 조각상을 사당에서 모시고 나와 온 성을 돌며 집집마다 제물을 나누어주었다. 이때 성 안팎에서 100개가 넘는 화회 단체가 거리를 행진하며 재주를 뽐냈다. 각 단체는 저마다 최선을 다해 멋진 공연을 선보여 천후 마마의 생신을 경하했고, 상인들도 일제히 장사를 접었으며, 온 톈진 사람이 거리로 몰려나와 공연을 구경하며 축제를 즐겼다.

'황회'라는 이름의 유래는 다음과 같다. 건륭제가 강남 순행길에 톈진을 지나다가 마침 천후궁을 나선 화회 행렬을 보게 되었다. 황제는 매우 흥겨워하며 각 단체에 황색 마고자와 금목걸이, 용 깃발 두 장씩을 하사했다. 백성이 언제 황제에게서 선물을 받아본 적이 있던가? 황제의 총애를 받자 톈진 사람들은 신이 나서 낭낭회를 황제의 황皇을 넣은 '황회'로 바꾸었고, 화회 행렬도 해마다 더더욱 떠들썩하고 성대해졌다. 톈진에 살면서 황회를 본 적이 없다면 헛산 것이나 다름없었다.

목두의 아버지는 의사였다. 그는 사람 됨됨이나 행동거지가 환자의 병을 봐주고 약을 지어줄 때와 마찬가지로 매우 신중했다. 아비 눈에 자식은 평생 어린아이다. 하물며 목두처럼 천성이 순박하고 말주변도 없는 아들을 어찌 홀로 황회에 보낸단 말인가. 열여덟 살이 된 아들을 너무 끼고 돌지 말라고 주위에서 일깨워주는 바람에 비로소 아들이 황회 구경을 가도록 허락한 것이었다.

목두는 동문을 나서자마자 인파에 휩쓸렸다. 천후궁 앞 광장에 이르렀을 때는 이미 날이 훤히 밝아 있었다. 광장 주변에 있는 인가와 상점에서 각 단체가 분장도 하고 편히 대기하게끔 자리를 내준 덕에 문밖마다 각종 공연 도구와 의장儀仗이 가지런히 놓여 있었다. 깃발, 덮개, 갖가지 기물이 모두 백 년도 더 된 오래된 물건으로 하나같이 훌륭했다. 목두는 인파 속을 이리저리 떠밀려 다니며 휘둥그레진 눈으로 그 신기한 것들을 구경했다.

갑자기 장대다리를 타는 사람 하나가 목두 앞으로 걸어왔다. 그는 높은 장대다리에 올라서도 평지 걷듯 자유로이 움직였다. 목두가 올려다보니 장대다리 위에 있는 사람은 여자였다. 하얀 바탕에 파란 꽃무늬 옷을 입고 오색 비단 띠를 드리우고 머리에는 연분홍 월계화를 꽂고, 발그레하고 가냘파 보이게끔 분장한 얼굴에 장난기가 어려 있으며, 청아하고 수려한 눈매와 앵두처럼 앙증맞은 입술이 아름답기 그지없었다. 그런데 뭘 잘못 밟았는지 여인이 휘청거리며 넘어지려 했다. 목두가 얼른 팔을 받쳐 붙들어주자 여인은 다시 몸을 가누더니 목두를 돌아보며 생긋 웃었다. 고마움을 표하는 수줍은 웃음 속에 교태가 살짝 어려 있었다. 순진하기 그지없는 목두는 얼굴이 화끈거려 감히 고개를 들 수가 없었다. 한참이 지나서야 고개를 들어보니 주위에 장대다리 타는 사람 천지가 되어 누가 아까 그 여인인지 알아볼 수 없었다.

둥근 해가 떠오르자 북소리가 둥둥 울리며 장엄한 분위기 속에서 황회 행진이 시작되었다. 광장에 있던 사람들이 천후궁 쪽으로 물밀듯이 몰려들었고, 목두는 파도에 휩쓸린 양 인파 속에서 이리저리 떠밀려 다녔다. 천후궁에 닿으려면 아직 멀었지만 키가 작고 몸이 야위고 기운이 약한 목두는 사람들 틈에 끼여 꼼짝달싹도 할 수 없었다. 앞에 있는 사람들이 고함치는 소리와 북소리만 들릴 뿐이었고, 떼 지어 움직이는 사람들 머리 위로 솟은 깃발과 등롱, 가마 지붕, 탑 꼭대기, 꽃대가 눈앞을 스쳐 지날 뿐이었다. 희한하게도 시커멓고 큼지막한 무쇠 솥을 들고 다니는 사람이 많이 보였다. 구경꾼들이 앞 다투어 동전을 던지는 통에 솥 안으로 동전이 빗방울처럼 쏟아져 내렸다. '공덕전功德錢'을 내는 이 의식으로 천후 마마의 행차가 시작되며, 호위를 맡은 단체가 선두에서 걷는다는 사실을 목두는 나중에야 알게 되었다.

화회 행렬의 이동 경로는 해마다 달랐다. 이를 알 리 없는 목두는 그저 인파에 휩쓸린 채 사람들 틈을 이리저리 비집고 다닐 수밖에 없었다. 한동안 밀고 밀리다보니 어느새 목두는 맨 앞까지 나아가 있었다. 갑자기 황색 조끼를 입고 황색 머리띠를 두른 건장한 장정 무리가 굵은 황색 밧줄로 목두 앞을 가로막았다. 얼굴이 거무튀튀한 장정이 목두에게 성난 목소리로 외쳤다.

"밀지 말고! 뒤로 물러서시오!"

그러고는 들고 있던 작은 황색 삼각 깃발을 휙휙 흔드는데, 깃발에 '황룡회黃龍會'라는 검은 글자가 수놓여 있었다. 이들 역시 화회 단체였으며 거리 공연에 나설 때 앞장서서 길을 내는 일을 맡고 있었다. 황회에서 황룡회의 권력이 막강한지 다들 이들이 하라는 대로 순순히 따랐다.

이어 목두가 난생처음 보는 공연이 차례차례 이어졌다. 연기도 하고 기예도 하고 노래도 하고 춤도 추고, 여러 단체가 저마다 갖가지 재주를 부리면서 눈앞을 지나갔다. 다른 단체가 나설 때마다 완전히 다른 장면이 펼쳐졌으니, 깃발도 다르고 분장도 다르고 공연 내용도 다르고 곡조도 달랐다. 황회가 아니라면 어디서 이런 광경을 보겠는가? 공연하는 이들도 대단하지만 구경꾼들 또한 만만치 않았다. 얼마 지나지 않아 건장한 구경꾼들에 의해 뒤로 밀려나는 통에 목두는 아무리 안간힘을 써도 아무것도 볼 수 없게 되었다.

그날은 천후궁을 나온 화회 행렬이 북쪽으로 향했다. 목두는 등롱 가게인 화금성華錦成 앞까지 떠밀려갔다. 기운이 다 빠진 목두가 도무지 앞으로 비집고 나갈 수가 없어 애를 태우는데, 옆에서 누군가 말했다.

"위에 올라가서 볼 생각은 없나? 마침 저 위에 빈자리가 있는데."

목두가 돌아보니 말을 건넨 사람은 중년 사내로 겹옷을 입었는데도 건장한 몸집이 드러나 보였다. 사내는 목두를 바라보며 새하얀 이를 드러낸 채 웃음 짓고 있었다. 톈진은 물에 소금기가 많아 이가 저렇게 하얀 사람이 드물었다. 그가 손가락으로 나지막한 담장을 가리켰다. 구경꾼 네댓 명이 올라서 있고 가장자리 쪽에 빈자리가 하나 있었다. 담장이 많이 높지는 않았지만 목두가 혼자 올라가기에는 역부족이었다. 사내가 말했다.

"날 딛고 올라가게. 내가 도와줄 테니."

목두가 사양하자 사내는 아예 한쪽 무릎을 꿇고 앉더니 손깍지를 끼고 손바닥을 위로 향해 발받침을 만들어 자기 다리에 올려놓았다. 그가 한사코 자기 손을 딛고 올라가라는 통에 목두는 마지못해 한쪽 발을 올렸다. 순간 몸이 붕 뜨는 느낌이 들면서 하늘로 솟구친 목두는 어느새 담장에 올라서 있었다.

놀랍게도 천후궁 앞 큰길을 지나는 행렬이 바로 눈앞에 펼쳐졌다. 목두는 자신을 도와준 남자에게 감사 인사를 해야겠다는 생각이 들어 얼른 뒤를 돌아보았다. 하지만 남자는 어느새 자취도 없이 사라진 뒤였다.

높은 곳에 올라오지 않았다면 목두가 이토록 대단한 광경을 어찌 볼 수 있었겠는가? 천후궁 남쪽에서 북쪽으로 좁고 구불구불한 거리가 이어지고, 새까맣게 모여든 구경꾼들 사이로 오색찬란한 행렬이 지나가는 모습이 마치 거대한 용이 꿈틀거리는 듯했다. 높은 곳에 서 있으니 모든 것이 훤히 보였고, 깃발마다 적힌 각 단체의 이름까지 까지 똑똑히 보일 정도였다. 유원법고회劉園法鼓會는 비발飛鈸*을 하고, 백인노회百忍老會는 타두陀頭**와 차취자 공연을 하고, 동선대악회同善大樂會는 「하락대악河洛大樂」을 연주하고, 서지팔선회西池八仙會는 「학령곡鶴齡曲」과 「장수가長壽歌」를 부르고…… 목두는 귀도 눈도 두 개밖에 없는 것이 안타까울 지경이었다. 이제 개원화음고선화회芥園花音鼓鮮花會가 다가오고 있었다. 각양각색 꽃으로 가득한, 팔인교만큼 커다란 받침대를 보며 목두는 의아한 마음이 들었다. 제철도 아닌데 국화, 두견, 백합, 모란이 다 어디서 났담? 가짜 꽃일까, 진짜 꽃일까? 그때 옆에서 걸걸하게 쉰 노인 목소리가 들려왔다.

"눈으로 보기만 하지 말고 코로 향을 맡아보게나."

목두가 숨을 들이쉬기도 전에 짙은 꽃향기가 콧속으로 밀려들었다.

그제야 목두는 자기 옆에 있는 뚱뚱한 노인을 알아차렸다. 나이는 일흔쯤 되어 보였고, 단추로 여미는 짤막한 솜저고리를 입고 귀마개가 달린 모자를 쓰고 있었다. 그는 남들처럼 서 있지 않고 담장에 걸터앉아 있었다. 연세 드신 어르신이 어떻게 담장에 올라왔을까? 목두가 의아해하는데 노인이 말을 이었다.

"난 해마다 이 화회를 기다린다네. 이 계절에 꽃을 예쁘게 가꾸어 공연 날에 맞춰 꽃이 피게 하는 건 보통 사람이 할 수 있는 일이 아니거든. 잘 들어보게. 꽃 속에서 벌레들이 노래하는 소리까지 들릴 테니."

그러고는 목두를 보면서 또 말했다.

---

* 8명 또는 10명이 갖가지 장면을 연출하는 공연 형태.
** 『수호전』의 양산박 영웅들이 나오는 장대다리 공연 「백인경앙가百忍京秧歌」의 핵심인물로 가장 어려운 재주를 선보인다.

"자, 이걸 봤으니 난 이제 돌아가야겠네. 나 좀 내려가게 도와주겠나?"

성품이 온순한 목두는 내려갔다가 어떻게 도로 올라올지는 생각지도 않은 채 고개를 끄덕이고 펄쩍 뛰어내렸다. 그러고서 노인을 안아 내리는데 웬걸, 이 뚱뚱한 노인이 항아리보다도 무겁지 않은가. 하마터면 주저앉을 뻔했지만 목두는 다리에 힘을 꽉 주고 간신히 버티며 노인을 무사히 내려주었다. 노인이 목두에게 고마움을 표하고 나서 물었다.

"자네는 황회에 몇 번이나 와봤는가?"

"처음입니다."

목두의 대답에 노인이 웃으며 말했다.

"난 황회를 아주 좋아한다네."

그러고는 쉰 목소리로 말을 이었다.

"황회 구경하는 방법을 알려주지. 우리 톈진에는 화회 단체가 대단히 많아. 일이백 개는 족히 되는지라 누구도 공연을 제대로 다 볼 수가 없다네. 그러니까 보고 싶은 화회가 있으면 처음부터 그걸 따라다니게. 화회단은 길 안쪽에서 행진하니 자네는 바깥쪽에서 따라가면 돼."

노인이 인파를 가리키며 말했다.

"톈진 사람들이 화회를 구경하면서 다 같이 지키는 규칙이 있지. 사람이 아무리 많아도 길을 완전히 막으면 안 된다네. 담벼락 옆으로 좁은 길을 꼭 남겨두니까 그 길을 따라가면서 구경하면 돼. 자, 그럼 난 집에 가서 요기나 해야겠네. 벌써 점심때가 다 됐군."

벌써 점심때라니?

목두는 노인장의 가르침에 감사를 표하고는 담벼락에 붙어 앞으로 나아가기 시작했다. 그런데 난데없이 옆 골목에서 사람들이 떼로 쏟아져 나왔다. 누구인지, 무슨 일인지는 몰라도 대단히 사나운 기세였다. 목두는 순식간에 길 한복판으로 떠밀려 엉덩방아를 찧고 말았다. 한동안 얼떨떨해 있던 목두가 정신을 차리고 보니 주변이 온통 장대다리를 타고 껑충껑충 춤추는 사람들이었다. 목두가 어쩔 줄 몰라 하는데 장대다리를 타던 한 사람이 허리를 굽히고 손을 뻗어 그를 일으켜 세웠다. 누군가 보니까 바로 아까 천후궁 앞에서 넘어질 뻔했는데 목두가 붙잡아주었던 그 흰옷 입은 여인이었다.

이런 우연이 있다니. 아까는 목두가 여인을 부축했는데 이번에는 여인이 목두를 일으켜주었으니 말이다.

여인도 목두를 알아보고는 애교스럽게 입을 삐죽 내밀더니 수줍은 듯 얼굴을 가리며 달아나버렸다. 얼이 빠진 목두는 갖가지 분장을 한 채 높은 장대다리를 타고 왔다 갔다 하는 사람들 속에서 뻣뻣하게 서 있었다. 그때 군중 속에서 누군가 소리쳤다.

"거기서 냉큼 나오게나. 저이는 허선許仙의 사람이야. 자네 따위가 넘볼 상대가 아니거든!"

그 말에 모두들 배를 쥐고 웃어댔다. 그제야 정신을 차린 목두는 얼른 그 자리를 빠져나와 구경꾼들 틈을 뚫고 골목으로 숨어들었다가 한참이 지나서야 도로 나왔다.

거리로 돌아와 보니 화회는 여전히 이어지고 있었지만 아까 장대다리 공연을 하던 무리는 이미 멀리 떠나고 없었다. 어찌 된 일인지 목두는 오로지 그 장대다리 공연만 보고 싶었다. 목두는 그 공연이 『백사전白蛇传』*이라는 사실만 알 뿐 단체 이름은 모르고 있었다. 그때 뚱뚱한 노인이 알려준 '따라다니면서 구경하는 법'이 퍼뜩 떠올랐고, 목두는 오늘 그 장대다리 화회단을 따라다니기로 마음먹었다. 그런데 그들은 이미 멀리 가버렸으니 잰걸음으로 쫓아갈 수밖에. 목두가 북대가北大街 어귀에 거의 다다랐을 때, 건달패가 싸움을 벌이는 통에 그만 길이 막혀버렸다. 군중 속에 갇힌 목두는 조바심이 났으나 별다른 수가 없었다. 어느덧 해가 서쪽으로 점점 기울고 있었다. 아침 일찍 집을 나섰으니 목두는 밖에서 하루를 거의 보낸 셈이었다.

그제야 목두는 다리에 힘이 없고 뱃속도 텅 비었다는 걸 느끼고 부랴부랴 품속에서 옥수수떡을 꺼내 먹었다. 이어 화장실을 찾아 시원하게 오줌을 눈 다음 돌계단에 걸터앉아 한참 쉬니까 차츰 몸이 편안해지고 정신도 맑아졌다. 마침 길도 열려서 쉽사리 대호동으로 나올 수 있었다. 이 일대는 길이 널찍하고 공간이 탁 트여 공연하기 좋은 장소였다. 겹겹이 둘러싼 군중 속에서 목두는 장대다리 공연을 펼치는 무리를 한눈에 알아보았다. 바로 백낭자의 무리였다. 목두는 대뜸 그쪽으로 달려갔지만 사람들을 비집고 앞으

---

* 중국 4대 민간 전설로 천년을 수련한 백사가 사람(백낭자白娘子)으로 둔갑해 속세로 내려와 허선과 사랑에 빠지는 이야기.

로 나아갈 수가 없었다. 다행히 길쭉한 장대다리 덕분에 공연하는 사람들의 상반신은 볼 수 있었다. 멀리서 백낭자가 꽹과리와 북장단에 맞춰 오르락내리락 춤을 추는 모습이 마치 구름 속에서 제비가 바람을 타고 날아다니는 것만 같았다. 구경꾼들의 박수갈채가 잇따라 터져나왔다. 이 여인의 재주가 이토록 뛰어날 줄이야!

이제 화회 행렬의 경로는 대호동에서 과점가를 거쳐 구이가를 지나 침시가로 향하는데, 모두 양옆에 큰 가게가 즐비한 거리였다. 가게 주인들은 사전에 몇몇 유명한 단체에 사람을 보내 우두머리에게 인사를 전하고 초대장을 보내고 돈을 내고 날짜를 적어 절회截會 요청을 해놓았다. 절회란 화회를 멈춰 세우는 것으로, 규칙에 따르면 절회 요청을 받은 단체는 반드시 그 가게 앞에서 멈춰 한바탕 멋진 공연을 선보여야 했다. 그 덕분에 목두는 백낭자의 공연을 실컷 구경할 수 있었다.

구경꾼들이 하는 얘기를 들으니 이 단체는 갈고葛沽에서 왔으며 이들의 장대다리 재주는 '해하海下'파에 속했다. 또 백낭자 역을 맡은 여인의 동작 하나하나가 어떤 것인지도 알게 됐다. 무릎 꿇기, 돌리기, 내치기, 뜀뛰기, 재주넘기, 엎드리기 등등 여인의 재주는 아찔하고 절묘하고 기이하면서도 우아했다. 특히나 몸을 비트는 모습이 기운차면서도 요염하여 목두는 놀라움과 감탄을 금치 못했고, 보고 또 봐도 자꾸자꾸 보고 싶었다. 결국 목두는 침시가까지 백낭자의 무리를 내내 따라갔다.

날이 어둑어둑해져도 공연 열기는 조금도 식지 않았다. 현지 화회 단체들은 천후 마마를 모시고 성안에 들어갔다가 다시 성 밖으로 나와서 천후궁으로 돌아가야 했고, 외지에서 온 단체들은 대개 이쯤에서 공연을 마치고 흩어졌다. 갈고에서 온 장대다리 화회단도 행렬에서 빠져나갔다.

목두는 장대다리 화회단을 계속 뒤따라갔다. 서쪽으로 접어들자 주위가 점점 으슥하고 조용해졌다. 멀지 않은 곳에 작은 뜰이 나타났다. 행진을 할 때 주변 지역에서 온 단체는 성안에 거처를 마련하지 못해 이렇게 성 주변에 있는 자그마한 뜰을 빌려 도구를 보관하고, 사람은 따로 세낸 방 몇 칸에 머물렀다.

뜰 안으로 들어간 장대다리 화회단은 먼저 높은 걸상에 앉아 장대다리를 푼 다음 낮은 걸상으로 옮겨 앉았다. 온종일 장대다리를 타다가 내려오면 바로 걷기가 힘들기 때문에 다들 걸상에 앉은 채 차를 마시고 담배를 피우며 다리를 풀어주었다. 그들과 함께 온 고향 아낙 몇 명이 옆에서 잔일을 도와주었다. 아낙들은 땀에 푹 젖은 옷을 밧줄에 널어놓고 땀 냄새를 빼려고 입에 술을 머금었다 푸푸 내뿜었다.

목두는 감히 들어가지 못하고 오래된 버드나무 뒤에 숨어 흰옷 여인이 나오기만을 눈이 빠져라 기다리고 있었다. 그는 그저 더없이 아름답고 요염하면서도 영민하고 용맹스러우며 재주가 뛰어난 그 여인이 분장을 지우고 나면 또 어떤 아리따운 모습일지 보고플 따름이었다.

뜰에 있던 사람들이 하나둘씩 밖으로 나왔으나 여인의 모습은 보이지 않았다. 목두는 슬슬 애가 탔다.

마침내 뜰이 텅 비고 조용해졌다. 문지기 노인이 대문을 걸어

잠그러 나오자 목두가 다가가 물었다.

"아까 백낭자 역을 맡았던 사람은요? 그 사람은 왜 안 나오죠?"

"맨 마지막에 나온 사람인데."

문지기 노인이 대답했다.

의아해진 목두가 또 물었다.

"마지막에 나온 사람은 여위고 키가 크고 몸이 단단한 남자였는데요. 청색 저고리를 입었고요."

"바로 그 사람일세."

목두는 더더욱 의아해졌다.

"어찌 남자란 말이에요? 아니, 저는 백낭자를 말하는 거예요, 여자요!"

노인은 잠깐 어리둥절해 있다가 웃으면서 말했다.

"우리 장대다리 화회단에서는 여자를 받지 않아. 여자 역할도 다 남자가 분장하고 하는 걸세."

"그럼 그 사람은 뭐 하는 사람인데요?"

목두가 떨떠름한 얼굴로 묻자 노인이 대답했다.

"뱃사공이라네. 하루 종일 흔들리는 갑판에 서 있으니 장대다리를 타고도 그렇게 자유자재로 움직이지."

말을 마친 노인은 뜰 안으로 들어가 대문을 닫아걸었다. 목두는 한참을 그 자리에 우두커니 서 있었다. 머릿속에 온통 여인의 자태가 아롱거려 여전히 멍한 상태였다.

고현관
—
告縣官

성 남쪽에 있는 갈고 채소시장 동쪽에 폐인에 가까운 사람이 살았다. 하로삼何老三이라 불리는 사람으로 생김새가 참으로 기괴망측했다. 커다란 머리는 딱따기 같고 콧마루는 오랑우탄처럼 납작했으며 눈동자는 생쥐마냥 조그맣고 입은 꼭 두꺼비 주둥이 같았다. 나이는 마흔인지 쉰인지? 도무지 짐작이 가지 않았다. 커다란 머리 아래 달린 몸은 어린아이처럼 작달막해 책상 뒤에 서 있으면 아무도 알아차리지 못할 정도였다. 그런 왜소한 몸으로 큼지막한 머리를 떠받치고 있으니 걸을 때마다 이리 비틀 저리 비틀이었다. 목소리마저 아낙네 같아서 영 귀에 거슬렸다. 아이고 하느님, 어쩌다가 그를 이 모양으로 빚어내셨소.

사람들은 그의 생김새가 딱 무대랑武大郞*이라고 했다. 무대랑에게는 꽃처럼 아리따운 아내 반금련潘金蓮이 있었지만 하로삼은 마흔이 넘었을 성싶은데도 장가를 들지 못했다. 무대랑은 떡 장사로 가족을 먹여 살렸지만 하로삼은 거리에서 허드렛일이나 하면서 근근이 풀칠하고 살아갔다. 마을 사람들이 그에게 일거리를 주는 것도 그가 일을 잘해서라기보다는 그를 가련하게 여겼기 때문이었다. 하로삼은 일찍이 부모를 여의고 홀로 살았는데 왜 셋째인 '삼'이라고 불리는지는 알 길이 없었다. 셋째가 있으면 둘째와 맏이가 있어야 할 터인데 누구도 그들을 본 적이 없으니 말이다. 여하튼 예전에는 양친이 그를 보살폈으나 그들이 세상을 뜨자 돌봐주는 이가 아무도 없었다.

허나 하로삼은 마음씨가 착한 사람이었다. 마을 사람들 모두 그에게 친절하게 대했고 그 또한 고맙게 생각하고 있었다. 하로삼은 허름한 단칸방에 사는데 할 일이 없으면 늘 빗자루를 들고 나가 거리를 쓸거나 길거리에서 노는 어린아이들을 돌보았다. 혹시라도 누구네 닭이 밖으로 뛰쳐나오면 닭장에 몰아넣기도 했다. 시간이 지나면서 마을 사람들은 하로삼의 추한 외모에도 익숙해졌다. 또 그의 고운 심성을 알기에 남은 음식이 있거나 헌옷가지라도 생기면 그에게 가져다주었는데 그럴 때면 꼭 물건을 문 앞에 놓고 갔다. 하로삼이 고맙다며 웃는 얼굴을 차마 볼 수 없었던 것이다. 그가 헤벌쭉 웃는 모습을 보면 다들 귀신이라도 본 양 기겁하곤 했다.

---

* 『수호전』에서 맨주먹으로 호랑이를 때려잡은 무송의 형. 마을에서 가장 추남이었다.

하루는 저녁 식사를 마친 이웃들이 동구 밖 버드나무 아래에 모여앉아 잡담을 나누고 있었다. 하로삼도 옆에 서서 이야기에 귀를 기울였다.

이런저런 이야기를 하다보니 마을 사람들이 골머리를 썩는 문제가 입에 올랐다.

갈고는 인구가 많고 살림집이 다닥다닥 붙어 있는 동네라 티격태격 시비가 붙는 일이 끊이지 않았고, 사람마다 성미가 다른 탓인지 오랫동안 마찰이 있어왔다. 그렇다고 원한이나 앙심까지는 아닌데, 아무튼 서로 껄끄럽고 거북한 데가 있었다. 이를 어찌 풀면 좋을까나?

어떤 이는 이런 일은 도둑질이나 강도질도 아니고 횡포를 부리거나 남을 괴롭히는 일도 아닌지라 관가에 고발할 만한 거리가 아니라고 했다. 또 어떤 이는 이런 갈등을 중재하는 관리가 따로 있었으면 좋겠다고 했다. 하지만 관리들은 제 할 일도 힘들다며 제대로 못 하는 판이니 누가 이런 일에까지 관여하려 들겠는가? 누군가는 농담 반 진담 반으로 이런 말을 했다. 매년 봄 낭낭회娘娘會*가 열릴 때면 조직 하나를 따로 설치하고 가관假官(가짜 관리) 한 명을 선출하지 않나. 거북한 일이나 누구 때문에 울화통이 터지는 일이 생기면 가관에게 고발하고, 가관이 나서서 해결해준다. 그런데 이 가관이 어떤 식으로 문제를 해결하던가? 이러쿵저러쿵

---

* 톈진의 황회와는 별도로 갈고에서 열리는 묘회. 역시 천후 마마를 기리는 행사다.

논의를 하다보니 갖가지 묘안이 쏟아져 나왔고, 농담으로 시작했지만 이야기를 하면 할수록 진지해졌다. 이 방법을 쓴다면 평소 사람들 사이에서 생겨난 시시콜콜한 응어리가 순조로이 풀릴 듯했다. 다만 커다란 문제가 하나 있었으니—누가 가관을 맡을 것인가?

이 문제에 이르자 사람들은 서로 미루기만 할 뿐 누구 하나 선뜻 나서지 않았다. 관리 노릇은 할 줄 모른다는 둥, 웃음거리가 되면 어쩌느냐는 둥, 내가 어찌 감히 관리를 하겠느냐는 둥, 욕을 먹을까 두렵다는 둥…… 이렇게 되자 이번에는 이야기를 하면 할수록 답이 없었고, 결국 좋은 일에 차질이 생길 판이었다. 바로 그때, 옆에서 듣고 있던 하로삼이 불쑥 입을 열었다.

"제가 하겠습니다."

사람들은 일제히 소리 나는 쪽을 돌아보았다. 잠깐 얼떨떨해 있던 사람들이 한바탕 폭소를 터뜨렸다. 이 못생긴 녀석이 감투에 욕심이 있었구먼?

그때 앞거리에서 사는 만萬 영감이 일장 연설을 했다.

"애초에 우리 방법은 '진지한 일을 삐딱하게 처리하는' 방법이고, 그것이 되레 좋은 결과를 가져오지 않았나. 바르지 않을수록, 진지하지 않을수록 오히려 일이 잘 풀릴 수도 있거든. 그러니 내가 보기엔 하로삼이 적임자일세!"

그 말에 모두 고개를 끄덕였다. 일리가 있을 뿐만 아니라 오묘한 부분을 제대로 꿰뚫어보는 이야기였다. 그리하여 마을 사람들은 또다시 머리를 모으기 시작했다. 방금 전까지 주고받은 이야기들을 정리해 여러 가지 묘책을 세우는 한편, 옷감을 마련해 이 일대에서 바느질 잘하기로 소문난 재봉사 홍洪 씨에게 하로삼의 치수를 재어 관복을 만들게 했다. 하로삼의 몸집이 워낙 작아서 옷감도 적잖이 아낄 수 있었으니, 보통 사람의 절반도 들지 않았다. 관복은 진짜 관복이 아니라 일종의 분장이었기에 되도록 재미나게 만들었다. 윤기 나는 검은 두루마기 보복補服*을 지어 가슴팍에 오색 자라를 수놓고, 분홍색 밑창이 달린 장화에 관모까지 만들었다. 관모 양옆에는 나선형 구리철사로 날개 장식을 달고 옛날 돈을 그려 넣어 관모를 쓰고 움직일 때마다 장식이 이리저리 흔들리게 했다. 하로삼이 관복을 입고 나서자 사람들은 배꼽을 잡고 웃어댔다. 너무 우스운 나머지 데굴데굴 구르는 사람이 있는가 하면 바지에 오줌을 지린 사람마저 있었다.

이날부터 마을 사람들은 하로삼을 주인공으로 내세운 공연을 짜서 연습에 돌입했다. 오후마다 모였다 하면 하로삼을 불러다 놓고 떠들썩하니 훈련을 시켰다. 명나라 영락永樂 연간(1403~1424)부터 갈고 지역에는 마을마다 빼어난 화회단이 있었지만 유독 채소 시장 동쪽 마을에만 없는지라 다들 이 마을에는 재주꾼이 없다며 얕보았다. 마을 사람들은 이번 기회에 솜씨를 발휘하여 체면도 세우고 명성도 떨칠 작정이었다.

이듬해 3월 23일, 하로삼이 낭낭회에 모습을 드러냈다. 동쪽 마

---

* 청나라 때 문무관이 입던 대례복. 관급에 따라 가슴과 등에 각기 다른 동물(문관은 새, 무관은 동물)을 수놓았다.

을 화회단의 공연 제목은 '고현관告縣官*'으로, 청평淸平의 죽마 화
회단와 장락長樂의 장대다리 화회단 사이에 배치되었다. 원래 각
단체는 거리를 행진하는 내내 공연을 이어가지만, 하로삼의 '고현
관' 공연은 단 한 번만 하기로 되어 있었다. 여러 화회단이 춤추고
노래하며 중가中街 어귀에 이르렀을 때였다. 청평의 죽마 화회단
은 앞으로 나아가고 장락의 장대다리 화회단은 발길을 멈추면서
그 사이에 빈 공간이 생겼다. 그러자 북과 꽹과리 소리가 요란하
게 울리더니 깡마른 몸에 남색 두루마기를 걸친 대머리 우두머리
가 나서서 소리 높여 외쳤다.

"이제 곧 채소시장 동쪽 마을 노회老會**에서 준비한 '고현관'
공연이 시작되오."

이어 목을 쭉 뽑아 고함을 질렀다.

"억울한 사연이 있으면 어서 나와 아뢰시오. 현관 나리 납시
오!"

듣자 하니 뭔가 이상했다. 예년에 없던 공연인데 '노회'가 웬말
인가. 게다가 '고현관'이라? 어디서 온 현관이며 대체 누구인가?

길 어귀를 빼곡히 메운 사람들 앞으로 괴상한 얼굴에 키는 보
통 사람 반밖에 안 되는 녀석이 곤댓짓을 하며 걸어 나왔다! 짜리
몽땅하고 괴상망측하고 못생긴 그를 보자 다들 황당함을 금치 못
했다. 관리다운 데라고는 전혀 없으며 관복마저 우스꽝스러운 저

---

* '현관에게 고발하다'라는 뜻이다.

** 전통 있고 이름 높은 화회단을 가리키는 말.

자가 대체 누구란 말인가? 눈치 빠른 한 사람이 그를 알아보았다. 하로삼이 아닌가! 그가 "하로삼" 하고 소리치자 다들 폭소를 터뜨렸다. 사실 하로삼을 알아보는 일은 별로 어렵지 않았다. 몸에 걸친 의상을 빼면 양미간에 어릿광대 얼굴을 칠하는 하얀 두부 조각을 발랐을 뿐, 그 밖에는 분장할 필요가 없이 본연의 모습으로 충분했으니! 그렇다면 지금 그는 어느 연극에서 나오는 어느 관리 분장을 한 것일까?

더 놀라운 일은 따로 있었다. 세상에 하로삼이 연기를 할 줄 알다니! 누군가에게 기예를 전수받은 것일까, 아니면 '연극의 신'에 씌기라도 한 것일까? 하로삼은 한 발짝 뗄 때마다 고개를 흔들고 허리를 꼬고 사타구니를 비틀며 이리저리 팔딱거렸다. 양손을 허리춤에 대고 오르락내리락 춤을 추니 머리에 쓴 관모의 양 날개가 북과 꽹과리 소리에 딱딱 맞춰 촐싹촐싹 움직였다. 몸놀림 하나하나가 제법 그럴싸해 거리를 가득 메운 구경꾼들은 다들 넋 나간 듯 보고만 있었다.

이어 하로삼이 특유의 아낙네 같은 목소리로 또박또박 말을 하는데 한 마디 한 마디가 연극 대사 같았다.

"오늘 본관이 갈고를 찾은 까닭은 이곳 백성의 묵은 갈등을 풀어주고 불공평한 일을 해결해주려는 것이니라. 그러니 불편한 일이 있는 자는 누구든 나와서 고하라. 본관이 즉각 처리해주겠노라."

말이 떨어지기 무섭게 누군가 뛰쳐나와 하로삼 앞에 무릎을 꿇더니, 이웃에 사는 백정 마대도馬大刀의 아들이 고약한 짓을 했다고, 자기 딸에게 강제로 입을 맞췄다고 고했다. 마대도를 찾아가 따졌더니 그는 제 아들을 혼내기는커녕 이렇게 말했다는 것이었다. "내 아들은 고작 열두 살이고 네 딸도 아홉 살밖에 안 됐는데 입 한 번 맞춘 게 뭐가 그리 대수인가?" 자신은 마대도가 무서워 건드리지 못하고 일 년 넘게 참았지만 여태껏 분을 삭이지 못하고 있다고 했다.

하로삼은 즉각 사람을 시켜 마대도를 데려와 사실 관계를 확인하고는 이렇게 말했다.

"아이가 비록 어리긴 하지만 단속하지 않으면 버릇이 될 것이다. 그렇게 제멋대로 자라면 나중에 여인들을 괴롭히지 않겠는가?"

이어 목청을 돋우어 꾸짖었다.

"자식 교육을 제대로 못한 잘못은 부모에게 있노라. 당장 끌어내 가두고 한나절 동안 문밖을 나서지 못하도록 하라!"

마대도가 변론하려 했지만 하로삼은 고개를 홱 돌려 외면했다. 아무리 장사라 해도 장정 네 명을 당해낼 수는 없는 법, 마대도는 그대로 끌려 나가고 말았다.

그렇게 끌려간 마대도는 정말로 마을의 작은 방에 한참을 갇혀 있었다. 누구도 그를 보지 못했고 마대도 또한 안에서 야단법석을 떨지 않았다. 하로삼이 정말 그렇게 대단하다고? 설마 하로삼이 분장한 현관이 가짜가 아니라 진짜란 말인가?

내막이 이러할 줄 누가 알았으랴. 마대도는 갇혀 있는 동안 밖에서보다 훨씬 편안하고 재미나고 즐겁게 지냈다. 방 안에는 생선에 새우에 고기 요리는 물론 술까지 차려져 있었다. 마대도를 끌고 온 장정들은 모두 '고현관' 공연단으로, 방에 들어가자마자 마대도에게 담뱃불을 붙여주고 차를 따라주며 좋은 말로 달랬고, 마작을 하면서 마대도가 돈을 따게 했다. 이렇게 마대도가 뛰쳐나가지 않게끔 갖은 수를 쓰는데 그가 나갈 리가 있나. 먹고 마시고 즐길 것이 있으니 얼마나 신이 나겠는가. 나중에 마대도는 이렇게 떠들고 다녔다.

"이 몸이 보름만 갇혀 있었다간 몸무게가 10근은 늘었을 거야."

마대도는 가짜로 갇혀 있는 동안 유쾌하게 지냈고, 고발한 사람은 소송에서 이겨서 기뻐했다. 그 뒤로 그들은 앙금을 풀고 서로 잘 지냈다.

사람들은 이 화회단이 얼마나 대단한지 알아차렸다. 장난처럼 시끌벅적하게 진짜와 가짜가 뒤섞인 공연을 하면서 사람들 사이의 응어리를 풀어주는데, 관리들도 이런 재주는 없었다. 그때부터 채소시장 동쪽 마을 사람들은 존중을 받게 되었고, '고현관'은 갈고에서 명성이 자자해져 매년 3월 23일 낭낭회가 열릴 때마다 최고의 인기 공연이 되었다.

무엇보다도 대단한 것은 바로 하로삼이었다. '고현관' 공연은 1년에 한 번뿐이었고 그때마다 고발하는 사람과 고발 내용이 달랐는데, 하로삼은 어느 한쪽으로 치우치는 법이 없었으며 인정으로 보나 도리로 보나 모두 적절하게 잘 해결했다. 갈고 사람들이 보기에 하로삼은 백성 편에 서서 갖가지 불화를 풀어주는 좋은 관리

일 뿐만 아니라 명실상부한 어릿광대로 크나큰 사랑을 받았다. 생김새는 못난 그였지만 사람들은 그 속에 감춰진 아름다운 마음씨를 알아보았다.

하지만 나중에 뜻밖의 일이 벌어지며 상황이 달라지고 말았다. 외지에서 톈진으로 부임해온 현관이 있었는데, 오래전부터 갈고 낭낭회가 유명하다는 소문을 들은 터였다. 낭낭회를 구경하러 온 그는 '고현관' 공연을 보자 얼굴빛을 흐리며 말했다.

"내가 현관인데 고현관이라니, 나를 고발한다는 거냐?"

마을 관리가 황급히 대답했다.

"나리를 고발한다는 게 아니라 나리께 고발한다는 뜻입니다. 현관 나리께서 백성 편에 서달라는 것이지요!"

이는 곧 새로 온 현관을 무식하다고 말한 거나 다름없었다. 더더욱 언짢아진 현관이 하로삼을 비꼬았다.

"현의 우두머리가 저리 못생길 수 있다고? 게다가 관복에 달린 자라는 또 뭔가!"

말을 마친 현관은 자리를 털고 일어나 가마를 타고 성안으로 돌아갔다.

이 몇 마디 말 때문에 갈고 낭낭회에서는 두 번 다시 '고현관'을 볼 수 없게 되었다. 하로삼 또한 그림자조차 찾아볼 수 없었다.

대고당

—

大褲襠

다수이거우大水沟에 성이 후候씨인 애송이가 살았다. 이름은 따로 없고 별명은 '원숭이'였는데, 정말 생김새가 영락없는 원숭이였다. 얼굴은 뾰족하고 눈은 툭 튀어나왔으며 입은 합죽하고 몸은 여윈 그는 세상물정에 밝고 대단히 약삭빨랐다. 평소에는 뺀들뺀들 놀다가도 남을 망신 주는 일이라면 신이 나서 날뛰었다. 그 무렵 원숭이는 싼차허커우 시장에서 마술 공연을 하는 몇몇 마술사와 맞붙어 수단 방법을 가리지 않고 그들의 속임수를 까발리고 있었다. 그들은 외지에서 흘러들어 별다른 재주도 없이 게걸스레 먹고 마실 뿐 아니라 얼렁뚱땅 사람들을 속여 넘겼는데, 원숭이가 내막을 폭로하는 바람에 밥줄을 잃고 톈진 바닥을 떠날 수밖에 없었다.

그러나 자고로 싼차허커우 일대에는 별의별 재주를 가진 이가

다 있지 않나. 강호에서 재주를 부리는 사람들 중에는 진짜 가짜가 섞여 있었다. 가짜는 감쪽같은 속임수로 사람들을 기만했지만 진짜는 재주를 숨긴 채 여간해서는 잘 드러내지 않았다. 원숭이는 마술사 가운데 세 명 때문에 몹시 애를 먹고 있었다. 아무리 해도 그들의 허점을 찾아낼 수가 없었다. 마술사의 천적이라 불리는 원숭이였지만 그 세 사람 앞에서는 속수무책이었으니, 어쩌면 그들 세 명이 원숭이의 천적일지도 모를 일이었다.

세 사람 으뜸은 유 쾌수*였다. 그는 오로지 한 가지 마술만 선보였다. 작은 사발 두 개와 투명한 유리구슬 다섯 개로 하는 '소완구구小碗扣球'라는 마술이었다. 그가 조그만 백자 사발 두 개로 유리구슬을 덮으면 사발에 각각 구슬이 몇 개씩 들어 있는지는 아무도 알아맞힐 수가 없었다. 사람들이 몇 개라고 말하고 열어보면 다 틀렸고, 유 쾌수가 몇 개라고 말하고 열어보면 정확히 그만큼 들어 있었다. 작은 사발로 유리구슬을 덮는 장면을 다들 똑똑히 봤는데, 유 쾌수가 통통한 얼굴을 절레절레 흔드는 순간 유리구슬은 어느새 다른 사발 안에 들어가 있었다.

싼차허커우의 마술 공연은 모두 탁 트인 빈터에서 벌어졌다. 사람들이 빙 둘러싸고 구경하는 빈터 한복판에서 마술을 부리기란 쉽지 않았다. 전후좌우에 모두 보는 눈이 가득해 작은 실수라도 했다가는 바로 들통이 났다. 손이 아무리 빨라도 눈보다 빠를 수는 없을 텐데, 오직 유 쾌수만은 손이 눈보다 빨랐다.

* '쾌수'는 손이 재빠르다는 뜻이다.

그러나 아무리 빠르다 해도 원숭이 머리보다 빠를까?

어느 날 유 쾌수가 마술 공연을 하는데 원숭이가 사람들을 헤치고 걸어 나오더니 공연장 한복판에 털퍼덕 주저앉았다. 그러고는 유 쾌수에게 사발 두 개를 자기 양옆으로 1장씩 떨어진 자리에 각각 놓고, 왼쪽 사발에는 구슬 세 개를, 오른쪽 사발에는 구슬 두 개를 넣으라고 요구했다. 유 쾌수가 하라는 대로 다 하자 원숭이가 말했다.

"사발 속에 들어 있는 유리구슬 위치를 바꾸어놓을 수 있겠소? 왼쪽 사발에 두 개, 오른쪽 사발에 세 개 들어 있게 말이오."

말을 마친 원숭이는 히죽거리며 유 쾌수가 손을 털고 실패를 인정하기를, 사람들 앞에서 톡톡히 망신당하기를 기다렸다.

구경꾼들은 원숭이의 수법을 보며 고개를 절레절레 흔들었다. 두 사발 사이에 저렇게 떡하니 앉아 있는데, 유 쾌수가 제아무리 재주가 뛰어나다 한들 무슨 수로 구슬을 옮긴단 말인가.

그런데 유 쾌수는 태연히 웃으며 이렇게 말하는 것이었다.

"이보게, 유리구슬을 모두 제 주머니에 넣어놓고 나보고 옮기라 하면 어쩌나. 난들 무슨 수가 있겠나?"

그 말에 구경하던 사람들뿐 아니라 원숭이도 어리둥절해졌다. 원숭이가 얼결에 주머니에 손을 넣었다 빼니 정말로 유리구슬 다섯 개가 손에 쥐어져 있었다. 원숭이는 아무리 생각해봐도 영문을 알 수가 없었다. 유 쾌수와 나는 적어도 3장은 떨어져 있는데 어떻게 유리구슬이 내 주머니에 들어가 있지? 저자가 작정하고 나를 비웃는 거잖아!

구경꾼들이 웃음을 터뜨렸다. 체면을 잔뜩 구긴 원숭이는 후다닥 일어나 달아나버렸고, 그 뒤로 다시는 유 쾌수 앞에 얼굴을 내밀지 못했다.

다음가는 마술사는 이 선승(선승리 仙繩李)*이었다. 그의 재주는 한결 간단하여, 길이 3척쯤 되는 가느다란 붉은 끈 한 가닥만 있으면 되었다. 오라고 하면 오고 가라고 하면 가고, 붉은 끈은 신선의 손바닥에서 놀듯 이 선승의 손 안에서 현란하고 변화무쌍하게 움직였다. 이 선승이 공중으로 끈을 던지면 끈은 도로 떨어지는 게 아니라 온데간데없이 사라졌다. 그러면 이 선승은 이렇게 말했다.

"하늘의 칠선녀가 내 끈을 가져가버렸구면."

그러고는 공연장을 이리저리 서성이며 칠선녀가 자기 물건을 가져갔다고 계속 투덜거렸다. 그러다 갑자기 땅바닥에서 끈 끄트머리를 발견하고 허리를 숙여 잡아당겨 보면, 그것은 바로 방금 전에 공중에 던져졌던 그 끈이었다. 그러면 이 선승은 또 이렇게 말했다.

"칠선녀가 토행손 土行孫**을 시켜 도로 가져다주라 했나보군."

백주 대낮에 많은 사람의 눈앞에서 벌어지는 감쪽같은 마술에 모두들 탄복을 금치 못했다.

어느 날 원숭이가 날선 가위를 들고 공연장에 나타났다. 이 선승 손에 있는 끈을 다짜고짜 낚아챈 원숭이는 그걸 가위로 잘게

---

* '선승'은 '신선의 끈'이라는 뜻이다.
** 명대 신마 神魔소설 『봉신연의 封神演義』에 나오는 인물. 지행술 地行術에 능해 땅속에서 자유자재로 움직였다.

잘라 입에 쑤셔넣고 잘근잘근 씹어 삼켜버렸다. 이제 어쩔 셈이냐? 이 선승은 원숭이 옆에 잠자코 서 있다가, 갑자기 원숭이의 왼쪽 귀에 손가락을 넣어 후비더니 무언가를 천천히 끄집어냈다. 놀랍게도 그것은 이 선승이 들고 있던 붉은 끈이었다. 원숭이는 그대로 나자빠졌고, 그날 이후로는 이 선승 앞에 얼씬도 하지 못했다.

세 번째 마술사의 이름은 듣기가 좀 거북할 수 있다. 그는 대고당大裤裆*이라고 불렸다.

대고당은 이름도 성도 없이 그저 별명뿐이었고, 상고머리에 얼굴이 길쭉하고 키가 컸다. 여름에는 홑두루마기를, 겨울에는 솜두루마기를 입고 다녔는데 위로는 목을 덮고 아래로는 땅에 질질 끌렸으며 소맷부리는 손목을 덮는 두루마기였다. 산둥 말투를 쓰는 것으로 보아 밥벌이를 하러 톈진에 온 외지인이 틀림없었다. 대고당은 북대관에 사는데 가족도 친구도 없이 혼자 지냈다. 사람들은 그에게 가족이 없는 것은 마술로 돈을 벌어봤자 혼자 먹고살 만큼이기 때문이고, 친구가 없는 것은 마술 기교를 남이 알게 해서는 안 되기 때문이라고 했다. 대고당은 마술 공연을 하러 갈 때 아무 도구도 없이 기다란 두루마기만 걸치고 나갔다. 허나 그 두루마기를 얕봐선 안 된다. 그 속에서 별의별 물건이 다 쏟아져 나왔으니 말이다. 출출할 때면 전병과자煎餅果子**나 루鹵***를 곁들인 국수

* '커다란 바짓가랑이'라는 뜻.
** 아침식사로 자주 먹는 톈진의 지역음식.
*** 육수에 녹말가루를 풀어 만든 걸쭉한 국물.

가, 목마를 때면 뜨끈뜨끈한 차가 한 주전자 나왔다. 비가 내리면 두루마기에서 기름종이로 만든 우산을 꺼내 쓰고 집에 돌아가기도 했다.

두루마기 속에서 무슨 조화로 이런 물건들이 나온담? 물건들을 대체 어디다 뒀지? 바짓가랑이 속에? '대고당'이라는 별명은 이렇게 생겨난 것이었다.

하루는 대고당이 마술을 부리는데 멀리서 누군가 물고기를 사라고 외쳤다. 그 소리를 듣고 대고당이 한 마디 했다.

"물고기 좋지. 여기도 물고기 있소. 그것도 팔팔한 놈으로!"

그러고는 허리를 굽혀 솜두루마기를 걷어 올리더니 커다랗고 둥그렇고 반짝이는 유리 어항을 끄집어냈다. 물이 찰랑찰랑한 어항 속에는 큼직한 금붕어 한 마리가 유유히 헤엄치고 있었다! 이 일로 쌴차허커우 사람들은 크게 놀랐다. 그날부터 사람들은 대고당이 나타나기만 하면 겹겹이 둘러싸고 구경했으며, 공연을 마치기 전에 반드시 어항에서 헤엄치는 금붕어를 꺼내놓아야만 비로소 흩어졌다.

이렇게 되자 자연히 대고당은 원숭이의 목표물이 되었다. 원숭이는 꼬박 일주일을 궁리한 끝에 대고당을 골탕 먹일 기발하고 악랄한 수를 생각해냈다. 원숭이는 외눈박이 들고양이 한 마리를 잡아다가 눈이 파래질 때까지 사흘을 굶겨 쌴차허커우에 안고 나갔다. 때마침 대고당이 한창 공연에 몰두하고 있었다. 원숭이는 대고당 뒤로 살그머니 다가가 그가 주의하지 않는 틈에 두루마기를 들추고서 굶주린 들고양이를 집어넣었다. 그러자 대고당의 두루마기 속에서 토끼 예닐곱 마리가 마구 뛰어다니듯 펄럭펄럭 난리가 났다. 다들 영문을 모르는 가운데 원숭이만이 남몰래 희희낙락하고 있었다. 며칠을 굶은 들고양이가 금붕어를 안 잡아먹고 배기겠는가?

한데 대고당은 자기 바짓가랑이를 내려다보고는 이렇게 말할 따름이었다.

"관객분들 몸을 녹여드릴 화로를 준비했는데 네놈이 웬 소란이냐?"

그러면서 솜두루마기를 쳐들자, 고양이 한 마리가 온몸에서 연기를 풀풀 뿜으며 튀어나오더니 꽥꽥 악을 쓰며 미친 듯이 달아나 버렸다.

껄껄 웃고 난 대고당은 허리를 수그려 두루마기 속에서 뭔가 끄집어냈다. 이번에는 어항에서 헤엄치는 금붕어가 아니라 불똥이 튀는 커다란 숯불 화로였다!

"날이 이리 추운데도 저를 보러 와주시다니요. 여러분, 거기 서서 추위에 떨지 말고 이쪽으로 와서 따뜻한 불 좀 쬐시죠."

이글거리는 화로에서 불꽃이 한 자 높이까지 치솟고 있었다. 저렇게 뜨거운 화로가 어떻게 두루마기 속에 있단 말인가? 허허 웃던 대고당이 원숭이에게 한마디 하려고 고개를 돌렸지만 원숭이는 진즉에 줄행랑을 놓은 뒤였다.

구시가지에 사는 한 선비가 이 이야기를 듣고 다음과 같은 시를 지었다.

화로든 어항이든 기막히게 감추니
귀신조차 믿기 어려운 솜씨로다
복숭아와 콩 도둑질이 영묘하다 하지만
제일가는 재주는 바짓가랑이에 있구나

　원래 그의 별명이던 대고당은 이 일이 있은 뒤로 인기 높은 예명이 되었다.
　그러나 원숭이는 이번만큼은 패배를 인정하고 싶지 않았다. 유쾌수나 이 선승은 간단한 도구로 훌륭한 재주를 보여준다지만, 대고당은 커다란 두루마기와 커다란 바짓가랑이에서 물건 꺼내는 것 말고 하는 게 뭐가 있다고? 몸에 지니고 있던 것을 마술을 부린 척 꺼내는 걸 누가 모를 줄 알고? 원숭이는 당장이라도 구경꾼들 앞에서 대고당의 두루마기를 벗겨 실상을 폭로하고, 망신당한 대고당이 백하白河에 뛰어들게끔 만들고 싶었다. 오랫동안 궁리하던 원숭이의 머릿속에 퍼뜩 묘책이 떠올랐다. 대고당 집 지붕에 올라가 기왓장을 빼내고 몰래 엿보자, 그렇게 실상을 알아내서 만천하에 폭로하자는 것이었다. 그리하여 원숭이는 대고당이 쌴차허커우에서 마술을 부리는 사이에 북대관으로 달려갔다. 대고당 집 지붕에 몰래 올라간 그는 지붕 한가운데 있는 기왓장을 빼내 구멍을 냈다. 날이 저물자 여느 때처럼 두루마기를 걸친 대고당이 집에 돌아왔다. 그는 일단 앉아서 휴식을 취했는데 한참이 지나도 움직이질 않았다. 원숭이는 어느덧 지붕에서 꼬박 두 시간을 엎드려 있었다. 가뜩이나 삐쩍 마른 몸으로 울퉁불퉁한 기왓장에 엎드려 있자니 죽을 맛이었다. 너무 힘들어 포기하려는 순간, 대고당이 자리에서 일어서더니 천천히 두루마기를 벗었다.

원숭이는 이제 곧 비밀을 알아내겠구나 싶어 잔뜩 신이 났다. 그런데 이게 웬일인가. 대고당이 단추를 풀고 두루마기를 훌렁 벗어 내렸지만 속에는 단출한 무명 속옷뿐, 다른 것은 아무것도 없었다. 원숭이는 자기 눈이 침침해진 거라고 여겼다. 눈이 침침해진 탓에 대고당의 온몸에 주렁주렁 매달린 물건이 보이지 않는 거라고!

그러다 하마터면 지붕에서 굴러떨어질 뻔한 원숭이는 발밑에서 나는 소리에 신경 쓸 겨를도 없이 깨진 기와 조각과 함께 바닥으로 뛰어내렸다. 그러고는 대고당에게 붙잡힐까봐 꽁무니가 빠져라 달아나버렸다.

몇 년이 흘러 다 지난 일이 되고 나서, 대고당은 마술을 그만두고 고향 산둥으로 돌아갔다. 어느 날 원숭이는 거리 북쪽에 사는 박식하고 경험 많은 노인과 한담을 나누다가, 내내 마음속에 담아두었던 그 곤혹스러운 일을 꺼냈다. 뜻밖에도 노인은 빙긋 웃으며 그 안에 들어 있는 진정한 비밀을 이야기해주었다.

"사실 대고당은 그날 집 안에서도 마술을 부린 게야. 자네가 지붕에서 훔쳐보는 줄 알고 말이야. 대고당이 자네 한 사람을 상대로 마술을 부려주었으니 자네는 고맙게 여겨야 마땅하네."

입아

—

粒兒

입아粒兒[*]는 유 개파劉磕巴[**]의 딸이다.

유 개파는 본명이 유팔劉八이며 말을 더듬었다. 그래서 사람들
은 앞에서는 그를 유팔이라 불렀지만 뒤에서는 유 개파라고 불렀
다.

유 개파는 아내를 잃고 외동딸 입아와 서로 의지하며 살아갔
다. 둘이서 싼차허커우에서 작은 식당을 운영하는데 갈파채嘎巴菜
라는 음식 한 가지만 파는 식당이었다. 사람들은 뒤에서 그가 만
든 갈파채를 '개파채'라고 부르기도 했다.

유팔이 말을 심하게 더듬는 통에 가게에서 손님들을 상대하는

---

* '밥알'이라는 뜻.
** '개파'는 '말더듬이'를 뜻한다.

일은 전부 입아가 맡았다.

입아는 조그만 눈으로 탁자 위를 볼 수 있게 되자마자 아버지를 도와 그릇을 나르고 바닥을 쓸고 의자를 옮기고 손님을 상대하며 열아홉 살까지 바삐 살아왔다. 이제 한 가지 일 때문에 더 바빠졌으니, 입아는 자기 혼수를 장만해야 했다. 이웃에 사는 서당 훈장 곽郭 선생이 마음씨 곱고 일 잘하고 성실한 입아를 며느리로 삼고 싶어 했던 것이다. 유팔의 형편을 잘 아는 곽 선생은 돈 들여 따로 혼수를 장만하지 말라고 했지만, 외동딸을 시집보내면서 어찌 그럴 수 있겠는가? 유팔은 죽어라 일해서 돈을 많이 모아야 했다.

유팔의 작은 식당은 강가의 교차로에 있는데 사람이 많이 지나다니는 목 좋은 곳이었다. 단칸방은 살림집으로 썼고, 집 밖에 천막을 세우고 조리대와 솥, 탁자, 쪽걸상 몇 개를 놓은 것이 가게였다. 여름에는 노점이었고, 겨울에는 찬 바람을 막는 돗자리만 두르면 간이식당이 되었다.

갈파채란 잘게 썬 전병을 물에 끓이고 양념을 친 매우 간단한 음식이었다. 톈진 사람들은 이런 음식에도 머리를 굴려 비싸지 않지만 맛도 좋고 출출함도 달랠 수 있는 음식을 만들어냈다. 유팔네 가게는 이름조차 없었지만 손님들 발길이 끊이지 않아 한가할 틈이 없었다. 강가에서 일하는 뱃사람이나 짐꾼 들은 허기지면 이곳을 찾아와 씹는 맛도 있고 뜨끈뜨끈한 국물도 있는 갈파채 한 그릇을 맛있게, 배불리 먹고 갔다.

어느 날 도포를 입은 손님 두 명이 가게를 찾아왔다. 작은 노점에 이런 차림새의 손님이 오는 일은 매우 드물었다. 그들은 옷차림이 단정하고 살결이 부드러우며 행동거지도 점잖았다. 이런 태도는 배워서 따라할 수 있는 것이 아니었다. 특히 키가 크고 홀쭉하며 용모가 수려하고 얼굴에 웃음을 머금은 남자는 호기심 가득한 눈빛으로 끊임없이 주위를 살폈다. 장사하는 사람들일까? 그렇게 보이진 않았다. 장사꾼들은 부자인 척하고 거들먹거리기 좋아하지 않나. 그렇다면 글 읽는 선비? 그런 것 같기도 했다. 홀쭉한 남자는 부채를 손에 들고 접었다 폈다 했는데, 박달나무 부챗살에 비단술이 달려 있으며 한 면에는 시가 적혀 있고 다른 한 면에는 그림이 그려진 매우 정교한 부채였다.

가게에 들어온 두 사람은 바깥쪽 자리를 골라 앉았다. 입아가 작은 새처럼 잽싸게 다가가 무엇을 얼마나 드시겠냐고 묻자, 부채를 든 남자가 고개를 들고 입아를 쳐다보았다. 순간 그의 눈이 번쩍 뜨였다. 입아는 누구에게나 사랑받는 처녀였다. 대갓집 규수도, 금지옥엽 귀하게 자란 것도 아니었으며 연지도 분도 바르지 않고 빼어난 미모나 우아한 자태를 지닌 것도 아니었지만, 입아는 작은 꽃과 나무, 어린 새와 토끼처럼 순수했다. 바지런히 일하면서 다져진 몸매는 야위지도 비실비실하지도 않았고 두 뺨은 바람과 햇볕을 받아 발그레했다. 입아는 아버지 곁에서 착하게 자란 딸이었으며 손님을 대하는 태도가 꼼꼼하고 상냥했다. 생김새를 보면 딱 톈진 아가씨였지만 눈꼬리가 살짝 구부러지고 콧날이 오뚝하며 턱이 조금 뾰족한 것이 강남 아가씨와 닮은 구석도 있었다. 입아의 어머니가 양저우揚州 사람이라던가.

입아는 낡은 옷을 입고 빛바랜 붉은 띠를 허리에 두르고, 까만 머리는 정수리에 틀어 얹고 비녀 대신 꽃이 달린 복숭아 가지를 꽂고 있었다. 이 순수하고 자연스러운 모습 앞에서는 이 세상 그 어떤 금은보화도 빛을 잃었다.

두 손님이 음식을 주문하자 입아는 바로 갈파채를 내왔다. 부채를 든 남자가 물었다.

"아가씨, 손님이 많아서 주문도 제각각일 텐데 잘도 기억하는구려. 헷갈리지 않소?"

"제 아버지가 말씀하시기를 정성을 쏟으면 절대 헷갈리지 않는대요."

입아가 대답하자 부채를 든 남자가 고개를 끄덕였다.

"거 참 좋은 말이군."

이어 갈파채를 한 입 먹어보더니 말했다.

"이 집 갈파채는 맛이 특별하구려. 성안에서 먹었던 것보다 훨씬 맛이 좋소."

"아버지가 정성을 다해 만드신 거랍니다. 쌀죽은 묽지도 걸쭉하지도 않게 적당히 끓이고, 전병은 바삭바삭하고 눌어붙지 않게 구워야 하며, 파, 잎채소, 고추 모두 아버지가 직접 골라 오신 거예요. 혹시 입에 맞지 않으면 바로 말씀해주세요. 제가 아버지께 전하겠습니다."

"과연, 이리 간단한 음식을 만드는 데도 아버님이 온 정성을 쏟으셨구려."

"비싸지 않은 음식이라도 맛은 제대로 내야지, 아니면 사기 치는 거나 다름없다고 말씀하셨어요."

말을 마친 입아는 생긋 웃고 자리를 떴다. 부채를 든 남자는 매우 감탄했다. 진정 인품이 훌륭한 사람은 본디 민간에 있었던 것이다.

식사를 마치자 부채를 든 남자가 동행한 이에게 동전 스무 개를 꺼내 탁자에 쌓아놓게 했다. 그릇을 거두러 온 입아는 밥값의 열 배나 되는 돈을 보자 받을 수 없다고 연신 말하며 통통하고 발그스레한 작은 손을 내저었다. 부채를 든 남자가 한사코 받으라고 우기자 입아는 하는 수 없이 아버지를 불렀다.

유팔이 와서 보더니 역시 받을 수 없다며 손사래를 쳤다. 원래가 말을 더듬는 그는 마음이 급할수록 더 말문이 막혔다. 부채를 든 남자가 문득 물었다.

"따님을 입아라고 부르던데, 본명은 뭐요?"

유팔은 그저 고개만 저을 뿐이었다.

유팔이 제대로 말을 못 할 때면 늘 입아가 대신 대답하곤 했다.

"저는 본명이 따로 없어요. 그냥 입아라 부릅니다."

"입아라는 이름이 흔치 않은데, 그렇게 부르는 특별한 이유라도 있소?"

부채를 든 남자가 물었다.

말 못 할 사정이 있는 듯 입아의 미간에 주름이 졌다. 그러나 상대가 진심으로 물어보니 입아는 결국 이름에 얽힌 사연을 털어놓았다. 어머니가 자신을 낳을 때 난산을 겪었다. 산모는 아무것도 먹지 못해 기운이 하나도 없었고, 아기는 뱃속에서 나오지 못해

숨 막혀 죽을 판이었다. 그때 아버지가 가마솥 바닥에 붙은 밥알을 긁어모아 어머니 입에 밀어넣었다. 그 덕분에 자신은 무사히 세상에 태어났지만 기진맥진한 어머니는 더 이상 버티지 못하고 세상을 뜨고 말았다. 아버지는 아기의 목숨을 구해준 밥알에 감사하는 뜻으로 자신에게 입아라는 이름을 붙였다는 것이었다.

여기까지 이야기한 입아는 더는 말을 잇지 못하고 눈물을 흘렸다.

깊이 감동한 남자가 유팔에게 말했다.

"따님이 마음에 들어 수양딸로 삼고 싶소. 이 돈은 절대 받지 않을 듯하니 도로 넣어야겠구려. 나중에 어려운 일이 생기면 나를 찾아오시오. 베이징으로 오면 된다오."

"베이징이 그리 넓은데 어디 가서 찾는단 말입니까?"

입아가 묻자 남자는 잠깐 생각하더니 웃으며 말했다.

"베이징에서 계단이 제일 높은 집을 찾으면 된단다. 그러면 바로 나를 찾을 수 있지. 혹시라도 문지기가 막으면 이 부채를 보여주고……."

그러더니 그는 들고 있던 귀한 부채를 입아에게 건넸다.

"이걸 보여주면 나를 만나게 해줄 게다."

이 말을 마치자 두 사람은 작별을 고하고 가게를 떠났다.

농담으로 여길 수도 있었지만, 남자가 건넨 부채를 보면 얼토당토않은 말은 아니었다. 유팔과 입아는 부챗살을 자세히 들여다보았다. 매우 정교하게 조각되어 있고 상아와 옥까지 박힌 모습이 예사롭지 않았다. 두 남자는 도대체 누구일까? 보아하니 신분이 높은 부자 같은데 어찌하여 이 작고 누추한 가게에 와서 갈파채를 사먹었을까? 또 어찌하여 입아처럼 가난한 집 자식을 수양딸로 삼겠다고 했을까? 어디 물어볼 곳도 없었고, 부녀는 글을 몰랐기에 부채에 적힌 글귀가 무슨 뜻인지도 전혀 알 수가 없었다. 두 사람은 이 터무니없는 일을 누구에게 말할 엄두가 나지 않았고, 심지어 미래의 '사돈'인 서당 훈장 곽 선생에게도 알리지 못했다. 그들은 부채를 꼭꼭 숨겨놓고 있다가 나중에 무슨 일이 생길 때 다시 꺼내기로 했다.

그로부터 1년이 흘렀다. 입아는 여태 혼수를 마련하지 못해 시집을 못 가고 있었다. 의논을 거듭한 끝에 부녀는 이름도 모르는 양아버지를 찾으러 베이징으로 가기로 했다. 목표는 분명했다. 베이징에서 계단이 가장 높은 집을 찾는 것. 베이징에 다다른 두 사람은 사흘 동안 머리가 어지럽고 눈앞이 빙빙 돌 정도로 그 집을 찾아 헤맸다. 그런데 베이징에 계단이 높은 집이 어디 한두 곳인가? 가장 높은 집을 어찌 찾는단 말인가?

영리한 입아가 말했다.

"아버지, 우리 계단 개수를 세어봐야겠어요. 세어보지 않고 어찌 가장 높은 계단을 찾을 수 있겠어요?"

그리하여 부녀는 계단을 세기 시작했고, 이레째 되는 날 드디어 베이징에서 계단이 가장 높은 저택을 찾아냈다. 대문 앞에 총칼을 든 병사들이 늘어서서 지키고 서 있었다. 저택을 바라보던 유팔은 숨을 깊이 들이마신 다음 이렇게 말했다.

"마, 맙소사, 아니, 아닐 거야. 서, 설마 황제 폐하께서 사시는 곳일 리가."

입아는 겁먹지 않았다. 양아버지를 찾는 것이 뭐가 겁날 일인가? 입아는 문을 지키는 군졸에게 다가가 양아버지를 만나러 왔다면서 자초지종을 설명했다. 있음직한 얘기 같기도 하고 밑도 끝도 없는 얘기 같기도 했다. 군졸들은 반신반의했지만 입아가 내놓은 부채가 확실한 증표였다. 부채를 건네받은 군졸은 그들의 거처를 물어보고는 돌아가서 소식을 기다리라고 했다.

부녀는 여인숙에서 셋째 날 정오까지 기다렸으나 아무런 소식도 없었다. 부녀가 밖에서 점심을 먹고 들어오는데 여인숙 주인이 맞이하러 나오며 혹시 베이징에서 무슨 일을 저지른 건 아니냐고 물었다. 방금 관리 네 명이 부녀를 찾아왔는데 무슨 일인지 밝히지는 않았지만 분위기가 살벌했다는 것이었다.

지금껏 한 번도 관리들과 엮여본 적이 없던 부녀는 그 말에 등골이 오싹해졌다. 사실 작년에 그 남자가 입아를 수양딸로 삼은 것도 괴이쩍은 일이었다. 무슨 화를 입게 될까봐 걱정스러워진 부녀는 얼른 방을 빼고 톈진으로 돌아가기로 했다.

베이징에서 톈진까지는 200여 리 길이었다. 하지만 두 사람은 뭘 타고 갈 엄두도 안 나서 그냥 걸어가기로 했다. 그렇게 큰길이 아닌 샛길을 골라 사흘 남짓 걸은 끝에 가까스로 집에 돌아왔다. 그런데 이웃이 오더니 어제 관아에서 사람이 나와 그들 부녀를 찾았다고, 누구든 그들을 보면 바로 알리라고 했다고 전했다. 유팔은 관아에서 자기네를 잡아가려 한다는 생각이 들었다. 이웃이 혹시 무슨 죄를 저질렀냐고 묻자 부녀는 우물쭈물하며 대답을 못 했

다. 겁먹은 나머지 아무 말도 못 하는 유 개파뿐 아니라 입아마저
제대로 입을 열지 못했다. 좌우지간 관가와 엮이면 재앙이 끊이지
않는 법, 지금 상황에서는 삼십육계 줄행랑이 최선이었다.

유팔은 딸에게 혼자는 숨기 쉽지만 둘이 같이는 숨기 어려우니
갈라지자고 했다. 입아 고모의 친척 가운데 출가한 사촌 언니가
기거하는 암자가 있는데 주변이 다 강이라 매우 조용한 곳이었다.
유팔은 입아를 그곳으로 피신시키고, 자신은 노대진蘆臺鎭에 있는
먼 친척 집에 숨어 지냈다.

하지만 일은 이대로 잠잠해지지 않았다. 듣자 하니 어느 날 관
아 사람들이 북과 징을 울리며 서쪽 성 밖에 있는 암자까지 찾아
왔다고 했다. 그들은 암자 문 앞에 사다리를 세우고 올라가 편액
을 하나 걸었다. 파란 바탕에 금빛 글씨로 '황고암皇姑庵'이라고
씌어 있었으며 글씨가 매우 단정하고 중후했다. '황고'가 무슨 뜻
인가? '황제의 누이'라는 뜻 아닌가. 게다가 그들은 가마까지 하
나 메고 왔고, 한 관리가 나서서 황제께서 입아를 황궁에 모시라
고 했다고 소리쳤다.

무슨 영문인지는 아무도 몰랐다.

그때 암자 문이 삐걱 열리더니 삭발한 비구니가 나왔다. 나이
는 마흔쯤 되어 보이고 수수한 가사를 입은 그는 입아가 아니었
다. 비구니는 암자에는 자기 한 사람뿐이라고, 입아라는 아가씨가
며칠 묵기는 했으나 아버지가 데려갔으며 어디로 갔는지는 하늘
과 땅만 안다고 했다.

그 뒤로 이 암자는 '황고암'이라 불리게 되었고, 현판은 황제의

명으로 걸어놓은 것인지라 누구도 떼어낼 수 없었다. 하지만 왜 '황고'라고 했느냐, 그 이유를 똑바로 말할 수 있는 이는 점점 더 찾아볼 수 없게 됐다.

최가포

—

崔家炮

불꽃놀이 폭죽은 상리上栗, 핑샹萍鄉, 류양瀏陽, 리링醴陵에서 만든 것이 모두 훌륭하다. 톈진은 중국의 남북을 잇는 항구 도시이기에 이들 지역 폭죽이 다 있었다. 하지만 톈진 사람들은 외지에서 만든 폭죽은 거들떠보지 않고 톈진에서 만든 폭죽만 쏘았다. 톈진에서 만든 꽃불은 눈이 어질어질할 만큼 화려했고, 톈진 사람들이 만든 폭죽의 화력은 서양인의 폭탄에 견줄 만했다. 폭죽 제조는 대단히 위험한 일이기에 사람이 많은 구시가지에서는 할 수 없었고, 멀찍이 외따로 떨어진 마을에서만 폭죽을 만들었다. 가장 인기 있는 폭죽은 정해현靜海縣 연아장진鎭沿兒莊 최가장崔家莊에서 만든 폭죽이었다.

최가장은 최崔씨들만 모여 사는 동네로, 오래된 마을이지만 인구가 매우 적었다. 마을 사람 절반이 폭죽을 만들다가 사고로 목숨을 잃었기 때문이다. 살아남은 사람들은 모두 성격이 거칠고 담대하며 죽음을 장난감처럼 여기는 재야의 영웅이었다. 폭죽의 무시무시한 위력을 제압하려면 만드는 사람이 폭죽보다 더 강해야만 했던 것이다.

최가장에서 으뜸가는 폭죽 제조자는 최흑자崔黑子였다. 그의 조상 때부터 이미 황무지 표면에서 긁어낸 하얀 초석에 유황과 숯을 더하면 화약이 된다는 사실을 알고 있었다. 최흑자 집안에서 만든 폭죽은 산을 가르고 바위를 부술 만큼 위력이 대단해서 사람들은 그 폭죽을 최가포崔家炮라고 불렀다.

최흑자에게는 아들이 셋 있었다. 둘째는 스물여섯 살에 죽었는데 마당 한가운데 쌓아놓은 마뢰자麻雷子* 더미에 누워 낮잠을 자다가 마뢰자가 난데없이 폭발하고 말았다. 둘째는 그대로 산산조각 났고 시신마저 온전히 남기지 못했다.

그렇게 첫째와 셋째만 남았는데 첫째는 서른이 되도록 장가를 못 가고 있었다. 화약이 터져 폭사할까 무서워 그에게 시집오려는 사람이 없었던 것이다. 최흑자의 집은 땅에 깔린 황토에도 화약 가루가 섞여 있고 공기 중에도 초석이 떠다니는데 어찌 두렵지 않겠는가? 최흑자의 머리와 얼굴이 시커먼 것도 바로 화약에 그을려 그리 된 것이었다. 셋째는 열세 살밖에 안 되었는데 어릴 적에 사고를 당해 몸이 불편했다. 지붕을 고치던 최흑자가 실수로 도끼를 떨어뜨렸는데 하필이면 도끼가 땅에 있던 돌을 내리치면서 불

* 터질 때 어마어마한 소리가 나는 폭죽 종류. 뇌자雷子라고도 한다.

꽃이 튕겼고, 그 바람에 담장 곁에 쌓아둔 유황 반 포대가 폭발하여 집 절반이 날아갔으며 셋째는 오른쪽 귀가 터지고 다리 하나를 다쳤다. 아버지 때문에 셋째는 한쪽 귀가 멀고 한쪽 다리를 절게 되었다.

폭죽을 만드는 사람은 두 가지만 잘하면 된다. 잘 만들고, 잘 팔고. 그중 더 중한 일은 판매였는데 자기가 만든 폭죽의 장점을 잘 알아야만 판매도 잘할 수 있었다. 최흑자는 이제 나이가 들어 폭죽을 만드는 일만 맡고, 파는 일은 아들에게 일임했다. 해마다 섣달이면 셋째는 마을 어귀 장터에 나가 폭죽을 팔고, 맏이는 천후궁 부근 복신가福神街에 가서 폭죽을 팔았다.

최가포가 얼마나 대단하며 최흑자 일가는 또 얼마나 대단하냐고? 최흑자의 두 아들이 폭죽 파는 수완을 잘 보면 알 수 있다. 두 형제는 같은 뱃속에 나왔는지 의심스러울 정도로 닮은 구석이 전혀 없었다. 맏이는 호랑이 같고 막내는 고양이 같았지만 폭죽 파는 수완은 막상막하였다.

정해현에서는 섣달에 들어서면 사흘에 한 번씩 폭죽 장이 섰다. 장날이면 최가장 사람들은 제조한 폭죽을 꺼내 수레에 가득 싣고 사악한 기운을 막아주는 빨간 솜이불을 덮고는 마을 밖 청룡하青龍河 기슭에 수레를 몰고 가서 강둑에 늘어선 버드나무 아래에 세워놓았다. 청룡하는 자아하로 흘러드는 강인데 가을이 지나면 강물이 말라 바닥이 드러났다. 꽁꽁 얼어붙은 강바닥이 곧 폭죽 시장이었다. 폭죽을 팔러 온 이들은 저마다 자기네 폭죽을 들고 강둑에서부터 달려 내려갔다. 강바닥에 이르러 서로 대결하듯 폭죽을 펑펑 터뜨리면, 사려는 이들은 강둑에 서서 구경하면서 마음에 드는 폭죽을 골랐다. 다른 마을에서 온 폭죽 장수들도 합세하여 분위기가 한껏 달아올랐다.

정해현에서 가장 유명한 폭죽 제조처는 연아장진으로 폭죽 만드는 마을만 이삼십 곳에 달했다. 매년 이맘때면 다들 커다란 수레에 폭죽을 가득 싣고 청룡하로 몰려들어 자기네 폭죽이 최고라며 열띤 경쟁을 벌였다. 폭죽 판매에는 젊은이들이 나섰다. 저마다 가장 위력이 센 폭죽을 허리춤에 꽂고, 붉은 뇌자 폭죽을 줄줄이 꿴 3미터 길이의 장대를 들고 있었다. 그들이 뇌자 폭죽 심지에 불을 붙여 고함을 지르고 장대를 휘두르며 강바닥으로 달려가면, 장대에 줄줄이 매달린 폭죽이 불붙은 바퀴처럼 빙빙 돌다가 터지면서 연기가 치솟고 종이 부스러기가 휘날렸다. 그들은 강바닥 한가운데 이를 때까지 폭죽이 터지는 장대를 쉬지 않고 휘두르며 쩌렁쩌렁 고함을 지르는데 하나같이 호기롭고 용맹했다. 이렇게 열심히 폭죽 장대를 휘두르는 이유는 위세를 뽐내려는 것도 있지만, 실은 폭죽을 연결할 때 쓰는 자기네 줄이 얼마나 튼튼한지 내보이려는 목적이었다. 폭죽을 단단히 엮어야만 불이 꺼지지 않기 때문이었다.

그런데 최흑자의 셋째 아들이 나타났다 하면 폭죽을 사려는 사람도 팔려는 사람도 모두 조용해졌다. 셋째가 절기를 뽐내기를 기다리며 사람들은 저도 모르게 솜으로 귓구멍을 더 꽉꽉 틀어막았다. 최가포가 터지면 고막도 터질 지경이었으니까. 청룡하 폭죽 시장에서는 사람들은 물론 수레를 끄는 가축들까지 모조리 귓구멍을 솜뭉치로 틀어막고 있었다.

셋째는 영웅다운 기개라고는 조금도 찾아볼 수 없는 모습이었다. 키는 다섯 자도 안 되고 삐쩍 말라서 몸에 걸친 기다란 솜옷이 헐렁헐렁했다. 칙칙한 얼굴과 생기 없는 두 눈을 보면 영락없는 고양이, 그것도 병든 고양이였다. 그는 모직 모자를 눌러 쓰고 귀마개를 하고 나타났는데 귀마개 안에 댄 털이 길게 삐져나와 있었다. 셋째가 등장하는 모습은 다른 젊은이들과는 딴판이었다. 셋째는 아무런 소리도 지르지 않았다. 그저 강바닥 한가운데까지 터덜터덜 내려가서 고작 폭죽 한 꿰미 또는 낱개로 된 폭죽 몇 개를 터뜨리면 끝이었다. 그러면 그가 가져온 폭죽은 순식간에 동이 났다. 셋째가 폭죽을 터뜨리고 나면 다른 집 폭죽 소리는 늙은 소가 방귀 뀌는 소리처럼 매가리가 없었다.

작년 일이었다. 셋째가 강둑에서 내려오는데 손에 든 폭죽을 보니 꼭 콩나물처럼 비리비리했다. 저렇게 보잘것없는 폭죽이 위력이 있어봤자 얼마나 있겠는가? 하지만 폭죽이 터지는 순간, 서양 소총을 발사하듯 되알진 소리가 나면서 귀청을 때렸다. 이거야말로 진정한 '강철 폭죽'이었다!

바로 그때, 통통한 소년이 셋째의 맞은편에 와서 섰다. 제법 튼실해 보이는 몸집에 짤막한 남색 솜저고리를 입고 머리는 맨머리였다. 소년이 들고 있는 길쭉하고 굵직한 느릅나무 장대 끝에 폭죽 한 줄이 달려 있는데, 거의 오이만 한 폭죽으로 그렇게 커다란 뇌자 폭죽은 지금껏 아무도 본 적이 없었다. 소년은 말없이 심지에 불을 붙였고, 그의 폭죽이 다 터지고 연기가 걷히고 나니 셋째가 보이지 않았다. 어떤 이는 셋째가 마을로 돌아가버렸다고 했고, 어떤 이는 폭죽에 맞아 날아갔다고 했다.

그 뒤로 이 퉁퉁한 녀석에 대한 소문이 퍼지기 시작해 갈수록 살이 붙고 신비로워졌다. 사람들 말로는 허베이 다청大城에서 온 일가족의 아들인데 성이 채蔡씨라서 채 뚱보라 불린다고 했다. 채씨 집안은 대대로 폭죽을 만들어 산해관山海關 밖으로 가져가서 팔았으며 러시아인들도 춘절에 채 뚱보네 폭죽을 터뜨렸다는데, 사실 러시아에는 춘절에 폭죽을 터뜨리는 풍습이 없었다. 또 누군가는 채씨네가 군대와 관계 있는 집안이라 포탄 만들 때 쓰는 화약으로 폭죽을 만든다고 했다. 그래서 채 뚱보네 폭죽은 겉에 철피만 입히면 바로 포탄이 된다는 것이었다. 채 뚱보네 폭죽에 관한 소문은 날이 갈수록 무성해졌고, 최가포는 금세 설 자리를 잃었다.

올해 청룡하 폭죽 시장에서는 최씨네 셋째가 보이지 않았다. 반면에 채 뚱보는 의기양양하게 등장해 폭죽을 터뜨렸다. 작년 것보다 크기도 소리도 한층 대단한 폭죽이었다. 채 뚱보가 한창 위세를 떨치고 있을 때, 셋째가 강둑에서 어슬렁어슬렁 걸어 내려왔다. 산책이라도 하듯 유유자적한 발걸음이었다. 사실 셋째는 왼쪽 귀가 멀었기 때문에 소리가 아무리 커도 상관없었고 폭죽도 왼손에 들고 있었다. 이번 것은 특이하게도 폭죽 한 줄의 길이가 2자밖에 안 되고 달려 있는 폭죽도 고작 열한 개뿐이며 별로 크지도 않고 생김새는 꼭 당근 같았다. 하하, 당근 한 꿰미라! 그러나 최씨네 셋째는 틀림없이 만반의 준비를 하고 왔을 터. 사람들 눈에는 이 당근 같은 폭죽이 예사로이 보이지 않았다.

셋째는 강바닥에 이르자마자 들고 있던 폭죽에 불을 붙였다. 우레 같은 소리가 나면서 폭탄 터지듯 첫 번째 폭죽이 터졌다. 강둑에 서 있던 가축들까지 깜짝 놀랐고, 수레를 매단 채 강둑에서 뛰어내리는 녀석마저 있었다. 셋째는 키가 작아서 손에 든 폭죽이 지면 가까이에서 터졌고, 격렬한 폭발음과 함께 누런 흙먼지가 뭉게뭉게 솟아올랐다. 폭죽이 우르르 터지는 것이 아니라 셋째가 한 발짝 뗄 때마다 한 개씩 터지는데, 꾕음과 함께 흙먼지가 이는 모습이 마치 지뢰밭을 한 발 한 발 걸어가는 것처럼 보였다. 셋째가 열한 발짝을 걸어 채 뚱보 앞에 이르렀을 때 마지막 폭죽이 터졌고, 기겁한 채 뚱보는 그대로 나자빠졌다. 사람들이 정신을 차리고 보니 셋째가 지나간 자리마다 사람이 들어앉아도 될 만큼 커다란 흙구덩이가 생겨나 있는데, 모두 열한 개였다! 그 장면을 보고 다들 입이 쩍 벌어졌다.

그때 갑자기 채 뚱보가 두 손으로 귀를 막으며 소리를 질러댔다. 귀가 들리지 않게 된 것이었다.

그 뒤로 청룽하 폭죽 시장에서 채 뚱보의 모습은 찾아볼 수 없었고, 셋째가 터뜨린 그 폭죽은 일약 이름을 떨치며 '십일향十一响'이라 불리게 됐다. 톈진의 수군 부대는 물론 대고大沽에 있는 포대에서도 새해를 맞이할 때 그 폭죽을 사서 터뜨렸다고 한다.

구시가지 쪽에서는 해마다 성 밖에 있는 천후궁 앞 거리에 폭죽 시장이 열렸다.

설이 다가오면 길가에 줄줄이 늘어선 가게 안팎에 성안 사람들이 쓰는 향초, 솜, 의복, 장식품, 신상神像, 제수, 떡, 과일, 분재, 수선화, 과자, 주전부리, 술, 연화, 등롱, 대련, 노리개, 크고 작은 복福 자 등등이 잔뜩 진열되었다. 그러나 폭죽만은 천후궁 북쪽에 있는 양가대원楊家大院 옆을 가로로 지나는 복신가에서 따로 팔았다. 이유는 첫째, 톈진에는 장사꾼이 많은데 그들은 액막이를 하고 길일을 택할 때 폭죽을 아주 많이 사용했기에 폭죽을 파는 시장이 필요했고, 둘째, 폭죽은 불씨만 만나도 화재로 이어질 수 있기 때문에 따로 모아놓을 필요가 있었다.

복신가는 굉장히 좁은 거리라 폭죽 시장의 모습도 매우 독특했다. 길가 담벼락 쪽에 폭죽 가판대를 주르륵 벌여놓고 그 옆으로 행인이 지나다녀야 했는데, 말이 폭죽 가판대이지 실은 폭죽 더미나 다름없었다. 아래쪽에는 대형 폭죽과 쌍발 폭죽, 상자형 폭죽 꾸러미를 작은 산처럼 쌓아놓고 그 위로 알록달록한 갖가지 불꽃놀이 폭죽을 가득 늘어놓았다. 장시와 후난湖南의 폭죽 상인들도 이리로 몰려와 장사를 하는 통에 이곳 시장은 폭죽업자들이 저마다 재주를 겨루는 경기장을 방불케 했다. 폭죽이 대부분 붉은색이다보니 거리도 온통 붉은색이었다. 뭐니 뭐니 해도 가장 눈에 띄고, 가장 손님이 많고, 가장 넓은 자리를 차지한 가게는 건륭제 때부터 이곳에서 장사를 해온 최흑자네 가게였다. 이곳 시장의 규칙에 따라 섣달이 되면 최씨네는 길목 담벼락에 '연년재차年年在此'* 라는 글귀를 적고 '연아장최沿兒莊崔'라는 낙관을 찍은 붉은 종이

---

* '해마다 이곳에서 장사한다'는 뜻이다.

를 붙여놓았고, 누구도 감히 이 자리를 넘보지 못했다.

최씨네 가게에서는 딱 두 가지 폭죽만 팔았다. 하나는 쌍발 폭죽, 또 하나는 줄줄이 엮은 뇌자 폭죽이었다. 가판대 양쪽에 팔뚝만큼 굵은 대나무 장대를 하나씩 세우고 장대 꼭대기에 길이 2장이 넘는 대형 뇌자 폭죽을 걸어놓았다. 폭죽 무게 때문에 장대가 살짝 휘어지고 반쯤은 땅바닥에 드리워져 있었다. 한복판에 걸린 큼지막한 붉은 나무판에는 검은 글씨로 '족수만두足數萬頭'*라고 씌어 있었다. 톈진 사람이면 누구나 정해현 최씨네 폭죽이 최고라는 사실을 잘 알았다. 최씨네 폭죽은 몸통이 둥글고 화약이 넉넉히 들어 있으며 심지가 곧고 소리는 우렁차면서도 상쾌했다. 불발한다거나 시원찮은 소리가 나는 일은 결코 없었다.

최흑자가 폭죽을 팔던 시절에는 시장에서 폭죽을 터뜨리는 일이 금지되어 있었다. 작은 불똥 하나라도 떨어졌다가는 천지를 뒤흔드는 폭발이 일어나 사람이 죽을 수도 있기 때문이었다. 도광道光 연간(1821~1850), 한 부잣집 나리가 폭죽을 사러 왔다가 흥을 주체하지 못하고 기어코 '황연대포黃煙帶炮'**를 터뜨렸다. 돈깨나 있다고 횡포를 부린 결과는 대형 화재로 이어졌고, 수회水會*** 십수 명이 목숨을 걸고 불을 껐지만 시장 절반이 불타버렸다. 소송에서 패한 부잣집 나리는 손해를 배상하느라 가산을 탕진해 빈털터리가 되고 말았다. 그 뒤로 이곳 복신가에서 폭죽을 터뜨리는

* '질과 양을 모두 보증한다'는 뜻이다.
** 누런 연기를 뿜으며 연발로 터지는 폭죽.
*** 톈진의 민간 자치 소방대.

자는 아무도 없었다. 그러나 폭죽을 터뜨려보지 않고 좋은 폭죽인지 나쁜 폭죽인지 어찌 알 수 있단 말인가?

최흑자가 나이가 들자 첫째가 폭죽 판매를 이어받았다. 첫째는 기어이 복신가 어귀에서 폭죽을 터뜨리려 했다. 그에게는 그럴 만한 담력도 있고 재간도 있었다. 결국 그는 사람들 앞에서 한 손으로 쌍발 폭죽을 터뜨리는 묘기를 선보였으니─

쌍발 폭죽은 몸통은 하나인데 위아래가 분리되어 위에서 한 방, 아래서 한 방씩 폭죽이 터진다. 심지가 아래쪽에 있어서 보통 윗부분을 쥐고 심지에 불을 붙이면 아래쪽부터 한 방 터진다. 그리고 아래쪽 화약이 터지면서 생긴 충격으로 윗부분이 튕겨나가 높이높이 치솟으며 허공에서 또 한 방 터진다. 쌍발 폭죽은 반드시 손에서 터뜨려야 하는지라 담력이 있어야 했다. 그런데 누가 감히 복신가에서 그걸 터뜨릴 수 있겠는가? 손에서 날아오른 윗부분이 빗나가서 폭죽 더미에 떨어지기라도 하면 큰일이 날 텐데?

최씨네 첫째의 특기는 바로 이 쌍발 폭죽을 두 방 모두 손에 쥔 채 터뜨리는 것이었다.

그는 먼저 왼손으로 폭죽 윗부분을 잡고 심지에 불을 붙여 아랫부분을 터뜨렸다. 이어 이미 터진 아랫부분을 다시 오른손으로 꽉 쥐면서 터지지 않은 폭죽 윗부분을 내보이면, 위아래 심지가 연결되어 있으니 손을 바꾸는 사이에 불붙은 심지가 윗부분까지 타들어가면서 윗부분이 오른손에서 터졌다. 이렇게 하면 왼손에서 한 방, 오른손에서 한 방, 이렇게 두 방이 모두 손에서 터지니 아무 데로나 날아갈 일이 없었다.

이렇게 쌍발 폭죽을 터뜨리는 사람을 대체 어디서 보겠는가? 최씨네 첫째가 이 재주로 사람들에게 품질 좋은 폭죽을 선보이자 다들 최가포를 인정하게 되었다.

그러나 재주가 있으면 시기하는 자가 생겨나고, 칭찬하는 자가 있으면 심술부리는 자도 있는 법이다. 첫째는 사람들 앞에서 터뜨릴 쌍발 폭죽을 늘 뒤쪽에 있는 작은 탁자에 올려두었다. 그런데 어느 날, 누군가 몰래 가는 송곳으로 폭죽을 찔러놓았다. 원래 위아래로 분리되어 있던 화약이 합쳐지면서 쌍발이 단발로 바뀐 셈이었다. 첫째는 그런 일이 벌어진 줄은 꿈에도 모른 채 폭죽을 집어 들었다. 그러고 여느 때처럼 윗부분을 손에 쥐고 가느다란 향으로 심지에 불을 붙이는 순간, 위아래 폭죽이 동시에 터지고 말았다. 화력이 어마어마한 최가포 두 방이 단번에 터지니 그 폭죽을 쥔 손이 성할 리가 있나. 첫째의 손바닥이 터지면서 엄지손가락이 지붕 위로 튕겨나갔다.

얼마 지나지 않아 복신가에 다음과 같은 소문이 퍼졌다.

"연아장 쌍발 폭죽은 사면 안 돼. 위아래 화약이 이어져 있어 자칫하면 목숨이 날아간다고!"

이 정도 사고로 최고 자리에서 물러난다면 어찌 최고라 일컫겠는가.

이듬해 겨울, 복신가 어귀 담벼락에는 뜻밖에도 연아장 최씨네의 '연년재차' 글귀가 붙어 있었다. 섣달 보름날, 최씨네 첫째는 변함없이 싱글벙글한 얼굴로 폭죽 가판대를 차리고, 양옆에도 '족수만두'라는 글귀를 붙이고 뇌자 폭죽을 걸어놓은 대나무 장대를 세워두었다. 그는 두 볼에 살이 붙고 미간이 훤해졌으며 얼굴에 불그레한 윤기가 흐르는 것이 전보다 실팍해진 모습이었다. 다만 왼손 엄지손가락이 보이지 않았다. 그 손으로 어떻게 쌍발 폭죽을 터뜨린단 말인가? 그런데 그가 누구도 예상치 못한 새로운 기술을 선보일 줄이야!

첫째는 원래 좌우 양손으로 하던 묘기를 이번에는 한 손으로 했다. 먼저 엄지손가락이 없어진 왼손으로 심지에 불을 붙였다. 오른손으로는 쌍발 폭죽의 윗부분을 잡고 있다가, 아래쪽에서 한 방 터지는 순간 손을 떼고 위로 슬쩍 튕겨 올리며 폭죽을 획 뒤집어 터진 부분을 잡으니 두 번째도 마찬가지로 오른손 안에서 터지게 되었다.

새로이 바꾼 방법은 더 위험하고 더 신기하고 더 절묘했으나 그는 여전히 침착하고 빈틈없는 모습이었다. 이리하여 최가포의 명성은 한층 높아졌다.

허나 이 방법을 선보이고자 그가 얼마나 큰 위험을 무릅썼겠는 가? 이 얼마나 담대한 사람인가?

백사야가 말로 소설을 짓다

—

白四爺說小說

상하이 사람들은 연애소설을 좋아하고 톈진 사람들은 무협소
설을 좋아한다. 때문에 무림의 풍운을 쓰는 고수들은 대부분 톈진
에 주둔해 있었다. 그중 가장 이름난 세 사람은 환주루주還珠樓主,
정증인鄭證因, 궁백우宮白羽*였다. 이들 말고도 한 사람이 더 있는
데 그는 생전에 더더욱 명성이 높았다. 그에게는 좀 독특한 데가
있었으니, 남들은 소설을 썼지만 그는 소설을 말했다.

그의 본명은 백운비白雲飛였다. 소금 장사로 부자가 된 집안 출
신으로 돈 걱정 없이 살았으며 넷째 아들이라 백사야白四爺라 불
렸다. 백사야는 생김새가 대단히 특이해 다른 종족처럼 보일 지경

---

* 이 세 사람은 1930~40년대 중국 무협소설의 최고봉이었으며 왕도려王度廬, 주
정목朱貞木과 더불어 '북파 5대가'라 불렸다.

이었다. 몸통은 큰데 사지는 짧고, 배가 둥글고 엉덩이가 내려앉았으며 머리는 솥단지만 했다. 머리보다 더 기이한 것은 그의 두뇌로, 한 번 본 것은 절대 잊어버리지 않았으며 비범한 생각이 가득하고 생각하는 속도도 엄청나게 빨랐다. 그는 책을 많이 읽지는 않았고 읽기보다 쓰기를 훨씬 많이 했다. 처음에는 그 역시 펜으로 글을 썼지만 쓰는 속도가 머리 돌아가는 속도를 따라가지 못했기에 펜을 내려놓고 말로 소설을 엮기 시작했다.

그 무렵 톈진에서는 신문과 잡지 발행이 유행이라 각양각색 신문과 잡지가 쏟아져 나왔다. 신문사와 잡지사에서는 구독자를 늘리고자 유명 작가를 섭외해 잡지는 매 호마다, 일간지는 날마다 무협소설을 한 토막씩 연재했다. 그 덕에 출중한 소설가들은 엄청난 인기를 누리게 됐지만, 편집자의 독촉에 시달리며 책상머리에 앉아 아침부터 저녁까지 쉬지 않고 글을 써야 했고 이런 생활이 날마다 되풀이되었다. 그런데 이들과는 달리 아무런 고생 않고 편안히 지내는 소설가가 한 사람 있었으니, 그가 바로 백운비였다. 그는 소설을 쓰는 게 아니라 말로 엮었기 때문에 힘들 일이 없었다. 이뿐만이 아니라―

백사야는 목욕탕에 가서 몸을 담그기를 대단히 좋아하여 하루를 못 가면 온몸에 때가 쌓이고, 이틀을 못 가면 온몸에 곰팡이가 낄 지경이라고 말하곤 했다. 그는 권업장勸業場* 옆에 있는 대형 목욕탕 화청지華淸池의 단골이었으며 자기만의 독실까지 있었다.

---

* 1928년 프랑스 조계지에 세워진 톈진의 대형 백화점.

갑甲행 4호실이었는데, 이 방을 택한 이유는 사야四爺와 숫자를 맞춰 행운을 기원하는 동시에 기억하기도 편하기 때문이었다. 그는 섣달그믐날과 중추절을 빼고는 날마다 이곳에 와서 오후를 보냈다.

그는 먼저 뜨끈뜨끈한 온탕에 몸을 푹 담그고 한참 있다가, 나와서는 알몸에 하얀 목욕수건만 두른 채 갑행 4호실 문발을 들추고 들어가 작은 침대에 드러누웠다. 당시 목욕탕의 독실을 보면 좌우에 작은 침대가 하나씩 있고 그 사이에 네모난 탁자가 놓여 있었다. 침대 하나는 본인이 눕는 용도, 다른 하나는 그를 찾아오는 사람들이 의자 삼아 앉는 용도였다. 백사야가 누우면 젊은 종업원이 들어와 때를 밀어주고 발톱을 깎아주며 바삐 손을 놀렸다. 그렇게 한 꺼풀 벗기고 나면 백사야는 허물 벗은 매미처럼 가뿐하고 말끔해졌다. 머리부터 발끝까지 보들보들 매끈매끈, 엉덩이는 하얀 법랑 쟁반처럼 반질반질했다.

이어 종업원이 날라온 작은 접시들이 탁자에 차려졌다. 간장에 절인 해바라기 씨, 말린 매실, 호박 땅콩, 대풍항大豊巷*의 조趙씨네에서 만든 엿사탕과 썰어놓은 싱싱한 무, 거기에 진하게 우려낸 뜨거운 재스민차 한 주전자까지. 이렇게 뜨겁고 차갑고 달고 짜고 바삭하고 쫄깃하고 딱딱하고 부드러운 것이 모두 갖춰지니, 백사야는 그야말로 속세의 신선이나 다름없었다.

그리고 나면 문발을 젖히며 한 남자가 들어서는데, 긴 두루마

---

* 옛 톈진의 번화한 골목인 8항巷 가운데 하나.

358

기 차림에 안경을 끼고 작은 가방을 든 모습이 딱 봐도 신문사 편집자였다. 그는 맞은편 침대에 걸터앉아 펜과 종이를 들고 입을 열었다.

"백 나리, 내일 연재할 내용이 벌써 다 떨어졌습니다. 오늘은 어떻게든 다음 회를 말씀해주셔야 합니다. 2회분이면 더더욱 좋고요."

말을 마친 그는 미소 띤 얼굴로 백사야를 바라보았다.

"어느 신문사였더라?"

"『용보庸報』입니다. 매일 찾아뵙는데 기억이 안 나시는지요?"

"날마다 일고여덟 곳에서 찾아와서는 밑도 끝도 없이 소설을 말해 달라는데, 난들 어찌 다 기억하겠나? 제각각 연재하는 이야기를 뒤섞지 않는 것만 해도 용한 거야."

"백 나리, 정말 대단하십니다. 소설 일고여덟 편을 동시에 연재하시다니요. 톈진뿐만 아니라 온 천하를 뒤져봐도 나리를 따를 사람은 찾을 수가 없지요!"

칭송을 듣고 흐뭇해하던 백사야가 퍼뜩 정신을 차리고 말했다.

"『용보』에 연재하는 소설 제목이 뭐였더라? 자, 지난 회 내용을 좀 읽어주게나. 그럼 내가 뒤를 잇도록 하지."

"저희 신문에 연재하시는 소설은 『무당쟁웅기武當爭雄記』입니다. 오늘 나온 따끈따끈한 신문을 가져왔으니 읽어드리지요."

웃으며 대답한 편집자는 가방에서 신문 한 부를 꺼내 읽기 시작했다.

"사호謝虎가 나직이 지시를 내리자 요함영廖含英은 품속에서 손수건을 꺼내 물에 적신 다음, 그것으로 사호의 머리부터 콧구멍까지 덮어씌웠다. 그러고는 탁상에 놓인 등잔불을 끄고서 옷을 입은 채 누워서 자는 척했다. 칼은 바로 곁에 두었다. 얼마 뒤, 달빛이 환한 창호지 너머로 그림자가 하나 나타났다. 그림자가 갑자기 커지는가 싶더니 어느새 창문 앞까지 다가와 있었다. 그림자의 주인공은 창문에 손을 대고 혀를 내밀어 창호지를 핥아 소리 없이 구멍을 냈다. 이어 가느다란 대나무 대롱을 구멍에 꽂고 안을 향해 힘껏 입김을 불자 안쪽으로 푸르스름한 연기 한 줄기가 들어왔다. 방 안에서 천천히 피어오른 연기가 달빛에 비쳐 파랗게 빛났다. 기이하리만치 선명해 보이는 이 연기는 바로 사람 목숨도 앗아간다는 몽혼약 '계명오경반혼향鷄鳴五更返魂香'이었다!"

여기까지 읽고 나서 안경 쓴 편집자가 말했다.

"지난 회는 여기서 끝났습니다."

"좋아. 그럼 계속 이어가겠네! 얘기할 테니 잘 받아 적으시게나—"

백사야는 아편이라도 한 모금 빨아들인 것처럼 정신을 차리고는 비스듬히 누워 있던 몸을 일으켰다. 그가 웃통을 벗은 허연 살갗을 드러낸 채 두 눈을 반짝반짝 빛내며 입을 열자 바로 이야기가 이어졌다.

"창밖의 그림자는 방 안에 몽혼약을 불어넣고 한참을 기다렸다. 아무런 기척이 없기에 창호지에 귀를 대보니 코 고는 소리만 들릴 뿐이었다. 허리춤에서 요도腰刀를 빼 든 그는 창문을 소리 없이 비틀어 열고 몸을 날려 방 안으로 들어섰다."

여기까지 말한 백사야는 다음 내용을 생각해내려는 듯 잠깐 주변을 둘러보았다. 눈앞에 있는 침대 두 개를 바라보다가 천장을 올려다본 그는 곧바로 이야기를 이어갔다.

"그의 몸놀림은 대단히 민첩했다. 몸을 휙 돌린 그는 양손에 칼을 나누어 쥐고 좌우에 있는 침대를 동시에 내리쳤다. 탁, 칼날이 침대를 내리찍는 소리에 그는 일이 잘못되었음을 직감했다. 침대를 들여다보니 안이 텅 비어 있지 않은가. 사람은 어디로 갔을까? 재차 살필 겨를도 없이 그의 머리 위에서 두 그림자가 내려왔다. 대들보에 엎드려 있던 사호와 요함영이었다. 두 사람은 침입자가 반응할 틈도 없이 단숨에 내려와서는 네 손으로 독수리가 토끼를 채듯이 그를 제압해 단단히 결박했다. 등불을 켜고 침입자를 확인하는 순간, 두 사람은 깜짝 놀라 이구동성으로 소리쳤다. '네가 어떻게?'"

……

백사야가 이야기를 멈추자 안경 쓴 편집자가 졸라댔다.

"여기서 끝내시면 안 되죠, 나리. 계속 말씀해주세요!"

"이만하면 됐네. 500글자는 충분히 되었어. 절정 부분은 남겨놔야지. 날마다 500자를 연재하기로 정하지 않았던가?"

백사야가 웃으며 말을 이었다.

"뒷일이 어떻게 될지는 다음 회를 기대하게. 저기 좀 보게, 『369화보畫報』진秦 선생이 저기 서서 한참 기다리고 계시잖은가."

『용보』의 안경 쓴 편집자는 그제야 『369 화보』의 편집자가 문 앞에 서 있는 것을 알아차렸다. 둘 다 이곳을 뻔질나게 찾아오다 보니 종종 마주쳤고, 무슨 일로 왔는지도 서로 잘 알았다. 『용보』 편집자는 다음 사람에게 방해되지 않도록 서둘러 철수했다. 진 선생이 침대에 걸터앉자 백사야는 진한 찻물을 몇 모금 마시고는 상대가 입을 열기도 전에 웃으며 말했다.

"그쪽에 연재하는 소설은 『화면협花面侠』이지? 지난 회에 화면 협객이 산속에 있는 외딴 술집에서 표범고기볶음을 주문하면서 끝난 걸로 기억하는데, 맞는가?"

"백 나리는 기억력도 대단하시군요! 소설 여덟 편을 동시에 연재하면서도 조금도 헷갈리지 않으니 진정 기인이십니다! 지난 회 마지막 구절은 이러합니다. '접시에 있는 표범고기 한 점을 젓가락으로 집어 입에 넣기 직전, 번쩍이는 빛이 스치더니 은빛 별이 떨어지듯 차가운 기운과 함께 그녀의 얼굴을 향해 날아왔다. 도무지 피할 길이 없었다…….'"

진 선생의 말을 들으며 생각에 잠겨 있던 백사야는 오른손 검지와 엄지로 무 한 조각을 집어 들었다. 무를 입에 넣기 직전, 백사야의 눈길이 두 손가락 사이에 있는 무 조각에 꽂히는 듯하더니 입에서 오늘 연재할 내용이 흘러나왔다.

"순간 그녀의 손이 떨리는가 싶더니 철컥, 소리가 났다. 그녀의 젓가락 사이에 있는 것은 표범고기가 아닌 6, 7촌 크기의 날카로운 은빛 비도飛刀였다!"

"좋습니다!"

진 선생이 소리쳤다.

"시작부터 너무 멋지네요! 그야말로 신의 한 수입니다! 백 나리는 입만 여시면 절로 이야기가 흘러나오는군요. 머릿속에 기발한 생각이 가득 차 있는 게 틀림없어요!"

신문업계의 베테랑 진 선생은 작가의 사기를 북돋우는 법을 잘 알았다. 이렇게 추어올리는 말에 흥이 오른 백사야는 즉시 의기충천하여 봇물 터지듯 이야기를 쏟아냈다. 그러는 동안 어느새 진 선생 옆에는 키 큰 남자와 키 작은 남자가 나란히 앉아 있었다. 이들 역시 원고를 받으러 온 편집자였다. 편집자들은 하나같이 긴 두루마기를 걸쳤으며 어떤 이는 안경을 썼고 어떤 이는 색안경을 썼으며 어떤 이는 아무것도 쓰지 않았고, 어떤 이는 연필을 사용하고 어떤 이는 유행을 따라 만년필을 사용했으며 어떤 이는 고풍스럽게 구리 뚜껑을 씌운 붓과 먹통을 사용했다. 모두 대필에는 일가견이 있었지만 백사야의 입에서 흘러나오는 소설을 받아 적기가 어디 쉬운 일인가? 가장 어려운 점은, 백사야는 목소리도 감미롭고 감정도 풍부하고 말솜씨도 더없이 훌륭한지라 듣다보면 저도 모르게 이야기에 빠져들어 어느새 받아 적는 일을 잊게 된다는 것이었다.

실로 알 수 없는 일이었다. 백사야의 소설들은 도대체 어디서 나오는 걸까? 그는 다른 작가들처럼 골똘히 궁리하며 이야기를 짜내지도 않았고, 수심에 찬 얼굴로 붓대를 잘근잘근 씹는 일도 없었으며, 서재에 틀어박혀 자신을 채찍질하는 일은 더더욱 없었다. 그저 탕에 몸을 담그고, 때를 밀고, 차를 마시고, 해바라기 씨를 까 먹으며 마구잡이로 지껄이는 것만 같은데 이야기가 술술 만들어졌다. 백사야는 붓을 놀리는 법도 없이 모든 걸 해낼 뿐 아니라 제각기 다른 장편소설 여러 편을 동시에 연재했다. 말솜씨가 워낙 훌륭해서 입에서 나오는 대로 받아 적으면 바로 문장이 되었고, 편집자들이 다듬거나 살을 붙일 필요가 전혀 없었다. 어떤 편집자가 찾아오든, 누가 먼저 오고 나중에 오든 상관없이 백사야는 그들의 요구에 맞춰 이야기를 줄줄 엮어나갔다. 그의 머릿속 이야기들은 마치 톈진의 전차 같았다. 홍색, 황색, 남색, 녹색, 백색, 갈색, 자색의 일곱 빛깔 전차가 저마다 자기 노선을 순조로이 운행했고, 서로 충돌하거나 사람들이 전차에 잘못 타는 일은 전혀 없었다.

바가지처럼 커다란 머릿속에서 나오는 인물과 이야기, 멋진 표현은 모두 백사야가 즉석에서 생각해낸 것일까? 귀신이나 알 노릇이었다! 그의 발을 손질해주는 종업원의 말에 따르면, 백사야의 『천성표국天成鏢局』에 나오는 운 나리의 부인과 네 명의 첩은 백사야의 왼발가락 다섯 개에서 영감을 얻어 탄생했다고 한다. 어느 날 그가 백사야의 발톱을 다듬고 있는데, 백사야가 갑자기 새끼발가락을 가리키며 감개무량히 말했다는 것이다.

"저것 보게나. 저 조그만 첩이 얼마나 가련한가. 작고 야윈 몸으로 늘 구석에 몰린 채 찍소리도 못 내니 말이야."

그러더니 한마디 덧붙였다고.

"내 그녀에게 무술을 좀 전수해야겠어!"

그러고 나서 며칠 뒤, 이 다섯 발가락은 『천성표국』에 나오는 우씨 집안 여인들로 변신했다. 새끼발가락이었던 다섯째 첩은 가장 강한 무공을 연마하여 훗날 표국*의 일인자가 되었다.

또 다른 사연도 있다. 목욕탕 출입구 근처에 커다란 병풍이 서 있는데, 병풍 앞면에는 물줄기를 뿜는 붉은 용이 그려져 있고 뒷면에는 큼지막한 수은 거울이 달려 있었다. 목욕탕을 나서는 손님들이 거울을 보며 매무새를 가다듬는 용도였다. 백사야도 목욕과 소설 구술을 마치고 옷을 입고 나오면 늘 이 커다란 거울 앞에 서서 옷깃을 여미었다. 또 거울 틀 한쪽에 박힌 못에는 긴 끈으로 이어진 기름기 도는 빗이 달려 있었다. 백사야는 거울 앞에 설 때마다 이 빗으로 머리를 두어 번 빗고 나갔다. 이 빗은 나중에 『응담삼걸鷹潭三傑』속에서 호상비湖上飛가 사용하는 기발한 무기인 '구리 빗'으로 등장하기도 했다.

사람들은 백사야의 소설 속 모든 소재가 목욕탕에서 얻은 것이라고 했다. 사실 그의 고향 후베이湖北에서 먼 친척 몇 명이 톈진까지 찾아와 돈을 빌려달라면서 언짢은 소동을 일으킨 적이 있는데, 백사야는 이튿날 바로 친척들을 소설 속 인물로 등장시켰다. 실제 사건이 소설 속에 들어가면 당연히 있는 그대로가 아니라 변형되어 어떤 이는 용이나 봉황이 되고 어떤 이는 개나 돼지가 되었다. 이처럼 그의 머릿속에 들어간 모든 것이 소설 속에서 살아 숨 쉬는 존재로 재탄생했다. 우스개 한마디가 살인 사건을 낳고, 도둑과 창녀는 도리어 소설 속에서 절묘한 호흡을 자랑하는 한 쌍이 되었다. 그의 머릿속에 대체 어떤 천기天機가 들어 있는지는 아

* 옛날 중국에서 여객이나 화물을 호송하는 전문 조직. 무협소설의 단골 소재다.

무도 몰랐다.

이쪽 일은 이쪽 사람들이 가장 잘 아는 법이다. 하지만 작가들 누구도 백사야의 천부적인 재능을 인정하려 들지 않았고, 오히려 "말만 할 뿐 글은 못 쓴다"고, 본인은 쓸 줄도 모르면서 남의 붓을 빌려 돈을 벌고 이름을 날린다고 험담을 했다. 이런 말을 하고 다니는 사람 역시 당대의 유명 작가였다. 그러자 분개하며 백사야 편을 드는 사람도 생겨났다. 그럼 댁도 목욕탕에 누워서 몇 단락만 말해보시지. 백사야는 머리만 비상한 것이 아니라 입에서 나오는 말이 바로 명문장이라고. 편집자가 받아 적기만 하면 되지 한 글자도 바꿀 필요가 없는데, 당신 입에서 나온 말을 종이에 옮기면 아주 그냥 뒤죽박죽 엉망진창일걸?

백사야는 한 시대를 풍미하며 30년 넘게 인기를 누렸다. 그의 모든 연재소설은 유정서국有正書局에서 발간했는데 톈진에서 가장 많이 찍는 책이었으며 북으로는 헤이룽장黑龍江까지, 남으로는 홍콩까지 팔려나갔다. 그런데 1947년, 화청지의 온탕 지붕이 일 년 내내 증기를 쐬다보니 한쪽 귀퉁이가 썩어서 떨어지고 말았다. 그 조각이 공교롭게도 백사야의 목에 떨어져 목뼈를 다치게 했고, 그 뒤로 백사야는 줄곧 어지럼증으로 고생하게 되어 소설 연재를 모조리 중단하고 말았다. 일 년 뒤에는 고향인 후베이로 돌아가 상처를 치료하고 요양하며 여생을 보냈다.

그렇게 되자 예전에 돌던 소문이 또다시 고개를 쳐들었다. 백사야는 목욕탕을 떠나면 소설을 지을 수 없으며, 그의 모든 소설은 벌거벗은 몸에서 나온 거라고. 그러나 누가 뭐라고 떠들든 간에, 일단 백사야의 소설을 펼쳐 읽으면 그의 재주에 탄복하지 않을 도리가 없었다.

니왜

—

膩歪

과점가에 있는 서부상瑞蚨祥*에서 멀지 않은 곳에 마흔 살쯤 된 대머리 남자가 홀로 살고 있었다. 사람들은 그를 '니왜膩歪'**라고 불렀는데 이는 본명이 아닌 별명이었다. 이 별명은 그의 성격뿐 아니라 외모와도 매우 잘 어울렸다. 그는 하루 종일 아무 이유도 없이 오만상을 찌푸린 불쾌한 얼굴이었으며 매사에 흥미가 없었다. 아무리 맛있어도, 아무리 보기 좋아도, 아무리 재미있어도, 아무리 희한해도 곁눈질 한 번 하는 법이 없었다. 반대로 아무리 흉악하고 끔찍하고 비참한 일이 생겨도 거들떠보지도 않았다. 그의 마음속에는 풀리지 않거나 내려놓을 수 없거나 처리하지 못한 본

* 1908년 톈진에 문을 연 비단 가게. 이름난 비단 가게들인 '8대상八大祥' 가운데 하나다.
** '짜증쟁이', '불만쟁이'라는 뜻이다.

인의 일만 가득했다. 그게 무슨 일이냐고? 아무도 몰랐다.

사람들은 모르는 일일수록 더더욱 알고 싶어 한다.

일단 니왜의 생김새부터 살펴볼까—

미간은 늘 훈툰餛飩*처럼 쭈글쭈글하고, 표정은 기왓장처럼 딱딱하게 굳어 있으며, 눈알은 죽은 물고기 눈알처럼 초점이 없는데 누구도 흉내 낼 수 없는 눈빛이었다.

그는 왜 그렇게 짜증을 낼까, 도무지 짐작이 가지 않았다. 옭매듭과도 같아서 풀려고 하면 할수록 더욱 단단하게 조여들었다.

어떤 이는 양친이 세상을 뜨고 혼자 남게 되자 울적해서 그렇다고 했고, 어떤 이는 장가를 못 가 속이 타서 그렇다고 했다. 사실 다 이유가 아니었다. 니왜의 부친은 장시江西에서 온 도자기 판매상으로 청화자기만 전문으로 취급하던 사람이었다. 징더전景德鎮**에서 가장 훌륭한 청화자기를 육로나 수로를 통해 톈진까지 날라 와서 자죽림 조계지로 보냈고, 과점가에 꽤나 으리으리한 도자기 가게도 운영했다. 이렇게 도자기로 큰돈을 벌어 온 식구가 능라비단 옷만 입지 평범한 천으로 만든 옷은 입어본 적이 없었다. 양친이 세상을 뜨자 집안의 기둥이 사라지고 도자기 장사를 할 사람도 없어졌으며 가게도 접었지만, 니왜는 여전히 앞마당 뒷마당이 딸린 기와집에서 풍족하게 살았다. 그러니 본인이 청하기만 하면 어느 집이건 마다하지 않고 웃는 얼굴로 딸을 보낼 텐데?

---

* 얇은 밀가루 피에 소를 넣은 만두 종류로 표면이 유난히 쪼글쪼글하다.
** 중국 제일의 도자기 생산지. 송대 경덕 연간에 궁중용 자기를 생산해 명성이 높아졌다.

그런데 어찌하여 짜증이 날까? 누군가는 그가 어릴 때부터 신경 질쟁이였고 즐거워한 적이 없다고, 그때부터 별명이 니왜였다고, 천성이 그렇다면 고칠 수가 없다고 했다.

그러나 톈진에 대단한 사람이 얼마나 많은가. 고칠 수 없는 일 이란 있을 수 없었다.

만약 니왜가 진육陳六을 만나지 못했더라면 한평생 짜증만 부 리다 죽었을지도 모른다. 하지만 그는 우연찮게 진육을 만나게 되 었고, 진육은 누구도 못 고친다던 그의 짜증을 고쳐주었다. 진육 이 사람이야말로 진정 지혜로우며 독하고도 대단한 인물이었다.

진육은 과점가 토박이는 아니었다. 원래 서쪽 끄트머리에서 군 밤을 팔았는데 그가 파는 밤은 달콤하고 구수하고 알이 굵고 윤기 가 흘렀으며 껍질도 잘 까져 먹기 편했다. 서쪽 사람들은 가난해 서 주머니에 동전 몇 푼밖에 없었지만 과점가 사람들은 부자라서 주머니에 든 것이 전부 은전이었다. 장사를 하려면 돈을 따라가야 하는 법이니, 나중에 진육은 과점가로 자리를 옮겨 노점을 벌였 다. 그런데 과점가는 땅값이 금값인지라 땅에 선을 그어놓고 횡포 를 부리는 깡패가 많았다. 이곳에 발붙이고 장사하는 이들은 모두 보통내기가 아니었고 진육도 그중 하나였다. 진육이 과점가에 나 타난 첫날, 그를 찾아와 시비 거는 이는 아무도 없었다. 겉보기에 우락부락하고 포악한 것도 아닌데 어찌하여 아무도 그를 건드리 지 못했을까? 그 이유는 다음 이야기 속에 모두 들어 있다.

어느 날 토박이 건달 몇몇이 진육을 찾아와 잡담을 나누다가 니왜 이야기가 나왔다. 니왜 이야기를 하다보면 이 문제가 입에 오를 수밖에 없었다. 그는 도대체 왜 짜증을 낸담?

그런데 진육은 생각지도 못한 말을 했다.

"언젠가 그가 틀어박혀 있는 집을 불태워버리면 더는 짜증을 안 부릴 걸세."

그러자 건달들이 껄껄 웃으며 말했다.

"그러면 더 짜증을 내겠지. 남운하에 머리를 처박을지도 모르고."

우스개는 우스개로 끝나야 한다. 그런데 한 달 뒤, 과점가에 난데없이 불이 나서 시커먼 연기와 함께 불길이 하늘 높이 치솟았다. 톈진 곳곳에서 수회가 꽹과리를 두들기며 우르르 몰려왔다. 어디서 불이 났나 살펴보니 다름 아닌 니왜의 집이었다. 윗도리도 안 걸치고 잠옷바지 바람으로 뛰쳐나온 니왜는 굴뚝에서 기어나온 들고양이처럼 온몸이 그을린 채 팔짝팔짝 뛰면서 살려달라고 고함을 질렀다. 통 말이 없던 니왜인지라 지금껏 그의 목소리를 들은 사람이 없었는데 이번에 다들 제대로 듣게 됐다. 니왜의 목소리를 두고 어떤 이는 겸상익謙祥益*에서 비단 찢는 소리 같다고 했고, 어떤 이는 올빼미 울음소리 같다고 했다.

이번 화재로 니왜는 쫄딱 망했다. 집은 다 타서 벽체만 남고 집안 물건도 모조리 재가 되었다. 뒤뜰에 쌓아두었던 도자기 한 무더기만이 불탄 폐허 속에 뒤섞여 있었다. 도자기는 불길을 무서워하지 않는다. 불속에서 만들어진 물건은 불속에 또 들어가도 겁날

---

* 서부상과 함께 톈진 8대상에 속하는 비단 가게.

것이 없다.

처음 불이 시작됐을 때 그 틈을 이용해 한몫 챙긴 몇몇 건달 녀석이 있었다. 니왜의 집 안으로 들어간 그들은 불 끄라고 외치며 금은붙이와 보석, 비단옷 따위를 모조리 집어갔고, 니왜는 그저 시키면 원숭이처럼 문어귀에 서서 팔팔 뛰며 애타게 부르짖을 뿐이었다.

이튿날, 아무 기척도 없는 가운데 타다 남은 집에서 푸르뎅뎅한 연기가 모락모락 피어올랐다. 니왜는 그림자도 보이지 않았다. 친척도 친구도 없는 외돌토리가 갈 곳이 어디 있단 말인가? 누군가는 니왜가 이번 화재로 살아갈 마음이 없어져 강물에 뛰어들었을 거라고 했다.

어떤 이가 이 말을 군밤 장수 진육에게 전하자, 진육이 심드렁하게 말했다.

"지금이 엄동설한도 아니고, 강물이 얼어붙지 않았으니 죽고 싶으면 언제라도 뛰어들겠지. 그가 살 마음만 있다면 죽지는 않을 거야. 혹시 아나, 이번 화재가 그를 구했을지."

진육의 밑도 끝도 없는 얘기에 사람들은 별달리 신경 쓰지 않았지만, 한 건달 녀석만은 뭔가 낌새를 챘다. 이번 화재에는 아무래도 수상쩍은 구석이 있었다. 며칠 전에 건달들과 잡담을 나눌 때 진육이 니왜 집을 불태우는 얘기를 꺼냈는데 정말 불타버리지 않았는가? 누군가 불을 지른 걸까? 왜 불을 질렀을까? 불난 틈에 한몫 챙기려고?

반년 뒤, 누군가 조계지 쪽 부두에서 짐을 나르는 니왜를 보았다고 했다. 하지만 누구도 그 말을 믿지 않았다. 수박 두 개를 사오는 데에도 사람을 부리던 니왜가 자기 어깨에 짐을 짊어진다고?

이 확인되지 않은 말이 지나간 뒤로 니왜에 관한 소식은 더 이상 들려오지 않았다.

4년 뒤, 서부상 맞은편에 있던 약방은 서양 약국과의 경쟁에서 밀려나 결국 문을 닫고 가게를 내놓게 됐다. 며칠 뒤에 깔끔하게 차려입은 중년 사내가 그 가게를 인수하더니 징더전 청화자기를 전문으로 다루는 도자기 가게를 열었다. 가게는 첫날부터 제법 번듯한 모습이었다. 청화자기·청화병·청화단지·청화항아리·청화접시·청화그릇 등이 안쪽 진열대부터 문밖까지 일렬로 진열되었으며, 칼과 말과 사람이 가득 그려진 어른 키만 한 청화병이 문신門神*처럼 대문 양쪽에 하나씩 세워져 있었다. 가게를 보는 사람은 주인과 점원 두 명뿐으로 주인은 성이 양楊, 이름은 광정光正이라고 했다. 사람들 말로는 장시 사람이라는데 말투에 톈진 억양이 배어 있었다. 그는 움직임이 편하게끔 짧은 저고리를 입고 있어 주인이라기보다는 점원 우두머리처럼 보였다. 주인이 점원들과 함께 가게 안팎을 드나들며 부지런히 일한 덕분에 도자기 가게는 금세 성업을 이루었고 자죽림의 서양인까지 달려와 물건을 사갔다. 그 모습을 보며 사람들은 예전에 니왜의 부친이 경영하던 도자기 가게를 떠올렸다.

---

* 대문을 지켜 잡귀를 쫓고 불행을 막아준다는 귀신.

머리가 잘 돌아가는 누군가가 문득 말했다.

"니왜 부친이 양씨였는데 저 사람도 양씨잖아? 또 니왜 부친이 장시 사람 아니었나? 저 사람이 혹시 몇 년 전에 화재 때문에 자취를 감춘 그 니왜 아냐?"

도자기 가게 주인의 이름은 양광정이었다. 그런데 이곳 사람들은 니왜라는 별명만 알 뿐 니왜의 본명이 무엇인지는 아무도 몰랐다.

추측은 추측일 뿐, 주인의 생김새로 봐서는 니왜와 닮은 데가 하나도 없었다. 그의 수려한 눈매가 잔뜩 찌푸린 니왜의 미간과 어디가 닮았단 말인가? 게다가 그는 하루 종일 편안하고 여유로운 표정이었으며 얼굴에 늘 웃음이 걸려 있었다. 그런데 니왜는 누군가에게 큰돈이라도 빌려준 것처럼 불편한 표정이 아니었던가.

아무리 봐도 두 사람은 닮은 데가 없었다. 그러나 또 아무리 생각해도 두 사람은 무언가 관련되어 있었다.

그리하여 동네 건달들이 자초지종을 알아보고자 못된 계략을 꾸몄다. 그 사실을 알게 된 진육은 아예 군밤 화로를 양광정의 도자기 가게 맞은편에 옮겨놓고 엄포를 놓았다.

"누가 감히 정직하고 성실한 사람을 건드리나 봐야겠다."

그 덕에 도자기 가게는 아무 탈 없이 장사를 했다.

어느 날 진육과 잡담을 나누던 건달이 말했다.

"저 사람이 니왜든 아니든 상관없는데, 이건 궁금해. 아무 이유 없이 짜증을 내는 사람은 도대체 왜 그러는 거지?"

진육은 건달 녀석이 자기를 떠보고 있다는 걸 알고 웃으며 말했다.

"자네가 이해할까 모르겠군. 사람이 짜증을 내는 건 먹고살 걱정 없이 한가해서 생긴 병이라네. 돈이 없으면 걱정이 늘고, 돈이 많으면 짜증이 느는 법이지."

십삼불고

—

十三不靠

텐진의 문인 사회에는 그 안에 속한 듯도 싶고 아닌 듯도 싶은 사람이 한 명 있었다. 바로 왕무기汪無奇라는 사람이었다. 용모가 단정하고 세속에 물들지 않은 그는 하늘색 도포를 즐겨 입었으며 흰 양말에 검은 헝겊신을 신고 다녔다. 문인 분위기를 살짝 풍기긴 했으나 그렇다고 문인이라고 하기도 아리송했다.

먼저 그가 문인 같은 이유를 보면, 그는 문인이면 모두 아는 붓 만드는 사람으로 그가 만든 붓은 정교하고 품질이 좋았다. 또 그는 글씨도 쓰고 그림도 그릴 줄 아는데 의외로 솜씨가 훌륭했다. 문인 같지 않은 이유는, 문인 가운데 그를 직접 본 사람이 거의 없고 그의 글씨나 그림을 본 사람은 더더욱 드물었기 때문이다. 솔직히 말하면, 그는 대수롭지 않은 명성이 문인들 사이에서 어쩌다 한 번씩 거론되는 인물에 지나지 않았다.

왕무기의 부친은 원래 안후이安徽성 후이저우徽州에서 붓을 만들던 사람이었다. 후이저우 붓은 품질이 매우 좋았지만 그 무렵 톈진의 붓 장수들은 대부분 남방에서 붓을 들여왔다. 그런데 왕무기의 부친은 사통팔달한 톈진 부두를 기회의 땅이라 여기고 되레 톈진으로 터를 옮겼다. 그는 침시가에 붓 가게를 차리고 '일지춘一支春'이라는 멋들어진 이름을 붙였다. 거리에 면한 방이 네댓 칸에 자그마한 뒷마당이 딸린 건물로 앞쪽은 가게로 쓰고 뒤쪽에서는 붓을 만들었는데, 열심히 일하고 장사도 잘되어 남부럽지 않게 살아갔다. 왕무기는 어려서부터 아버지에게 붓 만드는 법을 배웠고 커서는 아버지와 함께 일을 했다. 천성이 서예와 그림을 좋아하고 이해력도 뛰어났던 그는 스승 없이도 혼자 요령을 터득해 글씨를 쓰고 그림을 그렸다. 다만 문인들과 교류가 없는지라 그의 실력이 얼마나 되는지는 아무도 몰랐고, 왕무기 본인도 누가 뭐라 하든 전혀 신경 쓰지 않았다. 그는 자신만의 개성을 지닌 사람이었다. 아버지를 따라 붓을 만들고 팔면서 하루하루 즐거이 살아갈 뿐 서화로 출세할 생각은 조금도 없었다. 아버지가 세상을 뜬 뒤에도 그는 변함없이 열심히 일해 가족을 부양하고 서화도 즐기며 지냈다. 그는 이렇게 홀가분하고 자유로운 삶을 무척 좋아했다.

왕무기가 만든 붓은 후이저우 붓으로 양털 붓, 족제비털 붓, 양털과 족제비털이 섞인 붓 이렇게 세 종류가 있었다. 자신이 글씨를 쓰거나 그림을 그릴 때는 직접 만든 닭털 붓을 사용했는데, 집에서 키우는 수탉의 궁둥이 깃털을 뽑아 만든 붓이었다. 그림은

대척자와 팔대선인八大山人*의 기법을 따랐고, 글씨는 남북조 시기
의 행각승 안도일安道—의 예서隷書를 좋아했다. 거리낌 없는 삶을
살아가는 그는 글씨 쓰고 그림 그릴 때에도 마음 가는 대로 손을
놀렸다.

왕무기의 서화 작품을 본 사람은 드물었지만 적지 않은 사람이
그의 작품을 훌륭하다고 칭찬했다. 왕무기로서는 생각지도 못한
일이었다. 그를 기재, 괴재, 귀재라고 일컫는 사람마저 생겨났지
만, 우연히 그런 말이 귀에 들어와도 그는 우스개로 여기며 흘려
들었다.

왕무기는 남들이 왜 자꾸만 자신에 대해 이러쿵저러쿵 논하는
지 알 수가 없었다. 자신은 그저 붓을 만드는 사람이며 자신이 그
림을 잘 그리든 못 그리든 남들과는 아무 상관도 없는 일 아닌가.
또 남들과 엮이고픈 생각도 전혀 없었다. 그가 글씨 쓰고 그림 그
리는 것은 스스로 즐겁기 위해서였고, 본인만 유쾌하면 그만이었
다.

하루는 과점가에 사는 우삼于三이 왕무기를 찾아왔다. 서화 애
호가인 우삼은 일지춘의 붓을 좋아했으며, 발이 대단히 넓어 모르
는 서예가와 화가가 없었다. 그는 오자마자 성안에서 유명한 화가
인 성등운盛登雲이 왕무기를 만나고 싶어 한다고 떠들어대면서 이
런 말까지 했다.

---

* 1624~1703, 명말 청초 시기에 활동한 화가. 명 왕실의 후예로 산수와 화조를
주로 그렸다.

"성등운의 그림은 은을 주고는 살 수 없고 금을 줘야만 살 수 있다네. 게다가 지금 돈을 내도 올해는 못 받고 내후년에야 받을 수 있지. 그런 사람이 자네를 꼭 만나고 싶다고, 나더러 좀 데리고 와달라지 뭔가."

궁금증이 생긴 왕무기가 말했다.

"저는 붓을 팔지 그림은 팔지 않습니다. 그런 분을 만나서 뭘 하나요?"

"자네더러 만나서 뭘 하라는 게 아니라 그 사람이 자네를 만나고 싶다고 했다니까. 그래서 이렇게 내가 찾아오지 않았나. 사람을 만나는 것은 좋은 일이야. 혹시 아나, 이 집 붓을 마음에 들어 할지."

왕무기는 지금껏 유명인을 만나본 적이 없기에 좀 두렵기도 했지만, 일지춘 붓 얘기가 나오자 냉큼 우삼을 따라나섰다. 성등운의 집에 들어서는 순간, 왕무기는 눈앞이 어질어질해졌다. 저택이며 문루, 대청의 규모와 장식, 특히나 성등운의 기세등등함에 주눅이 들어 그대로 돌아가고픈 마음뿐이었다. 그런데 문득 성등운의 눈이 흰자위밖에 보이지 않는다는 사실을 알아차렸다. 검은자위는 어디로 간 거지? 마치 성황묘회城隍廟會의 귀회鬼會 공연에 나오는 백무상白無常* 같지 않은가. 나중에 성등운이 왕무기를 힐끗 보았을 때에야 비로소 검은자위가 겨우 눈에 띄었다. 하지만

---

* 착한 사람의 혼을 좋은 곳으로 인도하는 저승사자로 낯빛이 창백하다. 낯빛이 검은 흑무상黑無常은 반대 역할을 한다.

성등운은 깔보는 태도로 계속 위만 처다볼 뿐이었다. 그렇게 사람을 업신여길 거면 대체 왜 오라고 했담?

심지어 성등운은 왕무기에게 자리도 권하지 않고 자기만 혼자 앉아 방약무인으로 자기 자랑을 늘어놓았다. 왕무기는 이 정도로 자기 자랑이 심한 사람은 여태껏 본 적이 없었다. 성등운은 진조영秦祖永*이『동음논화桐陰論畵』에서 그림을 '일逸, 신神, 묘妙, 능能' 4품으로 나누어 품평했다면서, 자신은 10년 전에 이미 '일'품을 밟고 섰다고 거들먹거렸다. 궁금해진 우삼이 물었다.

"그럼 나리는 어느 품에 속하시는지요?"

"당연히 최상품이지!"

말을 마친 성등운은 고개를 한껏 젖히며 목구멍이 보일 만큼 입을 쩍 벌리고 웃어댔다.

왕무기는 더 이상 그의 말을 듣지 않고 벽에 걸린 그의 작품을 곁눈질로 구경했다. 안 봤으면 몰랐을 텐데, 보다보니 하마터면 웃음이 터질 뻔했다.

'이런 보잘것없는 그림을 그리면서 유명한 화가라고?'

이런 생각이 든 왕무기는 더 이상 이 자리에서 시달리고 싶지 않아 그만 작별을 고했다.

성등운의 집에서 나온 왕무기가 우삼에게 물었다.

"성 화가는 톈진에서 몇 손가락에 꼽히나요?"

"당연히 최고지. 적어도 일류에 속한다고 할 수 있다네. 아무렴

* 1825~1884. 청대의 저명한 화가이자 평론가.

내가 자네를 이류, 삼류에게 데리고 다니겠나? 혹시 만나고 싶은 분이 있으면 내가 다 만나게 해주지. 마가동馬家桐? 장화암張和庵? 조지선趙芷僊? 다 안면이 있으니 말만 하게. 다만 이분들과 만날 때 성 화가를 입에 올리면 아니 된다네. 서로 깔보고 욕하고 그러거든."

우삼의 대답에 왕무기가 말했다.

"아이고, 됐습니다. 전 누구도 만날 필요 없어요. 그냥 문 닫고 혼자 노는 게 낫지, 쓸데없이 기운 빼고 싶지 않습니다."

왕무기는 사람을 안 만나면 세상과 담 쌓고 지낼 수 있을 줄 알았다. 그런데 그게 아니었다. 붓을 팔려면 글씨 쓰고 그림 그리는 사람을 멀리할 수 없었고, 서화를 좋아하는 지인도 몇 명 있었다. 그들은 별로 유명하지도 않고 그림을 그려도 사려는 사람이 없었지만 화가나 서예가가 되고자 안간힘을 썼다. 왕무기의 재능을 높이 산 그들은 왕무기가 유명해지기를 바라며 가는 곳마다 그를 칭찬하기에 바빴다. 그러다보니 문인들 사이에서 왕무기는 점점 더 신비로운 존재가 되어갔지만, 사람들 입에만 오르내릴 뿐 실제로 그의 그림을 본 사람은 없었다. 여기에는 좋은 점이 있었으니, 그의 그림을 흠 잡을 길이 없어 다들 그저 훌륭한가보다, 하는 수밖에 없었다.

이렇게만 흘러간다면 아무 일 없이 평화로울 터였다.

그런데 어느 날, 가마를 탄 높은 양반이 왕무기를 찾아왔다. 차림새가 우아하고 기백이 범상치 않았으며 심부름꾼이 둘이나 따르고 있었다. 그는 가게에 들어서자마자 대뜸 왕무기에게 서화 작품을 보여 달라고 했다. 왕무기는 그가 풍기는 관료 기질을 감지했다. 벼슬아치를 두려워하는 왕무기는 그를 가까이할 엄두가 나지 않았고 가까이하고 싶지도 않았다. 그리하여 자신은 그저 붓을 만들어 팔 뿐 글공부를 한 적이 없는데 어찌 그림을 그릴 줄 알겠느냐고 둘러댔고, 말하다보니 번뜩 꾀가 나서 이렇게 덧붙였다.

"아무래도 잘못 찾아오신 것 같습니다. 성안에 저와 이름이 같은 분이 계신데 서화 솜씨가 훌륭하다고 들었습니다. 여기서 붓을 사가신 적이 있지요. 그분도 왕무기인데 넓을 왕汪인지 임금 왕王인지는 잘 모르겠네요. 워낙 유명한 분이라 저한테 말씀을 많이 안 하셔서요."

그 말에 높은 양반은 언짢은 얼굴로 가게를 나가버렸다.

우삼이 이 일을 알고 왕무기를 나무랐다.

"어찌하여 자네 그림을 보여주지 않았는가? 톈진에 서화에 능한 사람이 많고 많은데 왜 굳이 자네를 찾아왔겠나. 자네 명성을 듣고 찾아온 것 아닌가. 톈진 8대가 중에서 하나라도 자네를 마음에 들어 한다면 이번 생은 헛살지 않은 거라고!"

그런 말을 듣고도 왕무기는 그저 웃기만 할 뿐 신경 쓰지 않았다.

나중에 세간에 이 소문이 퍼져나갔다. 특히 문인 사회에서 급속도로 퍼졌는데, 그날 왕무기를 찾아간 사람은 지현知縣* 유맹양劉孟揚이라는 놀라운 이야기였다. 유맹양은 학식이 높고 서화를 좋

---

* 명청 시기 현縣의 행정 수장.

아했으며 글씨도 잘 쓰는 사람이었다. 그런데 왕무기가 지현 나리에게 그림을 보여주지 않고 그대로 퇴짜를 놓았다고!

소문을 퍼뜨리는 사람들의 생각은 제각기 달랐다. 왕무기가 강직하고 괴벽한 기인이라 평복 차림으로 사사로이 찾아온 지현 나리도 알은체를 안 했다는 사람도 있었고, 한낱 수공업자로 쥐뿔도 없고 세상물정도 모르는 주제에 지현 나리의 노여움까지 샀으니 이제 큰일났다는 사람도 있었다. 또 어떤 이는 왕무기가 미련한 것인지, 멍청한 것인지, 우둔한 것인지 아니면 정말 괴벽한 것인지 모르겠다고, 돈 벌 기회도 놓치고 벼슬아치와 가까이 지낼 줄도 모르니 도대체 어떤 사람인지 종잡을 수 없다고 했다.

이 일이 있은 뒤로 문인들은 정말로 왕무기를 중요한 인물로 여기기 시작했다.

맹해원孟解元이라는 평범한 문인이 있었다. 후이저우 붓을 좋아하는 그는 일지춘의 단골손님이었다. 지현 나리 일이 있고 반년이 지난 어느 날 저녁, 맹해원이 중년 사내 한 명을 데리고 가게에 놀러 왔다. 왕무기는 낯선 사람과 사귀기를 꺼렸지만 맹해원과는 잘 아는 사이였기에 차마 거절을 못 하고 안으로 청했다. 중년 사내는 베이징 말투를 썼으며 점잖고 온화해서 못마땅한 구석이 없었다. 맹해원이 소개하기를, 그는 베이징 사람으로 그림을 잘 그리며 특히 발묵 산수화에 뛰어나다고 했다. 그날 오후 내내 자기 집에서 그림을 그렸는데, 문득 왕무기에게 베이징 화가의 그림을 한번 보여주고 싶어져서 함께 왔다는 것이었다.

"이분은 베이징 사람이라 톈진에서 아는 사람이라고는 나뿐이라오. 내일 아침이면 베이징으로 돌아가실 거요."

이 말에 왕무기는 경계심을 풀고 뒤뜰에 있는 서재로 데려가서 종이를 펴고 먹을 갈았다. 베이징에서 온 손님이 소매를 걷어붙이고 큼지막한 양털 붓을 들어 그림을 그리기 시작했다. 종이 위에 금세 물과 먹이 짙고 연하게 펼쳐지며 산과 물이 겹겹이 이어지고 구름과 연기가 가득 피어올랐다. 대단한 그림은 아니었지만 보고 있노라니 왕무기도 그리고픈 마음이 솟아올랐다. 화가들은 일단 흥이 오르면 목에 칼이 들어와도 주체를 못 하는 법이다.

손님이 그림을 다 그리자 왕무기는 그 그림을 걷어내고 새로 종이를 펼쳐놓았다. 그리고 직접 만든 닭털 붓으로 그림을 그리기 시작했다. 닭털 붓은 특별한 데가 있었다. 가는 털, 굵은 털, 부드러운 털, 드센 털이 섞여 있고 붓털에 기름기가 있어, 먹물을 묻혀 종이에 붓을 대면 색다른 기운이 넘쳐흐르며 곳곳에 경이로운 장면이 펼쳐지고 시시때때로 신비로운 빛깔이 생겨났다.

"먹으로 이런 연꽃을 그려내다니, 그야말로 대척자나 팔대선인이 살아 돌아온 듯합니다! 닭털로 그림을 그리는 분은 처음 뵙는데 봉황 깃으로 그려도 이보다 훌륭할 수는 없겠군요!"

베이징에서 온 손님은 감탄을 금치 못했다.

지금껏 왕무기가 그림 그리는 모습을 직접 본 사람은 아무도 없었다. 맹해원도 처음이었다. 놀라고 흥분한 그는 멋진 공연을 구경하는 것처럼 연거푸 갈채를 보냈다. 분위기가 이러하니 왕무기도 점점 더 흥이 오르며 온몸이 뜨겁게 달아오르고 머리는 땀으로 흥건해졌다. 그는 아예 두루마기를 벗어젖히고 홑바지와 홑저

고리 바람으로 붓을 휘둘러 풍죽風竹 한 폭을 더 그려냈다. 베이징에서 온 손님이 이때다 싶어 말을 꺼냈다.

"이 닭털 붓으로 글씨도 쓰십니까? 아무래도 그림만큼 잘되지는 않을 성싶은데요."

왕무기는 두말 않고 또다시 새 종이를 펼쳤다. 이번에는 길이가 두 자나 되는 굵은 닭털 붓에 진한 먹을 듬뿍 묻혀 '風生水起逸興眞情(풍생수기 임흥진정)*라는 여덟 글자를 썼다.

베이징에서 온 손님이 말했다.

"이 글자들―특히 '眞(진)'은 이 자리에 너무나 잘 어울리는군요!"

이 말을 듣자 왕무기는 무한한 기쁨과 함께 지기를 만난 기분이 들었다. 그런데 뜻밖에도 베이징 손님이 난데없이 품에서 묵직한 주머니를 꺼내더니 왕무기에게 건네는 것 아닌가. 어리둥절해하는 왕무기에게 그가 설명했다.

"금괴 세 개입니다. 방금 그린 그림 두 폭과 글씨 한 폭을 제가 살 테니 인장을 찍어주시지요."

왕무기는 더더욱 의아해졌다. 팔 것인지 말 것인지 자신에게 물어보지도 않고 다짜고짜 도장부터 찍어 달라니?

"저는 붓을 파는 사람이지 그림이나 글씨는 판 적이 없습니다. 게다가 왜 이렇게 많은 돈을 주십니까?"

왕무기가 묻자 베이징에서 온 손님이 대답했다.

* '비바람 일어나니 진실한 감정 북받치누나'라는 뜻.

"왕 선생 작품은 내일이면 더 비싸질 겁니다! 솔직히 말씀드리지요. 저는 베이징 유리창에서 그림 가게를 하는 사람인데 오래전부터 선생의 명성을 들어온 터라 일부러 찾아왔습니다. 오늘 두 눈으로 직접 보니 소문보다 훨씬 더 대단하시군요. 앞으로 제가 선생 그림을 대신 팔아드리겠습니다. 저만 믿으세요! 그림을 팔면 선생이 6할, 제가 4할을 갖기로 합시다. 다만 미리 말해둘 게 있습니다. 우리 사이에 거래가 성사되면 앞으로 선생 그림은 저 혼자만 팔 수 있고 다른 사람에게 넘겨서는 안 됩니다. 또 남에게 선물로 주더라도 제 동의를 받으셔야 하고요. 듣자 하니 선생은 톈진 화가들과 교류가 없다는데, 저도 이곳 사람들과 교류가 없습니다. 선생 그림이 베이징에서 팔리기 시작하면 선생은 톈진의 일인자가 되실 겁니다. 제가 보증합니다!"

베이징에서 온 손님의 얼굴에는 함박웃음이 가득했다. 하지만 아까처럼 점잖은 분위기는 온데간데없었다.

"왕 사장이 명성을 떨치게 되면 내가 옆에서 먹을 갈아드리리다!"

옆에서 맹해원이 거들었다.

그런데 이게 웬걸, 듣고 있던 왕무기가 갑자기 딴사람으로 변했다. 그는 금괴를 받기는커녕 모욕이라도 당한 듯 노기등등한 얼굴로 휙 돌아서더니 방금 완성한 그림과 글씨를 갈기갈기 찢어버리는 것이 아닌가. 이어 베이징에서 온 손님이 그린 발묵 산수화를 맹해원의 품에 찔러 넣고는 아무 말도 하지 않고 두 손님을 집에서 내보냈다. 두 사람은 한참을 걸으며 생각했지만 여전히 어안이 벙벙할 뿐 왕무기의 행동을 도무지 이해할 수 없었다.

그 뒤로 왕무기는 누구와도 왕래하지 않았다. 우삼은 두 번이나 왔다가 쫓겨났고 맹해원은 감히 얼굴을 내밀지도 못했다. 그러나 다들 영문을 몰랐다. 톈진은 돈벌이의 땅 아닌가. 왜 굴러들러온 돈을 마다할까? 물론 붓을 파는 일도 돈벌이지만 그걸로는 푼돈밖에 벌지 못한다. 왕무기의 행동은 재물신을 밀어내고 돌아앉아 빌어먹는 것이나 다름없지 않나?

맹해원이 그 희한한 일을 여기저기 말하고 다녔지만 왕무기의 뜻을 제대로 해석하는 사람은 아무도 없었다. 어떤 이는 바보라고 욕했고, 어떤 이는 가난하게 살 팔자를 타고났으니 죽을 때까지 가난할 거라고 비웃었다.

그러나 왕무기의 이웃들이 하는 얘기는 달랐다. 왕무기는 변함없이 열심히 붓을 만들어 파는 한편, 한가할 때는 그림을 그리고 글씨를 쓰면서 잘 지낸다고 했다. 사람에게는 저마다의 즐거움이 있으며 그건 오로지 자신만이 아는 법이다. 어느 날 왕무기의 아내가 이웃집에서 마작을 하고 있을 때, 왕무기가 아내를 찾으러 왔다. 마작하던 사람들이 왕무기에게 마작을 할 줄 아느냐고 묻자 왕무기가 대답했다.

"어릴 때 배우긴 했는데 저는 오로지 '십삼불고十三不靠'*밖에 모릅니다. 일사칠一四七, 이오팔二五八, 삼육구三六九, 동서남북東西南北, 중발백中發白, 어디에도 기대지 않지요. 저는 이 방법밖에 모

---

* 마작에서 13장의 패가 어떤 조합도 이루지 못할 때 쓰는 방법.

르고 또 이 방법을 가장 좋아합니다. 다른 방법은 쓸 줄 모른답니다."

그가 또 말했다.

"쉽지는 않은 방법이지요. 남에게 기대지 않고 스스로 좋은 패를 뽑아야 하니까요. 그래서 더 재미있고요!"

그때 뭔가 깨친 바가 있는지 왕무기의 눈이 번쩍 빛났다. 그는 집에 돌아가자마자 닭털 붓으로 '十三不靠'라고 가로로 글씨를 쓰고 편액을 만들어 서재 맞은편 벽에 걸어놓았다. 이로부터 그의 서재 이름은 '십삼불고'가 되었다.

누군가 어떤 열세 가지에 기대지 않겠다는 것이냐고 묻자, 왕무기는 편액 왼쪽을 가리켰다. 거기에는 손톱만 한 글씨로 다음과 같이 적힌 변관邊款*이 있었다. "권세, 유명인, 부자, 건달, 재산, 친척, 친구, 여자, 작은 혜택, 속임수에 기대지 않으며, 서화를 선물하지 않고, 서화를 팔지 않고, 목숨 거는 일을 하지 않는다."

왕무기가 가장 중요하게 여긴 것은 뒤에 나오는 세 가지였다. '서화를 선물하지 않는다'는 말은 자신이 아끼는 것으로 이익을 취하지 않겠다는 뜻이요, '서화를 팔지 않는다'는 말은 자신의 고아한 취미를 망치는 일을 하지 않겠다는 뜻이고, '목숨을 걸지 않는다'는 것은 일과 취미에 균형을 잡고 만족하며 즐거이 살겠다는 뜻이었다.

왕무기는 민국 11년(1922)까지 살았다. 세상을 뜨기 7일 전,

---

* 인장의 상단이나 측면에 새긴 글자나 도안.

그는 죽음을 예견하기라도 한 듯 서재에 있는 글씨와 그림, 그리고 평생을 쓴 닭털 붓을 깡그리 불살라버렸다.

양 탄궁

—

彈弓楊

양광한楊匡漢은 키가 8척에 이르고 팔다리가 길쭉하며 허리가
나무통처럼 실한 중년의 대장부로 사람들은 그를 대양大楊이라고
불렀다. 그는 힘이 장사에 날고기를 즐겨 먹었으며 온몸이 단단한
근육질이었다. 몸에 열기가 많아서 입추가 지난 쌀쌀한 날에도 웃
통을 벗고 다녔는데, 마고자는 생전 입는 법이 없었고 기껏해야
배자나 걸치는 정도였다. 북문 밖 후가후의 삼부관에 놓인 묵직한
칼이나 돌 자물쇠 따위를 장난감 다루듯 했지만 남 앞에서 칼이나
창을 휘두르는 일은 없었다. 그는 오로지 새총 하나만 다루었는데
평소에는 허리춤에 차고 있다가 야외 공연을 할 때나 진짜 솜씨를
뽐냈다.

대양은 허베이성 창저우 사람이었다. 창저우 사람들은 모두 무
예가 출중하지만 톈진에 오면 상황이 달라졌으니, 다른 지역 인재

가 베이징에서 관리가 되기 쉽지 않은 것과 마찬가지였다. 베이징의 관리 사회는 대단히 심오하고 복잡하여 그 속에 자리를 잡으면 곧 능력자로 인정받았다. 톈진은 베이징과는 다른 면에서 발붙이기 쉽지 않은 지역이었다. 이곳 삼부관만 놓고 봐도 그렇다. 삼부관은 겉으로 보기에는 무척 재미난 곳이었다. 무술이나 기예를 하는 사람부터 북을 치고 연극을 하는 사람, 점쟁이와 약장수, 머리를 깎아주고 땋아주는 사람까지 별의별 사람이 다 모여 있으며 온갖 재주꾼에 달인에 고수가 섞여 있었다. 그렇다고 삼부관이 즐겁고 태평한 지역이냐, 결코 아니었다. 이곳을 삼부관이라고 부르는 이유는 다음 세 가지 때문이었다. 첫째, 아무 데나 사람을 파묻어도 상관 않는다. 둘째, 사기를 치고 남을 함정에 빠뜨려도 상관 않는다. 셋째, 치고받고 싸워도 상관 않는다. 그 밖에도 건달패가 들개처럼 이리저리 돌아다니며 악랄한 짓을 일삼았다. 그러다보니 이곳에서 밥벌이라도 하려면 발이 넓고 강호의 사정에도 밝아야지, 그렇지 않았다간 두 다리를 붙들려 강물에 처박힐지도 모를 일이었다.

톈진 부둣가에 처음 왔을 때 대양은 이곳이 매우 유별나다고 느꼈다. 평범한 사람들은 인정 많은 양 같은데 나쁜 놈들은 흉포하기 짝이 없는 호랑이 같았다. 다만 호랑이가 양을 잡아먹는 법은 없고 자기들끼리만 물고 뜯었다. 대양은 몸집이 우람하여 보통 사람보다 머리 하나는 더 컸다. 톈진에 온 그는 남운하 기슭에 작은 집을 구했다. 어느 날 저녁, 집으로 돌아오던 대양은 발목에 뭔가 걸리는 느낌이 들었다. 그는 무술을 연마한 사람이라 눈치가 빠르고 몸놀림이 민첩했다. 누군가 자신을 넘어뜨리려고 밧줄을 쳐놓았다는 걸 즉각 알아챈 그는 허리를 굽혀 밧줄을 움켜쥐고 휙 잡아당겼다. 그러자 밧줄 끝을 각각 잡고 길 양쪽에 매복해 있던 건달 두 녀석이 대양의 발 앞으로 주르륵 끌려나왔고, 서로 호되게 부딪쳐 얼굴에 멍이 들고 코피를 줄줄 흘렸다.

대양은 그 뒤로는 감히 자신을 건드릴 자가 없을 줄 알았다. 그런데 사흘 뒤, 집에 돌아와 잠자리에 누웠는데 온몸이 근질거려 견딜 수가 없었다. 불을 켜고 살펴보니 침대에 빈대가 우글거리는 게 아닌가. 어디서 이렇게 빈대가 잔뜩 나타났을까? 알고 보니 대양이 지난번에 혼쭐을 내줬던 그 녀석들이 그가 집에 없는 틈을 타서 큼지막한 깡통에 빈대를 가득 채워와서는 침대에 쏟아놓고 간 것이었다.

창저우에서 온 대장부는 뚜껑이 열리고 말았다. 삼부관에 자리를 마련하고 무예를 펼쳐 보이는 첫날, 그는 웃통을 벗은 채로 총알을 반쯤 채운 누런 자루를 어깨에 들쳐 메고 나타났다. 검은 점토를 빚어 만든 포도알만 한 총알인데 뭘 섞었는지는 몰라도 새까맣고 단단한 것이 마치 쇠구슬 같았다. 그의 손에 들린 것은 더더욱 보기 드문 새총으로, 한 자 반 크기의 버드나무 가지에 두 자 남짓한 굵직한 소 힘줄 두 가닥이 걸려 있었다. 이렇게 커다란 새총으로 저렇게 단단한 총알을 쏜다면 그 위력은 서양인의 소총 못지않을 터. 대양이 총알을 집어 소 힘줄 가운에 달린 가죽 조각에 끼우는 모습은 소총에 탄알을 장전하는 것이나 다름없어 보였다. 주위에서 떠들썩하니 구경하던 사람들은 저러다 오발이라도 하면 어쩌나 싶어 겁에 질렸다. 저 총알이 머리로 날아온다면 그대로 머리가 박살날 텐데!

커다란 종처럼 웅크리고 있던 대양이 일어나자 소나무가 우뚝 솟아오른 듯했다. 그는 말뚝처럼 공연장 가운데 버티고 서서 거친 목소리로 우렁차게 말했다.

"여러분, 걱정일랑 붙들어 매십시오. 제 진흙 총알은 오로지 하늘로만 날아갑니다!"

그러고는 새총을 위로 처들어 소 힘줄을 힘껏 당겼다가 놓자 총알은 하늘을 향해 날아갔다. 어디를 향해 발사한 걸까? 구름 위까지 날려버린 건가?

그때 문득 대양이 손바닥을 위로 향한 채 팔을 쭉 뻗었고, 곧이어 탁, 소리와 함께 아까 그 총알이 한 치의 오차도 없이 손바닥 한가운데 떨어졌다. 조준과 힘 조절이 얼마나 정확한지, 얼마나 무공이 뛰어난지, 저 손바닥만 보아도 한눈에 알 수 있었다.

사람들의 박수갈채를 기다리지도 않고 대양은 자루에서 또다시 총알을 꺼냈다. 이번에는 두 개였다. 대양은 먼저 고개를 뒤로 젖히고 하늘을 바라보는 '서우망월犀牛望月' 자세를 취하고 총알 하나를 쏘아 올렸다. 이어 날쌔게 몸을 돌리고 뒤돌아 하늘을 보는 '회두망월回頭望月' 자세를 취하며 두 번째 총알을 쏘아 올렸다. 두 번째로 쏜 총알은 첫 번째 총알보다 더 힘차고 빠르게 날아갔다. 곧이어 높고도 머나먼 하늘에서 두 총알이 부딪치는 쟁쟁한 소리가 들려왔다. 나중에 쏜 총알이 먼저 쏜 총알을 쫓아가 부딪쳐서 깨뜨리는 소리였다. 난생처음 구경하는 신기한 재주에 사람들은 열띤 환호를 보냈다. 톈진은 능력자가 인정받는 곳이었다.

이때 구경꾼들 틈에서 시커먼 사내가 걸어 나왔다. 검은 저고리에 검은 바지를 입고 검은 신을 신고 낯빛까지 거무튀튀한 그는 악의를 가득 품은 얼굴로 거들먹거리며 공연장으로 들어섰다. 바로 삼부관에서 모르는 사람이 없는 악명 높은 건달 일신조—身髟였다.

일신조는 두말없이 옆에서 노점을 벌이고 차를 파는 노인에게 탁자 하나를 가져오게 했다. 이어 탁자 한가운데 청화자기 주전자를 올려놓게 하더니, 제 주머니에서 유리구슬 하나를 꺼내 주전자 주둥이 끝에 놓고는 대양을 돌아보며 말했다.

"잘 봐, 이 주전자는 건륭 연간에 만들어진 청화자기라 금괴 하나와 맞먹는 가치가 있어. 자신 있으면 주둥이 끝에 있는 이 유리구슬을 명중시켜봐라. 주전자 주둥이에 조금이라도 흠이 생겨선 안 돼. 이 건륭 연간 청화자기를 깨뜨렸다간 네놈이 다 물어내야 한다! 그럴 만한 능력이 없으면 내 앞에 무릎 꿇고 머리를 세 번 조아려라. 그리고 네놈이 있던 곳으로 꺼져버려!"

한마디 한마디가 말도 안 되는 시비였다. 그 주전자는 찻집에서 흔히 보는 평범한 주전자였다. 그런 싸구려를 건륭 연간의 청화자기라고 우기다니. 하지만 이 일대에서는 일신조가 그렇다면 그런 것이었다.

그런데 대양에게는 그 말이 매미 소리처럼 하찮게 들리는 모양이었다. 그는 자루에서 총알 한 개를 꺼내더니 탁자 뒤에 서 있는 사람들에게 소리쳤다.

"다들 비켜주십시오!"

사람들이 모두 비켜나자 대양은 한쪽 팔을 쭉 펴 새총을 들고는 다른 손으로 가죽 조각에 총알을 끼우고 뒤로 힘껏 당겼다. 소힘줄이 석 자나 늘어나며 웡웡 소리가 났다. 몸을 비틀면서 허리를 낮추어 '패왕도발궁霸王倒拔弓' 자세를 취한 대양이 총알을 잡고 있던 손가락을 놓자, 힘줄이 튕겨나감과 동시에 찻주전자 쪽에서 딱, 소리가 요란하게 울렸다. 다들 주전자가 깨진 줄 알았는데, 보니까 주전자는 멀쩡하고 주둥이 끝에 놓여 있던 유리구슬이 산산조각 나서 바닥에 반짝이는 유리 조각이 가득했다.

사람들은 모두 넋을 잃었고, 일신조도 완전히 기가 죽었다.

"나는 총알이 다섯 개밖에 없소. 아까 세 개를 쏘았고 방금 하나를 쏘았으니 이제 하나뿐인데, 이건 나쁜 놈에게 쏘려고 남겨둔 거요. 누구든 도가 지나치게 나를 건드리거나 다른 사람을 괴롭히면 이 총알을 그자의 왼쪽 눈알과 바꿔갈 테요!"

이렇게 말한 대양은 또다시 총알 하나를 가죽 조각에 끼웠다. 이번에는 모든 이가 그 총알을 보며 벌벌 떨었다.

이 일이 있은 뒤로 대양은 삼부관에 완전히 발을 붙였고, 대양 덕분에 이 일대는 전보다 훨씬 조용해졌다. 그의 새총은 서양 소총보다 더 무시무시했고 그의 솜씨는 서양 총잡이보다 더 빠르고 정확했다. 제아무리 신문물인 소총이라 한들 대양의 새총 앞에서는 무릎을 꿇을 수밖에 없었다. 그가 새총을 쏘는 순간 눈알이 진흙 총알로 바뀔 수 있는데 누군들 두렵지 않으랴? 그리하여 사람들은 대양에게 '양 탄궁(탄궁양彈弓楊)'*이라는 위풍당당한 별명을 붙여주었다.

7년 뒤, 경자사변이 일어나 톈진 북쪽 지역은 서양인들에 의해 무참히 파괴되었다. 살인과 방화를 일삼고 점포를 마구 약탈하는 서양인을 보며 톈진 사람들이 가만있을 리가 있나. 수많은 사람이 들고일어나 용맹하게 싸웠다. 들리는 말에 의하면, 서양 장교 한 명이 살해당했는데 칼에 베인 것이 아니라 총에 맞았고, 누군가 그 광경을 보았는데 왼쪽 눈에 시커먼 구멍이 뚫린 채 피를 철철 뿜으며 처참하게 죽었다고 했다. 당시 톈진을 수비하던 무위군武衛軍은 전부 서양 소총으로 무장하고 있었기에 대부분 사람이 무위군의 총에 맞아 죽었다고 여겼다. 그게 아니라는 사람들도 있었는데, 무위군의 총탄이 아니라 대양의 총알에 맞은 것이라고 했다. 총알이 바로 왼쪽 눈을 명중한 것이 증거였다. 소문에 의하면 그 서양인은 극악무도하고 무고한 사람을 수없이 죽였기에 대양이 눈알을 바꿔간 것이 틀림없다고 했다.

이 이야기의 진위는 누구도 알지 못했다. 아무튼 경자사변이 있은 뒤로 대양을 본 사람은 아무도 없었다. 삼부관도 훼손되어 평지가 되어버렸으며 20년이 지나자 이 일대 사람들은 남문 밖 남시南市로 옮겨가 있었다.

* 탄궁은 새총이라는 뜻이다.

초칠
—
焦七

다들 알다시피 톈진에서 가장 건드리기 무서운 상대는 바로 '무뢰한'이었다. 무뢰한 역시 건달이라 불렸지만 일반 건달과는 달랐다. 이들에게는 저마다 유난히 악랄한 면이 있었으니, 어떤 놈은 잔인하고 어떤 놈은 흉악하며 어떤 놈은 난폭하고 어떤 놈은 간사했다. 이보다 무서운 놈이 음흉한 놈이요, 가장 무서운 놈은 독한 놈이었다. 사람이 독하면 얼마나 독하겠냐고? 이 사람이 벌인 일을 듣고 나면 똑똑히 알게 될 것이다.

이 무뢰한은 초칠焦七이라는 자인데 생김새를 보면 영락없는 못난이였다. 대머리에 수염 하나 없고, 팔은 긴데 다리는 짧고, 입술은 거무죽죽하고 눈은 흐리멍덩하고, 조금만 오래 걸어도 숨이 차서 헐떡거렸으며, 기운도 없고 손재주도 없어서 생전 일을 한 적이 없었다. 그런 꼬락서니인데도 그는 잘 먹고 잘 지냈다. 술과 고기가 떨어지는 법이 없었으며, 양가취梁家嘴*에 마당 딸린 집도 있고 주변에 심부름을 해주는 건달 녀석들까지 있었다. 초칠은 죽어라 싸움질을 하거나 여기저기서 행패를 부리는 일이 없는데도 톈진의 무뢰한 가운데 꽤나 유명했다. 톈진 건달은 주먹을 쓰는 부류와 머리를 쓰는 부류로 나뉘는데 초칠은 머리 건달이었다. 그는 흉포하게 날뛰는 법은 없으나 뒤에서 음흉한 짓을 잘 꾸몄다. 좋은 사람의 수완은 바로 보이지만 나쁜 놈의 수완은 좀처럼 눈에 띄지 않는다. 초칠이 저지른 그 사건을 보면 그의 수완이 어느 정도인지 금세 알게 되리라.

초칠이 가장 좋아하는 음식은 소시지였다. 그는 다른 일은 다 남에게 시키면서도 소시지만은 직접 만들어 먹었고 다른 소시지는 입에 대지도 않았다. 고기를 사는 것부터 시작해서 썰고 다지고 반죽하여 창자에 넣는 일까지 손수 하는데 자기 나름의 방법이 있었다. 황주, 후추, 간장, 파, 생강, 흑설탕을 얼마나 넣는지, 고기에서 비계와 살코기는 어떤 비율로 넣는지, 남의 방법은 필요 없고 다 스스로 알아서 했다. 그렇게 만든 소시지는 모조리 제 뱃속으로 들어갈 뿐 다른 사람은 꿈도 못 꿨고, 그의 아내조차 한입 얻어먹기가 쉽지 않았다. 지독한 사람은 이렇게 매사에 지독한 모양이다.

초칠이 양가취로 이사 와서 보니 마당에 오래된 느릅나무 한

---

* 남운하 북쪽 기슭에 있던 번화한 지역. 1918년 남운하 물길이 직선화되자 북쪽이 아니라 남쪽에 자리하게 되면서 조금씩 쇠퇴했다.

그루가 서 있었다. 키가 크고 몸통이 굵고 가지도 무성한 나무라 매우 짙은 그늘을 드리웠다. 바람이 잘 통하고 볕이 안 들어 소시지 말리기에 안성맞춤이었다. 그는 직접 만든 소시지를 나뭇가지에 주렁주렁 걸어놓았다. 잘 마른 소시지는 되지도 질지도 않고 간도 딱 맞아 맛이 끝내줬다. 이렇게 몇 번을 만들어 먹었는데, 어느 날 문득 나무에 걸어놓은 소시지가 몇 개 줄어든 느낌이 들었다. 이상하다! 새가 물어갔나, 고양이가 훔쳐갔나? 그리하여 다음번에 소시지를 만들 때는 개수를 정확히 세어 나무에 걸어놓고 날마다 유심히 지켜보았다. 그러던 어느 날, 담 너머 이웃집에서 대나무 장대가 쑥 넘어왔다. 장대 끝에는 쇠갈고리가 달려 있는데 그걸로 소시지 한 꿰미를 슥 채가는 것이 아닌가. 젠장! 알고 보니 사람이 훔쳐간 것이었다!

"감히 내 소시지에 손을 대!"

초칠은 머리끝까지 화가 치밀었다. 허나 이 음흉한 작자는 길길이 날뛰는 대신 속으로 음모를 꾸미기 시작했다. 궁리 끝에 그는 세상에서 가장 악독한 방법을 생각해냈다. 소시지를 훔쳐 먹은 이웃집 게걸쟁이를 염라대왕에게 보내기로 한 것이다.

다음 날 초칠은 고기 한 덩이와 창자 한 봉지, 생강과 파를 산 다음 길을 에돌아 약방에 들러 비상도 조금 샀다. 집에 돌아온 그는 마당에서 고기를 썰어 다지고 비상을 섞어 반죽한 다음 창자에 집어넣었다. 이렇게 소시지 열다섯 꿰미를 만들어 몽땅 나뭇가지에 걸어놓았다. 그러고는 날마다 마당 의자에 앉아 담배를 피우고 차를 마시며 나뭇가지에 늘어져 있는 독 소시지에서 눈을 떼지 않왔다. 그 모습은 영락없이 강기슭에 쪼그려 앉아 대어가 낚이길 호시탐탐 기다리는 낚시꾼이었다. 며칠 뒤, 드디어 쇠갈고리 장대가 담을 넘어오더니 두 번에 걸쳐 소시지 두 꿰미를 낚아채갔다. 초칠은 속으로 회심의 미소를 지었고, 내내 가슴속에 품고 있던 노기는 순식간에 꺼져버렸다.

초칠은 나뭇가지에 걸려 있던 나머지 소시지를 모조리 내려 자루에 집어넣고, 날이 어두워지기를 기다렸다가 강가로 가서 물속에 던져버렸다.

그날 밤, 옆집에서 난데없이 "살려줘!" "사람 죽네!" 소리가 들려오더니 사람 울음소리와 개 짖는 소리가 이어지며 밤새도록 소란스럽기 짝이 없었다. 이튿날 날이 밝자 조무래기 건달 녀석이 찾아와 소식을 전했다. 옆집에 사는 목재상 호로대胡老大가 독살당해 관청에서 포졸 몇 명이 조사하러 나왔다는 것이었다. 초칠은 듣는 둥 마는 둥이었다. 들개 한 마리가 마차에 깔려 죽은 얘기를 듣는 양 별다른 반응이 없었다.

오후가 되자 누군가 초칠네 대문을 쾅쾅 두드렸다. 초칠이 문을 열어보니 검은 옷을 입은 포졸 몇 명이 대문 앞에 서 있었다. 초칠이 입을 열기도 전에 포졸 한 명이 종이에 싼 소시지 세 덩이를 내보이며 물었다.

"당신 소시지요?"

포졸들은 당연히 아니라는 대답을 예상하고 있었다. 그런데 초칠은 되레 창백한 얼굴에 음산한 웃음을 띠며 이렇게 되묻는 것이 아닌가.

"우리 집 소시지가 왜 댁들 손에 있소?"

잠시 얼떨떨해 있던 포졸이 다시 물었다.

"좋소, 그렇다면 소시지에 왜 비상을 넣었소?"

정곡을 찌르는 질문이었지만 초칠은 조금도 머뭇거리지 않고 대답했다.

"그 소시지는 내가 먹으려든 게 아니라 족제비를 죽이려고 만든 거요. 그런데 비상 말고 뭘 넣겠소? 설탕을 넣나?"

초칠의 말에 포졸들은 모두 어안이 벙벙해졌고, 이어지는 질문은 이미 맥이 빠져 있었다.

"당신네 소시지를 먹고 옆집 호로대가 죽었소. 알고 있소?"

초칠은 놀란 척을 하며 모르쇠로 잡아뗐다.

"설마! 족제비 잡을 소시지는 우리 집 마당에 걸려 있었는데 그자가 어떻게 먹겠소? 훔쳐다 먹었단 말이오?"

그러더니 갑자기 웃음을 터뜨리며 말했다.

"그렇다 해도 그게 나하고 무슨 상관이오? 그자가 담을 넘어와서 우리 집 식칼로 자기 목을 베어도 내 탓인가?"

할 말을 잃은 포졸들은 입을 다무는 수밖에 없었다.

초칠의 말은 구구절절 이치에 맞았다. 그는 소시지가 자기 것이 아니라고 부인하지 않았고, 비상도 자기가 넣었다고 시인했다. 다만 족제비를 잡으려던 것이라니 그에게는 잘못이 없었다. 호로대는 자기가 훔친 소시지를 먹고 죽은 것인데 초칠을 탓할 수는 없지 않은가. 어디로 보나 초칠과는 아무런 상관도 없는 일이었다. 나중에는 호씨 일가조차 호로대가 죽음을 자초했다고 인정했다. 그가 남의 소시지를 훔쳐 먹지 않았으면 죽었을 리가 있나? 결국 관청에서는 호로대의 식탐이 죽음을 부른 것이지 초칠과는 상관없는 일로 사건을 종결했다.

그러나 조금만 더 깊이 생각하면 석연찮은 구석이 적지 않았다. 누가 소시지에 독을 타서 족제비를 잡는단 말인가? 초칠은 닭을 키우지 않으니 족제비가 소란을 피울 일도 없었다. 그런데 무엇 때문에 독으로 족제비를 잡나? 게다가 족제비는 신선*인데 왜 쓸데없이 신선을 건드린단 말인가? 호로대가 이전에 초칠의 소시지를 훔쳐 먹자 앙심을 품은 초칠이 이렇게 악독한 방법으로 그를 독살한 것은 아닐까?

사건의 내막을 차츰차츰 알게 됐지만 누구도 어찌할 도리가 없었다. 관청에서도 무슨 수가 없고, 하느님마저 손쓸 길이 없었다. 그러니 초칠 이 작자를 누가 감히 건드리겠는가?

가장 재수 없는 사람은 역시 호로대였다. 그 나이를 먹고 식탐을 부리다 죽었으니, 가족들도 부끄러워 얼굴을 들고 다니지 못하다가 결국 슬그머니 양가취를 떠나버렸다.

* 중국 민간 미신에서는 여우나 족제비 같은 교활한 동물을 신선으로 여겼다.

뚱보와 말라깽이
—
毛賈二人

이 일은 실제 있었던 일이 분명하지만 어느 해에 일어난 일인지는 누구도 정확히 말할 수 없다.

남운하 남쪽 기슭의 어느 외길에 허름한 변소가 하나 있었다. 낮에는 빛이 들었지만 밤에는 등불이 없어 해가 지고 나면 감히 들어가지 못했다. 어둠 속을 더듬어가다가 자칫 발을 헛디디면 똥구덩이에 빠질지도 모르니 말이다.

그런데 어느 이슥한 밤에 그 변소에 들어간 사람이 있었다. 아귀餓鬼*처럼 말라비틀어진 그는 빈 광주리를 품에 안고 있었다. 화장실 한복판에 이르자 그는 광주리를 똥구덩이 입구에 엎어놓고

---

* 생전에 탐욕이나 질투가 많았던 귀신으로 목구멍이 바늘구멍 같아 늘 굶주려 있다.

그걸 밟고 올라서서 허리띠를 풀어 대들보에 걸쳐놓더니―목을 매려 했다.

그런데 고개를 쳐드는 순간, 대들보에 걸려 있는 밧줄이 눈에 띄었다. 누가 여기에 밧줄을 매달아놓았을까? 손을 뻗어 당겨보니 매우 튼튼하게 묶여 있었다. 이 밧줄로 목을 매는 게 낫겠다 싶어 고개를 들이밀려는 순간, 어두컴컴한 아래쪽에서 누군가의 목소리가 들려왔다.

"그 밧줄 건드리지 마시오. 내 거요."

기겁한 말라깽이는 귀신을 만난 줄 알고 허둥지둥 광주리에서 뛰어내렸다. 그제야 걸상에 걸터앉은 사람 하나가 눈에 들어왔다.

말라깽이가 물었다.

"댁은 뉘시오?"

"내가 누구든 당신하고는 상관없지 않소. 어차피 우리 둘 다 죽으려는 목숨인데. 각자 알아서 죽으면 되지 뭘 물어보시오?"

"그래도 이렇게 마주쳤지 않소. 곧 죽을 목숨인데 좀 물어보면 어떻소?"

"그래, 그럼 당신이 먼저 말해보시오. 왜 죽으려는 거요?"

걸상에 앉은 사람이 물었다. 말라깽이는 어둠에 눈이 익숙해지면서 시커먼 변소 안의 모습이 조금씩 보이기 시작했다. 상대방의 생김새가 똑똑히 보이지는 않았지만 형체를 보건대 매우 뚱뚱한 사람이었다. 말라깽이가 뚱보에게 사연을 털어놓았다.

"나는 조그만 잡화점을 하다가 손해를 보게 됐소. 빌린 돈은 갚을 길이 없는데 이자는 자꾸 늘어나고, 갖은 수를 써봤지만 결국 버틸 수가 없었다오. 그러니 죽을 수밖에. 당신은 무슨 일이 있소?"

뚱보는 대답 대신 또 물었다.

"빚이 얼마요?"

"마흔 냥이오. 이렇게 큰돈을 내 어찌 갚겠소? 그냥 죽어야지."

그런데 뜻밖에도 뚱보는 이렇게 중얼거렸다.

"그까짓 푼돈 때문에 목숨을 버리려 들다니. 자칫 일가족이 죄다 목숨을 잃으면 어쩐다."

곰곰이 생각하던 뚱보가 말했다.

"나한테 원보가 하나 있는데 쉰 냥은 될 거요. 이 돈을 가져가서 빚을 갚으시오. 죽을 생각일랑 접고!"

그 말에 말라깽이가 소리를 빽 질렀다.

"곧 죽을 사람이 날 갖고 노는 거요! 그렇게 돈이 많으면서 대체 왜 죽으려 하시나? 돈 때문에 죽는 건 아닌 모양이오?"

"나도 돈 때문이오. 나는 전당포를 운영했는데 산시山西성 린펀臨汾에서 온 패거리에게 사기를 당했소. 집도 잃고 아내도 달아나고, 남들을 볼 면목도 없으니 염라대왕이나 만나러 가는 수밖에."

뚱보는 더 자세한 이야기는 하지 않았다. 말해봤자 무슨 소용이 있겠는가. 그는 그저 말라깽이를 재촉할 뿐이었다.

"이 원보를 가져가시오. 당신 빚은 충분히 갚을 수 있을 거요. 이걸로 당신 목숨은 구할 수 있으나 내 목숨은 구할 수가 없소."

하지만 말라깽이는 받으려 하지 않았다.

"당신도 곧 죽을 판인데 내 어찌 그걸 가져가겠소?"

"내가 그걸 저승에 가져갈 수도 없지 않소? 얼른 가져가시오. 그리고 나 좀 혼자 조용히 있게 해주시오. 목을 매면 다시는 돌아올 수 없을 테니."

말라깽이는 저승길에 들어서려다가 도로 끌려나올 줄은 생각지도 못 했다. 염라대왕이 아직 나를 원하지 않는구나, 하늘에서 돈이 뚝 떨어지다니! 그는 바닥에 엎드려 눈앞에 있는 생명의 은인에게 세 번 머리를 조아리고는, 원보를 들고 부리나케 집으로 달려갔다.

말라깽이는 집에 오자마자 아내에게 자초지종을 낱낱이 털어놓았다. 처음에 아내는 펑펑 울며 남편을 원망했다. 혼자만 고통에서 벗어나겠다고 가족들을 고아와 과부를 만들려는 지독한 사람이라고 남편을 탓했다. 그러다 은덩어리 원보를 보자 이번에는 기뻐서 어쩔 줄 몰랐다. 이거면 빚을 몽땅 갚을 수 있었다. 그야말로 기사회생이었다. 아내가 문득 물었다.

"그 사람이 당신을 구해줬는데 당신은 그냥 이렇게 와버렸단 말이에요?"

"내가 뭘 어쩌겠소. 그 사람이 거덜 낸 재산은 어마어마하다오. 산이 쓰러진 셈인데 누가 감히 떠받칠 수 있다고?"

"좌우지간 우리 집에 모시고 와서 만두라도 대접합시다. 떠날 때는 만두를 대접하고 맞이할 때는 국수를 대접하는 법이니, 만두라도 들고 떠나게 얼른 모셔와요. 바로 반죽하고 소를 만들어야겠네. 밤이 깊어 고기 살 곳이 없으니, 옆집 장張 씨한테 가서 달걀이라도 몇 알 빌려오구려."

말라깽이는 부랴부랴 달걀을 빌리러 가고, 아내는 집에서 채소를 썰고 밀가루를 반죽해 피를 만들며 바삐 손을 놀렸다. 그러다 밀대가 바닥에 떨어졌는데, 바닥이 고르지 않아 벽 모퉁이까지 데굴데굴 굴러갔다. 그런데 이게 웬일인가, 가로로 굴러가던 밀대가 벽 모퉁이에 이르자 갑자기 방향을 바꾸더니 쿵, 소리를 내며 쥐구멍 속으로 떨어지는 것이 아닌가. 귀신이 곡할 노릇이었다. 아내가 얼른 쥐구멍에 손을 넣어 밀대를 빼내려는데, 어째 밀대가 쇠보다도 무거울까? 있는 힘껏 잡아 빼고 보니, 손에 있는 것은 밀대가 아니라 번쩍번쩍 빛나는 커다란 금괴 아닌가! 오늘따라 이게 무슨 일인가, 재물신이 납시다니? 방금 전에는 은덩어리가 생겼는데 이제 금괴까지 얻다니! 아내는 이게 꿈인가 싶었지만, 정녕 꿈은 아니었다.

조금 뒤에 달걀을 들고 돌아온 말라깽이는 이 광경을 보고 입이 쩍 벌어졌다. 부부는 얼른 방구석에 있던 잡동사니들을 치우고 호미로 쥐구멍을 파기 시작했다. 놀랍게도 금괴가 가득한 항아리가 두 개나 나왔다. 금괴 백 개는 들어 있음직했다.

말라깽이는 넋이 나가 있었으나 아내는 금세 정신이 돌아왔다. 아내는 남편더러 얼른 변소로 달려가 뚱보를 말리라고, 돈이 있으니 죽을 필요가 없다고 알려주라고 했다.

그제야 말라깽이도 정신이 들었다.

"맞아. 그 사람이 준 은덩어리로 우리 목숨을 구했으니 우리도 그 사람을 구해야지."

아내가 남편을 다그쳤다.

"빨리 가봐요. 벌써 대들보에 목을 매달았으면 어째요."

말라깽이는 부랴부랴 변소로 달려갔다. 천만다행히 늦지 않았다. 뚱보는 아직 그 자리에 앉아서 꺼이꺼이 울고 있었다. 말라깽이는 뚱보를 변소에서 끌어내 다짜고짜 자기 집으로 데려갔다. 뚱보는 항아리 두 개를 가득 채운 금괴를 보자 어안이 벙벙했다. 이게 대체 무슨 영문이란 말인가.

말라깽이가 싱글벙글 웃으며 뚱보에게 말했다.

"이만한 금괴면 죽을 필요가 없지 않소."

뚱보가 힘껏 손사래를 치며 안 된다고 하자, 말라깽이가 또 말했다.

"안 되긴 뭐가 안 된다는 거요. 당신은 은덩어리로 우리 가족을 구했지 않소. 그런데 내가 이걸로 당신 목숨을 구하겠다는데 왜 그러시오?"

말라깽이의 아내도 옆에서 거들었다.

"은덩어리가 없었다면 이 금괴들이 어떻게 우리 앞에 나타났겠어요? 이건 하느님이 두 사람을 가련하게 여겨 한 장면 한 장면 엮어내신 것이 틀림없어요. 이 일로 연극을 만들어도 손색이 없겠네."

그리하여 두 사람은 금괴를 절반씩 나누기로 하고 각자 한 항아리씩 챙겼다. 그렇게 빚을 다 갚은 두 사람은 또다시 장사를 하기로 마음먹고 가게를 하나씩 열었다.

말라깽이는 북문 부근에 광화점廣貨店*을 열고 남쪽에서 물길로 들여온 반야板鴨**, 훈제돼지, 풍계風雞***, 소시지를 비롯해 갖가지 세간과 잡화를 팔았다. 뚱보는 천후궁 앞 소양화가小洋貨街에 양품점을 열고 자죽림에서 유행하는 서양 물건을 가져다 팔았다. 두 집 모두 장사가 잘되어 나날이 번창했고, 두 사람은 부자가 되고 나서도 서로를 잊지 않고 자주 왕래하며 지냈다. 어느 날 뚱보와 말라깽이는 함께 술을 마시며 옛일을 이야기했다. 그러다보니 감정이 북받쳐 눈물이 멈추지 않았고, 둘은 그때 그 변소가 있는 북쪽 거리 부근에 같이 집을 짓고 두 집이 다 그리로 이사해 대대손손 화목하게 지내자고 다짐했다. 크나큰 화를 겪고도 죽지 않으면 나중에 반드시 큰 복이 찾아오는 법이다. 그들은 그곳에서 화를 복으로 바꾸어 죽다 살아났으며 불운 끝에 행운을 만난 셈이었다. 그곳이 자신들이 복을 누리며 살 땅이라고 확신한 두 사람은 함께 잘 살펴본 끝에 거리 오른쪽에 있는 빈 땅을 사고 건축업자를 불러 저마다 여덟 동짜리 집을 지었다. 두 집이 두 줄로 나란히 늘어서게끔 배치하고 대문과 대문을 서로 마주보게 만들었으며 가운데에는 골목을 내서 함께 쓰면서 드나들 때마다 마주쳤다. 이렇게 두 집안은 서로 돕고 챙기며 한집안처럼 화목하게 지냈다.

나중에는 이 골목에 이름도 생겨났다. 말라깽이는 성이 모毛씨

* 광저우廣州 물품을 다루는 가게.
** 소금에 절인 오리를 납작하게 눌러 말린 것.
*** 닭의 배를 갈라서 내장을 꺼내고 털은 놔둔 채 소금과 조미료를 발라 바람에 말린 것.

이고 뚱보는 성이 가賈씨라서 모가과항毛賈夥巷이라고 불리게 되었는데, 그들 스스로 지은 이름인지 남들이 붙인 이름인지는 알 길이 없다.

만약 두 사람이 함께 지은 이름이라면 앞으로도 변함없이 사이 좋게 지내겠다는 뜻일 것이다. 남들이 붙인 이름이라면 인정이 있고 의리를 지키며 괴로움도 즐거움도 함께해온 모 씨와 가 씨를 칭찬하는 의미일 것이다.

방망이 모양 코담뱃병

—

棒槌壶

사람의 얼굴색은 여섯 가지다. 누런색, 검은색, 붉은색, 흰색, 회색, 파란색. 그런데 후가후에 사는 예俉씨 집안 셋째 도령의 얼굴색은 이 여섯 가지가 모두 아니고 그냥 살색이었다. 살색이 뭐지? 살색 아닌 사람이 있던가? 그렇다면 예 도령은 얼굴에 색이 없단 말인가?

물론 색이 있었다. 다만 확실하게 어떤 색이라고 말하기가 어려웠다. 그는 배가 고프면 얼굴이 누리끼리해지고, 더 고파지면 하얗게 질리고, 오래 굶으면 잿빛이 되고, 굶다 못해 병이 들면 파르스름해졌으며, 못 견딜 지경에 이르면 거무죽죽해졌다. 그러다가도 뭔가 요기를 좀 하면 불그스레해지고, 거기다 술이 들어가면 시뻘게졌다.

부잣집 자제인 예 도령이 어찌 굶고 다니느냐고? 부친 생전에야 그도 아무 걱정 없이 놀고먹었다. 그런데 이제 부친이 세상을 뜨고 가세가 기운 데다가 본인은 아무 재주도 없으니, 남은 재산을 야금야금 까먹다가 앞마당 대추나무에 열린 대추마저 싹 따먹어버렸다. 그러니 굶지 않을 도리가 있나. 그러나 예 도령은 '죽기 전까지는 체면이 꺾일 수 없다'며 집안 물건을 내다 팔았고 심지어 조상님들 초상화까지 죄다 팔아버렸다. 그런데 여전히 꽉 움켜쥐고 놓지 않는 물건이 몇 가지 있었으니, 그것만큼은 목숨이 붙어 있는 한 절대로 팔 생각이 없었다. 그건 바로 외출용 물품으로, 부잣집 자제들이 착용하는 모자, 신발, 옷가지 그리고 당시 부자들이 몸에 달고 다니던 안경, 수염빗, 귀이개, 머리빗, 부채, 코담뱃병, 구슬 따위였다. 향낭 외에 이런 자질구레한 물건들은 전부 부드럽거나 단단한 주머니에 넣고 다녔으며, 단자緞子로 된 주머니 표면에는 갖가지 상서로운 무늬가 아름다운 색상으로 조화롭게 수놓여 있었다. 주머니마다 정교한 색실 끈을 달아 허리춤에 빙 둘러매면 주렁주렁 매달린 주머니들이 걸을 때마다 배 밑에서 덜렁덜렁하면서 사람들 눈길을 끌었다. 톈진의 부잣집 나리나 도련님들은 이런 물건들을 달고 다니며 뽐내기를 좋아했다.

비록 집안 물건은 금세 바닥날 지경에 이제 빈 상자에 남은 것은 쥐똥뿐이었지만, 예 도령은 외출용 물품만큼은 절대 팔지 않았다. 잘 차려입고 물건들을 주렁주렁 달고 나가면 누구도 얕보지 못한다. 뱃속이야 비었든 찼든 남들이 어찌 알쏘냐? 때때로 예 도령이 이런 차림으로 조계지에 가면 이따금 호기심 많은 서양인이 공손하게 그를 불러 세우고서 사진기를 들고 '찰칵' 사진을 찍었다. 듣기로는 그 무렵 서태후도 이렇게 '찰칵' 사진을 찍었다 하니, 찍은 사진을 어디다 어떻게 쓰든 예 도령은 상관하지 않았다. 때때로 서양인은 그에게 안경을 쓰고 한 손으로는 부채를 펼쳐 들고 다른 손으로는 귀이개로 귀지를 파는 자세를 취해 달라고 청하기도 했다.

그날도 예 도령은 아침에 일어나자마자 주섬주섬 옷을 차려입고 허리춤에 물건들을 달았다. 뱃속이 허전한 느낌이었지만 집에 먹을 거라곤 아무것도 없었다. 그는 사발 밑바닥에 남아 있던 차 찌꺼기와 찻잎까지 뱃속에 털어 넣고는 정신을 가다듬고 거리로 나섰다. 오래된 다리를 건너 천후궁 북쪽에서 남쪽까지 걸어가는 동안 그는 아는 사람을 마주치면 무조건 붙잡고 길거리에 서서 한동안 잡담을 나누었다. 거리를 오가는 사람들에게 자신의 부티를 내보이려는 속셈이었다. 동문에 이르자 그는 배가 고픈 나머지 얼굴이 하얗게 질렸고 손바닥과 이마에는 식은땀이 흥건했다. 마침 길가에 그가 늘 가는 작은 음식점 '복흥福興'이 보이기에 얼른 문발을 걷고 안으로 들어갔다. 그를 잘 아는 심부름꾼은 묻지도 않고 바로 가지볶음 한 접시에 찐빵 두 개 그리고 고수조차 넣지 않은 멀건 간장국 한 사발을 내왔다. 이는 순전히 배를 채우기 위한 음식으로 동전 두세 푼이면 먹을 수 있었다.

자신이 굶주려 있다는 사실을 남들이 눈치채지 못하게끔 예 도령은 아주 천천히 식사를 했다. 간장국을 마실 때는 더더욱 느긋하게 맛을 음미하는데 꼭 해삼탕이라도 마시는 듯한 태도였다. 그러면서 수시로 허리춤에서 빗을 꺼내 머리를 빗었고, 그다음엔 비단 주머니에서 코담뱃병을 꺼내 탁자에 올려놓았다. 그냥 자랑하려는 거라서 담배 냄새는 맡지 않고 세워만 두었다.

예전에는 집에 훌륭한 코담뱃병이 많았지만 부친이 세상을 뜨고 모친마저 몸져눕자 모조리 팔아버리고 이 병 하나만 남았다. 뚜껑을 잃어버린 데다가 모양도 볼품없기 때문이었다. 속칭 '방망이병'으로, 그냥 밋밋하게 쭉 뺀 모양에 백자 재질인데 유약 칠도 고르지 않아 윗부분에 응어리가 맺혀 있었다. 가운데에 황금빛 삽살개가 그려져 있는데 그림 솜씨도 그저 그렇고 배경도 없이 개만 달랑 있어 그리 좋은 물건이라고는 할 수 없었다. 예 도령은 몇 번이나 골동품 가게에 가서 팔아보려 했지만 아무도 거들떠보지 않아 이렇게 수중에 남게 됐다. 마침 썩 괜찮은 코담뱃병 주머니가 하나 남아 있어서 예 도령은 거기다 이 방망이병을 넣고 다녔다. 이 병에는 뚜껑이 없었으나 돈이 없어 맞추지 못했고, 크고 작은 궤짝을 샅샅이 뒤져봐도 뚜껑으로 쓸 만한 것이 하나도 없었다. 이를 어쩐다? 그러던 어느 날 길거리에서 고개를 수그리고 다니던 예 도령은 땅바닥에서 작은 뼛조각을 발견했다. 이거다 싶어 주워다가 코담뱃병에 꽂아보니 안성맞춤, 뼛조각 한쪽 끝이 볼록하게 튀어나왔는데 동그스름하고 윤기가 흘러 딱 뚜껑 감이었다. 뼛조각을 적당한 크기로 자르고 갈아서 병에 꽂으니 원래 있던 뚜껑처럼 잘 어울렸다.

예 도령이 병을 들어 코담배를 좀 꺼내려 할 때, 맞은편에 앉은 노인이 퍼뜩 눈에 들어왔다. 노인이 언제부터 그 자리에 앉아 있었는지는 모를 일이었다. 노인은 깡마른 몸에 살갗은 까무잡잡하고, 가느다란 코 밑에 콧수염을 길렀으며 이마가 훤히 벗어지고 눈빛이 예사롭지 않았다. 하늘색 두루마기를 입고 있는데 신분은 알아차릴 수 없었다. 노인은 예 도령은 거들떠보지도 않고 탁자에 놓인 방망이병만 뚫어져라 바라보고 있었다. 대체 무엇 때문에 이 낡아빠진 병을 저렇게 열심히 보는 걸까? 궁금해진 예 도령이 물어보려 하는데 노인이 먼저 입을 뗐다.

"그 병을 팔지 그러나?"

갑작스러운 물음에 예 도령은 어안이 벙벙했다.

사람이 궁해지면 경계심이 느는 법이다. 노인이 무슨 속셈인지는 금세 알아차리지 못했지만, 하릴없이 길거리나 쏘다니며 지내는 예 도령인지라 이럴 때 어떻게 대답해야 하는지는 잘 알았다.

"조상 대대로 내려온 수백 년 된 물건입니다. 값을 얼마나 쳐주시렵니까?"

예 도령은 이런 말로 노인의 생각을 떠보았다. 그는 이 낡은 물건을 돈 주고 사려는 사람이 있을 리 없다고 생각하고 있었다.

그런데 이게 웬일인가, 노인은 농담하는 것이 아니었다. 노인이 다섯 손가락을 쫙 펴 보였다.

"은 다섯 냥."

예 도령은 속으로 깜짝 놀랐다. 은 다섯 냥이라면 이 가난뱅이 도련님이 석 달은 푸짐하게 먹을 수 있는 돈이었다. 그러나 사람은 돈이 부족하다고 해서 생각마저 부족해지지는 않는다. 그는 불현듯 이런 생각이 들었다. 아버지께서 남기신 이 방망이병이 값진 물건일 수도 있잖아? 지금껏 알아보는 사람이 없었지만 이제야 진가를 알아보는 전문가를 만난 것은 아닐까? 여기까지 생각이 미친 예 도령이 웃으며 말했다.

"설마 그런 푼돈으로 조상까지 팔라는 말씀은 아니겠지요?"

그러자 노인은 자리에서 일어나며 한 마디 했다.

"그럼 그 물건을 잘 보관하시게나."

그러고는 바로 자리를 떠버렸다.

참으로 괴이한 일이었다. 물건을 사고 싶었던 거라면 어찌 가격 흥정도 하지 않고 가버린단 말인가?

예 도령은 물건을 볼 줄 아는 노인이 멀어지는 모습을 안타깝게 지켜보고만 있었다. 붙잡아야 하나? 아니, 그럴 수는 없다. 예 도령은 이 방망이병이 어떤 물건인지 감을 잡을 수 없었다. 노인을 붙잡고 값을 흥정한다 해도, 도대체 얼마에 팔아야 한단 말인가? 만약 아버지가 남긴 이 물건이 엄청난 보물이라면?

이 일이 있고 나자 예 도령은 방망이병의 몸값이 백배는 높아진 기분이 들었다. 다만 뚜껑이 없어 뼛조각을 끼워놓은 것이 마음에 걸렸다. 좋은 말은 좋은 안장을 갖춰야 하는 법이다. 예 도령은 마지막으로 남은 박달나무 팔선상을 팔아 그 돈으로 보석상에 가서 방망이병에 홍마노 뚜껑을 맞췄다. 아래쪽에 금박 구리테까지 끼운 훌륭한 뚜껑이었다. 보석상 마馬 사장이 보다 못해 한마디 했다.

"솔직히 이 코담뱃병은 아주 평범한 물건입니다. 이렇게 꾸며놓으니 오히려 큼지막한 솜저고리를 입고 밍크 모자를 쓴 것 같네요."

그 말에 예 도령은 신비로운 웃음을 지으며 대꾸했다.

"사장님이 이 물건을 알아보실 정도면 골동품 가게를 하셔야죠."

뚜껑을 맞춘 뒤로 그는 누가 훔쳐갈까 걱정스러워 코담뱃병을 허리춤에 매다는 대신 품속에 넣고 다녔다. 그러다가 부자처럼 보이고 싶을 때면 품에서 꺼내 사람들의 눈길을 잡아끌며 허세를 부렸다.

시간이 흐르자 신선한 기분도 사라지고, 현실적인 문제가 찾아들었다. 제아무리 보물을 품에 넣고 다닌다 해도 그걸로 꼬르륵거리는 배를 채울 수는 없었다. 사람 몸은 다른 것은 몰라도 굶는 것만큼은 견디기 힘들어한다. 하루 세 끼 가운데 한 끼라도 거르면 괴로워진다. 결국 예 도령은 남몰래 골동품점 화췌재華萃齋를 찾아가 품속의 보물을 꺼내 보이며 값을 물었다. 그런데 이게 무슨 소리인가, 홍마노 뚜껑은 조금 돈이 되겠지만 낡은 코담뱃병은 그냥 버리라는 것이 아닌가.

화가 치민 예 도령은 아무런 대꾸도 없이 돌아서서 나가버렸다. 그리고 마가구에서 구이가까지 크고 작은 골동품점 일고여덟 곳을 돌아다니며 코담뱃병을 보여주었지만 다들 힐끗 보고는 바로 눈길을 돌렸다. 자신감이 점점 떨어진 예 도령은 동문 앞 식당에서 만났던 이마가 벗어지고 콧수염을 기른 까무잡잡하고 야윈 노인이 떠올랐다. 그리하여 노인을 만나려고 식당에 가서 며칠 동안 가지볶음을 먹으면서 기다렸지만 노인은 좀처럼 나타나지 않았다. 가게 심부름꾼에게 물어봐도 "단골도 아닌데 어떻게 기억해요?"라는 대답이 돌아올 뿐이었다. 백락伯樂*이 없는데 누가 명마를 알아보랴? 예 도령은 지난번에 노인을 그냥 보낸 것을 후회하며 꿈속에서도 그를 찾아 헤맸다.

삼복도 지나고, 서늘한 가을이 되었다. 북대관을 지나가다 시장기를 느낀 예 도령은 갓 구워 뜨끈뜨끈하고 향기로운 참깨 샤오빙燒餠 두 개를 사 들고 길가 찻집에 들어갔다. 따뜻한 차 한 잔을 주문해서 샤오빙과 같이 먹다가 문득 고개를 돌려보니, 그때 그 노인이 창가에 앉아 차를 마시고 있지 않은가. 예 도령은 잃어버렸던 엄마를 도로 찾은 어린아이처럼 노인에게 냅다 뛰어가 품속에서 코담뱃병을 꺼냈다. 그러고는 아무 말 없이 팔을 쭉 뻗어 누구도 거들떠보지 않는 그 방망이병을 노인의 눈앞에 내놓았다. 꼭 이렇게 말하는 듯한 표정이었다. 이 병 좀 보십시오. 뚜껑이 생겼는데, 어떻습니까?

예상과는 달리 노인은 조금도 놀라거나 좋아하지 않았고, 골동품점 주인들처럼 힐끗 보고는 바로 눈길을 거두었다. 지난번 물건과는 다른 물건을 보는 듯한 태도였다. 예 도령은 노인이 자기 물건에 욕심이 나서 일부러 심기를 건드리는 것이라 짐작하고 이렇게 말했다.

"이렇게 마노 뚜껑까지 맞췄습니다. 보배에 보배를 더했으니 더 탐이 나시지요?"

---

* 춘추 시대 사람으로 본명은 손양孫陽. 말 감별 능력이 탁월하여 천마天馬를 관장하는 별인 백락이라는 별명이 붙었다.

하지만 노인은 담담히 대답했다.

"자네가 잘 간수하게나."

예 도령이 웃으며 또 말했다.

"기억 못 하시는지요? 지난번에 어르신께서 은 다섯 냥을 내고 제 병을 사겠다고 하지 않으셨습니까?"

"지금 이 병은 그때 그 병과는 다르지 않나. 자네가 망쳐놓았구 먼."

정색하며 대답하는 노인의 목소리에 실망이 어려 있었다.

예 도령은 어안이 벙벙했다.

"망쳐놓다니요? 지금 저를 놀리십니까? 저는 그저 뚜껑을 더했 을 뿐입니다. 그것도 홍마노로요."

노인은 고개를 절레절레 흔들 뿐 더는 대꾸하지 않았다. 예 도 령은 살짝 초조해졌다. 이 세상에서 돈을 주고 이 방망이 코담뱃 병을 사겠다고 한 사람은 오로지 이 노인뿐이었다. 그가 원치 않 는다면 아무에게도 팔지 못할 것이다.

"사지 않으셔도 괜찮으니 한 가지만 말씀해주십시오. 제가 이 물건을 어떻게 망쳐놨다는 것인지요?"

예 도령은 조급한 나머지 얼굴이 후끈 달아올라 있었다. 그런 예 도령을 물끄러미 바라보다 노인이 입을 열었다.

"이 병에 그려진 그림이 개가 맞는가?"

"예, 맞습니다. 삽살개인데 순종이지요."

노인이 계속해서 물었다.

"개는 뭘 먹고 사는가?"

"당연히 뼈다귀나 고기를 먹지요. 나뭇잎을 먹을 리는 없으니까요."

"지난번 뚜껑은 뭐였던가? 뼈가 맞는가?"

"맞습니다. 그때 뚜껑이 없어서 제가 직접 만든 겁니다."

"바로 그거야! 잘 듣게나. 그 뼈는 병에 그려진 개에게 딱 좋은 것이었어. 개에게 뼈나 고기가 부족해서는 안 된다네. 사람에게 양식이 부족해서는 안 되는 것처럼 말일세. 그런데 자네가 뼈를 다른 것으로 바꾸었으니 개는 먹을 것이 없어 조만간 굶어 죽게 됐지 않나. 그러니 자네가 망친 게 아니고 뭔가."

예 도령은 슬슬 화가 치밀어올랐고, 목소리도 덩달아 높아졌다. 그가 고함치다시피 노인에게 따져 물었다.

"저를 놀리십니까? 병에 그려진 개가 뼈를 먹는다고요? 그런 뼈다귀가 필요하신 거라면, 제가 당장 길거리에 나가 주워다 드리지요."

예 도령을 쳐다보는 노인의 표정은 웃는 것인지 아닌지 알쏭달쏭했다. 노인이 말했다.

"보아하니 아직도 이해를 못 했구먼. 이 모양이 되고서도 이만한 이치마저 깨치지 못한단 말인가? 어쩔 수 없네. 그만두지."

말을 마친 노인은 벌떡 일어나 찻집을 떠났다. 예 도령이 아무리 불러도 뒤도 돌아보지 않았다.

예 도령은 그 자리에 서서 노인의 뒷모습을 멍하니 지켜볼 뿐이었다. 노인이 던지고 간 아리송한 말이 머릿속을 하염없이 맴돌고 있었다.

나중에 누군가 예 도령에게 충고했다.

"그런 헛소리에 신경 쓰지 말게. 보아하니 그 방망이병이 탐나서 괜한 말로 자네를 현혹한 거로구먼. 앞으로 반년 동안은 누가 와서 사겠다고 해도 절대 팔지 말게. 그 늙은이가 보낸 사람이 틀림없으니."

예 도령은 그 말대로 했다. 그러나 반년은커녕 1년이 지나도 병을 사겠다고 찾아오는 사람은 한 명도 없었다. 오히려 예 도령이 물건을 팔려고 여기저기 다녀봤지만 아무리 애를 써도 팔 수가 없었다. 결국 그는 이 코담뱃병이 값이 나가거나 말거나 신경 쓰지 않게 됐다. 하지만 노인이 남긴 몇 마디가 머릿속을 떠나지 않았다. 이 사연이 퍼져나가자 사람들은 저마다 다른 해석을 내놓았다. 어떤 이는 그 노인은 애초부터 그 병을 살 생각이 없었다고, 예 도령을 놀린 거라고 했다. 어떤 이는 노인이 처음에는 수중에 돈이 있어서 사려 했지만 다음번에는 돈이 없어서 그렇게 말한 거라고 했다. 또 어떤 이는 예 도령이 그 낡은 코담뱃병의 값어치를 높이려고 스스로 꾸며낸 일이라고 했다.

북서쪽 모퉁이에 사는 글공부하는 사람의 해석은 이들과 달랐다. 그는 그 노인이 학식이 뛰어난 사람이라면서, 예 도령은 코담뱃병에 새겨진 개와 같아서 뼈다귀나 어울리지 금이니 은이니 마노와는 전혀 어울리지 않는다고 말했다. 이 해석은 사람들을 더욱 헷갈리게 만들 따름이었다.

맹 왕코

—

孟大鼻子

　'맹 왕코大鼻子'는 맹孟씨네 둘째 도령의 별명이다. 이 별명은 듣기만 해도 그 유래를 알아차리리라. 코가 하도 커서 붙은 별명이다.

　맹 왕코는 키가 큰 편이 아니라서 사람들 틈에 서면 눈에 잘 띄지 않았고, 목이 가늘고 어깨가 처졌으며 등도 살짝 굽어 있었다. 그런데 딱 하나 남다른 데가 있었으니, 그것은 바로 커다란 코였다. 투실투실 살이 붙고 기름기가 좔좔 흐르는 모습이 꼭 껍질을 벗긴 쫑쯔粽子* 같았다. 코는 얼굴 한복판, 가장 눈에 띄는 곳에 있는지라 그를 만나는 사람은 어김없이 그 커다란 코를 가장 먼저

---

* 찹쌀을 댓잎이나 연잎에 삼각형이나 원추 모양으로 싸서 쪄낸 중국식 주먹밥. 단오절에 먹는 음식이다.

보게 됐다.

그는 어딜 가든 이 큼지막한 코를 달고 다니며 웃음거리가 되는 것이 몹시 싫었다. 하지만 하느님은 마음이 너그러워 쓴 열매를 줄 때면 그 속에 반드시 달콤한 씨를 숨겨놓는다. 맹 도령의 큰 코는 결코 쓸모없는 군살이 아니었으며 얼굴에 생긴 흠은 더더욱 아니었다. 그의 코는 기이하고도 특별한 재간을 지녀 신령스러울 정도였다.

그의 코는 겉으로 보기엔 쓸데없이 크기만 할 뿐이었다. 가까이에서 그와 얼굴을 맞대고 서면 시커먼 콧구멍에서 삐져나온 코털이 보이는데 꼭 마른 우물에서 자라난 풀 같았다. 그런데 이 콧구멍 속에는 평범한 사람은 알 수 없는 신기한 조화가 들어 있었다.

세상 모든 물건은 저마다 모양만 있는 것이 아니라 냄새도 있다. 어떤 냄새는 맡을 수 있지만 어떤 냄새는 맡을 수 없다. 하지만 맹 왕코는 무슨 냄새든 다 맡을 수 있었다.

이 세상에는 온갖 냄새가 뒤섞여 있어 보통 사람은 뭐가 뭔지 가려내지 못한다. 그러나 맹 왕코는 모든 냄새를 가려낼 수 있었다. 이건 나무 냄새, 이건 쇠 냄새, 이건 채소 냄새, 이건 낡은 솜 저고리 냄새, 이건 발 냄새…… 그의 커다란 코는 드넓은 세상의 모든 것을 환히 알아보는 밝은 눈처럼 온 세상의 수많은 냄새를 맡을 수 있었다.

사람들 말로는 모기가 맹 왕코를 물면 그는 그 모기를 정확히 찾아내서 신발을 벗어 밑창으로 때려죽일 수 있다는데―설마, 하다 하다 모기 냄새까지 맡을 수 있다고?

그건 너무 터무니없는 말이라고? 말도 안 되는 엉터리 소문이라고 단정 짓지 말고, 다음 이야기를 들어보시라.

어느 날 맹 왕코가 구이가 천향루天香樓에서 과음을 했다. 그러자 점원들이 그를 부축해 태사의太師椅*에 앉혀놓고 잠깐 눈을 붙이게끔 했다. 그런데 한 녀석이 맹 왕코가 곤드레만드레한 틈을 타서 그의 주머니에서 은전 세 닢을 훔쳐갔다. 보름이 지나 산시회관山西會館 앞에서 그 점원과 마주친 맹 왕코가 말했다.

"보름 전에 훔쳐간 은전 세 닢을 도로 내놓게나. 그러면 없던 일로 해주지. 오리발을 내밀면 바로 관가에 고발하겠네."

점원이 시치미를 뚝 떼며 되물었다.

"무슨 근거로 내가 훔쳤다는 거요? 내가 훔치는 걸 보기라도 했소?"

맹 왕코가 대답했다.

"볼 필요가 뭐가 있나. 네 몸에서 나는 냄새가 있는데. 네가 어디로 도망가든 냄새로 다 찾아낼 수 있다고."

이 심상치 않은 말에 점원은 상대방의 얼굴 한복판에 있는 엄청난 코를 다시금 눈여겨보았다. 그 커다란 코에 관한 갖가지 소문이 퍼뜩 떠오른 그는 더는 발뺌하지 못하고 은전을 꺼내 맹 왕코에게 돌려주었다.

이런 일도 있었다. 맹 왕코가 북대관에 있는 요릿집 혜라춘慧羅

* 등받이와 팔걸이가 달린 구식 안락의자.

春에서 친구들에게 식사를 대접했다. 점원이 증붕리어^{罾蹦鯉魚}*를 상에 올리면서 말했다.

"주방장이 자신 있게 선보이는 저희 가게 간판 요리입니다. 갓 잡아 올린 잉어를 산 채로 요리했지요. 한 입 드셔보시면 얼마나 신선한지 바로 아실 겁니다."

맹 왕코가 웃으며 대꾸했다.

"톈진 사람들이야 싱싱한 물고기만 먹지 어디 죽은 물고기를 먹는가."

그러면서 그가 쟁반에 놓인 잉어 냄새를 깊이 들이마시는 순간, 얼굴에서 웃음기가 싹 사라졌다. 맹 왕코는 정색한 얼굴로 점원에게 말했다.

"당장 주인장을 모셔오게."

점원은 영문도 모른 채 가서 주인을 불러왔다. 식당 주인 교_喬 사장이 입을 열기도 전에 맹 왕코가 대뜸 말했다.

"이 잉어는 어제 죽은 물고기요."

교 사장은 순간 당황했다. 그러나 이곳 톈진은 부둣가 아닌가. 부두에서 장사하는 사람들은 다들 머리가 잘 돌아가고 임기응변에 능하며 말재간이 좋고 손님과 쓸데없이 다투지 않는다. 교 사장은 바로 얼굴 가득 웃음을 띠며 말했다.

"노여움을 거둬주십시오. 사죄드리겠습니다. 이건 가져가고,

---

* 잉어를 통째로 익힌 톈진의 명물 요리. 잉어_{鯉魚}가 그물_罾에서 펄떡이는_蹦 듯한 모습이라 붙은 이름이다.

제가 주방에 가서 직접 싱싱한 놈을 골라서 주방장이 요리하는 과정을 똑똑히 지켜본 다음 다시 올리도록 하지요. 조금만 기다려주십시오."

일은 이렇게 잘 마무리되었지만 교 사장은 어찌 된 일인지 알 수가 없었다. 저 입맛 까다로운 손님이 무슨 재주로 물고기가 솥에 들어가기 전에 죽었다는 사실을 알아차렸을까? 정말 그 희한하게 커다란 코로 냄새를 맡은 것일까?

이 두 가지 일 모두 현장에서 목격한 사람들이 있었기에 그 뒤로 누구도 맹 왕코를 건드리지 못했다. 정확히 말하면 그의 큼지막한 코를 건드리지 못했달까. 그의 얼굴 한복판에 있는 그 특이한 것이 얼마나 대단한지 누구도 가늠할 수 없었다.

하지만 아무리 대단한 것이라 해도 언젠가는 반드시 적수를 만나기 마련이다. 이것이 세상 이치다.

맹 왕코는 친구 사귀기를 좋아하고 떠들썩한 분위기를 즐기는 사람이었다. 집안도 부자라 돈을 물 쓰듯 써대니 자연히 주변에 어중이떠중이가 모여들어 그를 어화둥둥 떠받들어주었다. 맹 왕코는 종일 밖에서 이곳저곳 돌아다니며 먹고 마시고 온갖 일에 참견하고 다녔다. 그는 양점가에 있는 넓은 저택에 살았는데, 자식이 없어서 가냘프고 아리따운 아내 혼자 적적하게 집을 지키곤 했다.

적적한 삶이 길어지면 일이 터지기 마련이다. 맹 왕코의 아내가 바람났다는 말이 나돌기 시작했다. 처음에는 비밀스러운 이야기였으나 날이 갈수록 무성해지면서 염문설로 번졌다. 염문설은 세상에서 가장 흥미진진한 얘깃거리인지라 입에서 입으로 날개 돋친 듯 퍼져나갔다. 맹 왕코를 우롱하는 이 소문은 그의 앞집 뒷집까지 날아들었고 그를 아는 사람 중에도 모르는 이가 없게 되었다. 그런데 희한하게도 정작 맹 왕코 본인은 아무것도 모르는 모양새였다. 그는 조금도 달라진 데가 없었고 모든 것이 평소와 똑같았다. 더욱더 희한한 일은, 맹 왕코의 아내가 누구와 바람났는지도 아무도 모른다는 사실이었다. 이 바닥에는 온갖 고수가 다 있었다. 그들은 아무리 비밀스러운 일이라 해도 땅속까지 파고들어서라도 꼬리를 찾아내곤 했다. 그런데 맹 왕코의 아내와 놀아난 장본인은 그림자조차 찾을 수 없었다.

사람들은 차츰 맹 왕코의 커다란 코를 의심하게 됐다. 맹 왕코가 낮에는 내내 밖에서 돌아다닌다고 해도 밤에는 집에 돌아가 아내 곁에서 잘 것 아닌가. 낯선 남자의 냄새를 맡지 못했다는 게 말이 되는가? 옆을 스쳐 지나간 도둑은 물론 자신을 문 모기 냄새까지 맡을 수 있는 그가 자기 아내와 뒤엉킨 사내 냄새를 못 맡는다고? 그게 코인가? 하지만 그가 냄새를 맡았다면 어떻게 이렇게 아무 일도 없다는 듯 매일같이 웃고 떠들며 지낼 수 있담?

이듬해에야 사람들은 서서히 내막을 알게 됐다. 맹 왕코의 아내와 놀아난 사내의 정체가 슬슬 알려졌는데, 직예총서에서 무관으로 근무하는 자로 성은 요婁씨요, 이름은 정조正操였다. 그는 성깔이 사납고 수법이 악랄해서 후가후의 건달들도 감히 건드리지 못하는 자였다. 그 이름을 듣자마자 사람들은 맹 왕코가 그 냄새를 진즉에 맡고도 모른 척했다는 사실을 알아차렸다. 분명히 알고 있으면서도 일 년씩이나 모르는 체하려니 맹 왕코가 얼마나 답답했을지 짐작이 가고도 남았다. 그 무관은 암내가 지독하다고, 집에 돌아간 맹 왕코는 콧구멍에 솜을 틀어막고 지낸 게 틀림없다고 말하는 사람도 있었다.

이렇게 되자 맹 왕코는 숨어 지내다시피 하게 됐으며 그의 아내는 아예 사람들 앞에 모습을 드러내지 않았다. 맹 왕코는 더 이상 손님들을 청해 돈을 쓰지 않았고, 자연히 그와 어울리는 사람도 없어졌다. 그동안 그에게 붙어다니던 어중이떠중이도 뿔뿔이 흩어져 한 사람도 남지 않았다. 가끔가다 볼일을 보거나 물건을 사러 나오는 그를 보면 누가 쥐어짜기라도 한 것처럼 몸이 쪼그라들어 있었다. 가장 희한한 것은 그의 코였다. 예전에는 그토록 위풍당당하던 그 커다란 코마저 갑자기 작아진 듯했고, 고기 쭝쯔 같던 코가 말라비틀어지니 코가 지닌 신비롭고 대단한 능력도 가뭇없이 사라진 것만 같았다.

코가 쓸모없게 되자 톈진에서 '왕코'라는 별명은 더 이상 들리지 않았다.

비웅

—

飛熊

민국 23년(1934), 톈진에는 '비웅飛熊'이라 불리는 기인이 있었다. 이름 그대로 날아다니는 곰일까? 맞는다고도 볼 수 있고 틀리다고도 볼 수 있다.

사람이 어찌 곰이 될 수 있겠나. 다만 성이 웅熊씨이고 생김새도 곰 같아서 붙은 별명이었다. 그는 얼굴이 투실투실하고 몸도 뚱뚱한 데다가 가슴팍과 등, 팔다리와 손등까지 털이 북슬북슬했으며 두툼한 눈꺼풀 밑에서 새까만 눈동자가 반짝였다. 세상에 이보다 더 곰처럼 생긴 사람은 다시없을 것이다.

그의 온몸을 뒤덮은 털은 길고도 촘촘하여 모기도 뚫고 들어가서 물지 못할 정도였다. 혹시라도 그가 다가와 그 커다란 입을 벌려 헤벌쭉 웃으면 상대방은 소스라치게 놀랄 것이다. 그런데 이런 사람에게는 골칫거리가 하나 있다. 몸이 너무 무겁고 둔해서

빨리 걷지 못하고, 뛰기라도 했다간 바로 숨을 헐떡인다는 것. 그러니 누구든 그를 건드리고 바로 튀면 그로서는 어찌할 방법이 없었다.

그러나 그의 성씨인 '웅' 자 앞에 날 '비' 자가 더해지면서 상황이 달라졌다. 날 '비' 자는 본인 스스로 붙인 것이 아니라 남들이 붙여준 것인데 거기에는 그럴 만한 사연이 있었으니—

그는 남운하 일대에서 짐꾼으로 일했는데 후가후 일대의 건달들과 껄끄러운 사이로 원한이 제법 깊었다. 건달들은 그가 몸집도 크고 기운도 천하장사라 겁을 먹고 있었지만 속으로는 혼쭐을 내주려고 단단히 벼르고 있었다. 언젠가는 그가 자기들 앞에서 무릎 꿇고 벌벌 떨며 싹싹 빌게 만들 작정이었다.

나중에 건달들은 좋은 수를 생각해냈다. 비웅은 술을 대단히 좋아하여 술집에서 곤드레만드레 취해 있기 일쑤이니 그 틈을 타서 공격하자. 어느 날 비웅은 동문 근처 삼배소三杯少 이층에서 술을 마셨다. 반쯤 취했을 때 물푸레나무 몽둥이를 하나씩 움켜쥔 건달들이 나타나 그를 막아섰다. 하나같이 물불을 가리지 않고 죽자 사자 덤비는 놈들이었다. 술을 적잖이 마신 비웅은 아무리 술기운에 담이 커졌다고 해도 감히 맞설 수가 없었다. 숫자도 많고 모두 흉포한 놈들이라 맞붙었다가는 뼈도 못 추릴 상황이었다.

술집이 넓다고는 하나 계단 길목은 이미 건달들에게 막혀 있었다. 달아날 길은 단 하나, 남쪽으로 난 커다란 창문뿐이었다. 창문이 활짝 열려 있고 창문 밖에 커다란 나무 한 그루가 서 있었지만 창문과의 거리가 족히 8척은 되는지라 설사 무인 곽원갑

霍元甲*이라 해도 나무까지 뛰기는 힘들어 보였다. 뛰었는데 나무에 닿지 못하고 떨어지면 그대로 죽을 수도 있었다. 그렇다고 가만히 있다가는 흠씬 두들겨 맞을 판인데, 200근도 넘는 고깃덩이 같은 둔중한 몸뚱이가 과연 나무까지 뛸 수 있을 것인가?

이것저것 따져볼 겨를이 없었다! 그는 자리를 박차고 일어나 후다닥 창문으로 뛰어갔지만 건달들은 더 빨라서 등짝에 몽둥이가 날아들었다. 퍽퍽, 몇 대 얻어맞자 온몸에 뻗친 취기에 노기와 광기가 더해졌다. 그는 불길을 뚫고 나가는 미친 소처럼 창문으로 돌진하더니 미처 생각할 겨를도 없이 창문 밖으로 몸을 날렸다. 부리나케 뒤쫓아간 건달들은 대경실색했으니—그는 이미 저 멀리 나무에서 두 손으로 나무줄기를 끌어안은 채 이쪽을 돌아보고 있지 않은가. 그 모습은 정말 커다란 곰이 나무를 타는 것만 같았다. 저렇게 무거운 몸으로 저렇게 높고도 멀리 몸을 날리다니? 날아가기라도 했나?

기겁한 건달들은 뿔뿔이 달아나버렸고, 그가 나무에서 어떻게 내려왔는지는 아무도 보지 못했다.

아무튼 술집에 있던 적지 않은 사람이 그가 창문 밖으로 뛰는 장면을 두 눈으로 똑똑히 지켜보았기에 그 뒤로 그는 '비웅'이라는 멋진 별명으로 불리게 됐고, 감히 그에게 시비를 거는 자도 없었다. 이렇게 그는 톈진에서 명실상부한 기인이자 유명인이 되었다.

이렇게 위풍당당한 이름을 얻자 비웅은 의기양양해졌다. 그는

* 1868~1910. 톈진 출신의 전설적인 무술가·민족운동가.

'위풍'보다는 '이름'에 더 신경을 썼다. 그가 느끼기에 이 이름은 매우 쓸모가 많았다. 어딜 가든 사람들이 떠받들어주고 추어올려 주었으며 술과 밥을 사주는 사람도 있었다. 심지어는 시정부 경비 대에서 사람을 보내 경공술을 가르쳐달라고 청하기까지 했다. 그는 배운 재주는 가르칠 수 있어도 타고난 재주는 가르칠 수 없다는 이유를 대며 정중히 사양했다. 타고난 재주는 배울 수 있는 게 아니라니, 이 말에 사람들은 더더욱 그를 우러러보게 되었다.

일본 조계지에 사는 탕湯 공자는 집안에 돈이 많아 날마다 빈둥 빈둥 지내며 먹고 마시고 재미난 일을 찾아다녔다. 어느 날 탕 공자가 친구들을 불러놓고 밥을 먹으며 수다를 떨 때 누군가 비웅 얘기를 꺼냈다.

"그렇게 미련하게 생긴 녀석이 날아다닌다고? 전혀 못 믿겠는데."

탕 공자의 말에 친구들은 많은 사람이 보았다고, 다 알 만한 사람들이니 틀림없는 사실이라고 했다. 그러자 무슨 생각이 떠오른 듯 탕 공자가 말했다.

"그럼 언제 삼배소에 그를 청해 술을 대접하는 게 어때? 그러면서 다시 한번 나는 모습을 똑똑히 보여 달라고 하는 거야."

다들 괜찮은 생각이라며 맞장구를 쳤으나 한 친구가 말했다.

"지금 유명인이 다 됐는데, 우리가 하란다고 해줄까?"

탕 공자가 웃으며 말했다.

"술을 들이부어야지. 술기운이 올랐을 때 띄워주면 다 하게 돼 있어."

그러자 다들 정말 재미있겠다고, 유명한 경극 배우 여숙암이나 정연추程硯秋의 공연보다도 볼 만하겠다고 떠들어댔다.

며칠 뒤, 탕 공자와 친구들은 정말로 비웅을 삼배소에 초대했다. 지난번 비웅이 술을 마셨던 그 자리에 좋은 술과 안주를 가득 차려놓고 함께 먹고 마시다가, 음식을 반쯤 비우고 술기운도 거나하게 오르자 탕 공자의 친구들은 그때 그 사건을 '오관참육장五關斬六將'*이라 칭하며 비웅을 추켜세웠다. 남들이 그 이야기를 꺼내는 것을 무척이나 좋아하는 비웅은 절로 흥이 올랐다. 그런데 유독 탕 공자만은 무덤덤하게 있다가 미적지근하게 입을 열었다.

"창밖에 있는 저 나무까지 날아갔다고? 그게 말이 되나? 그렇다면 '제비 이삼'보다도 대단하겠는데?"

비웅이 대답했다.

"톈진 사람이라면 그 일을 모르는 사람이 없지. 내가 없는 일로 거짓말을 하겠나?"

탕 공자는 여전히 심드렁하게 말했다.

"신문에 똑똑히 적힌 일도 거짓말이 많은데, 입에서 입으로 전해지는 소문을 어찌 다 믿는담."

그 말에 비웅은 거친 숨을 몰아쉬었다. 이미 술을 잔뜩 마셔 술기운이 뻗쳤는데 이런 말을 듣자 그는 얼굴까지 시뻘게졌다. 비웅이 벌떡 일어나 탕 공자에게 물었다.

---

* 『삼국지』에서 조조에게 의탁하고 있던 관우가 유비에게 가기 위해 다섯 관문을 지나며 여섯 장수의 목을 벤 고사에서 유래한 성어.

"내 말을 못 믿겠다는 건가?"

탕 공자가 씩 웃으며 말했다.

"나는 두 눈으로 직접 본 것만 믿소."

친구들도 합세했다. 어떤 이는 부추기고 어떤 이는 약을 올리고 어떤 이는 화를 돋우며 비웅에게 다시 한번 날아보라고, 그때 그 위세를 떨쳐보라고 했다.

그러자 비웅은 정말로 그때 건달들이 몽둥이를 들고 막아섰을 때처럼 창문으로 돌진해 창턱에 올라섰다. 그런데 그 순간, 그때와는 완전히 다른 상황이 펼쳐졌다. 창밖의 나무는 2장이나 떨어져 있는 듯했고, 그 아래 땅바닥은 깊고 깊은 심연 같았다. 그는 더럭 겁이 났다. 그날 도대체 무슨 용기로 나무까지 날아갔을까? 탕 공자뿐 아니라 비웅 자신조차 믿을 수가 없었다.

사람의 몸에는 때때로 특별한 힘이 생겨나는데, 평생 단 한 번만 쓸 수 있다. 한 번 쓰고 나면 두 번 다시 생겨나지 않는다.

이런 사실을 알 리 없는 비웅은 한참을 창턱에 서 있었다. 탕 공자 패거리는 그가 놀라서 떨어지기라도 할까봐 찍소리도 내지 못했다.

비웅의 두 다리가 후들후들 떨리는 것을 보자 그들은 허둥지둥 그를 부축해 창턱에서 내려오게 했다. 다리 힘이 풀려버린 비웅이 넘어지는 바람에 옆에서 부축하던 두 사람은 그대로 밑에 깔려버렸고, 그중 한 명은 팔이 부러지기까지 했다.

이 일이 있은 뒤로 그는 비웅이 아니라 겁쟁이를 뜻하는 '구웅狗熊'이라 불리게 되었다.

자전거 밟기

—

蹬車

예전에 톈진 사람들은 자전거를 '탄다'고 하지 않고 '밟는다'고 했다. 자전거를 타는 것은 자세가 중요하지만 자전거를 밟는 것은 아무 자세로든 편하고 기분만 좋으면 되었다. 그래서 사람들은 무릎을 세우고 엉덩이를 치켜든 채 입을 벌려 바람을 한껏 들이마시며 조금이라도 더 빨리 달리고자 죽자 사자 페달을 밟았다. 그 무렵 톈진 사람들은 교통 규칙을 잘 몰랐고 규칙을 지키기도 싫어했다. 어디든 가고픈 곳을 향해 페달을 밟으면 그만이었다. 그러다 보니 자전거를 밟는 이들은 누군가를 적수로 여기게 됐으니—바로 교통경찰이었다.

우스개를 좋아하는 톈진 사람들은 적수라 해도 진짜로 목숨 걸고 싸우는 일은 없었다. 재미 삼아 한바탕 말싸움이나 기싸움을 벌이고는 기분 좋게 마무리했다.

교통경찰을 가장 잘 다루는 사람은 나이 지긋하고 노련하며 힘깨나 쓰는 사내들이었다. 이들은 장난치고 놀려대길 좋아하며 말주변도 뛰어났다. 말꼬리를 어찌나 잘 잡는지 말싸움에서 밀리는 법이 없었다. 게다가 자전거는 서커스 하듯 기가 막히게 다루는지라 경험 많은 경찰마저 이들을 피해 다녔다. 풋내기 경찰이나 하룻강아지 범 무서운 줄 모르고 이들을 붙잡으려다가 오히려 망신살이 뻗치곤 했다.

그해에 톈진의 교통 시설이 새롭게 바뀌었다. 도로 중앙에 있던 검문소를 철거하고 길가에 유리로 만든 검문소를 새로 설치했으며 길 어귀에 전신주를 세워 신호등을 달았다. 교통경찰은 둥그런 검문소 안에 앉아 유리 너머로 거리 상황을 살피며 스위치로 신호등을 조작했다. 이제 비바람을 맞을 일도, 따가운 햇볕에 시달릴 일도 없어 한결 편해졌다. 사면종四面鐘* 검문소에 교통경찰 소진小陳이 새로 왔다. 얼굴이 뽀얗고 눈빛이 초롱초롱한 젊은이로 새 제복을 입고 새 모자를 쓰고 새 직책을 맡아 한껏 신이 나 있었다. 어느 날 멀리서 자전거를 밟으며 동쪽으로 다가오는 한 사내가 소진의 눈에 들어왔다. 사내는 능수능란하게 자전거를 밟았고, 날이 싸늘하다보니 가끔 손잡이를 놓고 두 손으로 얼어붙은 얼굴을 감싸쥐곤 했다. 소진은 사내가 재주를 뽐내며 잘난 척하느라 일부러 '폼을 잡는' 거라고 생각했다. 그래서 짐짓 못 본 척하

* 1902년 톈진의 일본 조계지에 세워진 2층 건물. 꼭대기에 설치된 시계가 사방에서 보여서 붙은 이름이다.

다가 사내가 길 어귀에 다다르자 갑자기 신호등 스위치를 당겨 초록불이 빨간불로 바뀌게 했다. 당시 신호등은 수동식이라 교통경찰이 마음대로 조작하며 길 가는 이를 멈추게 할 수 있었다.

빨간불로 바뀌자 사내는 바로 브레이크를 잡아 자전거를 세웠다. 보통은 이렇게 갑작스레 브레이크를 잡으면 자전거가 한쪽으로 기울어져 사람이 내려야 했다. 하지만 노련한 사내는 자전거가 멈춰도 내리지 않았다. 엉덩이는 자전거 안장에 그대로 붙어 있고 두 발도 여전히 페달을 밟고 있었지만, 자전거는 기우뚱거리지도 흔들거리지도 않은 채 가만히 서 있었다. 이런 기술을 정차定車라고 하는데, 소진은 그 모습을 보면서 속으로 비웃고 있었다.

'어디 얼마나 버티나 보자. 신호등 색깔을 계속 안 바꿀 건데, 어쩌시려나? 그래도 그러고 있을 수 있겠어? 시간이 지나면 자전거가 기우뚱거릴 거고, 사람도 내리는 수밖에. 어디 망신 한번 당해보시지.'

하지만 산전수전 다 겪은 사내는 풋내기 교통경찰의 속셈을 훤히 꿰고 있었다. 그는 정차를 한 상태로 저고리 주머니에서 담배를 꺼내 물고 성냥을 그어 불을 붙이더니 팔짱을 낀 채 느긋하게 담배를 피우며 신호등이 바뀌기를 기다렸다. 자기 집 걸상에 앉아 있는 것처럼 여유로울 뿐 아니라 시간이 지날수록 오히려 더 안정되어 보였다. 자전거는 마치 길 한가운데 박힌 대못처럼 꼿꼿이 서 있었다.

이렇게 두 사람의 힘겨루기가 시작되었고, 걸음을 멈추고 구경하는 행인이 늘면서 거리가 벅적벅적해졌다. 한쪽은 화용도華容

道*를 지키는 애송이 관우요, 다른 한쪽은 시장 바닥의 능구렁이
다. 과연 최종 승자는 누가 될 것인가?

신호등이 바뀌지 않으면 아무도 길을 건너갈 수 없다. 시간이
흐르자 상황이 달라졌다. 자전거에 앉은 사내뿐 아니라 점점 많은
사람과 자전거가 멈춰 섰다. 여기저기서 방울이나 경적이 시끄럽
게 울려대고, "경찰은 뭐 해? 자는 거야?" 하고 소리를 지르는 사
람도 있었다. 오로지 그 사내만이 아무 일 없다는 듯 그 자리에 끄
떡없이 서 있었다.

이렇게 되자 버티지 못하게 된 쪽은 소진이었다. 그는 어쩔 수
없이 스위치를 움직여 신호등 색깔을 바꾸었다. 고개를 들어 초록
불을 본 사내는 담배꽁초를 내던지고서 양손으로 손잡이를 잡고
페달을 밟아 앞으로 나아갔다. 검문소를 지나면서 그는 고개를 돌
려 하룻강아지 교통경찰을 힐끗 보았다. 소진은 앞만 똑바로 쳐다
볼 뿐 감히 돌아보지 못했지만 그 영감탱이의 의기양양하면서도
조롱 섞인 눈빛이 얼굴을 스쳐 지나는 것이 느껴졌다. 소진은 낯
이 화끈 달아올랐고, 반나절이나 열기가 가라앉지 않았다.

이런 식으로 선수들에게 놀아난 경찰이 또 있었다. 황가화원黃
家花園**건널목 검문소에 새로 온 애송이 경찰 소우小尤였다. 그는
소진보다는 훨씬 강력한 상대였다. 겸덕장謙德莊***출신인 그는

* 적벽대전에서 패한 조조가 도망가던 좁고 험한 길.
** 청나라 말기에 황음분黃蔭芬이라는 사람이 만든 정원으로 1860년에 영국 조
계지가 되었다.
*** 당시 톈진에서 가장 난잡하고 건달이 들끓기로 악명 높던 곳이다.

어릴 때부터 시장 바닥에서 자라서 말재간이 뛰어났고 누구한테 당해본 적이 없었다. 부임하고 두 달 동안 몇몇 골치 아픈 일을 잘 처리해 인정을 받은 터라 그는 날이 갈수록 우쭐우쭐했다.

어느 한겨울 오후, 검문소 옆길에서 한 사내가 자전거에 올라 탈 채비를 하고 있었다. 짐받이에 나무 한 묶음이 실려 있는데 나무 길이가 꽤나 길었다. 사내는 다리가 짧은 데다가 두꺼운 솜바지까지 입고 있어 몇 번이고 자전거에 오르려 했으나 연거푸 실패했다. 때마침 퇴근 시간이라 거리가 매우 혼잡했다. 소우는 걱정스러운 마음에 사람이 적은 곳으로 가서 자전거에 오르라고 권하고 싶었다. 속마음은 친절했지만 톈진 사람들은 워낙 반대로 말하길 즐기고 장난기를 담아 익살을 부리질 않나. 그리하여 소우는 검문소 유리창을 열고는 히죽거리며 이렇게 말했다.

"아저씨, 자전거 연습은 한갓진 데 가서 하셔야죠."

이 말에 주변에 있던 사람들이 배를 부여잡고 웃어댔다.

그러나 이 톈진의 사내 역시 말싸움에서 져본 적이 없었다. 말문이 막힌다는 것은 곧 체면을 구기는 일이었다. 사내가 소우를 돌아보며 말했다.

"자네하곤 상관없는 일이니 걱정 붙들어 매시고. 자네는 입 다물고 그 항아리 속에나 앉아 있으면 돼."

항아리는 둥그런 검문소를 가리키는 말이었지만, 톈진에는 '항아리 속에 자라를 키우면 점점 쪼글쪼글해진다'*는 속담이 있

---

* 밖에서 시련을 겪지 않고 집에만 있으면 점점 바보가 된다는 뜻.

었다.

더 재미난 말을 듣자 사람들은 또다시 배꼽이 빠져라 웃어댔
다. 이 애송이가 멋도 모르고 까불다가 노련한 사내에게 한 방 먹
은 것까지 아울러 비웃는 웃음이었다. 소우는 바보처럼 입을 쩍
벌린 채 아무 말도 못했다.

흥이 난 사내는 다시 한번 힘을 내서 자전거에 올라타려 했고,
이번에는 단번에 성공했다. 그는 뒤도 돌아보지 않은 채 힘차게
페달을 밟고 달려갔다.

제 할머니

—

齊老太太

제齊 할머니는 서쪽에 있는 오밀조밀한 사합원*에 살고 있었다. 남편이 죽은 뒤로 할머니의 소원은 단 한 가지—바로 가족이 흩어지지 않고 모여 사는 것이었다.

할머니는 자식 셋을 두었는데 아들 둘에 딸 하나였다. 막내딸은 아직 시집가지 않았고, 큰아들과 작은아들은 모두 장가를 들었지만 분가하지 않고 어머니를 모시며 함께 살았다. 두 아들의 가족은 각각 동쪽과 서쪽 사랑채에서 지내고, 본채는 방이 세 칸인데 오른쪽 방은 딸이 쓰고 왼쪽 방은 제 할머니가 썼다. 그리고 가운데 있는 당옥堂屋**은 비워놓고 온 가족이 함께 썼다.

---

* 중국 허베이 지방의 전통 가옥 양식. 가운데에 뜰을 두고 건물이 사각형으로 둘러싼 형태다.

** 사합원 본채의 한가운데 방. 보통 응접실로 쓰이며 조상의 위패를 모셔놓는다.

할머니는 마음속에 그림 한 폭을 품고 있었다. 이 집에서 온 가족이 오순도순 지내며 봄이면 마당에 화초를 심고, 여름이면 바람을 쐬며 이야기를 나누고, 가을에는 장대로 대추를 따고, 겨울에는 눈을 쓸고 눈사람을 만드는 그림이었다. 평소에는 온 가족이 당옥 한가운데 놓인 네모난 탁자에 둘러앉아 삼시 세끼를 함께 먹었다. 산해진미는 아니더라도 채소와 고기가 빠지지 않았고, 맛있는 것이 있으면 서로 나누며 사이좋게 지냈다. 한가할 때면 할머니는 막내딸과 두 며느리를 불러 함께 마작을 했고, 손주들은 마당에서 장난을 치며 뛰어놀았다. 제씨 가족은 하나같이 성품이 온화하고 분수를 지키는 사람들이라 서로 다투거나 얼굴을 붉히는 일이 없었다. 제 할머니는 자신이 천당에 살고 있다고 말하곤 했다. 그런데 언젠가는 홀로 저세상에 갈 텐데, 집 생각이 나면 어찌할꼬? 이 대목에 이르면 할머니는 그예 눈물을 흘리고 말았다.

할머니는 평생 마작을 즐겼지만, 칠십이 넘어가니 한동안 놀고 나면 좀 쉬어야 했다. 당옥 한구석에는 자식들이 할머니를 위해 마련한 연탑軟榻*이 놓여 있었다. 할머니는 피곤해지면 연탑에 기대어 팔다리를 뻗고 쉬다가 기운을 차리면 다시 딸과 며느리들을 불러 마작을 계속했다. 식구들 모두 제 할머니 말을 거스르지 않고 잘 따랐으며, 맨 마지막 판은 언제나 할머니가 이기게끔 해주었다.

제 할머니의 며느리는 둘 다 착하고 바지런했다. 평소에 남편

* 침대와 긴 의자를 겸하는 폭신한 가구.

이 일하러 나가면 집안일을 하고 자식들을 돌보았다. 둘이서 하루씩 번갈아가며 온 가족이 먹을 식사를 준비하고, 시어머니 시중도 살뜰히 들면서 같이 마작을 했다. 그러면서 수다도 떨고 군것질도 하고 차도 마시고, 마작은 누구에게나 즐거운 놀이였다. 돈을 걸지 않으면 재미가 덜하기에 이들도 돈을 걸고 놀았다. 다만 부잣집이 아니다보니 판돈은 기껏 동전 서너 닢이었고 대부분 할머니에게 돈을 잃어주었다. 이들이 모여 마작을 할 때면 제각기 곁에 놔두는 물건이 있었다. 제 할머니는 효자손을 놓아두었다가 패를 정리하는 동안 근질거리는 등허리를 효자손으로 긁곤 했다. 딸은 자그마한 거울을 놓아두고 수시로 거울로 얼굴을 비춰보았다. 담배를 좋아하는 큰며느리는 곁에 늘 궐련 한 갑을 놓아두고 답답할 때마다 몇 모금씩 피웠다. 작은며느리의 물건은 특별했다. 작은며느리는 손가락에 끼고 있던 금반지를 빼서 손수건에 올려놓았다. 패를 섞다가 반지가 닳기라도 할까봐 그런 것이었다. 작은며느리는 가난한 집 딸이었고 이 금반지는 친정에서 해준 가장 값나가는 혼수였다. 아무 장식도 없는 둥그런 모양이지만 제법 굵직하고 빛깔도 좋았다.

이 반지는 마작을 할 때마다 작은며느리의 오른손 곁에 놓여 있었다. 그런데 다 같이 마작을 하던 어느 날, 잠깐 나가서 보온병에 물을 채워온 작은며느리가 "앗" 소리를 질렀다. 손수건에 빼놓은 반지가 보이지 않았던 것이다. 작은며느리도 다른 식구들도 다 같이 반지를 찾기 시작했다. 탁자 위도 바닥도 샅샅이 뒤졌지만 아무리 찾아도 반지는 보이지 않았다. 제 할머니가 말했다.

"걱정 말아라. 설마 자기 집에서 물건이 없어지겠느냐? 잘 찾아보면 나올 게야."

그 반지는 작은며느리가 지닌 단 하나의 값나가는 물건이었다. 애가 타고 화가 난 작은며느리가 참지 못하고 한마디 했다.

"물을 채우러 잠깐 나갔다 온 사이에 없어지다니, 대낮에 귀신 짓이 아니고서야 어째 이런 일이 다 있죠."

물건이 없어지면 그 자리에 있는 사람들도 덩달아 마음이 불편해지기 마련이다. 이번에는 큰며느리가 참지 못하고 한마디 했다.

"그게 무슨 말이야. 자네 옆에 있던 사람은 귀신이 아니라 나 아닌가. 설마 내가 훔쳤다는 말인가?"

그러자 작은며느리가 맞받아쳤다.

"왜 그렇게 생각하세요? 다 제 잘못이지 누굴 탓하겠어요? 값나가는 물건을 상에 놔두고 간 제 탓이죠."

다들 홧김에 던진 말이었으나 이렇게 말이 오가다보니 불난 집에 부채질하는 격이 되고 말았다.

이대로 계속되었다간 싸움이 벌어질 판이었다.

지금껏 제씨 집안에서 이런 일이 일어난 적은 한 번도 없었다. 가장 안절부절못하는 사람은 제 할머니였다. 얼굴이 백지장처럼 하얗게 질린 할머니가 느닷없이 두 손으로 마작 탁자를 홱 밀쳤다. 연약한 노인이 밀었는데도 탁자는 반 자 넘게 밀려나갔다. 제 할머니가 큰 소리로 호령했다.

"지금부터 누구도 이 방을 나가서는 안 된다. 나부터 이 잡듯이 뒤지고, 예의 차리지 말고 서로서로 몸을 뒤져보아라! 틀림없이 나올 게다. 대문이 닫혀 있는데 제씨 집안 물건이 없어지다니, 도 저히 믿을 수 없는 일이야!"

제 할머니가 이렇게 노발대발하기는 난생처음이었다!

모두 순순히 할머니 말을 따랐다. 환한 곳부터 시작해서 어두운 곳까지 찾아보고, 구석구석까지 한 치도 남겨놓지 않고 온 방안을 샅샅이 뒤졌으며, 할머니가 쉬는 연탑까지 끌어내 뒤집어보았다. 시누이와 올케끼리 처음으로 서로의 몸을 낱낱이 뒤지는 일까지 벌어졌다. 그동안 할머니는 두 눈을 질끈 감고 죽은 듯이 앉아 있었다. 이제 이 집안의 화목도 끝나버렸다, 다 깨져버렸다는 생각이 들었다. 반지가 누구 몸에서 나오든 온 식구의 가슴에 칼을 꽂는 것이나 다름없었다. 그런데 이상하게도 아무리 찾아도 반지는 나타나지 않았다. 심지어 장식용 탁자에 놓인 꽃병 속까지 뒤져봤으나 헛일이었다. 반지가 도대체 어디로 달아났단 말인가? 작은며느리 말대로 귀신이 가져가기라도 했단 말인가!

귀신 소행인지 아닌지는 몰라도, 이 일이 있은 뒤로 제씨 집안은 음울한 분위기에 휩싸였다. 예전의 활기는 온데간데없고, 저마다 시름을 품은 채 서로 이야기도 잘 나누지 않았다. 어쩌다 입을 연다 해도 마음에 없는 말이었고 웃음조차 억지로 꾸며낸 것이었다. 누가 누구를 어찌 생각하는지 알 길이 없었고, 여전히 한자리에서 밥을 먹었지만 여인숙 손님들처럼 말없이 밥만 먹고 바로 일어섰다. 제 할머니의 마작도 계속되긴 했지만 이제 아무런 재미도 없었다. 어느 날 할머니는 마작을 하다 말고 패를 와르르 밀치더니 어두운 표정으로 말했다.

"이젠 기운이 없어 마작도 못 하겠구나."

이렇게 마작마저 끝나버렸고, 그 뒤로 제씨 집안은 더더욱 썰렁해졌다.

할머니가 마음속에 품고 있던 그 그림도 조금씩 찢겨나가기 시작했다.

아무도 이 상황을 어찌 되돌려야 할지 알지 못했다. 금반지를 찾아내지 못하는 이상은 풀릴 수 없는 일이었다.

어느 날 막내딸이 큰아들에게 물었다.

"둘째 언니 금반지 말이야, 혹시 고양이가 물어간 거 아냐?"

그러자 큰아들이 말했다.

"너도 참 별생각을 다해봤구나. 고양이가 먹지도 못하는 금반지를 물어간다는 말은 금시초문이야. 설사 물어갔다고 해도 어디로 가져갔는지 모르는데 어떻게 찾겠어?"

이 일은 누구도 자초지종을 모른 채 영원히 풀리지 않을 것만 같았다.

그런데 어느 날, 저녁밥을 먹고 다들 자리를 뜨지 않은 틈을 타서 제 할머니가 문득 입을 열었다.

"내 너희들에게 할 말이 있단다. 잘 들어라! 둘째의 반지 일은 이제 그만들 얘기하거라. 그 반지는 내가 가져갔다! 급히 쓸데가 있었는데 어디다 썼는지는 묻지 말아다오. 나중에 내가 방법을 찾아 해결하마."

마른하늘에 날벼락과도 같은 얘기였다. 가족들은 서로 얼굴만 쳐다볼 뿐 도저히 믿을 수가 없었다. 하지만 제 할머니는 한평생 거짓말이라고는 해본 적이 없으며 조금의 거짓을 섞은 적도 없었다. 할머니가 무슨 말을 하든 다들 믿을 수밖에 없었다. 게다가 제 할머니 말에도 일리가 있었으니, 반지를 잃어버린 그날 서로서로 몸수색을 했지만 할머니 몸만은 뒤지지 않았던 것이다. 그때는 누구도 그런 생각을 못 했더랬다. 할머니가 가져가지 않았다면 그 좋은 금반지가 어디로 갔단 말인가? 그렇지만 할머니가 가져갔다면 어떻게 가져갔으며, 가져가서 대체 어디에 썼을까?

제 할머니가 여기까지만 말하고 입을 다문 이상 누구도 감히 물어보지 못했고 서로 의논하지도 못했다. 하지만 그 뒤로 자식들은 부지불식간에 할머니를 달리 생각하게 되었다. 어떻게 며느리의 반지를 훔칠 수 있담? 정말 꿈에도 생각지 못한 일이었다. 그러다보니 제 할머니를 존경하던 마음도 조금씩 사라져갔다. 할머니는 입으로 말하진 않아도 속으로는 이런 상황을 빤히 알았다. 할머니가 사실을 털어놓아 자식들끼리 서로 의심하고 거북해하는 일은 사라졌지만, 누가 봐도 할머니는 낯빛이 어두워지고 말할 때도 기운이 없었으며 몸도 바싹 말라 반쪽이 되어버렸다. 갑자기 폭삭 늙은 제 할머니는 좀처럼 자기 방에서 나오지 않았다. 남들 눈에 띄고 싶지 않은지 식사마저 막내딸을 시켜 방으로 가져오게 했다. 식구들을 대할 면목이 없어서 그런 것이었을까?

일 년쯤 지나 제 할머니는 세상을 떠났다.

가족들은 장례를 치른 다음 당옥을 정리하기 시작했다. 한쪽 구석에 놓인 할머니의 연탑을 들어내고 청소를 하던 막내딸이 바닥에 깔아놓은 벽돌 틈새에서 뭔가 반짝이는 물건을 발견했다. 이상한 느낌이 든 딸은 무릎을 꿇고 머리에서 비녀를 뽑아 틈새를 헤집어보았다. 그리고 오빠와 올케 들을 소리쳐 불렀다. 그 물건을 본 가족들은 모두 대경실색했다! 그것은 다름 아닌 잃어버렸다던 금반지였다! 반지가 내내 이 틈에 끼어 있었다니!

반지를 잃어버린 그날, 여기도 찾아보긴 했지만 그때는 늦은 오후라 방에 햇빛이 들지 않아서 보이지 않았다. 지금은 오전이라 햇빛이 방 안으로 환히 비쳐들었기에 벽돌 틈새에 낀 금반지가 눈에 띄었던 것이다. 금반지는 반짝반짝거리며 제씨 가족에게로 돌아왔다.

이제야 진상이 밝혀지다니.

막내딸이 눈물을 흘리며 반지에게 말했다.

"너 왜 여기 숨어 있었어, 너 때문에 우리 엄마가 돌아가셨잖아!"

온 가족이 흩어지지 않고 화목하게 지내길 바라는 마음에 홀로 누명을 쓰고 치욕을 참으며 괴로워하다 세상을 떠난, 자애롭고 의로운 할머니를 생각하니 모두의 눈에서 하염없이 눈물이 흘러내렸다.

깃대

—

旗杆子

　과거에 톈진 사람들은 키가 큰 사람을 꺽다리라고 불렀고 그중에서도 유난히 큰 사람은 깃대旗杆子라고 불렀다. 당시 톈진에서 가장 키 큰 물건이 천후궁 앞에 우뚝 솟은 깃대 한 쌍이었기 때문이다. 전하는 말에 의하면 이 깃대는 커다란 배에 꽂혀 있던 돛대로 높이가 10장이나 되며, 언제 이곳으로 옮겨왔는지를 놓고는 여러 가지 설이 있었다. 아무튼 깃대 아래서 올려다보면 아무리 고개를 젖혀도 꼭대기가 어디까지 뻗었는지는 보이지도 않고, 그저 머리만 어지러울 뿐이었다.

　그런데 톈진에서 진정 '깃대'라고 불릴 만한 사람은 금의위교錦衣衛橋 근처에 사는 남자였다. 얼마나 키가 크냐고? 보통 사람보다 머리 네 개는 더 컸다! 새가 낮게 날면 어김없이 그와 부딪치고 말았다. 그는 성문을 지날 때면 반드시 한가운데로 지나가야 했

다. 성문은 가운데가 가장 높은 아치형이기 때문에 옆쪽으로 치우
쳤다가는 머리를 박을 판이었다. 동문의 아치 왼쪽 가장자리에 벽
돌 반 조각이 떨어져나간 자리가 있는데, 깃대가 머리를 부딪치는
바람에 그렇게 되었다고 한다. 톈진 사람들은 모두 이렇게 말한
다. 믿고 안 믿고는 여러분 마음이고.

　그는 아주 어릴 때부터 깃대라고 불렸다. 열두 살 때는 다른 사
람보다 머리 하나만큼 더 컸고, 열네 살 때는 머리 두 개만큼 더
컸으며, 열여덟 살 때는 머리 세 개만큼 더 컸고, 스무 살이 되자
머리 네 개만큼 더 컸다. 키가 큰 만큼 위장도 커서 호랑이처럼 먹
성이 어마어마했다. 남들은 한 끼에 찐빵 세 개면 배가 차지만 그
는 여덟 개를 먹고 거기다 죽 네 그릇을 더 먹어야 했다.

　남자가 먹고살려면 일을 해야 하는데, 그가 할 수 있는 일은 고
작 세 가지뿐이었다. 하나는 집 지을 때 높은 곳에 벽돌이나 기와
를 건네주는 일, 또 하나는 가게 문 위에 걸린 간판을 닦는 일, 나
머지 하나는 저물녘에 가로등 불을 켜는 일이었다. 보통 사람은
사다리에 올라가야 할 수 있는 일이었지만 그는 사다리가 전혀 필
요 없었다. 하지만 이런 일거리가 자주 있는 것이 아니다보니 그
는 굶기를 밥 먹듯 했다. 그런데 그가 배를 곯는 이유는 일거리가
적어서만은 아니었다. 그는 사람 만나기를 두려워했다. 그가 거리
를 걸을 때면 어린아이들이 괴물 취급을 하면서 놀리고 욕을 하고
심지어 돌을 던지기까지 했다. 그는 사람들이 자신을 볼 때마다
놀라거나 비웃는 기색을 드러내는 것이 싫었다. 그는 절대로 남에
게 시비를 걸지 않았지만 사람들은 그에게 자꾸만 시비를 걸었다.

그렇다고 그들을 탓할 수도 없었다. 남들이 놀랄 만큼 키가 큰 것이 사실이었으니 말이다. 어느 날 밤, 그가 한 손에는 기름통을, 다른 손에는 자그마한 횃불을 들고 가로등에 불을 붙일 때였다. 맞은편에서 걸어오던 두 사람이 시커먼 그의 그림자와 마주쳤다. 처마보다도 높은 거대한 그림자를 보자 그들은 귀신을 본 것처럼 기겁하여 비명을 질렀다. 혼비백산한 그들은 들고 있던 물건도 떨어뜨리고는 걸음아 날 살려라 달아나버렸다.

그는 평소에는 좀처럼 집을 나서지 않았으며 마당에조차 나오지 않았다. 보통 사람은 마당에 나와도 우리 안에 있는 양처럼 담장 밖에서는 보이지 않지만, 그가 마당에 나오면 마구간에 있는 말처럼 상반신이 고스란히 드러났다. 그 모습이 어찌나 우스꽝스러운지 보는 사람마다 웃음을 참지 못했다. 그럴 때마다 그는 허리를 굽히고 허둥지둥 집으로 들어갔고, 서두르다가 문틀에 머리를 박는 일도 허다했다.

그리하여 이다지도 큰 사람이 날마다 집에만 틀어박혀 있었다. 집 안에서 그는 똑바로 서 있지도 못했고 길쭉한 팔다리를 뻗을 곳도 없었으며 움직일 기운마저 없었다. 뱃속이나 솥단지 속이나 텅텅 비어 있었다. 솥은 비어도 소리가 없지만 뱃속이 비면 꾸르륵꾸르륵 소리가 날 수밖에. 너무 배가 고파 견딜 수 없을 지경이 되면 그는 어쩔 수 없이 일거리를 구하러 밖으로 나갔다. 부둣가에는 배에 짐을 싣고 내리는 일이 있지만 그가 할 수 있겠나? 남들처럼 어깨에 짊어지려면 그는 짐을 지붕만큼 높이 들어올려야만 했다. 뱃속에 아무것도 없는데 어디에 힘이 있단 말인가.

그는 사람을 두려워했기에 남들과 이야기를 나누는 법도 없었다. 마치 태어날 때부터 말을 못 하는 사람 같았다. 가까운 이웃들과 마주치면 고개를 끄덕이는 정도였고 그를 찾아오는 사람도 없었다. 그 한 사람만으로도 집이 꽉 차는데 누가 거길 비집고 들어가겠는가? 그러다보니 누구도 이 거대한 괴물이 어찌 지내는지 알지 못했다. 사람들은 그가 배를 곯는지 마는지 관심도 없었고, 기껏해야 잡담하다가 이런 얘기가 나올 뿐이었다. 깃대가 장가는 들겠나? 그에게 시집올 사람이 누가 있겠나? 아내에게 입을 맞추려면 무릎을 꿇어야겠는데?

청명이 지난 어느 날, 그는 일거리를 찾으러 거리에 나왔다. 그가 대가리 떨어진 파리처럼 정처 없이 헤맬 때, 난데없이 말끔하게 차려입은 중년 사내 두 명이 싱글벙글 웃으며 다가오더니 고개를 젖혀 그를 올려다보며 물었다.

"우리가 주는 일거리를 해볼 생각이 없소? 날마다 삼시 세끼 배불리 먹게 해주고, 일당은 동전 다섯 푼이라오. 어떻소?"

이 말에 그는 잠깐 어리둥절해졌다. 이런 말은 대개 자신을 놀리는 소리였는지라 그는 이렇게 좋은 일자리가 있다는 사실을 믿을 수가 없었다.

"무슨 일인데요?"

두 사내는 자기들이 서쪽 끝에 있는 공원에서 일하는 사람이라고 소개하고는, 그에게 맡길 일은 공원 문 앞에서 표를 받는 일이라고 설명했다. 사람들이 매표소에서 표를 사서 공원 입구에 오면 입장권을 받고 사람들을 들여보내주면 된다는 것이었다. 매우 간단한 일이고 다른 일은 할 필요가 없다고 했다. 이렇게 좋은 일이 있다니? 게다가 하루 세끼를 먹여준다고? 이게 웬 떡이란 말인가? 그로서는 날마다 가장 고생스러운 것이 굶주림이었기에 밥만 먹을 수 있다면 무슨 일이든 할 판이었다. 그는 냉큼 하겠노라 대답했다.

뜻밖에도 그가 흔쾌히 승낙하자 두 사내는 기분 좋게 웃었다. 그중 팔자수염을 기른 사내가 말했다.

"오래전부터 명성을 듣고 스무 날 넘게 찾아다녔다오. 오늘 이렇게 만나다니 정말 운이 좋구려. 내일 아침 일찍 일하러 나오시오."

깃대는 여전히 자기가 무슨 일을 맡은 건지 도통 짐작이 가지 않았다.

다음 날 그는 서쪽 공원으로 갔다. 자신이 할 일은 두 사내가 말한 대로 아주 간단했다. 공원 입구에 서서 입장권만 받으면 되고 다른 일은 전혀 없었다. 게다가 삼시 세끼를 배불리 먹을 수 있고 끼니때마다 찐빵 열 개를 먹어도 뭐라 하는 사람이 없었다. 날마다 이렇게 먹고 집에 오면 배가 돌처럼 딱딱해져 있었다. 그는 자기 전에 찬물 반 주전자를 마시고서야 소화를 시키고 누워서 잠을 잘 수 있었다. 그런데 생각하면 생각할수록 이상했다. 아무나 할 수 있는 이렇게 간단한 일을 왜 굳이 밥도 많이 먹는 자신에게 맡겼을까? 그의 손에 표를 건네려면 키 작은 사람들은 발돋움까지 해야 했다.

무슨 연고인지는 차츰차츰 밝혀졌다.

그가 공원 입구에 서서 표를 받기 시작하자 공원을 찾는 관광

객이 나날이 늘어났고, 날개 달린 것처럼 소문이 퍼지면서 보름
만에 두세 배로 늘었다. 그날 깃대를 만나 일을 맡긴 팔자수염 남
자는 성이 학郝씨였으며 공원을 책임지는 원장이었다. 학 원장은
다 낡아 해지고 여기저기 기운 자리까지 있는 깃대의 옷을 보더니
커다란 거렁뱅이가 서 있는 것처럼 보기 흉하다며 재봉사를 불러
새 옷을 지어주었다. 남색 천으로 만든 깔끔한 두루마기로 공원
응접실 창문에 걸린 커튼보다 천이 더 많이 들었다. 학 원장은 또
깃대에게 머리를 상고머리로 자르게 하고는 가죽 챙이 달린 제복
모자까지 만들어주었는데 술독 뚜껑만큼 커다란 모자였다. 이렇
게 차려입자 깃대는 신기하고도 재미난 모습이 되었다. 흥이 오른
학 원장은 한술 더 떠 오색 끈으로 꽃을 만들어 가슴에 달아주었
다. 이런 차림으로 공원 문 앞에 선 깃대는 금세 톈진의 진풍경이
되었고, 그를 구경하러 곳곳에서 사람들이 몰려들었다. 더 재미난
일이 있었다. 사람들이 표를 쳐들어 깃대의 부채 같은 커다란 손
바닥에 올려놓으면, 그는 수소처럼 굵직한 "흐응" 소리를 내며 들
어가라고 했다. 사람들은 공원 밖에 서서 그를 구경하는 일뿐 아
니라 그의 손에 표를 건네면서 이 커다란 괴물과 직접 접촉하는
신기한 체험을 하고 싶어 했다. 그 덕분에 공원 수입은 하루가 다
르게 늘어났다.

이렇게 깃대는 공원의 명물이 되었으니, 모두 학 원장이 총명
한 머리로 기발한 생각을 해낸 덕이었다. 학 원장은 깃대가 더 커
보이고 더 신기해 보이고 더 돋보이기를 바랐고, 그러려면 그를
빨리 살찌워 튼실하게 만들어야 했다. 학 원장은 주방장에게 깃대

의 식사에 뼈와 생선 머리를 넣어주라고 했다. 지금껏 이런 음식을 먹어본 적 없는 깃대에게 이는 산해진미나 다름없었다. 날마다 어마어마하게 먹어대자 그의 허리는 금세 두 배로 굵어져 막대기 같던 허리가 이제 커다란 나무줄기처럼 되었다. 살이 오르니 깃대는 한층 위풍당당해 보였다.

이렇게 되자 공원에서 일하는 다른 직원들이 그를 시기하고 미워하게 되었다. 그들은 어디서 괴상망측한 녀석이 쓸데없이 굴러들어왔다고, 좋은 음식은 혼자 다 먹으면서 상전 노릇을 한다고 뒤에서 욕을 했다. 시기와 질투에는 시끄러운 일이 따라붙기 마련이었다.

텐진에는 돈 많은 부자가 많았고, 어떤 부자는 천하에 보기 드문 거인을 보자 놀라고 흥분한 나머지 팁을 건네주기도 했다. 깃대는 그 돈을 자기가 챙겨서는 안 된다는 사실을 알기에 얼마가 됐든 모조리 학 원장에게 가져다주었다. 그러나 다른 사람 입에 들어갔다 나온 말은 사실과 달라져 있었으니, 깃대가 적지 않은 팁을 몰래 챙겼다는 험담이 자꾸만 학 원장의 귀로 흘러들었다. 한두 번 듣고는 믿지 않았지만, 이런 말을 매일같이 듣다보니 학 원장도 의심하지 않을 수 없게 되었다.

그래도 학 원장은 이렇게 말했다.

"왜 그렇게 나쁜 쪽으로만 생각하나. 혹시 깃대가 돈을 숨기는 장면을 보기라도 했나?"

그런데 어느 날 깃대가 퇴근하자 한 직원이 학 원장을 공원 대문의 기둥 옆에 데리고 가더니 사다리를 걸쳐놓고 올라가보라고 했다. 기둥 위에는 구리로 만든 공 모양 조각물이 있었고, 받침대 밑에 정말로 돈이 끼워져 있는데 동전에 은화에 서양인이 쓰는 지폐까지 한 장 있었다. 깃대는 담장보다 키가 크며 늘 이 기둥 옆에 서 있었다. 구리 공 받침대 밑에 돈을 숨길 수 있는 사람은 오직 깃대뿐이었다.

학 원장은 머리끝까지 화가 치밀었다. 이튿날에도 분을 삭이지 못한 그는 깃대를 불러다 놓고 마구 꾸짖었다. 배은망덕한 놈에 어리석고 간사한 꺽다리라고 욕을 퍼부었지만 깃대는 가만히 선 채 아무런 대답도 변명도 하지 않았다. 깃대는 그저 표정이 굳어지고 낯빛이 창백해져 있다가, 결국 두루마기와 모자를 벗어 학 원장의 방에 던져놓고 그대로 돌아서서 나가버렸다.

그 뒤로는 공원에서 깃대의 모습을 찾아볼 수 없었다. 대신 그에 관한 두 가지 소문이 나돌기 시작했다. 하나는 그가 물건을 훔치다가 학 원장에게 발각되어 그 자리에서 체포되었다는 것이었고, 다른 하나는 그의 키가 실제로는 그렇게 크지 않은데 두루마기 속에 장대다리를 딛고 서 있어서 커 보였다는 것이었다. 두 번째 소문은 믿는 사람이 없었다. 무슨 좋은 점이 있다고 그가 그런 실없는 짓을 했겠는가? 첫 번째 소문 역시 학 원장에 의해 바로 반박되었다.

학 원장은 똑똑한 사람이었다. 시간이 흐르고 냉정을 되찾은 그는 다시금 곰곰이 생각해보았다. 그 돈이 정말 깃대가 숨겨놓은 것이었을까? 그렇다면 왜 집에 가져가지 않고 거기에 놔두었을까? 아무래도 그 어수룩한 키다리가 좋은 음식을 먹고 유명세를 타자 누군가 농간을 부린 듯했다. 무엇보다도 학 원장은 깃대가 이곳을 떠난 뒤로 어디 가서 하루 세끼를 배불리 먹을 수 있을지 걱정스러웠다.

학 원장 역시 이 일로 말미암아 손해를 보았다. 깃대가 사라진 공원은 황량하기 짝이 없었다. 이제 입장료를 받지 않아도 찾아오는 사람이 드물었다. 깃대가 공원 입구에 서 있던 얼마 전까지만 해도 공원은 날마다 묘회가 열리는 것처럼 북적북적했다. 공원에서 깃대는 꼭 필요한 존재였다! 그리하여 학 원장은 또다시 성 안팎을 돌아다니며 깃대를 찾아 헤맸다. 예전처럼 그렇게 길에서 우연히 마주치기를 바랐지만 열흘이 지나도록 만나지 못했다. 다만 수소문 끝에 금의위교 부근에 있는 깃대의 허름한 집을 찾아냈다. 굳게 닫힌 문을 한참 동안 두드려봤지만 안에서 아무런 기척도 나지 않았다. 사람을 불러 문을 부수고 들어간 학 원장은 깜짝 놀라 소리를 지르고 말았다. 깃대가 천장을 바라보며 반듯하게 누워 있지 않나. 학 원장이 다가가 몸을 만져보니 차갑게 굳어 있었다. 이미 숨이 끊어져 있었지만 언제 염라대왕에게 불려간 것인지는 알길이 없었다. 납작해진 몸과 움푹 꺼진 배를 보면서 학 원장은 깃대가 굶어죽었으리라 짐작했다. 학 원장은 그날 홧김에 이 억울한 키다리를 해고한 것을 후회하며 양심의 가책을 느꼈다. 그를 쫓아낸 것은 그의 살길을 끊은 것이나 다름없는 일이었다.

학 원장이 인근에 사는 이웃들에게 사정을 물었지만 깃대의 신상을 제대로 아는 이는 아무도 없었고 단편적인 이야기만 들을 수 있었다. 깃대는 산둥성 남서쪽 기몽산沂蒙山 출신으로 남운하를 따라 톈진에 왔으며, 부친이 허드렛일을 해서 생계를 꾸리다가 양친 모두 일찍 세상을 떴고, 형제도 없고 친구도 없는 혈혈단신이라고 했다. 그러니 누가 장례를 치러준단 말인가? 학 원장은 미안한 마음에 그에게 소나무 관을 짜주기로 했다. 옻칠을 하지 않은 커다란 널빤지를 못질한 관으로 깃대의 키가 8척이라서 8척 반 크기로 주문했다. 관 가게 주인은 지금껏 이렇게 큰 관은 만든 적이 없다며 투덜거렸다.

그런데 관을 짜고 나서 보니 깃대를 눕힐 수가 없지 뭔가. 관 크기를 재어보니 틀림없는 8척 반인데 왜 관에 들어가지 않는단 말인가? 설마 깃대가 죽은 뒤에도 계속 자라서 관보다 더 커져버렸단 말인가? 관 가게 주인은 이런 경우는 처음이라고, 듣도 보도 못한 일이라며 놀라워했다. 원래 사람이 죽으면 몸집이 줄어드는 법인데 오히려 키가 커지다니? 이 어수룩한 꺽다리는 실로 기이한 인물이었다!

인간세상이 키 큰 사람을 용납하지 않으니, 어쩔 수 없이 죽은 뒤에 더 자란 것일까.

학 원장이 돈을 더 내고 관 크기를 한 자 늘리고 나서야 깃대는 가까스로 관에 누웠다. 그런데 친지가 아무도 없는지라 입관할 때 곁에서 지켜주는 사람도 없었다. 학 원장도 더는 어쩔 수가 없어서 사람을 고용해 남문 밖에 있는 무연고자 공동묘지에 적당히 묻어주고는 일을 끝냈다.

그 뒤로 톈진에는 키 큰 거인이 없었으며 기인도 더 이상 나타나지 않았다.

내가 쓴 소설에 내가 삽화를 그린 사연

　자기가 쓴 소설에 삽화를 그려 넣는 것은 보통 사람에게는 없는 색다른 취미라 할 수 있으며, 그렇게 그린 삽화 또한 색다른 그림이라 할 만하다.

　작가가 작품에서 인물을 표현할 때는 그의 목소리와 얼굴과 웃는 모습을 마음속에 또렷이 그려놓은 다음 그걸 펜으로 써낸다. 그렇다면 그냥 글로 생생하게 쓰면 그만이지 무엇 하러 그림까지 그리려 하나? 소설에 삽화를 그려 넣는 일은 화가 몫이 아닌가. 그런데 어째서 이 일을 좋아하는 작가들이 있을까? 이를테면 프랑스 소설가 빅토르 위고, 영국 소설가 윌리엄 새커리, 구소련 시인 마야코프스키 등이다. 이들은 우선 그림을 잘 그렸다. 그림을 그릴 줄 아는 사람들은 머릿속에 떠오르는 형상을 저도 모르게 쓱 그려내고 만다. 러시아 작가 푸시킨이나 레르몬토프의 친필 원고를 보면 늘 각양각색 인물들이 조그맣게 그려져 있지 않던가? 또 책의 형태와 미감을 매우 중요시하는 작가도 있다. 예컨대 루쉰 선생은 비록 그림은 그릴 줄 몰랐으나 자기가 지었거나 엮은 책 표지 상당수를 직접 디자인했다. 장정만 놓고 봐도 루쉰 선생이 디자인한 표지는 매우 고상하고 품격이 있으며 심미적 성격이 뚜렷하다.

내가 내 소설에 삽화를 그리는 것은 순전히 재미 때문이다. 때때로 소설은 다 썼는데 인물의 형상은 아직도 머릿속에서 생생히 살아 숨 쉴 때가 있다. 그럴 때면 그림을 전공한 나는 저도 모르게 그 모습을 그려내고 말았고, 신문사나 잡지사로 원고를 넘길 때 그림도 함께 보냈다. 그러면 편집자는 내가 직접 삽화를 그렸다는 사실이 재미있어서 글과 함께 실어주었다. 1980년대에 『수확收穫』에 실린 소설 「전족」과 「눈 내리는 밤에 찾아온 손님雪夜來客」, 그리고 『문휘월간文彙月刊』에 실린 평론 「왕멍을 말하다話說王蒙」와 기행문 「안개 속에서 런던을 보다霧裏看倫敦」 등에 내가 그린 삽화가 들어갔다. 이렇게 스스로 글도 쓰고 그림도 그리면 나 자신도 뿌듯하고 독자들에게도 약간의 즐거움을 선사할 수 있다. 이런 그림은 그때그때 감흥에 따라 손 가는 대로 그렸던 것인데, 요 몇 년간 정신없이 바빴다. 소설은 거의 쓰지 않고 무겁고 우울한 산문을 주로 쓰느라 삽화 그리는 일은 저절로 중단되었다.

나는 삽화를 내 멋대로 그린다. 도구도 책상에 널려 있는 만년필, 연필, 볼펜, 붓 가운데 손에 잡히는 대로 아무거나 쓴다. 간단히 쓱쓱 그려낸 그림을 보면 익살스러운 느낌도 풍기는데, 아무래도 내가 만화 그리기를 좋아해서 그렇지 싶다. 내가 그리는 만화 내용은 우리 집에서 벌어지는 갖가지 사건이다. 소재는 일상생활에서 일어나는 우스운 일이요, 등장인물은 아내와 아이들과 친한 친구들 그리고 나 자신이다. 나는 그림을 그리면서 즐거움을 얻고, 나 자신을 그리며 자조하곤 한다. 자주 그리다보니 어느 틈에 숙달되어 제법 자신감이 붙었지만, 이는 사적인 '가정 문화'에 속하는 부분인지라 일절 공개하지 않았다.

　다만 이런 만화스러운 필치로 삽화를 그려 넣은 적이 있었다. 1980년대 말에 미국을 방문하고 돌아와 중국과 서양의 관념을 비교하는 수필 70여 편을 신문에 발표했는데, 대부분 해학적이고 유머러스한 필치라 내 만화 기법과 잘 어울렸다. 그래서 손 가는 대로 삽화를 그리다보니 글 한 편에 그림 하나씩 연달아 70여 점을 그리게 됐고, 그 뒤에도 삽화를 직접 그려 넣은 해외 견문록 『해외취담海外趣談』을 출간했다.

　이번에 『속세기인 전본』에 그린 삽화도 그런 식이었다. 소설을 다 쓴 뒤에도 머릿속에 인물이 생생히 남아 있었고, 또 소설 자체에 익살스러운 면이 있어 내가 잘 그리는 만화적 기법으로 삽화를 그리기에 제격이었다. 먼저 공책에 소설 속 등장인물을 몇 명 그려보았는데, 그리면 그릴수록 흥이 올라 걷잡을 수가 없었다. 보름이 지나자 어느새 두꺼운 공책이 그림으로 가득 찼다. 때로는 한 인물을 여러 가지 자세와 분위기로 여러 점 그리기도 했다. 그렇게 그려낸 인물들을 이야기마다 하나씩 골라 넣어 이 책이 탄생했다.

예전에 다른 사람도 『속세기인』에 삽화를 그린 적이 있었으며 일본의 나무라 기미코納村公子가 그린 삽화는 썩 괜찮았다. 그렇지만 남들이 그린 그림은 그들 마음속에 있는 속세기인이었고, 내가 그린 삽화는 나의 속세기인이었다. 또 모두 내 머릿속에서 나온 인물인지라 그들이 어떤 성격이고 어떻게 눈을 찡긋하는지는 내가 가장 잘 알았다. 게다가 나는 한평생 톈진에서 살았기에 톈진 사람들의 기질을 뼛속까지 꿰고 있었다. 그들은 승부욕이 강하고 마음이 뜨겁고 체면을 중히 여기며 의지가 굳다. 나는 이런 것까지 그려내고 싶었다.

자, 이렇게 내가 직접 삽화를 그린 소설을 한 권 냈다. 이제 그런 책을 한 권만 더 내고 싶다.

속세기인

초판 인쇄 2024년 5월 16일
초판 발행 2024년 5월 27일

지은이 펑지차이
옮긴이 이영남 조은
펴낸이 강성민
편집장 이은혜
마케팅 정민호 박치우 한민아 이민경 박진희 정유선 황승현
브랜딩 함유지 함근아 고보미 박민재 김희숙 박다솔 조다현 정승민 배진성
제 작 강신은 김동욱 이순호

펴낸곳 (주)글항아리
출판등록 2009년 1월 19일 제406-2009-000002호
주소 10881 경기도 파주시 심학산로 10 3층
전자우편 bookpot@hanmail.net
전화번호 031) 955-8869(마케팅) 031) 941-5157(편집부)

ISBN 979-11-6909-237-1 03820

www.geulhangari.com